王度庐作品大系　武侠卷　陆

风雨双龙剑

王度庐·著／王芹·点校

山西出版传媒集团

北岳文艺出版社

王度庐著

图书在版编目（CIP）数据

风雨双龙剑 / 王度庐著. — 太原：北岳文艺出版社，2016.3
（王度庐作品大系）
ISBN 978-7-5378-4685-1

Ⅰ.①风… Ⅱ.①王… Ⅲ.①侠义小说－中国－当代 Ⅳ.① I247.5

中国版本图书馆 CIP 数据核字（2016）第 022918 号

书名：　　　　　著者：王度庐　　　　　责任编辑：刘文飞
风雨双龙剑　　　点校：王　芹　　　　　书籍设计：张永文
　　　　　　　　策划：续小强　刘文飞　印装监制：巩　璠

出版发行：山西出版传媒集团·北岳文艺出版社
地址：山西省太原市并州南路 57 号
邮编：030012
电话：0351-5628696（发行部）　　　0351-5628688（总编办）
传真：0351-5628680
网址：http://www.bywy.com　E-mail：bywycbs@163.com
经销商：新华书店　印刷装订：山西人民印刷有限责任公司

开本：890mm×1240mm　1/32　　　字数：298 千字　印数：1-5000
印张：9.75　　版次：2016 年 3 月第 1 版　　印次：2016 年 3 月山西第 1 次印刷
书号：ISBN　978-7-5378-4685-1
定价：38.00 元

出版前言

王度庐(1909—1977)，原名葆祥(后改葆翔)，字霄羽，出生于北京下层旗人家庭。"度庐"是1938年启用的笔名。他是中国现代文学史上著名的武侠言情小说家，独创"悲剧侠情"一派，成为民国北方武侠巨擘之一，与还珠楼主、白羽(宫竹心)、郑证因、朱贞木并称为"北派五大家"。

20世纪20年代，王度庐开始在北京小报上发表连载小说，包括侦探、实事、惨情、社会、武侠等各种类型，并发表杂文多篇。20世纪30年代后期，因在青岛报纸上连载长篇武侠小说《宝剑金钗》《剑气珠光》《鹤惊昆仑》《卧虎藏龙》《铁骑银瓶》(合称"鹤－铁五部")而蜚声全国；至1948年，他还创作了《风雨双龙剑》《洛阳豪客》《绣带银镖》《雍正与年羹尧》等十几部中篇武侠小说和《落絮飘香》《古城新月》《虞美人》等社会言情小说。

王度庐熟悉新文学和西方现代文化思潮，他的侠情小说多以性格、心理为重心，并在叙述时投入主观情绪，着重于"情""义""理"的演绎。"鹤－铁五部"既互有联系又相对独立，达到了通俗武侠文学抒写悲情的现代水平和相当的人性深度，具有"社会悲剧、命运悲剧、性格心理悲剧的综合美感"。他的社会言情小说的艺术感染力也很强，注重营造诗意的氛围，写婚姻恋爱问题，将金钱、地位与爱情构成冲突模式，表现普通人对个性解放、爱情自由和婚姻平等的追求与呼唤。这些作品注重写人，写人性，与"五四"以来"人的文学"思潮是互相呼应的。因此，王度庐也成为通俗文学史乃至整个中国现代文学史研究中绕不过去的作家，被写入不同类型的文学史。许多学者和专家将他及其作品列为重点研究对象。

王度庐所创造的"悲剧侠情"美学风格影响了港台"新派"武侠小说的创作，台湾著名学者叶洪生批校出版的《近代中国武侠小说名著大系》即收录了王度庐的七部作品，并称"他打破了既往'江湖传奇'（如不肖生）、'奇幻仙侠'（如还珠楼主）乃至'武打综艺'（如白羽）各派武侠外在茧衣，而潜入英雄儿女的灵魂深处活动；以近乎白描的'新文艺'笔法来描写侠骨、柔肠、英雄泪，乃自成'悲剧侠情'一大家数。爱恨交织，扣人心弦！"台湾著名武侠小说作家古龙曾说，"到了我生命中某一个阶段中，我忽然发现我最喜爱的武侠小说作家竟然是王度庐"。大陆学者张赣生、徐斯年对王度庐的作品进行了大量的整理、发掘和研究工作，并给予了很高的评价。徐斯年称其为"言情圣手，武侠大家"，张赣生则在《王度庐武侠言情小说集》的序言中说："从中国文学史的全局来看，他的武侠言情小说大大超过了前人所达到的水平"，"他创造了武侠言情小说的完善形态，在这方面，他是开山立派的一代宗师。"

此次出版的《王度庐作品大系》收录了王度庐在不同时期的代表作和有影响力的作品，还收录了至今尚未出版过的新发掘出的作品，包括他早期创作的杂文和小说。此外，为了满足不同领域的读者的需求，此版还附有张赣生先生的序言、已知王度庐小说目录和王度庐年表，以供研究者参考。这次出版得到了王度庐子女的大力支持和密切配合，王度庐之女王芹女士亲自对作品进行了点校。可以说，他们的支持使得《王度庐作品大系》成为王度庐作品最完善、最全面的一次呈现。在此，我们表达最诚挚的谢意。

在编辑过程中，我们依据上海励力出版社，参考报纸连载文本及其他出版社的原始版本，对作品中出现的语病和标点进行了订正；遵循《第一批异形词整理表》（GF1001-2001），对文中的字、词进行了统一校对；并参照《现代汉语大词典》《汉语方言大词典》《北京方言词典》《北京土语辞典》等工具书小心求证，力求保持作品语言的原汁原味。由于编辑水平和时间有限，难免有疏漏之处，敬请广大读者批评指正！

北岳文艺出版社

二〇一五年六月三十日

总　序

　　王度庐是位曾被遗忘的作家。许多人重新想起他或刚知道他的名字，都可归因于影片《卧虎藏龙》荣获奥斯卡奖的影响。但是，观赏影片替代不了阅读原著，不读小说《卧虎藏龙》（而且必须先看《宝剑金钗》），你就不会知道王度庐与李安的差别。而你若想了解王度庐的"全人"，那又必须尽可能多地阅读他的其他著作。北岳文艺出版社继《宫白羽武侠小说全集》《还珠楼主小说全集》之后推出这套《王度庐作品大系》（以下简称《大系》），对于通俗文学史的研究，可谓功德无量！

　　王度庐，原名王葆祥，字霄羽，1909年生于北京一个下层旗人家庭。幼年丧父，旧制高小毕业即步入社会，一边谋生，一边自学。十七岁始向《小小日报》投寄侦探小说，随即扩及社会小说、武侠小说。1930年在该报开辟个人专栏《谈天》，日发散文一篇；次年就任该报编辑。八年间，已知发表小说近三十部（篇）。1934年往西安与李丹荃结婚，曾任陕西省教育厅编审室办事员和西安《民意报》编辑。1936年返回北平，继续以卖稿为生，次年赴青岛。青岛沦陷后始用笔名"度庐"，在《青岛新民报》及南京《京报》发表武侠言情小说（同时继续撰写社会小说，署名则用"霄羽"）。十余年间，发表的武侠小说、社会小说达三十余部。1949年赴大连，任大连师范专科学校教员。1953年调到沈阳，任东北实验中学语文教员。"文革"时期，以退休人员身份随夫人"下放"昌图县农村。1977年卒于辽宁铁岭。

早在青年时代，王度庐就接受并阐释过"平民文学"的主张。他的文学思想虽与周作人不尽相同，但在"为人生"这一要点上，二者的观念是基本一致的。

从撰写《红绫枕》（1926年）开始，王度庐的社会小说（当时或又标为"惨情小说""社会言情小说"）就把笔力集中于揭示社会的不公、人生的惨淡，以及受侮辱、受损害者命运的悲苦。

恋爱和婚姻是"五四"新文学的一大主题。那时新小说里追求婚恋自由的男女主人公面对的阻力主要来自封建家庭和封建礼教，作品多反映"父与子"的冲突——包括对男权的反抗，所以，易卜生笔下的娜拉尤被觉醒的女青年们视为楷模。到了王度庐的笔下，上述冲突转化成了"金钱与爱情"的矛盾。

正如鲁迅所说：娜拉冲出家庭之后，倘若不能自立，摆在面前的出路只有两条——或者堕落，或者"回家"。王度庐则在《虞美人》中写道："人生""青春"和"金钱"，"三者之间是相互联系着的"，而在当时的中国社会里，金钱又对一切起着主导性的作用。他所撰写的社会言情小说，深刻淋漓地描绘了"金钱"如何成为社会流行的最高价值观念和唯一价值标准，如何与传统的父权、男权结合而使它们更加无耻，如何导致社会的险恶和人性的异化。

王度庐特别关注女性的命运。他笔下的女主人公多曾追求自立，但是这条道路充满凶险。范菊英（《落絮飘香》）和田二玉（《晚香玉》）付出了生命的代价；虞婉兰（《虞美人》）终于发疯，生不如死。唯有白月梅（《古城新月》）初步实现了自立，但她的前途仍难预料；至于最具"娜拉性格"，而且也更加具备自立条件的祁丽雪，最终选择的出路却是"回家"。

这些故事，可用王度庐自己的两句话加以概括："财色相欺，优柔自误"（《〈宝剑金钗〉序》）。金钱腐蚀、摧毁了爱情，也使人性发生扭曲。人是"社会关系的总和"，他的社会小说正是通过写人，而使社会的弊端暴露无遗。

在社会小说里，王度庐经常写及具有侠义精神的人物，他们扶弱抗强，甚至不惜舍生以取义。这些人物有的写得很好，如《风尘四杰》里的天桥四杰和《粉墨婵娟》里的方梦渔；有些粗豪角色则写得并不成功，流于概念化，如《红绫枕》里的熊屠户和《虞美人》里的秃头小三。

上述侠义角色与爱情故事里的男女主人公一样，也是现代社会中的弱者。作者不止一次地提示读者，这些侠义人物"应该"生活于古代。这种提示背后隐含着一个问题：现代爱情悲剧里的那些痴男怨女，如果变成身负绝顶武功的侠士和侠女，生活在快意恩仇的古代江湖，他们的故事和命运将会怎样？这个问题化为创作动机，便催生了王度庐的侠情小说，这里也昭示着它们与作者所撰社会小说的内在联系。

《宝剑金钗》标志着王度庐开始自觉地把撰写社会言情小说的经验融入侠情小说的写作之中，也标志着他自觉创造"现代武侠悲情小说"这一全新样式的开端。此书属于厚积薄发的精品，所以一鸣惊人，奠定了作者成为中国现代武侠悲情小说开山宗师的地位。继而推出的《剑气珠光》《鹤惊昆仑》《卧虎藏龙》《铁骑银瓶》①（与《宝剑金钗》合称"鹤-铁五部"）以及《风雨双龙剑》《彩凤银蛇传》《洛阳豪客》《燕市侠伶》等，都可视为王氏现代武侠悲情小说的代表作或佳作。

作为这些爱情故事主人公的侠士、侠女，他们虽然武艺超群，却都是"人"，而不是"超人"。作者没有赋予他们保国救民那样的大任，只让他们为捍卫"爱的权利"而战；但是，"爱的责任"又令他们惶恐、纠结。他们驰骋江湖，所向无敌，必要时也敢以武犯禁，但是面对"庙堂"法制，他们又不得不有所顾忌；他们最终发现，最难战胜的"敌人"竟是"自己"。如果说王度庐的社会小说属于弱者的社会悲剧，那么他的武侠悲情小说则是强者的心灵悲剧。

王度庐是位悲剧意识极为强烈的作家。他说："美与缺陷原是一个东西。""向来'大团圆'的玩意儿总没有'缺陷美'令人留恋，而且人生本来是一杯苦酒，哪里来的那么些'完美'的事情？"（《关于鲁海娥之

---

①这里叙述的是发表次序。按故事时序，则《鹤惊昆仑》为第一部，以下依次为《宝剑金钗》《剑气珠光》《卧虎藏龙》《铁骑银瓶》。

死》)《鹤惊昆仑》和《彩凤银蛇传》里的"缺陷"是女主人公的死亡和男主人公的悲凉；《宝剑金钗》《卧虎藏龙》《铁骑银瓶》里的"缺陷"都不是男女主角的死亡，而是他们内心深处永难平复的创伤；《风雨双龙剑》和《洛阳豪客》则用一抹喜剧性的亮色，来反衬这种悲怆和内心伤痕。

王度庐把侠情小说提升到心理悲剧的境界，为中国武侠小说史做出了一大贡献。正如弗洛伊德所说："这里，造成痛苦的斗争是在主角的心灵中进行着，这是一个不同冲动之间的斗争，这个斗争的结束绝不是主角的消逝，而是他的一个冲动的消逝。"[①]这个"冲动"虽因主角的"自我克制"而消逝了，但他(她)内心深处的波涛却在继续涌动，以致成为终身遗恨。

李慕白，是王度庐写得最为成功的一个男人。

有人说，李慕白是位集儒、释、道三家人格于一身的大侠；这是该评论者观赏电影《卧虎藏龙》的个人感受。至于小说《宝剑金钗》里的李慕白，他的头上绝无如此"高大上"的绚丽光环——古龙说得好：王度庐笔下的李慕白，无非是个"失意的男人"。

在《宝剑金钗》里，李慕白始终纠结于"情"和"义"的矛盾冲突之中，他最终选择了舍情取义，但所选的"义"中却又渗透着难以言说的"情"。手刃巨奸如囊中取物，李慕白做得非常轻易；但是他却主动伏法，付出的代价极其沉重。他做这些都是自愿的，又都是不自愿的。出发除奸之前，作者让他在安定门城墙下的草地上做了一番内心自剖，这段自剖深刻地展示着他的"失意"，这种心态可以概括为三个字——"不甘心"。

在本《大系》所收"早期小说与杂文"卷中，读者可以见到王度庐用笔名"柳今"所写的一篇杂文《憔悴》，其中有段文字，所写心态与上述李慕白的自剖如出一辙。读者还可见到，《红绫枕》里男主角戚雪桥为爱

---

①弗洛伊德：《戏剧中的精神变态人物》，张唤民译，载《二十世纪西方美学名著选》（上），复旦大学出版社，1987，第410页。

人营墓、祭扫时的一段内心独白，其心态又与柳今极其相似。于是，我们看到了王度庐、柳今、戚雪桥（还有一些其他角色，因相关作品残缺而未收入《大系》）与李慕白之间的联系——李慕白的故事，是戚雪桥们的白日梦；戚雪桥、李慕白们的故事，则是柳今、王度庐的白日梦。

不把李慕白这个大侠写成一位"高大上"的"完人"，而把他写成一个"失意的男人"，这是王度庐颠覆传统"侠义叙事"，为中国武侠小说史做出的又一贡献。

玉娇龙，是王度庐写得最为成功的一个女人。

玉娇龙的性格与《古城新月》里的祁丽雪有相似之处，但是她的叛逆精神更加决绝、更加彻底。为了自由的爱情，她舍弃了骨肉的亲情。同时，她也舍弃了贵胄生活，选择了荆棘江湖；舍弃了城市文明，选择了草莽蛮荒。

对玉娇龙来说，最难割舍的是亲情；最难获得的，是理想的婚姻。她发现自己选择罗小虎未免有点莽撞，所以又离开了他。她获得了自由的爱情，却在事实上拒绝了自由的婚姻。这与其说反映着"礼教观念残余""贵族阶级局限"，不如说是对文化差异的正视。尽管如此，这位"古代娜拉"并未"回家"，而是毅然决然地踏上一条不归路。这条路是悲凉的，同时又是壮美的。

玉娇龙和李慕白都是"跨卷人物"。《剑气珠光》里的李慕白写得不好，因为背离了《宝剑金钗》中业已形成的性格逻辑。《铁骑银瓶》里的玉娇龙则写得很好，她青年时代的浪漫爱情，此时已经升华为伟大的、无私的母爱。她青年时代的梦想，终于在爱子和养女的身上得以成真，但是他们携手归隐时的心态，也与母亲一样充满遗憾。

王度庐的上述成就，都是源于对传统武侠叙事的扬弃，这也使他的武侠悲情小说拥有了现代精神。

王度庐又是一位京旗作家。

清朝定都北京之后，即将内城所居汉人一律迁出，由八旗分驻内城八区。王度庐家住地安门内的"后门里"，属于镶黄旗驻区，其父供职于内务府的上驷院。内务府是一个由满洲上三旗（镶黄、正黄、正白旗）内"从龙包衣"①组成的机构，专门管理皇家事务。由此可知，王氏当属编入满洲镶黄旗的"汉姓人"，这一族群不同于"汉人""汉军"，满人把他们视为同族②。

满人崛起于白山黑水之间，性格刚毅尚武，自立自强，粗犷豪放。入关定鼎之后，宴安日久，八旗制度的内在弊端开始呈现，"八旗生计"问题日益突出，以致最终导致严重的存亡危机。王度庐出生时，恰逢取消"铁杆庄稼"（即旗人原本享受的"俸禄"），父亲又早逝，全家陷入接近赤贫的境地。他的早期杂文经常写到"经济的压迫"，"身世的漂泊，学业的荒芜"，疾病的"缠身"，始终无法摆脱"整天奔窝头"的境况。他的许多社会小说及其主人公的经历、心境，也都寄托着同样的身世之感和颓丧情绪。这种刻骨铭心的痛楚，蕴含着当时旗人不可避免的噩运，汉族读者是难以体会这种特殊的苦痛的。

同时，王度庐又十分景仰旗族优秀的民族精神。他的作品，明确书写旗人生活的有十多部；他所塑造的许多旗籍人物身上，都寄托着他对民族精神的追忆和期许。

从这个角度考察玉娇龙，首先令人想到满族的"尊女"传统。满族文史专家关纪新认为，这一传统的形成，至少有四点原因：一、对母系氏族社会的清晰记忆；二、以采集、渔猎为主的传统经济，决定了男女社会分工趋于平等；三、入关之前未经历很多封建化过程；四、旗族少女在理论上都有"选秀入宫"机会，所以家族内部皆以"小姑为大"。③玉娇龙那昂扬的生命力，正是满族少女普遍性格的文学升华。《宝刀飞》可能是第一部把入宫前的慈禧，作为一位纯真、浪漫而又不无"野心"的旗族姑娘加以描绘的小说。作者以"正笔"书写入宫前的她，用"侧笔"续写成为"西宫娘娘"之后的她，沉重的历史

①"包衣"，满语，意为"家里人"，在一定语境下也指"世仆""仆役"；"从龙"，指从其祖先开始就归皇帝亲领。王度庐在一份手写的简历里说：父亲在清宫一个"管理车马的机构"任小职员，这个机构当即内务府所属之上驷院。
②按："满人"专指满族；"旗人"这一概念则涵括满洲、蒙古、汉军三个八旗的所有成员，其内涵大于"满人"。
③参阅关纪新：《多元背景下的一种阅读——满族文学与文化论稿》，辽宁民族出版社，2013，第219页。

感里蕴含几分惋惜，情感上极具"旗族特色"。

在《宝剑金钗》和《卧虎藏龙》里，德啸峰虽非主人公，却可视为旗籍"贵胄之侠"的典型。他沉稳、老练，善于谋划，善于掌控全局，比李慕白更加"拿得起、放得下"。他的身上比较完整地体现着金启孮所说京城旗人游侠的三个特征：一、凌强而不欺下，一般人对他们没有什么恶感。二、多在八旗人居住的内城活动，没什么民族矛盾的辫子可抓。三、偶或触犯权势，但不具备"大逆不道"的证据，故多默默无闻。① 铁贝勒、邱广超和《彩凤银蛇传》里的谢慰臣都属此类人物。

进入民国之后，由于政治、经济原因，京中旗人的精神状态呈现更趋萎靡甚至堕落之势（《晚香玉》里的田迂子即为典型），但是王度庐从闾巷之中找到了民族精神的正面传承。《风尘四杰》实际写了五个"闾巷之侠"——那位"有学有品而穷光蛋"②的"我"，也算一个"不武之侠"。作者清楚地认识到：虽然早非"侠的时代"，但是天桥"四杰"③身上那种捍卫正义，向善疾恶，刚健、豁达、坚韧、仗义、乐观的民族精神，却是值得弘扬光大的。这已不仅仅是对旗族的期许，更是对重振中华民族传统美德的期许。

凡是旗人，都无法回避对于清王朝的评价。王度庐在杂文里认为，"大清国歇业，溥掌柜回老家"④乃是历史的必然，人民期盼的是真正实现"五族共和"。他更在两部算不上杰作的小说中，以传奇笔法描绘了两位清朝"盛世圣君"的形象。《雍正与年羹尧》里的胤禛既胸怀雄才大略，又善施阴谋诡计。他利用"江南八侠"的"复明"活动实现自己夺嫡、登基的计划，又在目的达到之后断然剪除"八侠"势力。但是，他对汉族的"复明"意志及其能量日夜心怀惕惧，以至"留下密旨，劝他的儿子登基以后，要相机行事，而使全国

---

① 参阅关纪新：《老舍与满族文化》，辽宁民族出版社，2008，第80页。
② 语见王度庐早期杂文《中等人》，原载于北平《小小日报》1930年4月5日"谈天"栏，署名"柳今"。
③ 民国初年，"天坛附近的天桥大多数的女艺人、说书人、算命打卦者都是满人"。转引自关纪新：《老舍与满族文化》，辽宁民族出版社，2008，第122页。
④ 语见王度庐早期杂文《小算盘》，原载于《小小日报》1930年5月20日"谈天"栏，署名"柳今"。

恢复汉家的衣冠"。书中还有一位不起眼的小角色——跟着胤禛闯荡江湖的"小常随",他与八侠相交甚密,又很忠于胤禛。"两边都要报恩"的尖锐矛盾,导致他最终撞墙而殉。作者展示的绝不限于"义气",这里更加突出表现的是对汉族的负疚感和对民族杀伐史的深沉痛楚。王度庐对历史的反思已经出离于本民族的"兴亡得失",上升为一种"超民族"的普世人文关怀。《金刚玉宝剑》中的乾隆,则被写成一个孤独落寞的衰朽老人,这一形象同样透露着作者的上述历史观。

满族入关后吸收汉族文化,"尚武"精神转向"重文",涌现出了纳兰性德、曹雪芹、文康等杰出满族作家,其中对王度庐影响最大的是纳兰性德。"摇落后,清吹那堪听。淅沥暗飘金井叶,乍闻风定又钟声。"①纳兰词的凄美色调,融入北京城的扑面柳絮和戈壁滩的漫天风沙,形成了王度庐小说特有的悲怆风格。

旗人的生活文化是"雅""俗"相融的,王度庐继承着旗族的两大爱好:鼓词(又称"子弟书""落子")和京剧。他十七岁时写的小说《红绫枕》,叙述的就是鼓姬命运,其中还插有自创的几首凄美鼓词。至于京剧,据不完全统计,仅在《落絮飘香》《古城新月》《晚香玉》《虞美人》《粉墨婵娟》《风尘四杰》《寒梅曲》七部小说中,写及的剧目已达九十六折②之多!作为小说叙事的有机内涵,王度庐写及昆曲、秦腔、梆子与京剧的关系,"京朝派"(即京派)与"外江派"(即海派)的异同,"京、海之争"和"京、海互补",票社活动及其排场,非科班出身的伶人、票友如何学戏,戏班师傅和剧评家如何为新演员策划"打炮戏",各色人等观剧时的移情心理和审美思维……他笔下的伶人、票友对京剧的热爱是超功利的,而她(他)们的社会角色和物质生活则是极功利的——唯美的精神追求与惨淡的现实生活构成鲜明反差,映射着

---

① 纳兰性德:《忆江南》——当年王度庐与李丹荃相爱,曾赠以《纳兰词》一册,李丹荃女士七十余岁时犹能背诵这首词。

② 由于现存《虞美人》和《寒梅曲》文本均不完整,所以这一数字是不完整的。而未列入统计对象的《宝剑金钗》《燕市侠伶》等作品中,也常含有京剧演出、观赏等情节,涉及剧目亦复不少。

人性的本真、复杂和异化。他又善于利用剧情渲染故事情节和人物情感,例如《粉墨婵娟》中,凭借《薛礼叹月》和《太真外传》两段唱词,抒发女主人公不同情境下的不同心绪,展示着"戏如人生、人生如戏"的微妙契合,极大地增强了小说的诗意。

入关以后,旗人皆认"京师"为故乡,京旗文学自以"京味儿"为特色。王度庐的小说描绘北京地理风貌极其准确,所述地名——包括城门、街衢、胡同、集市、苑囿、交通路线等等,几乎均可在相应时期的地图上得到印证。《宝剑金钗》《卧虎藏龙》主人公的活动空间广阔,书中展示清代中期北京的地理风貌相当宏观,又非常精细。玉娇龙之父为九门提督,府邸位置有据可查,作者由此设计出铁贝勒、德啸峰、邱广超府第位置,决定了以内城正黄旗、镶黄旗(兼及正红旗、正白旗)驻区为"贵胄之侠"的主要活动区域。李慕白等为江湖人,则决定了以"外城"即南城为其主要活动区域。两类侠者的行动则把上述区域连接起来,并且扩及全城和郊县。《落絮飘香》《古城新月》《晚香玉》《虞美人》等社会小说中,主人公的活动空间相对狭小,所以每部作品侧重展示的是民国时期北平城的某一局部区域:或以海淀—东单—宣内为主,或以西城丰盛地区—东单王府井地区为主,等等。拼合起来,也是一幅接近完整的"北平地图"。上述小说之间所写地域又常出现重合,而以鼓楼大街、地安门一带的重合率为最高。作者故居所在地"后门里"恰在这一区域,在不同的作品里,它被分别设置为丐头、暗娼等的住地。这里反映着作者内心深处存在一个"后门里情结",他把此地写成天子脚下、富贵乡边的一个小小"贫困点",既体现着平民主义的观念,又是一种带有幽默意味的自嘲。

王度庐小说里的"北京文化地图",是"地景"与"时景"的融合,所以是立体的、动态的。这里的"时景",指一定地域中人们的生活形态,包括节俗、风习。无论是妙峰山的香市、白云观的庙会、旗族的婚礼仪仗、富贵人家的大出丧、"残灯末庙"时的祭祖和年夜饭、北海中元节的"烧法船",乃至京旗人家的衣食住行,王度庐都描写得有声有色,细致生动。这些"时景"与故事情节融为一体,成为展示人物性格、心理的重要手段;同时也颇具独立的民俗学价值。王度庐在小说里常将富贵繁华区的灯红酒绿与平民集市里的杂乱喧闹加以对比,而对后者的描绘和评论尤具特色。例如,《风尘四杰》里是这样介绍天桥的："天桥，的确景物很多，让你百看不厌。人乱而事杂，技艺丛集，藏龙卧虎，新旧并列。是时代的渣滓与生计的艰辛交织成了这个地方，在无情的大风里，秽土的弥漫中，令你啼笑皆非。"他笔下的天桥图景，喷发着故都世俗社会沸沸扬扬的活力和生机，嘈杂喧嚣而又暗藏同一的内在律动；它与内城里的"皇气""官气"保持着疏离，却又沾染着前者的几分闲散和慵懒。这又是一种十分浓厚、相当典型的"京味儿"！

"京味儿"当然离不开"京腔"。王度庐的语言大致是由两部分组成的：叙事以及文化程度较高角色的口语，用的是"标准变体"，即经过"标准化处理"的北京话，近似如今的"普通话"；底层人物的语言，则多用地道的北京土语，词汇、语法都有浓厚的地域特色，比一般的"京片儿"还要"土"。故在"拙""朴"方面，他比一些京派作家显得更加突出。

由于众所周知的原因，王度庐的作品散佚严重，这部《大系》编入了至今保存完整或相对完整的小说二十余种，另有一卷专收早期小说和杂文。

笔者认为，1949年前促使王度庐奋力写作的动力当有三种：一曰"舒愤懑"；二曰"为人生"；三曰"奔窝头"。三者结合得好，或前二者起主要作用时，写出来的作品质量都高或较高；而当"第三动力"起主要作用时，写出来的作品往往难免粗糙、随意。当然，写熟悉的题材时，质量一般也高或较高，否则，虽欲"舒愤懑""为人生"，也难以得到理想的效果。是否如此，还请读者评判、指正。

徐斯年

二〇一四年十一月于姑苏香滨水岸

凡 例

1.《风雨双龙剑》

本书初稿共十七回,连载于 1940 年 8 月 16 日至 1941 年 5 月 9 日南京《京报》。载毕即由报社刊行单行本,列为"京报丛书"之一。1948 年又由上海育才书局印行单行本,改为十八回;回目与《京报》本略有差异,内文稍有删改。本版采用十八回,内文据连载本印行。

2.《彩凤银蛇传》

本书最初连载于 1941 年 5 月 10 日至 1942 年 3 月 1 日南京《京报》。未见单行本。本版即据连载本印行。

3.《纤纤剑》

本书初载于 1942 年 3 月 1 日至 10 月 31 日南京《京报》。未见单行本。本版即据连载本印行。

4.《洛阳豪客》

本书初稿连载于 1943 年 1 月 23 日至 1944 年 1 月 8 日南京《京报》,原题《舞剑飞花录》。1949 年 2 月上海励力出版社印行单行本,改题《洛阳豪客》,章次、章题均与连载本不同,内文差异亦大。

本版以连载本为底本,书名仍用励力版名,附励力版目录如下:

5.《大漠双鸳谱》

本书最初连载于 1943 年 1 月 23 日至 1944 年 7 月 3 日南京《京报》(1944 年 2 月 1 日改名《京报晚刊》)。未见单行本。本版即据连载本印行。

6.《紫电青霜》

本书初稿 1944 年至 1945 年连载于《青岛大新民报》,原题《紫电青霜录》。1948 年 7 月由上海励力出版社印行单行本,改题《紫电青霜》。本版以励力版为底本。

7.《紫凤镖》

本书初稿连载于 1946 年 12 月至 1947 年 7 月《青岛时报》,署名鲁云。1949 年由重庆千秋书局印行单行本。本版以千秋书局版为底本。

8.《绣带银镖》

本书初稿连载于 1947 年 5 月至 1948 年 9 月青岛《大中报》,原题《清末侠客传》,署名鲁云。1948 年上海励力出版社印行单行本时分为二册,书名分别改题《绣带银镖》《冷剑凄芳》。本版以励力版为底本,合为一册印行。

9.《雍正与年羹尧》

本书初稿连载于 1947 年 7 月至 1948 年 4 月《青岛时报》,署名鲁云。1949 年上海励力出版社印行单行本,更名《新血滴子》。本版以励力版为底本,书名恢复原名。

10.《宝刀飞》

本书初稿连载于 1948 年 4 月至 1948 年 9 月《青岛时报》,署名鲁云。同年 11 月由上海励力出版社印行单行本。本版以励力版为底本。

11.《金刚玉宝剑》

本书初稿始载于 1948 年 9 月《青岛公报》,1949 年 2 月改载《联青晚报》。1949 年由上海励力出版社印行单行本。本版以励力版为底本。

按"金刚玉"当作"金刚王"。参见丁福保主编之《佛学大辞典》:

【金刚王宝剑】(譬喻)临济四喝之一,谓临济有时一喝,为切断一切情解葛藤之利剑也。《临济录》曰:"师问僧:有时一喝如金刚王宝剑,有时一喝如踞地金毛狮子,有时一喝如探竿影草,有时一喝不作一喝用,汝作么生会?僧拟议,师便喝。"《人天眼目》曰:"金刚王宝剑者,一刀挥断一切情解。"

又:【金刚】(术语) Vajra 梵语曰缚罗。……译言金刚,金中之精者,世所言之金刚石是也。……又(天名)持金刚杵之力士,谓之金刚。……

【金刚王】(杂语)金刚中之最胜者,犹言牛中之最胜者为牛王也。……

引 言

　　中国铸剑之秘法,至今早已失传,古传有名剑曰"湛卢""纯钢""胜邪""鱼肠""巨阙"等等,现今只在古籍上徒留其名,宝物始终未见发现。即偶有嗜古之人,得三尺烂铁,亦妄以炫人曰:"此汉唐以前物也。"其实多半是信口开河,漫无考据。倒是那些以武技传家、所谓历代以走江湖吃饭的尚有的家中藏有名器,不过那些素不知书,只晓得宝剑的锋利,却弄不清它的来历。又因自交通便利之后,镖客武师都归淘汰,他们的后人亦皆改操他业,所以能保存祖先所遗之名剑利刃者亦很少。

　　著者于十年前浪迹至河南某小县,遇有布商陈姓,自称为百二十年前中原大侠陈铁掌之后裔,萍水结交,旅夜倾谈,陈君随由匣中出一剑,约二尺八寸长,剑身作黝黑色,望之似不甚利,然试将铜元叠成二寸厚,挥剑一砍,即纷纷俱裂。又以帛覆剑锋上以扇扇之,立时帛即断裂如刀裁,真堪称为奇器。陈君言,此剑名"白龙吟风剑",系其先人所传,其先人得此非易,尚有一口名曰"苍龙腾雨剑",当年陈铁掌即因那口剑以致丧失性命,所以被陈铁掌之婿一怒给毁坏了。

　　因述一百年前旧事,其事激昂壮烈,兼杂有儿女柔情,著者听之忘倦,一夜未寐,随于旅舍灯下记成此"风雨双龙剑"故事之梗概,次日即与陈客别,剑已不能复睹。现今夏日多暇,因将此故事翻为小说,虽与文字之间不无渲染及点缀,然故事皆为当年陈客一夜所实述者。

目 录

第一回 逞锋芒宝剑折钢刀
聆凶吉强徒生恶念

在河南省原武县,那里是靠近着黄河,一百多年之前(清代),一个冷雨凄风的早晨,黄河的水仰望着莽莽的苍天,两岸的田野森林都染上了浓厚的秋色;风挟着雨吹来,打在人的衣裳上簌簌地响,似乎是很沉重的,因为里面含着许多沙土的成分。

这时有个人骑着一匹深黄色的健马,飞驰到了河边,他勒住了马,张目四望,像是要寻船渡河。可是这时的河身里只有浩荡的浊水,却没有一只摆渡,这个人不禁嗟叹了一声,只好拨回他那匹黄马,打算要奔眼前不远的一座小镇。

马踏着泥泞的大道向东北方向行走了不远,蓦然见对面又来了一骑黑色的马。隔着一层雾气,他看不清对面马上人的面目,但是他立刻心惊肉跳,赶紧跳下马来;他那只粗大的右手就握住了插在行李卷内的刀柄,都要将刀抽出来了。对面的黑马就往近来走,他怒瞪起了两只眼睛仔细去看。

那匹黑马上却是个年有四十多岁、留着一些短短黑须的黄脸汉子,头戴一顶大草帽,身披黑色的油布雨衣。这边的人才把手离开了刀柄,心也放下来了,喘了一口气。

对面的黑马已到临近,马上的人扬鞭向前一指,问说:"那边有渡船吗?"这人就回答说:"没有,一只也没有! 天下雨,又凉,那些干摆渡的人也懒得出来了!"黑马上的人笑了笑,说:"那我就只好在这里歇一天吧!"他倒像没有什么紧急的事似的,就拨回了马。

这边的人也上了他那匹黄马,同时他注意到那黑马上并无行李,只有一口宝剑,铁剑匣都已长了黑锈,便心中猜想:不知这人是哪一路的?是保镖的还是教拳的?不然就许是走江湖吃黑饭的?他心中诧异着,随就跟着那人去走。

两匹马在雨中一齐往东北走去,彼此都已看出来了,都是惯走江湖的人,于是就相谈着,互相先问了姓名。那骑黑马的人态度坦然,说:"我姓陈,草字伯煜,住家在新蔡县,这次是到保定府看望一位朋友回来。昨天来到这里,因为下雨我就没走,想不到今天雨还是没住,河里还是没有渡船,只好再住半日看吧!朋友,你是从哪里来的?贵姓?一向做什么生意?是保镖吗?"

这骑黄马的人听了,便更是惊诧,同时却又欢喜,心说:江湖上都晓得铁掌陈伯煜的大名,他是河南省有名的拳师,我还没有见过他,想不到今天竟能在此相会。他随就吐露出他的真姓名,抱了抱拳,说:"陈老哥,你的大名我是久仰得很!今天在此相遇,总算是三生有幸。兄弟我名叫张雁峰,绰号人称宝刀张三,陈老哥你可知道我吗?我是北京广达镖店的镖头。"说毕,他扬着一张铁青色的大长脸,看着这位著名的拳师。

陈伯煜翻眼想了一想,始终没有想起来,就漠然说:"原来是北京城的镖头,想必素负大名,武艺高强。府上可是信阳州?现在也是要回家去吗?"宝刀张三一听,兴头全都没有了,心说:我还以为陈伯煜一定也晓得我的名声,原来他会不知道,不过他倒听得出我的口音。于是就点头说:"不错,我家住在信阳州。年年在外面闯荡,没有什么空闲时候,两年多没回家了,这回好容易跟掌柜的告了一个月的假,回家去度中秋节。"陈伯煜便点了点头。

两匹马到了那小镇市上,共同进了一家店房,马交给店伙,两人就各自找了个房间。陈伯煜住的是北房,宝刀张三住在西房,相隔两三间屋子。宝刀张三一进屋,脱了身上淋湿了的衣裳,就先将他那口扑刀从行李卷内抽出，放在身畔；他的心神时时紧张着，仿佛在他的身旁潜伏着什么危机。店伙给送进来茶水，并问他要什么饭，宝刀张三却摆了摆手。他心中非常的烦恼、恐惧，想起这回他由北京出来，身边带着五十多两银子，是两年以来所挣的工资；本想回家跟老婆孩子过一个美满的中秋节，却不料半路上又惹出事来，错处还是在他。

宝刀张三本来是个专心练功夫的好汉子，平素不好女色。可是那天走在邢台县，遇见同行的好友强二虎，留住他盘桓了一日，喝了几盅酒，一同到鲁家庄去看野台戏。不料望见看台上有个娘儿们，张三也没有看出来那娘儿们是丑是俊，只觉得大概是穿着一双红绣鞋，张三就糊糊涂涂地把人家的绣鞋摸了一下。

这一下可就惹出大祸来，原来那娘儿们是鲁家庄鲁大奶奶，鲁大爷现在彰德府衙当官差，就是江湖上有名的铁棍鲁荫松。当时在旁边看戏的还有鲁家的许多族人，多半是些年轻的壮汉，一见宝刀张三调戏了他们的大奶奶，就一齐愤怒，随就将张三围住，拳脚齐上。强二虎在那时也跑了，幸仗张三带着他那口宝刀，他挥刀砍伤了四五个人，当场逃跑。

他那时还不知铁棍鲁荫松的厉害，从从容容走到河南，不料鲁家庄早有人在暗中跟他下来，并且给鲁荫松送了信。张三一走到了彰德府地方，就被鲁荫松拦截住，交手十余合，他就知道鲁荫松的铁棍非常厉害，他的宝刀绝敌不过人家，所以他赶紧催马逃走。

他想鲁荫松必不能饶了他，这时一定追下他来了。现在他又过不得河，心中真是着急、恐惧，就摸着那口不很锋利的所谓宝刀的刀柄，皱着眉，心说：鲁荫松若是再追下我来，那我可就完了，不死也得受伤；我这指着走江湖吃饭的人，若栽了跟头，还怎么在江湖上混呢？忽然又想起刚才相遇的那位陈伯煜，陈伯煜的武艺一定比鲁荫松又高强得多了！我倘能跟他套套交情，与他一同过河，一路行走，到时即或有人打我，他也绝不能袖手旁观。这样一想，宝刀张三的铁色长脸就现出些欢容，他赶紧出屋，到北房去见铁掌陈伯煜。

这时的雨还没有住，陈伯煜在屋中正用一块手巾拂拭着剑柄上所着的雨水。宝刀张三一进屋来，陈伯煜就笑着说："请坐。"张三也笑着点点头，很注意地看那口宝剑。只见剑身作苍绿色，仿佛生了许多锈，可是双锋极薄，看那样子倒还相当锋利。张三就说："陈老哥的这口剑，你已使了多年了吧？应当擦一擦。"

陈伯煜说："这口剑你大概不认得，这是一口宝剑，善能斩钉剁铁。一共是二口，普通的剑都分雌雄，而此剑却分兄弟，一名苍龙腾雨，一名白龙吟风。苍的是兄，白的是弟。我现在这口就是苍龙腾雨剑，相随我已有十五年之久了。"陈伯煜说话的时候，眼望着张三，手拭着宝剑，态度是非常骄夸的样子，张三却看不出这口剑到底宝在哪里。

陈伯煜接着又说："你外号叫宝刀张三，想必你也有一口宝刀了？"张三却不由得脸红了，说："宝刀张三是旁人给我起的名字，我那口刀是不错，可是还不能够削铜剁铁。"陈伯煜就说："拿来我看看！"张三就回到屋中，抄起他那口厚背薄锋光芒刺眼的扑刀，心说：他要看看，就叫他看看吧！利钝不说，反正准比他那口苍龙剑漂亮得多。

他把刀拿到北屋，交到陈伯煜的手中，说："这口刀是朋友送我的，因为我在山东兖州府拳打曹金虎、曹金豹兄弟俩，救了朋友的性命，朋友费了一百八十两银子打了这口刀送给我。我拿着它，闯过张家口，打过焦铁塔；在太行山，我也凭单刀战过三十多个强盗。前天在彰德府……"他不好意思再往下说了，因为前天在彰德府他吃了鲁荫松一铁棍，若不是自己的手快，赶紧用此刀挡住，脑袋在那时候便已粉碎，现在也不会说话了。

可是陈伯煜并不听他自道生平得意的事情，只是专心地看那口扑刀。他用手掯了掯，又弹了弹刀刃，然后抄起他那口宝剑，将刀交还张三，起身笑着说："可以试一试吗？你这口刀不错，但我想还许比不上这口剑锋利，来！咱们试着撞一撞？"张三却犹豫着，心说：万一他那口剑真是个宝剑，撞折了我这口刀，那我可就连人都丢了！他将要摇头，却不料陈伯煜已挥起了宝剑，向他那口刀撞去，只听呛啷一声，张三的这口宝刀竟被削为两截。陈伯煜不由高兴得哈哈大笑，笑过之后，他又拍着张三的肩膀说："对不住！对不住！我太冒昧了，将来我必要打一口好刀送到信阳州你的府上！"

张三被毁了宝刀，他一赌气把手中的半截刀也摔在地下，他那一张长脸青中透紫，恨不得立时就与陈伯煜揪打起来。但他毕竟不敢动手，就强忍下了一口气，反做出不在乎的样子，摆手说："这算什么？陈老哥，你把我张三看得太小气了！"

陈伯煜此时是十分抱歉，连说："我这个人的脾气太坏！只要看见人有好兵刃，我就想用剑试一试，咱们初次相交，我真不该如此。"张三笑着说："客气什么？虽是初次相交，可是我早就仰慕你老哥的大名，只是我还不知道你老哥有这一口宝剑。好了，以后我张雁峰只叫张三，不使宝刀了！"张三越是这样的慷慨，陈伯煜反倒越自觉惭愧，又说了许多抱歉的话，便呼店家摆酒，随在这屋中二人畅饮起来。二人的酒量都很大，都喝得醉醺醺的，并且谈话也很相投，仿佛竟成了莫逆之交。

此时窗外的秋雨仍然潇潇地落着。在陈伯煜屋中用毕了早饭，张三回到他自己屋中，就跺脚暗骂：他娘的！用他那鸟剑毁了我的宝刀，他这是看不起我北京城的镖头！赔两句话，喂几口酒就算完了？我张三没那么好欺负，早晚我要出这口气！他又气恼又懊烦，躺在床上就睡着了。

睡了也不知有多少时候，忽听窗外有人高声叫道："张老弟！张老弟！河里有船了，咱们一同走吧！"张三翻身起来，开门一看，原来是陈伯煜戴着大草帽，穿着雨衣，牵马立于雨中。张三就问："有什么时候了？"陈伯煜说："才过午，渡过河若是马快，晚间咱们可以在许州投宿。"

张三一听今晚就能到许州，到了许州那鲁荫松一定追赶不上，随就连说："好！好！"并喊店家给他备马。他收束行李，又要拿他那口宝刀，这时才想起来，刀是叫陈伯煜的宝剑给削折了。他心中一气，本要不跟陈伯煜去走，可是又想：这时我连一件防身的兵器也没有了，倘若鲁荫松追下我来，我拿什么敌他那根铁棍呢？那我不是非死不可吗？于是他赶忙拿着行李出屋，放置在马上，就与陈伯煜一同出门，上了马，并辔而行，就在雨中嘚嘚地驰到了黄河岸上。

这时河中果有两只渡船,可是搭客却没有一个。陈伯煜上前跟船夫讲明了价钱,随后二人就牵马到了一只船上。船悠悠地走了,上面是落着雨,下面是滚滚的浊水,两岸都没有人,船上只有两个船夫。张三牵马立在船板上,虽然他不觉头晕,可是心里有些害怕,暗想:不知陈伯煜是好人还是坏人?倘或他是个坏人,他再跟铁棍鲁荫松通气,此时只消用手一推,我就要堕在河里淹死,我家里的老婆孩子他们连知也不知。所以他就瞪着两只惊疑的眼睛溜着陈伯煜,陈伯煜却是从容地跟船夫谈着闲话。

好半天,张三才盼得到了对岸,上岸乘马,他就高兴起来,向陈伯煜说:"陈老哥,咱们快些走吧!赶到许州城住一夜,我还要快些回家,不然我的妻子孩儿一定要等急了!"陈伯煜说:"我也是要回家里去度中秋。我倒没有妻子,可我有一女儿,今年十三岁了,真是聪明伶俐。这次若不是我要看望一位老朋友,我也真不出这趟远门。"张三又说:"快走! 老哥你的马在前,快走!"陈伯煜也催马向前,不再说话。

他的宝剑虽利,但他那匹黑马却不快,又兼道路泥泞,十分难走,走了半天,才走出三十余里。张三在马上是时时向后张望,这时却见身后远远地驰来了两匹马。张三大惊,催马越过了陈伯煜,又急喊着说:"快走!"陈伯煜也回头望了望,反倒勒住了马,从容地向张三微笑说:"不要怕! 你的仇人若来到,由我的宝剑去挡。"

张三慌了,手中又没有了宝刀,而从雨中追赶他来的,却又正是鲁荫松和他那个帮手,并且鲁荫松离着很远就在马上举起了他那根有核桃粗的大铁棍。张三催马跑了一箭之远,地下一滑,马的前蹄一蜷,几乎把他跌下来。

只见陈伯煜已抽剑在手,拨马迎上了那两个人,也不知他们说了几句什么话,就一同跳下马来动手。鲁荫松的铁棍向陈伯煜盖顶砸下,陈伯煜却不用剑去迎,他闪开了身,展开苍龙腾雨剑,反向敌心去刺。鲁荫松急忙斜撤一步,用铁棍去撞宝剑,陈伯煜却又撤剑回来,一耸身到了鲁荫松的背后,抢剑直劈下来。鲁荫松急忙翻身横棍去迎,只听咚的一声,连这边的张三都听得很真切,那根铁棍就被剑削成两截了。鲁荫松大惊,立刻后退了几步,手中虽然仍提着半根铁棍,但他不敢再交手了,他的那个帮手更是退到了远处。

陈伯煜便微笑着向他们说了几句话,然后就从容上马,赶上了张三,摆手道:"不要怕了!把他们打回去了!"他看了看剑锋,毫无损伤,随就收入鞘内。张三这时吓得那张青脸已成惨白,心说:好家伙!核桃粗的铁棍能用宝剑削折,恐怕铁柱子他也能够给砍断了吧?随着陈伯煜向南又走了十余里地,回首看那鲁荫松的两匹马已然没有了踪影,他才喘了喘气,脸色也渐变过来,两匹马也走得缓了。

张三的两只眼贪婪地、惊异地溜着陈伯煜鞍旁的那口宝剑,而陈伯煜却斜脸对着张三说:"老弟,在河北我一看见你时,就觉得你神色慌张,我想一定是有仇人追下你来。我与你素不相识,本不能帮助你去得罪别人,可是在店房中我把你护身的兵器伤了,而且我见你是个诚实人,才愿意随行保护你。今天晚间我们到许州,明天我在城内找口好刀送给你,然后我陪同你走到西平县,咱们再分手。你放心,有我跟随你,不要说是鲁荫松,就是淮南的苗立九;他的武艺比鲁荫松高强,棍也粗重,那我也能从容对付。只是我劝你,以后不要再调戏良家妇女,因为那是江湖人最不名誉的事!"

张三被说得脸红,又嗫嚅地辩解道:"那天我是酒喝醉了,不小心摸了那娘儿们的脚一下,谁知道她就是鲁荫松的婆娘呢!"陈伯煜见张三这傻样子,更觉得这个人诚实,随不由笑了,就说:"这时咱们该快点走了!"于是他放马在前,张三催马紧紧跟随,走了三十多里路,竟把张三的马落后半里多远。张三喘着气,心里发恨,说:好个陈伯煜!刚才你那马原来是故意慢走,为的是使鲁荫松追上我,你好施展本领,卖弄宝剑,你真他娘的坏心眼,老子不领你的救助之情!

两匹马直走到薄暮的时候,雨还没有住,已然来到许州了。在北门外找了一家店房住下,那店家与陈伯煜十分熟识,招呼着说:"陈大爷你老回来啦!你老是六月底由这里走的,到现在有一个多月啦。这位贵姓?你二位是住一处还是分两间屋呢?"陈伯煜就说:"找两个单间吧!"店家就给他们找了两个紧挨着的单间。

张三到了屋里，他真疲乏了，就躺在床上喘了几口气，心说：这一天连气带惊吓，再加上风吹雨打，真是人困马乏了；天天的日子要是这样过，非死不可！隔着一扇板墙就是陈伯煜住的屋子，灯光从板缝儿射到这屋里，陈伯煜很高兴地在那屋哼哼山西的梆子腔。张三忽然又爬了起来，隔着板缝儿去看，就见陈伯煜嘴里哼哼着腔调，双手却托着那口苍龙腾雨剑，着着灯光细细地审查；仿佛他还不放心，唯恐今天斩折铁棍之时损伤了他的锋刃。

张三一看见那口剑就连疲倦也忘了，恨不得隔着板壁就把它得到手中。他跳下床来，走到陈伯煜的屋中，陈伯煜微微抬起头来，问说："老弟，今天你不觉着劳累吗？"张三笑着说："不累，不累，无论如何我也在江湖上瞎闯了十几年，今天这一点点路就至于累？"陈伯煜笑着说："好精神！等些时我有个师侄来，我请你们喝酒。"他的眼光仍然注视在剑锋上。

张三走过去，很关心地问说："没有撞坏吗？"陈伯煜仰起头来说："哪能撞坏？不要说鲁荫松只拿着铁棍来，就是他扛着铁房梁来，我也要用此剑把它砍折。不信你看，哪里有分毫的损坏？"张三接过宝剑来，手都颤抖了，他就近了灯，细细地反复看这口剑，连剑身上所嵌的七颗金星，他全都拿大眼睛瞪了半天。他真祈望陈伯煜忽然一发慷慨，说声"送给你吧！作为赔偿你那口宝刀"。可是陈伯煜却赶忙要了回去，并且又用一块绒毛巾拭了拭剑，仿佛是怕沾了张三手上的臭汗。张三就眼巴巴地看着陈伯煜将剑收入了铁匣。

陈伯煜将匣子放在床铺上，指了指凳子，说声："请坐。"随又说："苍龙腾雨、白龙吟风这两口剑全都在我的手中，因为那口白龙吟风的尺寸较短，分量略轻，所以我交给我女儿使用了。"

张三赶紧问说："那口白龙剑比这口苍龙剑怎样？两个要是撞在一起，哪口得受损伤？"

陈伯煜说："一样的，同炉同时铸造出来的东西，当然是不分上下，只是颜色稍有不同，那大概是因为常用与不常用的缘故。不过后来的人不单给它们分出来兄弟，还分出来凶吉，据言佩凶剑者招灾，佩吉剑者纳福。"

张三就问说："那么这苍龙剑是属凶还是属吉呢？"陈伯煜却笑着说："这是口凶剑！"张三听陈伯煜一说这口剑是凶物，他的心就忽然一动。陈伯煜又笑着说："但我毫不介意，因为我以为凡剑就是凶物，哪里还有吉之可言？我的兄弟就主张不叫我带它，说是它能够妨主，可是我只以一笑置之。两口剑中我还最喜欢这口，因为它很合我的手，佩带也有十几年了，一点儿凶事也没有遇见。"张三笑着说："那是别人信口胡说，其实哪里有那许多讲究！我也不信那些话，我觉得越是凶剑才越能辟邪呢！"

陈伯煜高兴地笑着说："老弟你这话说得真对！在家时，晚间我把这口剑就放在枕边，十几年来连个贼也没闹过。老弟，你回北京时，可以路过新蔡县到我家里去住两天，我把那口白龙吟风剑也拿出来叫你看看。我那女儿今年才十三岁，她就把那口剑使得飞熟，再过几年就能与我打平手了。我今年已四十八岁，过二年就是半百，闯了半世江湖，钱没挣了多少，内人也早已亡故，只留下一个女儿。我的女儿跟我这两口宝剑，就是我的三件至宝，只要这三件至宝永远陪伴着我，我此生就满足了！"说毕，又微微感叹，说："在这里宿一晚，明天快些走吧！我那女儿一定在家等急了。"张三却背着灯光，凝定着他的双目，半天也没有说话。

少时，窗外有脚步声，进屋来一个少年人，见了陈伯煜就深深打躬，叫了声："师叔！"陈伯煜点了点头，随又向张三引见道："这是我师侄徐飞，这是我在路上结交的朋友，北京城有名的镖头宝刀张三。"张三一听他提到了宝刀，自己就惭愧。徐飞向张三拱拱手，说声："久仰！"张三也拱拱手还礼，随就说："你们二位谈吧，我回到那屋里去。"

陈伯煜把他拦住，说："我师侄他不是外人，我们两人也没有什么话可谈。你等着，我叫店家备酒，咱们三个人今晚要痛饮一番！"张三却摆手说："今天我不喝酒了！吃完了饭我就得睡，疲乏我倒不觉得，可是……我心里有点儿不大舒服。"陈伯煜说："咳！老弟你太心窄了，白天的事那算什么？你放心吧，鲁荫松被我削折了他的铁棍，他一定晓得我就是陈伯煜,绝不敢再欺负陈伯煜的朋友,再说你们又没有什么解不开的冤仇。"张三仍然摆手说:"真不行! 我现在头晕。"陈伯煜就笑了笑,放张三走了。

张三回到自己屋内,店家已给他点上了灯,他却真是心乱,一头就躺在了床上,只听那屋的陈伯煜对他师侄说:"这是个老实人,只是粗鲁些。"张三又要扒着板缝向那屋里去看,这时店伙就进到屋来,问他吃什么饭。张三很不耐烦,就说:"随便! 随便! 吃什么都行! "店伙又出屋去了,张三就坐在床上凝想,沉着他那张铁青面皮。

少时店伙给他送来了菜饭,他一面吃着,一面还脑里想事。想着想着,他忽然一咬牙,立起身来,饭也不吃了,就喊来店伙把盘碗拿走。听隔壁陈伯煜叔侄正在谈话,张三就带上钱,噗的一声把灯吹灭,悄悄地走出屋去。

这时雨还落着,仿佛比白天的雨更大了。张三脚踏着泥泞走到街上,就见铺户多半已上了门板,他寻找了半天,才听见一家铺户里有叮叮的打铁之声。那铺户的双门虚掩着,从里面透出灯火的光亮,一闪一闪的,像是宝剑的光芒。张三就一推门走了进去,两个铁匠正在那里做夜工,墙上挂着些镰刀、锄头、铁锅等等。张三就面带点笑意,问说:"有打得了的刀没有? "

铁匠停住锤子,仰着脸说:"干什么用的? "张三说:"宰猪用的。"铁匠说:"宰猪的刀没有,这里倒有一把宰牛的刀,长一点。"张三说:"那也行! 因为我家里有一口猪等着宰,明天好请客,可是家里的刀太钝了。"铁匠就取出那口牛刀给张三看。张三看了看,有一尺多长,刀尖上是钩形的,倒还锋利。一问价钱,只要两吊钱,张三也不争价钱,就买在手中;离了铁铺,将刀藏在衣里,就走回店中。

这时陈伯煜还同他那师侄徐飞谈得正高兴,张三一进屋就轻轻躺在床上,将刀掩在被底。他心中十分紧张、急躁,盼着那徐飞快点走,陈伯煜也早一点睡,可是又盼着陈伯煜多喝些酒。等待了很长时间,街上已敲过了三更,隔壁屋里的灯光还不灭,也不见那徐飞走,不过他们叔侄的谈话是少了。

快到四更的时候，那屋中才关门熄灯，鼾声也相继而起，张三晓得那徐飞是宿在他师叔这里了，心里就不禁一阵懊恼。他慢慢起来，将屋门轻轻关好，仍然手握牛刀躺在床上，想了半天，忽然又一灰心，暗道：这事做不得！陈伯煜虽然斩断了我的宝刀，在路上他又故意慢走，让鲁荫松赶上我，他好施展本领逞弄宝剑；可是一个新朋友，他的名头又比我大，竟能跟我称兄唤弟，这也总算是看得起我，我不应当为夺那口宝剑就害他的性命。再说他也不是痴子，睡觉他未必不防备，倘或我杀不成他，再叫他杀了我，那可真冤。假定我把他杀死了，他的师侄、女儿们也必不能饶我，早晚也得找我去复仇，我的镖行饭碗也就砸啦，合不着！这个念头打消了吧！于是他的头脑也觉着清爽了，对于刚才所起的那种恶念倒颇为后悔。

他长长地呼了一口气，刀也推在了枕旁，将要迷迷糊糊地睡去，这时忽听邻屋吧的一声响，声音很是沉重，把张三吓了一跳。他赶紧瞪大了眼睛，侧耳去听，就听那屋中陈伯煜的一阵笑声。陈伯煜笑过之后，就问说："拾起来了没有？"他的师侄徐飞就说："拾起来了，放在桌上吧！师叔，你老人家何必在睡觉时永远把剑放在身畔呢？"陈伯煜说："五六年了，在家时我也是如此，自你婶母去世后，这口剑就永远陪伴我，日夜不离身。"说着他又叹息了一声，叔侄二人又谈起话来。

这屋里的张三才晓得，刚才是那口宝剑掉在地下了。他知道宝剑现在是放在桌上，而那张桌子与自己这张床只隔着一层板壁，不由贪心又起，很想用自己这口牛刀将板壁剜个洞，就把宝剑偷过来，然后趁着黑夜悄悄骑马逃走。可是那屋中的叔侄却不再睡了，谈起话来没有完；张三的神经受的刺激过重，也睡不着了。

一霎时窗上就发了白色，天虽亮了，可是雨还没住。张三披衣出屋去看，见细雨霏霏，比昨天落的略小一点，各屋中的客人还都在酣睡未起，陈伯煜的屋门却开了。张三赶紧回到屋内，将牛刀藏在棉被内，卷好捆上。待了一会儿，陈伯煜就披着小夹袄进到这屋中，问说："老弟，今天你想走不想走？雨可还没住。你若不急着回家，可以在此多歇一天，下午我那师侄给你送一口刀来，明天你再走；店饭钱你全不用给，我已叫他们写上账了。我可得赶紧回去，昨天夜里我做了一个梦，梦见了我女儿，想必是她也正在家里梦着我。"

张三说："咱们哥儿俩还是一路走吧！我也是急着要回家。刀现在不必要，与你老哥同行，我怕什么？走在山里遇见老虎我都不用跑。到西平县咱们分手，我在那里有朋友，我跟他们借一口刀带着回家好了。"陈伯煜笑着说："好好，老弟你快收拾着，咱们这就走，走到马驹镇再用早饭。"说毕他转身出屋，这里张三反倒站着发了一会儿怔。

少时，店家已将两匹马备好，张三出屋，将行李卷捆在马后，陈伯煜也携剑走出屋来。店伙替二人将马牵出门外，徐飞也送出门来，与他师叔及张三珍重道别。陈伯煜就上了马在前去走；张三骑着黄马在后，两眼还不住盯着前面鞍旁的那口宝剑。

两匹马离了许州，顺着行人稀稀的大道一直往南，走出了三十多里，不料雨更大了，陈伯煜披着的油布衣裳直往下流水，张三的浑身简直同水鸡一样。又往下走，行了百余里，也不知到了什么时候，他们二人全都没有用早饭，因为四周围雨气弥漫，天地混沌，就像是一汪融化了的铅液。雨水将道路全都淹没了，看不出哪里是村舍市镇。张三被雨水淹得两眼都睁不开，嘴里呼呼地喘气，陈伯煜这才收住了马。他笑着说了几句话，因为雨声太大了，将他的话语掩住，张三没有听清。陈伯煜又将马趋近，大声说："不能再往下走了，找个地方歇下吧！"张三点了点头。

陈伯煜随在马上向四下辨了辨方向，他就带着张三，两匹马缓缓地蹚着泥水去走。又走了五六里，果然走进一处小村镇，这里只有十几家铺户。问了两处店房，客人都住满了，并没有闲地方。后来有个人说："在东边孟家酒店的后院有两间房，他们也招客人住，只是没有地方拴马。"陈伯煜同着张三到那酒店里一询问，酒店掌柜说："你们要是昨天来还没有地方住，今天早晨走了一个客人，才腾出一间房子；那客人我劝他别走，他偏要走，非得在半路上被雨浇死不可！"

张三说："我们这两匹马怎么办呢？"酒店掌柜说："不要紧，我可以牵到西边毛家店里去，明天你二位几时走，我几时再给牵来，绝没舛错,我这店开了有三辈子啦!"张三还有些犹豫,陈伯煜说:"让他们牵了去吧,丢失不了!"张三便把马后的行李卷解下,陈伯煜也早摘下了宝剑,酒店掌柜叫出来一个小伙计将两匹马牵走,他就领着两个客人进了店中,转到后院。

这后院十分狭窄,而且肮脏,二人被让进一间小屋中。这屋子黑得就像个地洞,只有一张破板榻,连个桌凳也没有。陈伯煜把宝剑扔在榻上,笑向张三说:"这真是忙中反迟,今天我本想趁着雨微些,多走些路,快点儿回家,谁想到雨竟下得这么大!什么时候了?"他问那掌柜的。掌柜的说:"大约天快黑了。"陈伯煜笑着说:"胡说,哪里有那么晚?我们到这时还没用早饭,你们这里都有什么吃的?"掌柜的回答道:"煮面条、驴肉、烧黄二酒。"陈伯煜笑着说:"好,你就给我们都来些,酒可多要,因为天气冷!"掌柜的答应一声,出屋去了。

张三脱去了身上的湿衣裤,把裤子脱下来拧了拧水,又穿上。陈伯煜就问说:"你不觉得冷吗?我也没带着多余的衣裳,你把我这件油布衣裳披上吧!"张三随取过来陈伯煜才脱下的雨衣穿上了。他就坐在榻边,身旁就是那口宝剑,心里不由又动了一动。陈伯煜也坐到榻上,少时那掌柜的就把烧酒和驴肉全都送来了。陈伯煜就向张三说:"来!老弟,咱们先喝着!你发怔做什么?这雨绝不能下到中秋节!"张三也笑了笑,于是二人就饮酒、吃肉、谈话。少时汤面也煮好送来,二人吃完了面,依然饮酒,并且谈的话也越多。

今天陈伯煜是更加高兴,他大杯地饮酒,肆口地谈话;而张三却擎过杯来,只用酒沾沾嘴唇,口虽张开得很大,但酒没饮多少。渐渐陈伯煜的脸红了,舌头仿佛也短了。张三又给他满满斟了一杯,陈伯煜却摆手说:"不行了!我不能再喝,我要睡了!"

少时,陈伯煜就斜卧在床上,微闭着眼睛,咧着嘴向张三笑着说:"我真不能再喝了,老弟你一个人饮吧!"张三也笑笑,仍然假作饮酒,其实他的心中却十分的紧张。苍龙腾雨剑刻下就在他的身畔,他很可以抽出来,一剑将陈伯煜杀死,然后夹起行李,找着马匹去走开。可是他不敢,他不晓得陈伯煜此时是真醉还是假醉,所以他的手仍然不敢摸一摸那口宝剑。

静坐了多时,陈伯煜果然闭着眼睛,呼噜呼噜地睡着了。张三就大着胆,眼睛瞧着陈伯煜,手下慢慢移动,向那口剑去挨近;挨着了,他就手握住那冷凉挺硬的剑鞘,突地站起身来。回头看了看,陈伯煜还没有醒,张三就轻轻将自己那卷铺盖拉过来,同时心里想:我是要他的性命还是不要呢? 他若不死,醒来一定要去追我,我手中虽有宝剑,但也未必能敌得过他。在这一刹那间,张三就发了狠心,锵的一声将宝剑抽出,猛向陈伯煜的身上去剁。他只觉眼前红光一进,一声惨叫,陈伯煜跳起来要扑他,吓得他什么也不顾,闯出屋去就跑。

他还没跑出酒店,就咚地与一个人撞了个满怀,那人叫了一声,他也几乎倒下。他也没看清楚那是谁,出了酒店撒腿就跑,也不知什么方向,更不顾得头上的雨和脚下的泥水。

跑了半天,也不晓得跑出有多远,他的气就接不上了;见四下无人,他就立定了身,吁吁地喘气。这时他才知道,现在自己除了手中拿着一口没有鞘的宝剑,身上披着一件油布衣裳,穿着一条湿裤子之外,什么也没有了,连鞋都跑丢了。他心说:这不行! 我闯了多年江湖,手下也不是没伤过人,怎么这回的事干得这样泄气! 没有马匹、银子、行李,我还怎么回家? 于是他就想再转身回去,把那些东西夺来,可是又怕陈伯煜还没有死,心想:那家伙倘若忍着伤痛与我交起手来,我恐怕还不是他的对手。再说这时,那镇上的人还不正在拿凶手吗?

他终于没胆子回去,只好冒着雨,蹚着水,挟着他那口宝剑,就像个咬了人一口又落在河里一次的癫狗似的,低着头往前去走。他随走着随时常回头,心里就说:走吧! 反正这样走我也能走到家,手里有这一口削铜剁铁的宝剑,我还怕什么! 以后练练剑法,再走江湖,那时我宝刀张三就成了宝剑张三了! 不,我不能任人叫我张三,须要称呼我的大号:宝剑张雁峰! 这时他虽然被雨淋着,可是心中非常痛快,又想今天在这荒村小镇上杀死陈伯煜,恐怕谁也不能知道是我张三所为,因此更是放心。

慢慢地往下又走了有七八里,就听身后有一阵马蹄踏在泥水中的急遽之声，张三赶紧回头去看，就不禁惊叫了一声："哎呀！"原来从后面追赶下来一匹白马，马上正是陈伯煜的师侄徐飞。张三要逃已来不及，他只好鼓起勇气一抢宝剑，站在了道旁。

徐飞未容来到临近便已掣刀在手，怒喝道："张三！你这忘恩负义的东西！我师叔救了你的性命，你反倒害他的性命！"他随说随来到，嗖的一声由马上跳下，抢刀就砍。张三瞪着两只凶眼，疾忙用剑相迎；徐飞却又抽回刀去，向左一跳，抢刀横扫张三的腰际。张三却慌乱了，他本来不会使剑，就胡抢了起来，一面又向后退步，徐飞却挺刀紧紧逼来。

张三喊了声："小子，你也想死吗？"说时就觉得右手腕一疼，宝剑几乎堕地。他赶紧抹头就跑，徐飞抢刀从后追来；张三一慌，几乎跌倒在地，当时又一咬牙，索性回身乱抢宝剑，跟徐飞拼起命来。

徐飞的武艺虽高，可是须要顾忌张三手中的那口宝剑，所以他的刀法总是难以展开。交手十余回合，两件兵刃到底是相撞在一起了，只听呛啷一声，徐飞手中的单刀便被宝剑所削折。他还设法闪身转步，要凭那半截单刀去夺张三手中的宝剑，可是张三这时的威风大振，将那口剑就当作刀使用着，直砍斜劈。他反逼住了徐飞，凶狠狠地要伤徐飞的性命，并且要夺那匹马。徐飞不敢再战，就赶紧过去先抢了自己的马匹，张三从后一剑劈来，但徐飞早已上马跑了。张三还在后面紧追，并大骂着："小子，你跑了就算英雄吗？"徐飞勒住马，回头冷笑着说："好张三！你以为你就白伤了我师叔吗？咱们十天之后再算账！"说毕，催着马走回去了。

张三还追着大骂，并要追到镇上，凭着这口宝剑去胡杀一气，可是他跑不动了，两只脚生痛。他就喘着气，愤愤地说："饶了你们，看你们以后能把我张三太爷怎样？"他回身去走，挟着宝剑，心里却非常得意，因为这一战，他就增涨了百倍勇气，以为自己已是天下无敌的英雄。

这时，秋雨潇潇，暮色已遮住了大地，并笼住了那座小镇，张三就像一只恶虎似的走远了。徐飞也赶回小镇的酒店之中，就见本地的官人已来到，并有许多好事的人都不顾雨淋，挤到这小院里来争看，而陈伯煜在屋中的呻吟之声极惨。徐飞叫众人让开路,他挤进店内,由官人执灯去照,就见血色满床。陈伯煜的伤在腰际,情形非常凄惨,徐飞不禁堕下泪来,说:"师叔,凶手张三已然逃跑了,但我一定要为师叔报仇!昨天在许州我就看出张三不像好人,但因师叔不住说他诚实慷慨,我也就没敢说什么。今天有朋友告诉我,说宝刀张三在京城就名声很坏,我不放心,赶紧就追下来,想不到我来晚了,师叔竟遭此奇祸!"

陈伯煜呻吟了半天,才说出几句话来。他说:"怪我大意!我没想到竟有人敢暗算我……张三,好一个凶狠无良心的人!"又说:"仇不必报,但剑必须追回……快些把我女儿找来!"这位名震一世的拳师,至此时竟泪如雨下。

徐飞紧皱着双眉,垂泪答应,转身就要走。那官人却把他拦住,悄声告诉他说:"你可走不得!天黑了,下着雨,你找他女儿也不能当天就找来,可是你师叔这伤,恐怕熬不过今夜。你走了,连个苦主我们都找不着。"徐飞急得摇头叹气,又问:"这里能找得出刀创药吗?"官人指着挤在门前的一个看热闹的人,说:"这就是药铺掌柜的,本镇只有他一家药铺。"徐飞过去问那人,那药铺掌柜的却说:"没有刀创药,倒有拔毒膏。"官人说:"拔毒膏哪儿成?"

徐飞真觉得束手无策,瞪着两只泪眼看着他师叔,只见他师叔的喘息渐微。他惊慌着赶紧走过去,就见他师叔陈伯煜忽然瞪起眼睛来,说:"好张三!早晚我女儿也得替我报仇!"他两只眼瞪了半天,忽然又一皱眉,呻吟了一下没有呻出声来,他的身子一阵抖动,待一会儿,便僵卧着死了。徐飞紧紧握着他师叔的手,泪如泉涌,渐渐觉着他师叔的手冰凉了,就哭喊着:"师叔……"悲痛得几乎昏晕过去。

这一幕凄惨景象把那些看热闹的人也逼得都低头走出。官人就对徐飞说:"你哭也不济事了,我去呈报县衙,明天就来验尸,你就预备着棺材吧!"徐飞点头答应,官人也走了。徐飞就在这里守尸,一夜之间他泣涕交流,并未睡眠。

到次日,雨还没住,衙门里的人前来验尸,并传徐飞到县里去了一趟,问了些话。徐飞从县里回来,就托本镇上的人买来一口薄材,将铁掌陈伯煜殓好,并雇了一辆大车。当日因为下雨,道上的水深,车马都不能走,又在此淹留了一日;次日雨住了,大车才载着陈伯煜的灵柩,由徐飞护送往南去走。

这小镇名叫米家集,属于商水县,再行百余里才能到陈伯煜的故乡。一车一马,统共才两个车夫、一个徐飞,再有的就是长眠在棺中的陈伯煜了。宿雨虽止,阴霾未开,秋风却更加紧,满路是没胫的泥水,十分难行。在此凄凉的景况之下,艰难地赶了两天半,方才来到新蔡地面,便往陈伯煜住的那锦林村去走。

徐飞此时心中更加悲痛,眼泪都滴在了马背上,心想:见了他家里的人我可怎么说呢? 抬首去望,就见对面一片果树林,隐在烟雾里。徐飞就向那两个车夫说:"前面就是! "车夫也都抬头去看,却见这时由那林中驰来了一匹白马,越走越近,看得出来,马上原是个十三四岁的女子。

第二回　心摧肝碎锦村举哀
力尽声嘶侠女遭难

　　徐飞仔细一看,来的这骑马的女子正是陈伯煜的女儿陈秀侠。这位姑娘生得真是秀若春山、丽如芳树,年纪虽不大,但体格生得很是匀停;头上梳着两条油亮的长辫,垂在两肩之前;俊俏的鹅蛋圆的脸儿上,微微施了一些脂粉,两颗水灵灵的眼睛,就似那秋空上的星星一般。她身穿一件蓝绸袄、水绿的绸裤、青绣鞋,骑在锦鞍绣鞯的马上,手摇着红丝的鞭子。她的骑术很好,嘚嘚地就顺着大道驰来。

　　这里徐飞窘得若有个地缝儿他都要钻进去！他不敢哭,又不敢假笑,心里却难受得像刀割一般。此时秀侠姑娘就似一只彩凤,倏忽之间来到,用清细的声音高声问道:"你们是做什么的？"忽然她看出是徐飞,就笑着说:"啊呀！徐师哥,你怎么来啦？你……"她的眼睛触到那口黑漆的棺材上,突然吃了一惊,神色也变了,急用鞭指着问说:"这里是谁？"

　　徐飞瞪着目,眼中就滚下来泪水,说:"这是,这是……"秀侠瞪圆了眼睛,大声问说:"快说是谁？"徐飞凄然地说:"是我……咳！我师叔被恶人张三给杀死了！"他在马上放声大哭。秀侠脸色煞白,浑身颤抖,但却没流眼泪。她嗖地跳下马来,跺跺脚说:"我不信！打开棺材叫我看,你们别骗我！"两个车夫也都呆了,秀侠却挥鞭去抽打车夫,悲痛焦急地说:"快把棺材打开！"

徐飞下了马拦住姑娘，说："姑娘不要看了，看了徒然伤心，我们设法杀死张三，给他老人家报仇就是了！"秀侠挥鞭又打徐飞，跺脚说："我不信！我不信我爸爸会被人害死！我一定要看，你们别骗我！"徐飞无法，只得叫两个车夫把车上的绳子解开，微微启开棺盖。秀侠向棺里一看，立时面色惨变，哎哟一声向后晕倒。徐飞赶紧把她托住，一面努嘴叫了个车夫跑往锦林村中去送信。

秀侠姑娘这口气憋住足有一刻钟才缓了过来，她就一头扒伏在棺材上，用手捶着棺材，用脚跺着车辕，哭喊着："爸爸呀……"徐飞这时也不顾得劝慰姑娘了，口里叫着师叔，放声大哭起来。

那遣走了的车夫已到锦林村中去送了信，陈伯煜的胞弟陈仲炎就急忙带领着几个村人赶来。他先把秀侠拉开，然后自己掀起棺盖来向里看了看，他的面皮就呈现出一种难以形容的悲惨。他瞪大了眼睛，高声问说："被什么人杀的？那人跑往哪里去了？"徐飞流着泪，嚅嚅地说："凶手是宝刀张三，北京城的镖头，信阳州的人。在商水县米家集，他杀死了我师叔，就……夺了苍龙腾雨剑跑了！"说毕，放声嚎啕。

这时秀侠姑娘一手揪住她叔父的胳膊，哭得心肠俱裂，陈仲炎却把他的侄女一推，瞪着眼睛说："哭什么！找着那张三报仇！"旁边有村里的叔叔伯伯们也都上前去劝秀侠。当下陈仲炎略微拭了拭眼泪，指挥着众人，将棺材抬到村里。

陈家在这锦林村虽不算首户，但也殷实，家中有一顷来地，雇有几个长工，只是陈家的人口很少，老弟兄只是二人。陈伯煜的媳妇现已亡故，只留下那秀侠姑娘。陈仲炎倒是妻室尚在，生有二子一女，最长的儿子年已十六岁，名叫陈正仁。其次是女儿，名叫秀英，比秀侠小两岁，今年十一。第三个男孩，乳名叫大荫，才不过两岁。

此时，棺材一抬进到家来，家中老小全都痛哭起来，亲友们、邻居们也都赶来探丧。其中有一个邻人名叫杨大壮，是陈伯煜的徒弟，他哭完了师父之后，就一手扭住了徐飞要打，并骂着说："你这小子！你既在许州跟我师父的店里住了一夜，难道你就瞧不出来宝刀张三那小子是没安着好心？你就叫我师父上这个大当？"说时他挥起拳来，却被旁边的人拦住。

徐飞就哭着辩解说:"杨大哥,你要打我,我都甘心受着,可是你别说我愿意叫那张三害死师叔。在许州城我们是跟张三分屋住着,师叔他直说张三是个诚实汉子,我还能够说什么! 再说,我又听说师叔救过张三的性命,而且那时张三的手里又没有兵器……"

杨大壮一听这话,他更是气,说:"你刚才说米家集的官人在张三的行李里搜出一把尖刀来,现在怎么又说是没有兵器?"徐飞说:"那是一把宰牛的刀,张三他藏在行李卷里,我怎能看得见?"杨大壮瞪着两只凶彪彪的大眼睛,紧握着两只铁锤子似的拳头,咬着牙说:"干脆,我师父要不是因为你这饭桶,他绝死不了!"说着扑过去,咚咚给了徐飞两拳。

徐飞并不还手,只是争辩着,说:"后来我听人说张三不是好人,我也赶紧追下去。可是因为下着大雨,我好容易才找到米家集,可是到了那里,事情就出来了。我赶紧去追张三,但敌不过,他手中有那口苍龙腾雨剑!"

杨大壮更是生气,说:"不用说了,你跟张三一定勾通着,你们贪图的就是我师父的那口宝剑!"徐飞听他这样诬赖,不由就急了,随也回拳相打。这两人竟不管棺材,不管死人,也不管怎样办丧事,却在当院相扭着拼打起来。亲友和邻人们劝也劝不开,杨大壮的母亲在旁急得喊叫道:"大壮! 你是疯了?"

陈仲炎挺身过去,一手将徐飞拉开,又一拳将杨大壮打倒,怒声骂道:"你们自相争斗算什么好汉? 有本事的到趟信阳州,把张三的头割来给你们的师父、师叔祭灵,那才叫作英雄!"

此时徐飞的衣裳都撕破了,胳臂也出了血;杨大壮由地下爬起来时,已然鼻青脸肿,但两人还都喘着气,瞪着眼,仿佛还要拼打一阵似的。陈仲炎就想把杨大壮调开,说:"你赶快到城里去一趟,给福山镖店、银枪李家、泰顺诚柜上,都去送个信儿。快去快回来,见了他们你可不准胡说!"杨大壮嗯了一声答应着,又怒视了徐飞一眼,就气哼哼地走了。

这杨大壮今年才十九岁,他从陈伯煜学艺不过二载,还没有出师。陈伯煜生平以教拳为生,所收的徒弟不少,但多半是些财主人家的少爷和镖店的小掌柜。他生前也到北京去过,还教过公侯,但那些人全都不用心学,他也不认真教。算来他生平的得意弟子只有五人,第一是淮南有名的好汉,现在凤阳城开镖局的金眼豹萧渊;第二是在归德府护院的野牛高进;第三是在京西良乡县做班头,名叫赵凤翔;第四是现在陈州开镖店的击山手侯文俊;第五就是杨大壮了,可惜杨大壮艺未学成,他师父就死了。

杨大壮真是伤心,同时又恨徐飞的无能,耽误了他师父的性命。他一路上流着泪,跺着脚,就到了新蔡县城里。这县城里有陈伯煜生前的几位好友,福山镖店的镖头唐如彪、唐如燕,银枪李家的李玉雄,泰顺诚汇兑局的姜掌柜,杨大壮都去给送了信。那些朋友乍听到陈伯煜的死耗,都如在晴空中响了个霹雳,就都赶往锦林村吊祭去了。

杨大壮把事情办完,也懒得回家,因为他看着师父的棺材伤心,并且看见徐飞又生气。他晃晃荡荡地在街上走着,才走了一会儿,就见迎面跑过来一个人,惊慌地喊着说:"杨大壮!是你师父叫宝刀张三给害死了吗?"

杨大壮吃了一惊,抬头一看,原来是常往信阳州汝南府赶车的毛二,杨大壮就瞪眼说:"你这小子嚷嚷什么?谁告诉你的我师父叫宝刀张三给害死了?"毛二说:"我听福山镖店里的人说的,刚才你不是报丧去了吗?我告诉你,你要想报仇可容易,我常走信阳州,我认得宝刀张三!"杨大壮说:"好!你认得宝刀张三,走!跟我回锦林村,见陈二爷去!"说时他一伸手将毛二抓住。毛二听得要跑,连忙说:"我虽认得宝刀张三,可是我跟他没有交情,你拉我见陈二爷干吗?"杨大壮说:"我不能够打你,就是叫你去见陈二爷,你把张三的住处告诉他,我们好商量办法报仇!"

毛二却摆手道:"我不敢去见陈二爷!陈二爷的脾气厉害,一瞧见他我就害怕。上次陈二奶奶回娘家雇我的车,车钱两吊五百文,陈二爷忘了给,我也不敢去要。现在他哥哥被张三害死了,他不定有多么急了,我可不敢去见他,我可以把张三的住处告诉你,来!咱们进到酒馆里再说!"于是两人进到旁边一家酒肆中,要了一壶酒两人饮着。

因为酒肆里的人很多,毛二就凑近了杨大壮,低声对他说:"我十几岁时,就跟着我爹常赶着车到信阳州,那时张三才二十来岁,在信阳州庞家镖店当小伙计,我就认得他。那小子长得忠厚,其实心里可真是奸诈。他是信阳州大刀刘成的徒弟,刘成是有名的老英雄,可是他的本领却不见得怎样高。他的老婆叫焦三娘,是镖头焦四的妹子,吊眼梢、重眉毛、大奶子,人极泼辣,跟了张三有二十多年了,什么也没生过。抱养了个孩子,今年大概也有十几岁啦。张三到京里保镖是他师父给荐的,那小子在京里十多年,每隔两年回一趟家,回来就带些银子,也不知他是保镖挣的,还是当强盗抢来的。这些年来家里也置了几十亩田地,是个小财主啦!"

杨大壮拍着桌子说:"你先别说这些不要紧的话!快告诉我张三他的家住在什么地方?他现在回去了没有?"

毛二说:"有十天啦,我都没到信阳州,他回去没回去我也不知道。不过张三的家可很好找,就在信阳州城南十二里,那里有高杨树,地名儿也就叫高杨树。他家是个小院落,黄土院墙,家里养着两条狗,一条黑的,一条黄的。"

杨大壮喝了一大口酒,扔下几个钱,就站起身来,说:"好,我走了!"毛二追出酒肆去,问杨大壮说:"怎么,你这就要找张三给你师父报仇去吗?你一个人去可不行,张三在那里有几个把兄弟,铁头余五、火眼庞二、花胸脯鲍小三,那都是信阳州有名的地痞,庞家镖店的镖头!"杨大壮把胳臂一抡,说:"谁管他!"说毕急忙走去。

他出了县城,赶紧赶回锦林村。到陈家一看,灵枢已然停放好了,棺材前有一张供桌,上面摆着香炉烛台,前面一只铁盆,烧着纸,起着熊熊的火光。陈秀侠姑娘已换上了白绳的辫根,因为孝衣还没赶做得,只换了一身青布的衣裤,脚下的弓鞋可已用白布蒙上了。在棺材旁放着一个棉垫子,秀侠姑娘就跪在那垫子上,她低垂着首,哽咽着,眼泪直往下流,衣襟都湿了一大片。陈二爷仲炎是正在另一间屋里,与几位前来吊祭的贵客叙述他胞兄被害之事。徐飞是正在指使着几个人，用竹竿芦席给这院中支搭一座丧棚。

杨大壮就低着头，一直走到秀侠姑娘的近前，压着他那大嗓音，悄声说："喂！姑娘，哭会子又有什么用？人还能够又活了？想法子咱们给他老人家报仇，找张三那小子去！信阳州离着这儿不远，一两天就到。不到五天咱们就回来了，带着张三的狗脑袋，放在这桌子上，咱们给他老人家上祭，然后人命官司由我打。我为给我师父报仇，就是给张三抵命，我也心甘情愿！"

秀侠姑娘抬起头来，哭着说："我也恨不得立刻就找张三去给我爸爸报仇，可是我叔父刚才又对我说，现在他已派人到陈州给我师兄侯文俊去送信了。须要等他来到，叫他给我们看家，我叔父才能带我报仇去！"

杨大壮撇嘴冷笑，说："那可就晚了！由陈州到咱们这儿，来去总得两天；再说侯文俊这两年交了许多朋友，整年的东走西逛，他还未必在家。若等他来到，恐怕宝刀张三早就跑远了，他跑到旁处一改名换姓，咱们还到哪儿找他去？别说我师父、你爸爸的大仇难报，就是那口苍龙腾雨剑，也是没法找回来了！"

秀侠姑娘立时站起身来，大声说："那么依你怎样？咱们现在就去！"杨大壮赶紧摆手，悄声说："姑娘你别声张！声张起来二叔一定要拦挡咱们。依着我就是现在就走，我先把你的马偷偷牵出去，你赶紧去带上点儿钱，带上白龙吟风剑，随后咱们在村外土地庙见面，当时就奔信阳！"秀侠姑娘决然说："好！你就先把马拉走吧，在那儿等着我，我一会儿就来！"

杨大壮点头，说："好！姑娘你可快着些！"于是他兴奋着转身出门，就从门外一棵桃树上解下秀侠姑娘的那匹马，又解下了一匹也不知是哪位骑来的黑炭似的名驹。

旁边有个看守马匹的孩子，跑过来说："大壮！你别动人家的马！这黑马是城里银枪李大爷骑来的！"杨大壮说："我到村外骑着玩一会儿就回来。"那孩子说："你为什么要牵走两匹马呢？难道你有四条腿？"

杨大壮说："混蛋！我为是骑完了这匹马再骑那匹，倒比比哪匹马好。"看马的孩子笑了笑，杨大壮就牵着两匹马走了。

走到他家门前，他匆忙地进去取了自己的宝剑，然后出村，骑着一匹，拉着一匹，直奔那座破烂的土地庙。他连马都不下，就站在那里等候了一会儿，只见陈秀侠姑娘挟着她那白龙吟风剑，飞也似的跑来。杨大壮赶紧迎过去，秀侠就飞身上马，大壮递给她一杆皮鞭，秀侠就将宝剑挂在鞍旁，一手执缰，一手挥鞭，说道："快走！我叔父待会儿就许赶来，他一定得把咱们揪回去！"于是两匹马一溜烟似的直往西南嘚嘚地走去，地下雨后的泥水都飞溅了起来。

走出有五六十里路，秀侠姑娘才收住缰，在后面喘着气说："慢点儿走吧！哎哟，慢点儿走吧！"杨大壮回头看了看，见后面没有人马追来，就说："不要紧了，二叔他就是察觉你跑出来了，也一定猜得到你是找宝刀张三报仇去了！他也一定佩服咱们，不能追咱们回去。姑娘，咱们慢慢地走也行，反正明天准能到信阳州，凭着你那口白龙吟风剑，跟我这件兵刃，准能把我师父他老人家的大仇报了！"

秀侠姑娘拿手绢擦擦眼泪，又擦擦从鬓边流下来的汗，依旧喘着说："大壮，这条路你熟吗？你不能走错了呀？"杨大壮怔了一怔，看看方向，就说："反正我认得路，我跟咱们村里的孟老头儿到信阳卖过枣子，绝不会走错，顶多了绕一点儿远。"秀侠说："咱们还是快走吧！别耽误！"于是杨大壮在前，秀侠在后，两匹马又嘚嘚地前行。

又走下三四十里，就见前面有一处村镇，杨大壮高兴地说："我认得啦！前面就是高桥镇，那地方有个范猴子，他是江湖上有名的人，以开店为生。"秀侠姑娘说："难道咱们这就找店房住下吗？"

杨大壮摇头说："不，不，天色还早！你别看天都快黑了，这是因为阴天，我不过是说我在那镇上认识个人。开店的范猴子早先是个贼，姑娘你忘了吧？前五六年，你那时才七八岁，有个贼到你们家里去偷鸡，叫陈二叔给捉住了，捆上打了好几十鞭子，几乎给打死。范猴子那时穷得很，现在他可阔了，开了一座范家老店，买卖很是发达。他也交了不少朋友，都是江湖有名人物。无论远近，提说起范猴子来，也没有一个人不知道了。"秀侠本来不记得有什么范猴子这个人，所以由他说，自己并不怎样去听，只是策着马走。

杨大壮又说："要说起来陈二叔才是心狠，我师父倒是个忠厚人。那回范猴子偷鸡，我师父没在家，他老人家若在家，也就把范猴子放了。咳！我想我师父那么忠厚的人，武艺又那么好，手中又永远带着那口苍龙腾雨剑，他老人家怎会叫人给害死了呢？我真疑心这不是真事！"秀侠姑娘听了又在马上啜泣起来，杨大壮就又怒骂徐飞。

往前又走了五六里，就来到了那高桥镇，只见镇市并不大，铺户稀稀，往来的人也很少。可是两匹马尚未走出这条街，就听旁边有人叫说："这不是杨大壮吗？"杨大壮在马上扭头一看，用鞭指着说："你这贼猴子！"

秀侠也扭头去看，就见在一家店房前，站着一个身穿土色裤褂的瘦小的人，向杨大壮微笑着，并直用眼盯着自己。随后，那店房里又钻出来几个人，个个是一脸横肉，有的穿着短衣，有的赤着背，全都用一种狼似的目光盯着马上携剑的小姑娘。秀侠觉得很讨厌这几个人，就向杨大壮说："快走！"杨大壮又向那范猴子开了两句玩笑，带着秀侠，双马走出了这座镇市。

顺着大路向西南又行了二十余里，此时暮色渐浓，凉风愈紧，前后简直连一个人也看不见。秀侠已觉得十分疲乏，刚要说："大壮，咱们是要走一夜吗？"忽听身后像敲鼓似的，一阵马蹄之声追来。

身后的马蹄声越来越近，秀侠就惊讶着把马收住，问杨大壮说："是有人追下我们来了吧？别是我叔父他们吧？"杨大壮也勒住缰绳回头去看，发着怔说："不能呀！咱们已然走出这么远来了。"此时后面的马匹就追到了，蹄声杂乱，震耳地响。杨大壮就高声向后面喊问道："喂！你们是干什么的？哪儿来的？"

那边的马到了临近，就点起来两只马灯，向这边照着看。这边秀侠跟杨大壮也借着灯光把那边看得很清楚，他们一共是五匹马，马上几个凶眉恶眼的汉子，原来正是刚才在高桥镇看见的那几个人。杨大壮一看情形不好，就赶紧抱拳说："诸位老哥，你们都跟范猴子是朋友吧？

我们两人也最相好,兄弟我是铁掌陈大爷的徒弟!"

那五个人就像没听见他说这话似的,一齐抽出刀来,把马围了一个圈子,包围住了杨大壮和秀侠。秀侠就赶紧由鞍旁抽出了白龙吟风剑,那五人之中有一个长些黑胡子的人就厉声说:"你们都下马来,把剑扔下,要是不听话,可立刻就要你们的两条小命!"

杨大壮依然抱拳说:"朋友们讲些交情,我们才离家不远,听你们的口音,大概也都是老乡?"黑胡子的贼人就瞪眼说:"谁是你的老乡?休说废话!"另有两个贼人就过来要掀秀侠下马。

秀侠却嗖地把宝剑一抖,厉声说:"你们敢上前?你们敢欺负我?你们都是贼!"她大声嚷嚷了起来,接着舞动宝剑就与两个贼人交起手来,杨大壮也抽出宝剑与那黑胡子的贼人交手。争斗了两三合,秀侠因在马上施展不开剑法,就跳了下来。这时又由北面赶来了两个骑马的贼人,贼人一共是七个了,他们人多力众,一拥而上。秀侠手中虽有宝剑,但因她身短力弱,所以顾应不过来,剑法也施展不开。

又战了三四回合,她就不住地向后退,可是这时就听见哎呀一声,似乎是杨大壮的惨叫之声。秀侠吓了一跳,急忙抢剑,尽力去迎杀,却见对方的人更加众了,五六个人一齐舞刀向她逼来。

在这危难紧急之时,秀侠忽然想起一个办法来,就是她父亲陈伯煜在世时,在传给她武艺之际曾说过:"走江湖的人如遇强敌,或是自己人孤力弱,最要紧的是不可恋战,须趁机夺马逃走。"此时她想起来了,她赶紧连抖几剑,反逼那几个人,那几个人就一齐抢刀向她去砍,她这回不再使用什么辗转腾挪的剑术,只专用剑去磕对方的刀。对方的那几个人虽然都抢着刀,可是全都极力躲避着她手中的剑,似乎也是晓得她这口剑的厉害。但究竟现在是相逼在一起了,所以只听锵锵两声,立时有两个贼人的刀就折断了。他们齐声喊道:"好宝剑!"秀侠却趁势跑到了道旁,要去牵马。她才抓到一匹马,却见那边的贼人飞来了几块石头,正打在她的腰上;秀侠忍着疼痛飞身上马,也不辨方向就驰马走去。

可是才走了不到二十几步,不料那地上伏着两个贼人,猛地一跃,就把秀侠的马头揪住了。秀侠在马上赶紧挥剑去砍，那两个人却都急忙伏身，用力抱住了马腿，同时一掀，秀侠就在马上坐不住，立刻摔了下来。她又赶紧挺身而起，挥剑去杀那二人，那二人却牵着马跑开了。

远处的贼人们又赶过来抢刀杀秀侠，秀侠无法脱逃，只得又挺剑去迎战；三五合之下，又被她的剑削折了一口刀。不防这时又有两块飞石打来，一块正打在秀侠的右手上。秀侠的手一疼，就拿不住剑了，贼人就都扑过来，她手中的白龙吟风剑就被贼人夺过去了。并且她背上也受了两刀，但都是用刀背打的，她的双臂也都被贼人紧紧揪住。她就急得痛哭说："哎哟！你们这伙贼！你们要害我吗？我叔父可不是好惹的！"

就有个贼人说："你别怕！我们不害你，我们就要你这口宝剑，你也别拿你的叔父吓唬谁！"秀侠又跺脚哭着说："你们要银子倒行，宝剑可得还我，那是我爸爸陈伯煜留下的！"贼人却笑着说："陈伯煜早见了阎王啦！现在你好好听我们的话，不许挣扎，要不然，我们可要送你找你的爸爸去！"

秀侠手中没有了兵刃，又被三四个大汉揪住，她就仿佛是一只就缚的雏鸡，一点力气也没有了。就有个贼人抽出一条绳索，把她的手脚都绑上了，绑得很紧，绳子勒得她骨头都生疼。秀侠就哭着说："你们为什么要这么欺负我呀？"那边有人把杨大壮也绑起，杨大壮是受了伤，他呻吟着，但是一言也不发。秀侠借着灯光看见杨大壮满脸的血迹，被两个贼人架着，她就又哭喊着说："大壮你看，他们把咱们都捆起来了，宝剑也叫他们拿去了，你跟他们讲讲理！"

有个贼人就拿刀比着秀侠的脖颈，威吓着说："你再喊？你要再哼一声，这一刀就结果了你小贼胚的性命！"杨大壮赶紧说："师妹别喊了，由他们处置吧！"那些贼人们就把杨大壮似猪一般倒捆四蹄，放在了车辙上。

他们一共是七个人，就把灯笼吹灭，坐在地下歇息，有两个还装上烟抽着。秀侠躺在地下，忍痛抽泣着，就听那几个贼人在谈话，原来他们正在商量办法。其中有一个人厉声说："把那男的杀了，女的带走好了!"秀侠一惊,心说:哎呀!他们要杀死大壮!却听另一个人说:"那不行!怎能弄出人命来?不出人命永远不能犯案,杀死人可就有冤魂跟着了!"

几个贼人又秘密地商量了半天,并且有两次他们都像要吵起来,后来似乎是决定了,便有两个人过来把秀侠抬起。秀侠不晓得他们将要把自己怎样处置,吓得又要哭喊,可是就觉得自己的身子是被人放在马上了。有一个人用臂把住她,并嘱咐她说:"不许挣扎!你是个小姑娘,我们决不害你,现在把你送个好地方去,在那儿比在你家里还享福!"

秀侠哭着低声问道:"你们要把我送到哪儿去呀?"贼人却不答言,只听得马蹄乱响,这几个贼人就都骑着马走了。秀侠只得由着人把她带走,她的眼泪不住地流,也不知杨大壮此时是生是死。

几匹马在夜色之下飞驰了半天,始终没有停蹄,忽然秀侠似乎觉得马走得迟缓了,睁眼借着繁星斜月的微光去看,原来是已走上了一座高山。这几匹马一走到山上便非常慢,因为前几日落雨,山路十分泥滑,把着秀侠的那个贼人,除了用手紧按住秀侠之外,并用力勒着马缰。

忽听前面有人喊道:"站住吧!把那小子结果了吧!"这喊声振荡在这黑夜的高山之上,极为可怖,接着就听是杨大壮的惨厉叫声。秀侠忍不住骂道:"你们这伙没天理的贼人!连我也杀了吧!早晚我叔父要给我们报仇!"她哭着,挣扎着,按着她的那个贼人赶紧捂住她的嘴,并压着声音嘱咐说:"你喊骂没有用,白白叫他们杀了你!"

这时杨大壮的惨号之声已没有了,只有山风吹得哗啦啦地响,前面有两个贼人就哈哈大笑,几匹马就越过了山岭,又往下走去了。秀侠在马上脸朝着下,她就想看看杨大壮的尸首,可是地下是黑茫茫的,什么东西也看不见,她就想:白天杨大壮还是好好的,走过高桥镇时他还跟那范猴子说笑,怎么现在他就死了?杨大壮是好人,他怎么会死了?跟我爸爸一样,被人杀死了!两口宝剑都被人抢去了!她伤心痛哭,加之绳子绑得难受,马颠得她头昏,渐渐她就失去了知觉。

及至她苏醒过来,见自己已不在马上,而是在屋里的地下卧着;手脚的绑绳也都解开了，但被勒之处还是十分疼痛。她见眼前就是一张破板床，床上坐着个很胖的妇人，正在灯畔低着头做针线，此外再无别人。秀侠非常惊诧，不知这里是什么地方，她又不敢问，身子稍微动弹了一下，那妇人立时就把眼睛盯在她的身上，放下针线说："你缓过气儿来啦？孩子你别害怕，上床来歇一会儿吧！"她把秀侠的手一拉，就拉到了床上。秀侠就惊恐着，悄声问说："这是什么地方呀？"

胖妇人拍了她的肩膀一下，笑着说："你就别问啦！放心吧！我们都不是坏人，不会害你的命。你一个小姑娘，我也不能叫那几个小子糟践你！"秀侠的身上打着战，又听外屋传来许多大汉子发出来的沉重鼾声。

这妇人虽长得相貌很凶，可是对秀侠的态度倒还不恶。她穿的是红布小袄、黑裤子，手里缝补的是一件半旧的玫瑰紫色的镶着宽边的缎子夹袄。灯里的清油已没有多少了，顶针掉在床上都找不着，妇人又直打哈欠；在她张着大嘴的时候，秀侠就看见她是缺了个门牙。妇人一赌气，把活计向旁一推，说："我也不做啦！明天就这么穿吧！"因为门牙漏气，她发出的声音也很是特别。她又摸了摸秀侠的脸蛋，咧着嘴笑说："你这脸蛋多嫩呀！模样多俏呀！等着，我给你找个好婆家！"秀侠脸上一阵红，心里是羞涩、愤恨、恐惧交集在一起。

妇人用手一推，就跟她一同倒在床上，又拉了一领红布被两人盖上。妇人用手拍着秀侠，就像拍小孩似的，并在被窝里悄声说："你别害怕，我们都不是坏人，就是那个黑胡子的人坏！他叫火眼庞二，打劫你们都是他的主意。现在他得了你那口好宝剑，不许叫别人摸一摸，闹得别人都很不高兴，可是又都不敢惹他。"

秀侠悄声说："那么宝剑我不要了，你们放我回去吧！你们要能把我送回去，我一定叫我叔父给你们好多的钱！"妇人赶紧摆手说："你可千万别提你叔父，他们都恨他，听说你叔父厉害极了，他杀人不眨眼！"秀侠说："我叔父的脾气倒是不很好，可是这三四年他常在家里，没杀过人，也没有伤过人。"妇人说："那就是三四年前，你叔父一定得罪过他们，他们这回不但是为夺你那口宝剑，还是为出气、解恨！"秀侠哭着说："那么他们要把我怎么样呀？"

妇人说："他们倒是不想害你，可也不能叫你回去，打算把你送到汝州去。汝州有个戚四妈妈，她养着好些姑娘，我听说那娘儿们心肠还不错，把你送了去准保有好的吃、好的穿；过个一年半载，你们家里一定能得着信接你去。"秀侠听着，不禁哽咽着哭泣。妇人又恫吓着她说："别哭！把那些人哭醒了可了不得，他们都能杀死你！"秀侠至此时已知道哭是无益，不顺从他们也是不行。

室外那几个贼人的鼾声像雷似的吼着，少时那妇人也疲倦了，仰着肥胖的身体睡去，也呼噜呼噜地打着鼾。秀侠几次都要爬起来，到外屋去杀伤一两个贼人，然后逃走。但是她的胳臂和两腿都被绳子勒得到现在还很疼，又借着那盏垂灭的灯，看看四下的墙壁，见没有一件兵器，连杆木棍也没有。最后一次她把心一横都坐起身来了，刚要慢慢下床，可是那胖妇人忽然一翻身，秀侠又赶紧躺下了。她心里恐惧地想：不行！这太危险，假如我逃不成，再被他们杀死，那我的叔父就永远也找不着我了！我爸爸的仇恨也永远不能报了！杨大壮也白死了！苍龙腾雨、白龙吟风两口宝剑也永远找不回来了！如此辗转寻思，她就决定忍气吞声，先保住性命，然后再乘机夺剑，设法逃脱。

后半夜她也没有睡觉，不觉纸窗就发白了，外屋睡的几个强盗就都先后醒了。那留着黑胡子的火眼庞二进屋来把胖妇人叫醒，调笑了一阵，胖妇人也笑着，并用村野的话骂他。然后庞二就催着妇人说："快做饭！吃完了咱们就走。"又瞪眼向秀侠说："快帮你大娘烧火去！在路上你若敢吭一声，我立刻就抽出剑来要你的小贱命！不瞧着你小，早不能叫你活到现在！"秀侠心里虽然气愤，可是极力忍耐着，一声也不语，就跟着那胖妇人到厨房去做饭了。

做饭时她偷眼向门外去看，见是篱笆墙，院中有几棵树，拴着五匹马。这地方似在荒村之中，秋风萧瑟，木叶凋零，景况极为凄凉。秀侠一面烧火，一面又落泪，悲悼她的父亲，并想着现在家里的人不定是如何的忧急悲痛了。

少时，胖妇人把饭做好，拿到屋中，秀侠才看出原来现在只有五个贼人，大概那两个是昨夜就到别处去了。这五个贼人拥着那胖妇人在一起饮酒吃饭，十分狂乐。秀侠就低着头，随他们当作仆役似的指使，但她却时时偷眼看那放在火眼庞二身旁的宝剑。同时，秀侠注意听他们讲话，除了知道那长着黑胡子的贼首名叫火眼庞二之外，并知道了一个高身材的，就是昨夜用马将自己驮到这里来的那个贼人，名叫铁头余五。

他们又说到了"张三哥"，火眼庞二就拿着那口白龙剑，说："回到家里，我非得跟张三哥试一试，倒要看看是他那口剑好，还是我这口剑好。"余五说："老三他一定要跟你换！因为他得了那口苍龙剑，回到家里就病了。他听陈伯煜说过，那苍龙剑是口凶剑，谁得到手里谁就倒霉；陈伯煜佩带那口剑十几年，结果是丧了性命。这口白龙剑才是吉剑呢！听说得了的人准发财。"庞二得意地笑着说："那我可不能跟他换，到腊月我就娶我们这嫂子，我还要讨个吉利呢！"说着他跟那胖妇人又做出种种丑态，并大口地喝酒。

秀侠在旁听着，心中极为气愤，并且很悲痛，暗想：原来他们都是仇人宝刀张三的朋友呀！这一定是张三告诉他们我家尚有一口白龙剑，他们才来打劫。因此她暗暗咬牙，恨不得立时夺剑来，先把这些人都杀死，然后再找张三去复仇。可是她此时却没有那力量，并且怕被贼人看出她脸上的悲痛之色，所以她就转过脸去。

不想有个贼人就要用手拉她，说："小妹子，你也来喝一口！我们恨的是你爸爸、你叔父，并不恨你，你跟着我们到汝州，给你找个好女婿，咱们按亲戚走！"秀侠真是忍耐不住，将要翻脸跟这几个人拼命，却见那余五把这个贼人拉了回去，说："老七，你这可不对，姑娘是为送给大爷的，你不准没规矩！"那贼人立刻就老老实实地坐下了。秀侠也猜不出他们的"大爷"是谁，可是心里也略略明白，知道这些人一定是要把自己送到一个更坏的地方去，心里更是着急悲痛，同时想法子应当怎样脱身。

少时贼人们都已酒足饭饱，便乱哄哄地出去备马。又待了会儿，见火眼庞二腰挂白龙剑进来，向那胖妇人说："快换衣裳，咱们这就走！"

第三回　走荒山艳贼援难女
观明月温语感痴心

　　这些贼人不但都备好了马,并且还套了一辆带棚子的骡车,就由那铁头余五做赶车的。胖妇人穿着那件尚未改做好了的玫瑰紫缎袄,秀侠随她出来,才见这是一处荒村,庐舍都离着很远。秀侠正要细看这四下的环境,打算寻个标记,以备脱身之后好来此复仇,可是那胖妇人就催着她快上车。当时她上了车,坐在最里面,妇人那肥大的身子就挡在她的前面,也不知他们是留下谁看家,五匹马就跟着这辆车走去。胖妇人又扭头嘱咐说:"在路上要有人盘问,你就说我是你的娘,你是我的女儿,脸上也不许这么愁眉不展的。"秀侠只好答应。

　　车马随着走,秀侠随着隔着车帷子向外去听,听那火眼庞二跟余五的谈话。就听庞二又说:"见了大爷可别露出我的宝剑来,你们也别提这件事!不然他若跟我要,我也不好意思不给,他那个人最贪!"余五笑着说:"也不能,你送给他一个人就行了!那么俊俏的小丫头,过一二年就能收房,他还能再要你的宝剑?"秀侠虽不懂得"收房"是什么意思,可是知道他们所说的一定不是好话,心中便更愤恨、更焦虑。又听庞二说:"咱们无妨绕点儿远路,由南阳府过去再往北。我可不敢走方城,我怕红蝎子,她要知道我得了这口宝剑,一定要夺了去!"

　　余五一面赶着骡子,一面大笑,说:"你看,你得了那口剑,倒弄得你前怕狼后怕虎。你放心!红蝎子那娘儿们虽然厉害,可是她的男人跟咱们有交情,她绝不能不讲理。咱们还是走方城,正经南阳府倒不好走,那里官人盘问得严!"秀侠一听,又不知道红蝎子是怎样的人物,想着也许是一个很厉害的女贼,但自己倒很愿意他们因怕红蝎子改走南阳府那条路,只要见着官人,自己就要喊叫。可是,那五个贼人也都十分谨慎,他们都宁可绕远,车马专找那寂静无人的小路去走,这些小路附近就有绵延不断的峻岭高山。

过午,火眼庞二等人才叫车马停在一个小村里用午饭。这小村子靠着山,统共不过十来户人家,秀侠在此又不敢喊叫。庞二那些人急匆匆地吃完了饭,又赶紧催车纵马急急地走去;走得飞快,他们彼此连一句话都顾不得谈,并且脸上都现着紧张之色。秀侠很是惊疑,就偷偷地扒窗往外去看,却被那胖妇一手推开。胖妇的脸上也带着惊慌之色,说:"别往外看!这山上有个女强盗,名叫'红蝎子'沈兰妹,凶恶极了!"

正说着,就听车轮和马蹄的声音越来越紧,更有贼人的声音说:"追下来了!"又听火眼庞二骄傲地说:"只是她一个人,咱们可不怕她!"又见余五扭身转头说:"停住停住!越跑越坏,这娘儿们可会打暗器!"说着车就停住了,又听得哎哟了一声,不知是哪个贼中了暗器,摔下马去了。接着就听后面有个女人的声音,高呼道:"站住!"胖妇吓得浑身的肥肉乱颤,直往后面拱,挤得秀侠都无地容身了,只得由胖妇的腿上爬过去,她倒上前面来了。她也不禁恐惧,不晓得那红蝎子沈兰妹,又是怎样夜叉似的人物?

此时就听火眼庞二说话:"九嫂子,别认错了人,是我们。九哥没在山上吗?我们还正要拜访他去呢!"

此时红蝎子已催马来到临近,只听她说:"混蛋!别废话!谁是你的九嫂子?扔下白龙吟风剑,把陈伯煜的女儿留下,便放你们走!"火眼庞二惊慌慌地说:"那姑娘是要送到汝州通臂猴侯大爷那里的,侯大爷下月初三办寿,还要娶房小。"红蝎子斥说:"混蛋!通臂猴又是什么东西?没别的话说,人跟剑都留下!"

火眼庞二似是翻了脸,他说:"九嫂子,你可别不懂交情!"一言未了,只听他惨叫了一声,大概也是中了暗器。马蹄又嘚嘚地一阵紧响,似是有贼人逃走了。余五也爬下车去,央求说:"太太,我可是个赶车的!"红蝎子并不理他,将马靠近了车辕,挺剑探身向车里来看。秀侠也瞪着两只恐惧的眼睛,一看,啊呀!好个美貌的妇人!

秀侠原想着,红蝎子沈兰妹一定是个锯齿獠牙蓝靛脸,头上长着两个肉犄角,像土地庙小鬼那模样的恶妇,可是现有一看,完全相反!这女贼原来是个眉清目秀瓜子脸儿、身材窈窕的少妇,年纪也就有二十三四,穿着红缎袄、白罗裤,头上戴着簪环首饰,简直像位新娘子;又像是秀侠她们村里李家的媳妇,那是她们村里最美的妇人。

红蝎子手中执的剑正是那口白龙吟风剑,她两眼瞪着秀侠,眼睛虽秀丽,可是带着一种凶光,她厉声说:"下车来!"秀侠只得战战兢兢地把身子向下移动,红蝎子又问说:"那娘儿们是谁?"秀侠哭着说:"那是他们认识的,大概是庞二的媳妇……他们昨夜抢了我,就安放在她家。"她的话还未说完,只听那胖妇像口母猪似的哀声求饶,而红蝎子却将宝剑探戳到车里;秀侠吓得赶紧闭眼,车里的胖妇却惨叫了一声。

红蝎子一伸左臂,就把秀侠从车上抱到她的马上。她的马上很香,像是檀香木的鞍鞯。秀侠又睁眼睛,就看见红蝎子是穿着一双红缎绣花鞋,鞋头上钉着个珠子串成的蝴蝶,那脚真是又瘦小又端正;再向地下看,见庞二和另一个贼人都中了暗器,在地下趴着,呻吟着,余五都藏到车底下去了。红蝎子也不去看这几个人,就收起了白龙吟风剑,并收起一筒细巧的袖箭,随后拨马抱着秀侠跑去。

马行了三四里,秀侠就缓过气来,见红蝎子抱着自己的那只手也很是细腻,并戴着玲珑的金镯、镶翠的戒指。秀侠此时倒不害怕了,她很喜爱这个女强盗,就回过头来,说:"大婶儿,多亏您救我!"红蝎子却不理她,只管催着马紧走。

少时就拨马进了一股狭陕的山路,迂回着上了一重山岭。红蝎子坐下的这匹小黑马实在矫健,她的骑术也真好,蹿石跳涧,越岭登岩,真如一条飞蛇一般。一霎时就到了一处山谷之中,这里有个村落,红蝎子就抱着秀侠催马进到这村中。村子里有许多红叶子的树,唰啦唰啦地响,景象至为凄凉。有两个村人模样的,正拿着竹耙在门前拢草,一瞧见红蝎子，就齐都敛手，恭恭敬敬地说："于九嫂子回来啦？这个小姑娘是谁呀？"红蝎子只向他们点点头，并没有答话，就到了一家门首停住了马，把秀侠抱下马来。立时就有一个十几岁的孩子跑过来，把她的马牵走去遛。

红蝎子轻移莲步，手提白龙剑，领着秀侠进门。此时秀侠真有些惊讶，她原想着这贼穴不定要怎样的森严、险恶，如今一看，却简直和平常的人家一样，并且院中还摆着二十几盆菊花，芳香四溢，就好像是一个诗书风雅之家。这里也没看见一个男人，只有两个仆妇。红蝎子带着秀侠进屋，秀侠就看出来一个异点，因为屋中虽然幽静，木器也很讲究，桌上也摆着瓷瓶果盘之属，可是没有一本书；壁上也没有一张字画，只挂着一口宝剑和两条大概是为捆人用的绳子。

红蝎子进屋来先不做别的，反复地看那口白龙吟风剑。秀侠站在离她四五步远的地方，也眼巴巴地看着那口剑，她心里盼望着，盼望红蝎子是一位侠客，一发慈心，就将宝剑还给自己，并送护自己回家。

可是这时候，就听那隔着一层红布软帘的里间，有呱呱的一阵儿啼。红蝎子看着宝剑，嘴里却对秀侠说："你进屋看看去！他要尿了，你就给他换上尿布。"秀侠答应了一声，揪帘走进里间，就见里间是很洁净的床帐，床上卧着一个也就是三四个月的小儿，正在手脚乱动地哭着。秀侠走过去，给他换了尿布，才知道是个小男孩——小圆脑袋，挺黑，长得却不像红蝎子。秀侠也不知红蝎子的丈夫是谁，为什么要叫他那年轻美丽的太太做强盗呢？

此时，那婴儿虽然换了尿布，可是还呱呱地不住啼哭，秀侠就想他一定是想吃奶了，随就抱出了里屋，交给了红蝎子。红蝎子把她的小孩抱在手中，用另一只手拍着在桌上的剑柄，哄着说："别哭啦！给你宝剑玩，等你长大了，这口宝剑就给你使！"小孩儿却不管什么宝剑，只向他母亲的怀里乱拱。红蝎子只得在椅上坐下，解开了怀；在解怀的时候，虽然她旁边只有秀侠，可是她仿佛还有点儿羞涩。

红蝎子一面奶着孩子，一面掠起眼睛来，看着秀侠。秀侠就觉得她这时的眼睛是十分厉害，在美丽之中发出一种凶光，仿佛比火眼庞二那些强盗的眼睛都可怕。只见她绷着脸儿，很严厉地说："本来我不应当救你，你参参跟你叔父都是我们的仇人！"秀侠一听这话，不由打了个冷战，又听红蝎子说："可是我瞧着你年小，人还老实，你要由着庞二他们把你送到通臂猴那里做妾，你就完了。你就在我这儿吧，给我看看孩子，帮着老妈子们干干零活，我绝不会错待了你。你可别想着跑，也不准出这门口。你要是不听我的话，背着我干了什么事，丧了你的小命可别来怨我不跟你先说明！"秀侠身上又打了一个冷战，泪水在眼眶里都不敢流出，心里许多话更不敢说出来了。

红蝎子说完了便指挥着秀侠去做饭。秀侠低着头走出了屋子，找着了厨房，就见两个老妈子正在这里，一个烧火，一个淘米。秀侠一来到，那烧火的老妈子就站起来，让给她干，秀侠无可奈何地坐下，一块一块地往灶里添柴。她生来十三岁，在家中被父亲视如掌珠，哪里做过这样的苦事？何况现在她的身体、精神是十分的疲惫痛楚，心中更像有许多把尖刀在那里割着刺着！她悲痛地想：我怎么竟落到了这般地步呢？父亲的灵棺还停在家中，大仇不能报，杨大壮也被贼害死了。我才离狼窝，又入虎穴，看那红蝎子虽然长得美丽，但是性情不定有多么凶恶、不讲理，我在这里几时才能够逃出？几时才能够为父报仇，夺回那苍、白二口宝剑呢？

这样想着，她就不禁对着灶内熊熊火光，泪如雨下，哭泣了一会儿，忍不住就哭出声来。旁边那个五十来岁、头发都苍白了的老妈子，就伸出大小脚来踢了她一下；秀侠吓得赶紧吞声，连泪也不敢再流。那老妈子把一把米放在锅里，回头看了看那个伙伴没在屋内，她就蹲下身，摆着手，悄声嘱咐秀侠说："你可别净哭！叫她……"她用手势比出个九的数目，说："她知道了那可了不得！她有个外号，叫'红蝎子于九奶奶'，谁不知道她常常杀人！"

秀侠赶紧拭拭泪，愁眉苦脸地低声问说："老大妈，这是什么地方呀？"

这老妈子悄声说："这儿是方城山凹子峪枫叶村，我姓何，我们可是这村里的好人；村里也多半是好人家，就有五六家是坏人。刚才那个焦妈,她男的就是红蝎子手下的,前年在光州被官人捉住正法了。红蝎子她的男的名叫黑山神于九,是个大贼,整年在外面作案,比她还要凶,听说现在也快回来了。你既然落到这里,没法子,就得忍着;少说话,耐心给她干事,给她看孩子。等到于九回来,你更得加小心。于九的心眼最坏,瞧见姑娘媳妇他就起坏心;红蝎子又最嫉妒,他们两口子常打架,就是她嫌她的男人有外遇。你可真得小心点!要不然招恼了红蝎子,她可是杀人不眨眼!"

秀侠听了点点头,心里却不胜悲哀和恐惧,但转又一想:我应当想办法夺了宝剑,再偷偷跑下山去;我并不是一点儿武艺也不会,难道我就甘心在这贼窟之中含羞受辱,等着叫她们来杀害吗?何妈又在旁详细询问了她的身世,秀侠都略略地说了,何妈也不禁惋惜,流了几点眼泪。但秀侠这时却倒不怎样伤心,她只是想着如何盗剑、如何脱逃,以及如何回新蔡县家乡。

少时做好了饭,红蝎子又在那屋里喊着,叫秀侠去看孩子。她似乎早就知道秀侠的名字,她就叫着:"秀呀!秀呀!"秀侠就赶紧跑过去,把孩子接过来,抱着,并且假意笑着,哼哼着拍哄。红蝎子看了,倒似乎还很满意,认为秀侠不错。红蝎子就命仆妇给她摆饭,两个老妈子服侍着她,秀侠抱着小孩就在旁边站着。

这时天冷,山中又刮来像冬天一般的寒风,沙砾子和落叶打得窗棂都哗哗地响。红蝎子这时在红袄儿上又披了一件水绿缎子的薄棉衣服,被明亮的灯光照着,越发显得艳丽。她手里拿着半盅酒,微低着云鬓,才饮了一小口,她的双眉就紧锁起来,向旁边的那个焦妈问说:"九爷怎么还不回来呀?"焦妈说:"我也是不放心哪!今天早晨孟秃子回来,他说九爷已到了郾城县,按理说这时是应该回来了,恐怕又在那儿叫姓花的那个娘儿们给缠住啦?九爷真是,荒唐!"红蝎子摆了摆手,说:"你别提了!提起来我真烦恼!"

她随又夹了一小箸菜吃着,用一只手支着头,微叹着说:"咱们九爷,早晚非得在江湖上吃亏不可!陈伯煜的武艺比他强不强?都叫宝刀张三给杀死了!"

　　焦妈回头看了看秀侠,见秀侠抱着孩子抽搐着,又在流泪哭泣。红蝎子看见了,啪地把酒盅一摔,瞪着眼睛说:"你哭什么? 你看,只要你把孩子摔着,我立刻就要你的命! 你爹爹陈伯煜他还不该死? 他年轻时横行霸道,不知杀死过多少条人命。告诉你,我丈夫黑山神于九,是你们的大仇家,他有两个哥哥都是死在你父亲手里的。今明天他就回来,我还能告诉他你就是陈伯煜之女? 不然,他能够立时抽出刀来杀死你,他可不管什么年老年小! "

　　秀侠听了,愈发不由得身上抖颤,但眼泪却不敢再流了。她就一声不语,心里却想:我爹爹壮年时行走江湖,也一定杀害过不少贼盗,这红蝎子的丈夫大概就是那样与我家结的仇。现在,红蝎子虽无杀我之意,但是一半日内她丈夫回来了,若知道我是陈伯煜之女,必不能叫我活,这可怎样好呢?

　　此时红蝎子又瞪了秀侠一眼,就转过脸去跟焦妈说话。她的声音仍很凄惋,说:"虽然九爷不跟我好,可是我真是思念他! "

　　红蝎子如此幽思感叹,那个高身材、长得像莽汉子似的贼婆焦妈就十分的不平,她指手画脚地说:"九奶奶,千金小姐、一品夫人都没有你这么贤良! 九爷他在外头荒唐,姘着野女人,一年也回不了几趟家,你的吃喝穿戴都得自己想法子,自己下山去做买卖。像你这么贤良的太太,简直是天下少有! 九爷,当着他我也敢说,我要是有他那样一个汉子,我早就把他踢开了。"又说:"他哪一点儿配得上九奶奶,论人才? 论武艺? "

　　红蝎子却娇笑着说:"你哪儿知道? 他虽然长得丑,可是我喜欢他,我思念他,我总怕他在外头遇见了什么事。彰德府的铁棍鲁荫松、开封府的双钩唐永,那两人都很会办案,九爷在那两个地方也都作过案。还有,现在江湖上出了一位少年英雄,名叫袁一帆,听说剑法高强,走遍南北,从未遇见对手;他又专与绿林人作对,倘或九爷遇到他的手里,那可真叫我担忧! "说着又不禁紧皱着双眉。

　　焦妈就劝说:"算了吧! 九奶奶你别净瞎担忧了,九爷有金镖护身,他也不怕什么袁一帆。九奶奶快吃饭吧! 菜都凉啦! "于是红蝎子强笑了笑,伸着她那戴着金镯翠戒可也杀过人的纤手,又去夹菜吃饭。

旁边的秀侠却呆呆地想:袁一帆一定是一位侠客,武艺比我爸爸、叔父都许强,倘若此人知道我在此受难,前来搭救我,那才好呢!

这时,孩子已在她的臂上睡着了。红蝎子又瞪着眼说:"你发什么怔? 还不把孩子快送回去睡! 要你是干什么的? 你要是什么事都不会干,还不如叫我杀死你呢!"那何妈赶紧摆手,叫秀侠把孩子送回里屋。秀侠战战兢兢,心里又烦,手又慌,把孩子放在床上,大概是手碰了孩子哪里一下,孩子就惊醒了,又哇地哭了起来。红蝎子在外屋一摔筷子,掀帘进屋,扭住了秀侠,吧吧就批了几个嘴巴。秀侠不由得就要还手,红蝎子大怒,立时就回到外屋,唰的一声抽出来宝剑,要去杀秀侠。

红蝎子竖起她那两条纤秀的眉毛,瞪着两只美丽的眼睛,真像个女妖怪;持着她新得来的白龙吟风剑,进屋就要来杀秀侠。何妈要拦她,却被她飞起了莲足给踢倒。那焦妈倒是把她揪住,说了一句什么话,红蝎子才停住了脚,仍然用剑指着里屋,气愤愤地说:"好! 你还敢跟我还手! 我知道你跟陈伯煜学过几手武艺,可是别说你这几手,就是陈伯煜他又活了,陈仲炎也找我来,我要怕他们,我就不算是镇海牛的女儿、黑山神的妻子! 你来,我给你一口宝剑,咱们对一对!"两个老妈子又在外面劝,才劝得她重又落座,去喝闷酒。

秀侠这时又生气又害怕,真想要把红蝎子的儿子,这个小贼种先掐死,然后由着红蝎子要自己的命。可是她就是舍不得这条命,并不是自己怕死,却是怀着为父亲报仇之事和两口宝剑;无论如何将来自己也要设法将剑夺回,现在就不得不忍气吞声。

这时那好心肠的何妈又进屋来,拉着秀侠劝说:"你出去给九奶奶赔个罪吧! 你真把九奶奶气着了,你不应该还手!"秀侠只得走出里间,忍辱吞泪地向红蝎子行了一个礼。红蝎子并不正眼睬她,只说:"等过两三年你长大了,我再要你的命!"

何妈把秀侠拉走,到了南屋里。这里是何妈跟焦妈住的屋子,有一张板床。秀侠坐在床上就哭泣,何妈低声劝说:"你怎么能够惹这个魔王呢? 今天幸亏有焦妈劝着,不知她是什么心思,今天竟会做了好事;

要不然，你就死了，白死！这山里，红蝎子想要杀谁就杀谁，那不算一回事。你就忍耐着吧，没事时念念菩萨，菩萨老爷要是瞧着你可怜，也许你就有出头之日了！"秀侠虽然仍是暗泣着，但心里却平静多了，她暗想：我还得忍，这样死了是无济于事。

何妈劝了她一会儿，便又去服侍红蝎子吃饭；那屋里孩子哭啼了一阵儿，也不再哭了。这里，室中昏黑寂静，没有一点灯光，窗外秋风紧响，秀侠忽然又生起了一个逃走的念头，她想要逃，可又胆怯。

少时那屋中的红蝎子已经吃完了饭，何妈把剩下的菜饭撤下来，就跟秀侠在一起吃。秀侠哪里吃得下去？何妈一边吃着饭，一边低声谈话，她倒是倾耳去听。

由何妈的口中她知道了红蝎子的身世。原来红蝎子并非生来就是强盗，她是淮南著名镖头镇海牛沈雄之女，家里很有钱，武艺都是跟她父亲学的。五年前她与她父亲手下的一个镖头发生了爱情，因被她父亲察觉，要置她于死命，她就同着她的情人私逃了。她那情人就是现在她的丈夫黑山神于九，于九本来就是强盗出身，好喝酒，好赌钱，好拈花惹草，可是不知道为什么红蝎子竟对他非常之恩爱；就跟着他漂流江湖，也就走入了盗贼的途径。

这一对贼夫妇在各处作了许多案，因被官府追拿甚急，他们无地立足，便不得不投到这荒僻的方城山上来。这里因为不靠近大道，倒也没有官人来拿他们，可也没有客商可供他们打劫；因此红蝎子虽住在这里，但于九却时常下山，到外面去弄钱，听说他在外面也有许多女人。红蝎子在这里也是盗性不改，她把村中一些个年轻的无赖都招做她的喽啰，这里就俨然做了山寨。红蝎子不单在此据山为王，并且还到远处行抢，因此无论远近，皆莫不知红蝎子之名。又因为她的丈夫对她不好，所以她的性情变得更为暴虐；今天她虽然没有杀死秀侠，但心中仍然愤恨。

少时那焦妈就回到南屋里，她用手指着秀侠说："刚才要不是我劝着九奶奶，你的命早就没有了！你这小不要命的，早晚得叫九奶奶杀了你！"秀侠一声不语。

又待了些时，焦妈就催着她睡觉。一张很窄的板床，两个老妈子夹着她，她连动也不敢动一动，更休想逃跑。但因身体疲乏，心中愁苦，她就沉沉入了梦境；在梦中她梦见了她的父亲，并梦见红蝎子，又梦见她父亲与红蝎子争斗起来，而自己又仿佛已被惨杀。

由次日起，秀侠虽然心中仍时时痛苦，但却不再表露出来；虽然时时想逃，但也不轻举妄动。她只是极端地忍耐着，看孩子、做饭、扫地，如同一个很安分的小丫鬟。红蝎子虽然对她仍无笑容，但是也抓不着她的错处。

红蝎子是每天清晨就起来，在院中练剑、打拳、蹿房，然后浇花、奶孩子，这是她日常的功课。有时有人站在门外找她，她就命人备马，提剑走了，须要半日才能回来，回来时必要带来些打劫来的东西。她很少有欢笑，整天除了急躁、凶横，就是发愁伤心。她每日都打扮得很好，一日要梳妆两三回，衣服至少也要换两套，可是，她所期待的人总是不来。她疑神疑鬼的，神情总是不安，秀侠常见她那屋中半夜里还有灯光，就想她大概心有所思，辗转不能成寐。

秀侠在此一连住了五六日，这天红蝎子的丈夫黑山神于九就回来了。秀侠赶紧藏在南屋，不敢露头，但却扒着纸窗的破洞向外去看。就见那黑山神身高体大，长得真跟一座铁塔一般，腮上生着刺猬似的胡子，说话的声音发哑。他带来了两个小贼，命两个小贼把两只大箱子放在院中，就又命他们出去了。

这时红蝎子穿着红衣绿裤，云鬓低垂，微敞着胸，抱着孩子由屋中走出来，向她丈夫娇媚地说："你怎么才回来呀？我真不放心啦！"又向孩子说："叫你爸爸，问你爸爸给你带来什么好东西。"

黑山神哑着嗓子笑了笑，又要亲亲孩子，孩子却被他那刺猬胡子一扎，哇地哭了。红蝎子便跺着她的莲足，抱怨她丈夫说："你瞧你，这讨厌的胡子也不剃？"黑山神说："我为是留着回来叫你看的。"红蝎子就娇笑着，一手拉着她丈夫，一手抱着孩子往屋里去了。

这时何妈跟焦妈也都不干事了，都躲在南房里，侧耳听那北房里的夫妇谈话。只听孩子这时倒已止住了哭啼，黑山神哑着嗓子说着笑

着,红蝎子却娇娇滴滴地媚语。待了半天,忽然那屋的门一响,黑山神
又走了出来。他回首说:"不行,我还得赶快走,过几天我再回来!"

　　屋里的红蝎子好容易盼得她丈夫回家来了,不想未容少叙相思,
黑山神就又要走,便急忙忙从屋中追出来,问说:"你还要到哪儿去
呀?"黑山神摆手说:"你就不用管啦!你就听我的话,这两天少下山,我
四五天准能回来。"说时,他扬长而去,红蝎子流着泪追出门去。

　　这里焦妈就向何妈说:"你看,九爷他是野了心啦!回到家里待不
住,九奶奶是白跟他好,这才叫痴心女子负心汉呢!"少时,就听墙外一
阵马蹄响,大概是黑山神骑着马走了。红蝎子就掩着面,进门就直回到
北房。这整整一天,她都没有吃饭,连孩子都不愿喂。秀侠知道她心烦,
倘或招恼了她,她一定又要杀害自己,所以除了在南屋,就是在厨房,
不敢再到北房里去了;好在今天红蝎子像是也忘了秀侠,并没有叫她。

　　到晚间,何妈没吃晚饭就回家去了。她的家也在这山里,她还有儿
子、孙子,因为今天是中秋节,她须要回家去团聚。焦妈是在这佳节又
想起了她那因犯法被杀的贼丈夫,她哭了一阵儿,喝了些闷酒,也就睡
去了。北房中也没有灯光,红蝎子大概已伤心过甚,独自拥衾睡去。

　　天边的月色很圆,如同一只玉盘似的。秋风吹着落叶,吹着草根,
并吹着院中那几十盆菊花的疏影,蟋蟀又在砌下唧唧地叫着,更显出
一种凄凉的意味。秀侠站立庭中,仰观明月,耳听秋声,心中不禁伤悲,
但赶紧又把这伤悲按住,心里想:我为什么不趁此时逃呢?此时不逃,
什么时候才能逃呀?于是她就要到北房中去窃剑,可又想:剑一定是在
红蝎子的身畔放着,倘若被她察觉,那时自己不但不能逃了,还必要被
她所杀;不如先设法逃命,只要能回到家中,将来叔父一定能够设法将
宝剑夺回。于是她就不遑他顾,赶紧启开大门,偷偷走出。

　　只见月光照着山谷,山谷中红叶萧萧,家家闭户过节,却看不见一
个人,也寻不着红蝎子的那匹马。秀侠只得惊慌慌的像一只被猎犬所
追的小兔,离了山村,寻着了山路就向下飞跑;跑了十几步她就跌倒,
腿也磕破。她赶紧爬起来再往下去跑,像身后有人追来似的,越慌就越
觉得脚下不利便。这山路是十分迂回,地下的石头又绊脚,两旁的峥嵘

怪石像猛兽，又像山鬼，又像强贼，都在那里蹲着；幸仗月光皎洁，把道路倒照得很清楚，不必摸索着前行。

跑了半天，秀侠就喘不过气来了，山风吹得她的身上也发冷，她只得慢慢向下去走，但心中仍然惊慌着。又转过了一道山环，却听一阵风吹来了一种凄惨之声，似乎什么地方有人在啼哭，并且声音很细，似是女子的哭声。秀侠心中就惊愕着，暗想：这是什么人？莫非也是跟我一样的被难女子？脚步也不由得发怯。再往下走，哭声就越清楚，渐渐如在耳边了。忽然她定睛一看，就见前面离有二十步之远，月光有一个女子，披着青衣服，坐在一块石头上；低着头，用一块白手巾掩面，呜呜的，越哭越惨，越哭声音越微弱。

秀侠就不由止住脚步，起先她惊悚着，以为这许是个女鬼，后来竟不觉被这种悲声把自己的眼泪也勾下来了。她就走过去，一看那女人是梳着头，她就拍着那女子的肩膀，婉言劝着说："大嫂，你不必伤心啦！是为什么事呀？这山里很冷，哭病了你可不好！"那女子一见有人劝她，就蓦然抬起头来，立时四目相视，借着月光彼此倒都看得很清楚。秀侠就吃了一惊，身上又不禁颤抖，原来这个哭的人正是红蝎子。此时她想跑已经不能，只得惊慌站立。

红蝎子身旁放着那宝剑，但她倒没有发脾气，她也呆了一会儿，就和婉地问说："你是干什么来了？"秀侠颤颤地说："我是……见九奶奶今儿一天也没吃饭，晚间又提着宝剑出来，半天也没回去，所以我不放心，我就……"她说出了这话，还想着红蝎子必然不能相信，却不料红蝎子就拭拭眼泪，长叹了一声，说："唉！我待你那么不好，你却这样关心我，叫我的心里更难受！"红蝎子说完了这句话，就拉着秀侠的手说："你以后别再怕我了，我不能再跟你发脾气啦！你可怜，我也很可怜！"说着，她怆叹着，又不禁拭泪。

秀侠倒很是惊讶，不晓得红蝎子是什么心意，只见她又仰首望了望山间的明月。她这时的容貌温柔和婉，尤其因为她刚哭泣过，睫毛上所挂的泪水被月华照着，晶莹莹的跟小珠子一般。她云鬓蓬松，穿的是青缎子的夹斗篷，里面露出来红袄，真似个降凡的仙女，或是落难的闺秀,绝不像是那凶贼黑山神之妻,一个杀人不眨眼的女魔王。

此时山风吹得更紧,秀侠不禁打了个冷战,红蝎子就把她自己的黑缎斗篷脱下,给秀侠披上。秀侠受宠若惊,忸怩着说:"我不冷!九奶奶你穿着吧!"红蝎子却一定让她披上,并温和地拍着她的肩膀,说:"你别再叫我九奶奶,我讨厌这个称呼。我娘家姓沈,以后你就叫我沈姑姑好了。"说到这里,她又叹了口气,道:"你别以为我是坏人、我是强盗,其实早先我也不是这样。咳!早先我虽不是小姐,可也是个好人家的姑娘,都因为我嫁了九爷,我才变了脾气的。我为九爷真受过不少的苦,我还救过他的命,可是他,他的心却那么硬!今天是中秋节,别人都团圆,他却回到家里待了不大的工夫,又急匆匆地走了!"说着她又悲哀地哭了。

秀侠也被她哭动了愁怀,想起去年在家时,跟父亲在月下吃果子,谈笑话,那是多么快乐!而现今却不料落得这么凄惨。她将要向红蝎子哭求,放她下山回家,却见红蝎子又拍着她的柔肩,说:"风太冷,咱们回去吧!从现在起,我不再待你坏了!你就安心在我那里住着,陪伴我,我想费三年的工夫教成了你的武艺,然后我带着你去找宝刀张三,为你的父亲报仇,夺回来那口苍龙剑。你就使用那口,我使这口白龙剑,咱们两人就在这山上享福,管保没有人敢来惹咱们!"秀侠听了,心中却又不禁吃惊。

第四回　枫叶村雪天死大盗
　　　　凹子峪半夜遁飞驹

红蝎子说完话，就把一只手臂搭在秀侠的肩上，背着月光往山上去走。秀侠一面随着她走，一面却心中想：她要教给我武艺，帮助我找宝刀张三去替父报仇，自然是很好，就是送给她一口宝剑也可以；只是她想叫我在山上长住，同她在一起做强盗，那如何能成呢？我父亲生前最恨强盗，我叔父只要见个小贼都要打死，我们是清白的人家。我现在不幸落难，陷于贼窟，为保全性命在此暂时住着，是出于无奈，但是，要叫我将来跟她一起去打劫，去做贼人，那如何能行？

秀侠心里虽这样想着，但却不敢跟红蝎子说出来，因为红蝎子现在的脾气才变得好些，倘若自己一句话说出使得她不乐意，她又把脸变成凶暴，那可怎么好？于是秀侠就隐藏着心中的忧虑，面上装作喜欢，并且故意跟红蝎子表示亲近，又婉转地说了许多安慰她的话。那红蝎子本来是满腔的离情苦绪，没有人给她温暖，如今有了秀侠，就像是个女伴是个姊妹似的这样安慰她，她竟十分感激。两人搭着肩挽着手，回到了山上枫叶村中。

到了家里，这时那焦妈已经睡熟了，红蝎子就跟秀侠两人一同到厨房，一边说笑着，一边热了菜，筛了酒，便拿回北屋中。红蝎子就让秀侠陪着她喝酒，并打开一扇窗棂，为是看那天边的秋月。她还细细地询问了秀侠家中的情景，又打听那两口宝剑的故事。

秀侠便忍泪回答,并说自己想要回到家里去看看,然后再回山上来。红蝎子听了,起先是面色一变,后来她又细细地寻思了一会儿,就说:"其实我叫你回新蔡县去看看也可以,可是你叔父必不能再叫你出来了。你叔父那人我虽没见过,可是听说那人极为可恨,专与我们绿林人作对,你回去跟他住在一起也绝无好处。你就安心住在我这里吧,住长了你就知道了,我们这儿一定比你家里还好。"秀侠听了,便不再作声。

当下二人饮酒谈话直到深夜,红蝎子已然微醉了,她才叫秀侠与她一同就寝。当晚,红蝎子睡得很酣,白龙吟风剑就在外屋的墙上挂着,秀侠有几次都想起身逃走,然而她又没有那胆量,因为窗外的月光明亮,简直如同白昼一般。到三更以后,窗外的月光倒是发暗了,可是那个婴儿又不住地啼哭,就把红蝎子给惊醒了。红蝎子一醒,她就不能再睡,又跟秀侠谈闲话;直谈到天色将明,红蝎子仍然说着,秀侠却在不知不觉之中睡去了。

次日秀侠醒来时,就见红蝎子正在院中练剑,剑势如鸟转鹰翻,陪衬上红蝎子今天换了一身大红绸子的衣裤,更如丹凤一般,华艳绝伦。练完了几套剑,她又试她那细巧的袖箭。那袖箭不过是在袖口里藏着,抽出来是一只八寸多长、很细的刻着花的竹筒;竹筒的上面有个黄铜的箍子,那就是弹簧。她从另一个衣袋里拿出个皮套,皮套里有十几支又细又短的箭,但箭头却极为锋利,被阳光照得发亮。

红蝎子在东墙上挂着一个棉布做的小口袋,就像是个烟袋荷包似的;她站在西墙,相离五六丈远,她就一支一支地装着箭去打。她的手只随便起落,并不必仔细地瞄准,但不多时间,她就将那十几支箭完全打在那小棉口袋上;使那小棉口袋变成了个小刺猬,一支也没有虚发,一支也没有落在地下。秀侠在窗里看了,不仅惊讶,而且羡慕,心说:哎哟!她的本领怎么这么好呀?她又似乎很惋惜,暗想:一个本领高强,年轻美貌的人竟做女盗!嫁了个凶恶丑陋的强盗丈夫,她那丈夫还对她不好!

此时红蝎子已将袖箭全都收起,她手提着白龙吟风剑,忽然看见窗里的秀侠,她就笑着招手,说:"出来,来!我教你练武!"秀侠就假装作喜欢的样子,跳跳跃跃地跑到院中来,说:"我还没洗脸梳头呢!"红蝎子指着自己那微微蓬松的云鬟,笑着说:"谁梳了?你看我也是没梳头!咱们先练练武艺,我不是说大话,只要你能专心跟我学,一年的工夫,我就准保你所向无敌,江湖随你走!"

她随就先用那口白龙吟风剑舞了几个姿势,便将剑交给秀侠,说:"你练吧!别害羞,武艺都是一步一步才学成的。我由七岁时就学剑,十岁又学袖箭,为这两件武器,不知受过我父亲多少次打;我父亲的脾气很怪,待女儿一点也没有情面!"说到这里,她不禁又思念起她那五载未晤的父亲;秀侠接过白龙吟风剑来,心中更是难过。两个人的心里虽都各有悲伤,脸上虽然都带出一些愁惨之色,可是彼此都没有说出。

当下秀侠略一敛神,右手握剑,左臂平伸,脚下腾挪,剑光抖起。她原想将她父亲所传的剑法施展一套,可是临时又改变了主意,暗想:我不能露出会武艺来,若叫红蝎子看出,她必要时时提防我了。于是她就故意将剑瞎抢了几抢,然后就收住剑喘息,并装作惭愧的样子。

红蝎子倒过来安慰她,笑着说:"你别发怯,只要肯用心练,不久就可以学成我这样的本事,早先……"说到这里,红蝎子笑得接不上气,她拍着秀侠的肩膀说:"我听人说陈伯煜的女儿是好剑法,我心里还有点气愤呢!那天见你被火眼庞二他们装在车里,你一点办法也没有,我就看出来你不行;如今一看,原来你对剑法是一点也不会,咳!你怎么这么荒唐?你既不会剑法,可又带着这么好的宝剑出来,找宝刀张三报仇,那如何能成?你不是自己找着受苦遇难吗?"说得秀侠不禁落下了眼泪,红蝎子又笑着劝她说:"别哭!你就拜我为师吧,以后我天天传授你武艺,可是你将来别忘了师父对你的好处!"说毕这话,她就高高兴兴地指点秀侠的剑法,随说随以剑作比。

秀侠的武艺原有根底,红蝎子所说的虽很简略,但她却都明白。她就更觉出,这女盗的剑法实在精熟,真堪与自己的亡父相比,而不分上下,或者比自己的叔父陈仲炎的武艺还要强些!所以她的心中便转了念头,不再急着下山逃走,她要从这女贼学会剑法,尤其要学会她那百

发百中的袖箭。耐心地在此住上一二年,待艺成之后,自己再索回了白
龙剑,去寻宝刀张三为父复仇。

待了一会儿,那焦妈起来了,何妈也来了,两个老妈子见红蝎子忽
然又对秀侠好了,而且还十分亲热,她们就不禁惊讶。红蝎子在院中教
了半天剑法,秀侠都学会了,红蝎子就很喜欢秀侠的聪明,就更对她
好;也不叫她下厨房去做饭了,只叫她帮着抱抱孩子,用饭时二人也是
在一起吃。秀侠一口一声地向红蝎子叫"沈姑姑",但看她俩那亲密的
情形,简直如同姊妹一般。

何妈看了这种情形,她倒是十分欢喜,她伺候着,更是高兴;可是
那焦妈却十分妒恨,气得跟个蛤蟆一般。秀侠知道这焦妈也是个强盗
的妻子,看她那凶横的模样,大概什么都做得出来,所以就对她不敢得
罪;每逢要吩咐她做点什么事,必要先笑着,就像请托似的。所以两天
之后,就把那焦妈也感化得消了妒恨,并且没事时,也很高兴跟秀侠谈
天。由她的口里秀侠又知道了许多关于红蝎子的事情,知道红蝎子在
这几年之内作案无数,多处的官人都正在捕拿她,可是因为她的武艺
太好,这座山的形势又极为僻静、凶险,所以官人才对她莫可如何。

秀侠来到这里约两个月,见红蝎子倒是不常常下山去打劫,可是
她的银钱似乎是很多,衣服首饰也不计其数。秀侠就明白,红蝎子在过
去一定是作过大案,并且不定杀过多少人。所以红蝎子虽然对秀侠很
好,可是秀侠心中总是警戒着,自己真心的话绝不对她说一句。

这时,山中的木叶脱尽,北风吹起,十分的寒冷。红蝎子把她自己
的旧棉衣给了秀侠两件,让何妈拆洗了,改小了,给秀侠穿。她仍然每
天教授秀侠武艺,她是越教越有精神,秀侠也是越学越有兴趣;更因为
每天两人舞剑打拳,都十分忙碌,所以倒忘去了各人心中的愁思。

时间一天一天过去,转眼已进入了严冬,山中落了大雪,四面的高
峰峻岭都成了银色的,天空却像黑铅那般阴沉。就在这大雪飘飘之中,
忽然黑山神于九回到家里。黑山神进门的时候,是被两个人抬着,他披
着大羊皮袄,那羊皮就跟雪那样的白,可是却染了几处血迹。红蝎子一
看见了,她就不住痛哭,和随她丈夫来的那几个人杂乱地谈话。秀侠本

来很惊讶，打算要听一听黑山神在外面到底是被什么人所伤，伤得重不重；可是那何妈就拉着她，悄声说："快走，跟着我走吧！"

秀侠惊讶着，也猜不出这事与自己有什么相干，就跟随何妈到了门外。就见外面，在那枯凋了的枫树上拴着四匹马，马都低着头啃雪，却没有一个人顾得来喂。何妈就带着秀侠踏着雪走，村里也没有一个人。

出了村子到了山坡上，才看见有几间茅屋，石头院墙，原来这就是何妈的家。何妈让秀侠到家里，这才悄声告诉她说："陈姑娘，我把你护到这儿来，是九奶奶的主意。九奶奶她早就嘱咐过我啦，说是只要九爷一回家来，就让你到我们这儿住些日子。因为……"说到这儿，她觉着很不好意思，就又说："焦妈是个坏人，她盼着九爷把你收作小奶奶；那样一来，九爷就能长在家住了，不至于再到外面姘女人去啦！九奶奶早先也打算那样办，可是现在你当了她的徒弟，她觉着你很好，她就不忍得那样把你糟践了，所以才叫你到我这儿来住些日。九爷受的伤不太重，大概养些日他还要走，可是不能叫他瞧见你，只要他一瞧见，他可就永远惦记上了，你就早晚脱不开他的手。"

秀侠一听，不禁脸红，同时心中十分难过，因为自感到处境是太危险可虑了，但红蝎子那样一个盗妇，竟能如此关照自己，却又实在难得。何妈说完了那些话，就又嘱咐秀侠说："陈姑娘，你可千万好好在我家里住着，别出门。九爷这次带回来的那几个也都是坏小子，倘若你在我家里出了点什么舛错，红蝎子她可就许要了我的命！"秀侠连连点头，说："我绝不能累上你！"

待了一会儿，何妈就走了。窗外的密雪仍然飘着，屋里很黑，秀侠闷闷地坐着，心中不胜烦虑；她想逃又不敢逃，想在这里，却又觉身边时时有危险和侮辱。何妈的家里有两个儿子、一个儿媳、三个孙子，很是热闹，秀侠由此又不禁思念起自己久别的家。

天色都快黑了，雪愈下得密。忽然，秀侠眼见着由窗外石墙之上跳下来一个人，站在雪地上。秀侠吃了一惊，定睛一看，才看出是个女人，正是红蝎子；她那身红衣裳站在皓白的雪地上，更显得十分的艳丽。秀侠立时把眉头展开,赶紧迎了出去,笑着叫道:"沈姑姑,你真漂亮呀!"说到这里,又觉得自己不应当太喜欢了。

就见红蝎子的两眼又迸出凶光来,脸色也跟往日大不相同,她倒背着两手,愤愤地看着秀侠。秀侠心中就不禁又害怕,她赶紧温和地问说:"听说九爷这次回来是受了伤了,不知道重不重?"红蝎子瞪着眼,厉声问道:"你知道九爷是被谁杀伤的?"秀侠战战兢兢地摇着头说:"我不知道!"红蝎子把手抬起,原来她身后藏着那口"白龙吟风剑",秀侠赶紧向后退了两步。红蝎子虽狠狠地举起宝剑,但却不往前来逼,她厉声说:"杀伤我丈夫的就是你那叔父陈仲炎!我丈夫的左手都被他砍掉了!我对你这么好,你叔父却害我家的人!"秀侠吓得浑身颤抖,说:"我不知道,我来到山上快四个月了,我叔父做的事我如何晓得!"

红蝎子的脸色突然又缓和了,她走过来,一手提剑,一手又拍着秀侠,安慰着说:"真气极了我啦!你叔父真可恨,早晚我一定杀了他,给我丈夫报仇。可是我不恨你,你是小孩子,我这回来不过是叫你知道知道,你叔父有多凶狠,比我们做强盗的人还狠;以后你别姓他那个陈啦,你改我娘家的姓,也姓沈吧!"秀侠点了点头。红蝎子又嘱咐她说:"你别害怕,在这里好好住着吧!我还得走。咳!你叔父真可恨,九爷现在疼得连话都不能说,我还得赶紧回去看看!"当下红蝎子又跳墙走了。

这里秀侠却对她的叔父陈仲炎不胜的思念和钦佩。她此时心中最惦念的就是,不知叔父陈仲炎是在什么地方杀伤的于九?更不知叔父出来是为寻找自己呢?还是为寻找宝刀张三报仇?仇也不知道报了没报?因此她心中十分不安,想要设法打听出来,可是红蝎子又不准她离开这里。天又晚了,雪又大,何妈也没再回来看她。这一夜,秀侠做了许多怪梦。

到次日,她就盼着何妈或是红蝎子前来,可是直过了正午,仍不见何妈跟红蝎子的踪影。外面的雪还是落得很紧,院中的雪都有二尺多厚,看样子这雪似乎是想把这座坎坷的陵谷填平了。秀侠像个囚犯似的在这里待着,心中想不出一点主意,眼前又寻不出半点机会。

可是晚饭之后，忽然何妈急匆匆地跑回来，见了秀侠就说："陈姑娘你快去看看吧！九爷死了！九奶奶哭得晕过去好几次，谁劝也不行，只有你，你快给劝劝去吧！"

秀侠吃了一惊，面色都变了，她赶紧摆手说："不行！我不能去见九奶奶。九奶奶是昨天来的，她说她丈夫的伤是我叔父给伤的，其实我连想也想不到，可是我见了九奶奶，她一定要杀我！"她惊慌得身上直打战。

何妈也惊得怔住了，说："哎呀！原来那什么陈仲炎，就是你的叔父呀？那个人可真厉害。他是在中牟县遇见了于九爷，于九爷还带着七八个人呢，他们只是两三个。九爷也没招惹他，可是他就动起手来，不但伤了九爷，连九爷的两个盟弟都给他杀死了！"又说："昨天九爷回来，我看他还能够睁眼，我还以为伤不大重，可是没想到他的一只左手全都没啦！真惨。哼哼了一天一夜，到现在才死，九奶奶哭得成了个泪人。"

正说到这里，忽听外面咕咚咕咚地打门。何妈把话顿住了，回过头，惊讶着往窗外去看。秀侠赶紧拉住何妈，惊慌地说："千万别给他们开门，这一定是九奶奶他们要来杀我！"说时，她浑身哆嗦着。这时外面仍然咕咚咕咚地捶门，并有几个男子的声音喊道："快开！快开！"

秀侠在这危急万分之时，只得把心一横，她暗想：我不会跟他们拼命吗？我近几个月来从红蝎子学武，武艺已进步多了，我跟他们拼一拼，也许能够逃走。她瞪着眼睛四下看了看，可惜这屋中没有一件兵刃可使。她就赶紧跑出去，又到何妈的儿子的屋中，这屋里的人全都吓呆了，小孩子也不住地哭。

那何妈的二儿子名叫何石头，年才十七八岁，他由床下找出一口铁片刀来，向秀侠愤愤地说："给你刀，你跟他们拼去！别向他们求饶！反正你们是仇人啦，红蝎子饶得了你，别人也不能饶你。你拼去，我有一杆枪，我帮助你！"秀侠望着这强壮的小伙子，倒不禁十分惊讶，便接过刀来。何石头又要去找他的扎枪，何妈却进来，哭着把她的儿子拦住，跺脚说："你别给我惹事呀！"何石头的兄嫂也都把他拦住。

这时外面那些人捶了半天，见门还不开，就有两个人跳上墙头，连人带大堆的雪全都滚在院里。他们爬起来就打开院门,外面七八个大汉子都拿着钢刀、木棍闯了进来,一齐嚷嚷着说:"何大妈!把那丫头弄出来,她是陈仲炎的侄女!她叔父杀死了九爷,我们得替九爷报仇!"秀侠见外面来的人太多,她手中虽有兵刃,可是不敢上前去动手;那何石头却握着拳头要撞出去,替秀侠打不平,但他的哥哥却把他抱住,他嫂嫂并捂着他的嘴。

何妈是挡住屋门,她一看,这七八个大汉里,除了两个是常随着于九到外面去的强盗,其余都是村里的熟人,都是红蝎子的手下,于是她就不怎么害怕了。她也高声说:"喂!你们这些小子,别在我这儿混闹!陈姑娘在我这儿住是九奶奶的主意,有什么事儿,你们请九奶奶来,我就把陈姑娘交出去;你们来可不行,你们休想进我的屋子!"

外面的人说:"好!请九奶奶去!请九奶奶去!"于是就有人就走了,可是这里还有几个人抱着刀,堵着屋子。何妈却回过头来,悄声告诉秀侠说:"你别怕,九奶奶来了,我替你下跪求她!"其实秀侠在这时倒不恐惧了。她眼望着那愤愤的要替自己打不平的何石头,心说:人家都肯为我拼得出去,难道我倒拼不出去吗?红蝎子来了,我就跟她斗一斗!

少时,外面就有人悄声说:"九奶奶来了!"

何妈刚要跪下向红蝎子央求,求她别害秀侠,却见红蝎子现在仍然穿着大红的衣裳,鬓发蓬松,脸上挂着泪痕,咬着嘴唇,瞪着两只冒着毒焰的眼睛;她手中却未带宝剑,只拿着一根皮鞭子。进门来她就向那几个大汉子怒骂道:"谁叫你们来的?没有我的话,你们凭什么来此搅闹?"说着就挥动皮鞭,狠狠地向那几个大汉的背上去抽,只听吧吧的响声惊人。几个大汉不敢还手,并且连哼一声也不敢,就一齐向门外跑去;有的跌倒在雪里,爬起来又跑。

红蝎子把那几个大汉全都打走了,这事倒真出乎何妈等人的意料之外。她又气喘吁吁地走进屋来,向秀侠说:"走!跟我回去吧,我看他们谁还敢害你?"说着,伸过一只手来拉住秀侠。这只手虽然冻得很凉,然而是柔软的,秀侠不禁感动得落下泪来,她哭着向红蝎子说:"沈姑姑!我叔父杀死了你的丈夫,你却对我这么好……"

红蝎子流着眼泪,但又微微地笑着,这一笑就仿佛是雨中开放的桃花。她温柔地说:"傻丫头!你叔父杀了我男人,干你什么事?冤有头,债有主,我绝找不到你一个小姑娘的头上。别怕!跟我回去!我现在的心里真难受,你劝劝我吧!"说着,她连手中的皮鞭子都扔在地下了,又掏出一块绣花的手帕来,掩面不住痛哭。秀侠也汪然流泣,这时连那何石头全都怔了。

何妈婆媳在旁边劝了半天,红蝎子方才止住哭啼,然后她自己捡起了皮鞭,拉着秀侠的手走出门去。这时的雪更大,红蝎子的红衣裤都被雪沾成了白色,头发上也覆满了雪,仿佛戴了一头白花,眼泪都在脸上结成了冰;她的两只脚踏在雪中,更成了尖尖的玉笋。

秀侠跟随她回了家,就见在那里的许多大汉还都不住向自己怒目相视。秀侠见红蝎子对自己虽无杀害之心,但这些人却恨自己入骨,她就心中忐忑不安。红蝎子把秀侠带到北房中,就见那床上躺着黑山神于九的尸体,那连鬓胡子、大黑脸、带毛的胸脯和那斑斑点点的血迹,简直如同一只死熊一般。红蝎子看了,又不禁抽噎着痛哭。秀侠倒并不为黑山神伤心,却由这具死尸又想起自己父亲的惨被杀害之事,便也不禁汪然流泪。

红蝎子就拍着秀侠的肩头,说:"秀!咱们现在都别哭啦,咱们得商量个办法,就是我打算为我丈夫报仇。现在你叔父在中牟县刘凤皋那里住着,与他同行的有陈州的镖头侯文俊和许州的镖头徐飞,九爷就是被他们杀死的;明天把九爷葬埋了,后天我们就走,到中牟县。因为我不认识你的叔父,所以需你指点我,到时你只告诉我陈仲炎是谁就行,不必你帮助我。杀完了陈仲炎之后,咱们两家的冤仇就算都解开了,咱们依旧回到山上来学习武艺;要不然,我也保护不住你,因为九爷手下的那些人,非要立时就杀死你不可!"

听了红蝎子这些话,秀侠不禁身上颤抖,暗想:这是什么事儿呀?她叫我领着她去杀我的叔父,这如何能成?但是,见红蝎子说完了那话,就忍着泪,绷着脸儿,瞪着两只冒着凶光的眼,又命焦妈和几个喽啰给死尸换衣裳;在这种景况之下,秀侠就不敢驳回,也不敢请求或央告,她只得退到外屋,呆呆地站着。

过了些时,外面又抬进来棺材,也不知从哪里弄来的烧纸,就将黑山神入了殓,焚化着烧纸,许多喽啰都放声大哭他们的九爷。红蝎子这时就似凶神附了体,她并不再悲伤,就抢着那口白龙吟风剑,大声喊道:"不许哭!"她喊出这句话来,只见许多大汉子都一齐住了声;红蝎子以宝剑剁地,狠狠地顿着她的莲足,说:"你们哭什么? 等报完了仇,杀死了陈仲炎,你们再来哭! 棺材就停在这里,后天……"她瞪眼望着庭中飘飘的大雪,忽又一咬牙,说:"明天清晨咱们就走!"

秀侠一听红蝎子说是明天就要走,她就更吓得颜色更变,那些大汉却都非常高兴。红蝎子又到院中,在雪天下,她与那些大汉子声音嘈杂地又商量了半天,随后那些人就渐渐散去。红蝎子进到屋中,将白龙剑又收入鞘内挂在墙上,她就叫那焦妈替她收拾行李。焦妈也是很兴奋的,并时时用眼瞪着秀侠,秀侠却永远捏着一把汗。

到夜间,红蝎子很早就睡去了,孩子叫秀侠抱着拍着。秀侠一面拍着那强盗的孩子,一面紧张地想着:无论如何今夜我得赶紧逃走! 即使明知被他们发觉追上,就一定杀了我,但我也得逃。我得赶紧到中牟县找我的叔父和两位师兄,叫他们得防备着,因为红蝎子的袖箭太恶毒,只要叫她找了去,叔父必然没命。

这时,窗外的雪仍然密密地落着,北风呼呼地响,也不知是什么时候了,孩子已躺在自己的臂上睡熟,红蝎子在床上也发出了鼾声。秀侠就将那孩子轻轻地放在红蝎子的身畔,她蹑着足走到外屋。

只见外屋就停着那口可怕的棺材,棺材前有两支将要烧尽的蜡烛,突突地发着凄惨的光亮。屋门并没关闭,院中也无人声,秀侠晓得那些喽啰都是在这村里住家,现在他们一定是各自回家去睡觉,好预备明天走路;只是隔着门缝去看,见那南屋里的灯光还很明亮,不知那焦妈是睡熟了没有。秀侠一眼又看到壁上挂的那口白龙吟风剑,心中更是突突地跳个不止,但她不敢稍微耽延时间,就企着脚儿将那口宝剑摘下。

宝剑一到手中,立时勇气就有了,她就悄悄地先将棺材前那两支蜡烛吹灭，然后轻轻推开了个门缝，侧身出屋。踏着地下很厚的积雪，走到大门前，一看，门关得很严，她就到墙边一耸身，便上了墙头。然而那墙头上也有很厚的雪，秀侠立脚不住，一下就把她摔到了墙外，幸因地上的雪厚，虽然她躺在了地上，但却没有一点声音。她赶紧夹着宝剑爬起来，这时忽地又刮来了一阵寒风，这阵风刮来得很猛，几乎又把秀侠吹倒；坚硬的风，大块的雪，击得秀侠的脸生疼，眼睛也迷住了，但她挣扎着，迎着北风惊慌地去走。

没走多久，忽听耳畔腾起了一阵声音，她吓得身子一颤，止住了步，发怔地去看。原来是旁边有户人家，篱笆里射出灯光，照在雪地上，特别的明亮；那篱内的草屋中人声嘈杂，并有骰子掷在瓦盆里之声。秀侠猜想：在里面赌钱的必是那伙强盗。她见门前的一棵树上系着两匹马都没有人看着，立刻又惊又喜，便偷偷地走近前，解下一匹马来，骑上就走。这马上并无鞍鞯，马身是白色的，着上了厚厚的雪，更显得洁白；同时这匹马跑得还很快，四蹄挠起来雪花，一点声音也没有，少时就出了枫叶村。

此时就是寻找山路太为困难，因为山岭、路径，甚至于每块石头都是白的，可以说此时的天地是浑然一色，什么也分辨不清楚。秀侠催着马，心中十分着急，就像乱撞似的，撞了半天方才闯进一股山路之中。山路还不太窄，可是极为迂回曲折，并且很陡，所以秀侠这匹马不能够快走。她心里却极为焦急，又须提防马被雪滑倒。她一只手勒着缰绳，一只臂夹着白龙吟风剑，在风雪之中，像一个逃亡的小兽那样蹄行，不多时便走下了山，到了平地。

这平地上的雪更厚，更是什么也看不清，方向秀侠也不知道，她就催着马盲目地走。忽然回头一看，却见那山上的皑皑白雪之中亮起了一片火光，秀侠心说：不好！他们追下来了！于是紧紧催马走去。

但走了不远，她忽然一慌，竟从马上跌下；幸亏地上是雪，没有跌着，同时那匹马是受过训练的，它把人摔下去之后，它就站住不动。秀侠赶紧爬起来，拾起来宝剑，又向马背上去蹄，费了很大的力才又上了马。可是这时后面就有马追来，马上的人高声喊着，那声音在寒风里抖动着,就听是:"秀!秀!回来吧!秀!"秀侠心中更加惊慌,就赶紧用剑鞘击马,不顾性命地一直跑去。

跑下了很远,秀侠就接不上气了。她收住了马,叫自己喘口气,马也喘喘气。再回头去看,后面远处已没有了火光,红蝎子的追叫之声也没有了。但她还是不放心,因为看道旁还有山,还没算离开危险的地带,她就依然催着马去走,跑一会儿、喘一会儿,但总是不停住;所过的村庄、道路、河冰、桥梁全都是白色的,静静的,没看见一个活动的东西。直走得她头昏身倦,马也像是跑不动了,这时她才知道,雪已然住了,而面前那天际茫茫的云雾之中,现出些光明。她不禁惊喜,说:"哎呀!我还没走错了路!一直走就是东,太阳快出来了!"又回头看看没有人追,左边的高山也自脸侧退尽,她喘着气,抽出白龙吟风剑看了看,又欢喜得要笑。

但忽然在她的面前又现出来一个难题,那就是自己现在身边一个钱也没有;中牟县离此很远,又不是一天两天能赶得到的,自己可在哪里吃饭投宿呢?她一面催马前行,一面发愁,不觉面前的阳光越来越明,路上也偶然能看见一两个赶路的人了。地上不但是雪,还有冰;阳光越升,雪也越薄,冰反倒越厚,马蹄踏在上面发出喳喳的响声。

此时路旁的村庄屋宇都已在雪中出现,树木沙沙地在风里抖动着寒枝上的积雪。秀侠拍了拍身上的雪,又扫了扫马背,然后呵着手,夹着剑,往东去行。就见面前是一座市镇,过了这处市镇,路上的人就更多了:挑担的、背包的、赶着牛车的、骑着驴马的,什么样子的人都有,都是向同一方向去走。秀侠跟随着他们,并向他们问道:"借光!这是什么地方呀?"

同行的这些人本来都正在注意着她,她是太使人注意了:十三四岁的小姑娘,两条小辫上扎着白头绳,可穿着红缎棉袄、青缎夹裤,臂夹着宝剑,还骑着一匹没有鞍鞯的健马。于是就有个骑小驴的老者,问说:"姑娘,你要往哪里去?"

秀侠见问,一怔,倒像是不知如何回答。她迟疑了一下,就说:"我是要到中牟县,去找我叔父……"说出这句话来,却又自悔失言,因想:

倘若这里有与黑山神相识的,与我叔父有仇的人听了,那岂不又要惹出祸事?于是她赶紧又改口说:"我叔父在那儿做买卖,开铺子……"见人家都注意她手中的白龙剑,她就说:"我叔父开铁铺,卖刀枪,他也收买刀枪。现在是别人有一口宝剑托我给他送去,卖给他,这口剑……"她怕又因剑得祸,就说:"也不是一口什么好宝剑,顶多了也就值十两银子。我还顺便看看我叔父,因为我跟我叔父有好几个月没见面了!"末了这句,倒是她的真话。她不禁心中一疼,眼泪就要流下来。

旁边的人都啧啧地夸赞,那老者就说:"真不容易!一个小姑娘竟走这么远的路?可是中牟县离这儿还远得很呢!这儿是舞阳县地面,往东北九十多里才是许州,过了许州再往北走很远,那才是中牟县呢!"

秀侠一听这里离许州很近,心中就又想出个主意来,她想:自己忍饥忍饿再走一天,九十多里路骑着马走一天,大概能够赶到。只要一到了许州就好了,师兄徐飞现在虽同着叔父在中牟,可是他那镖店的人都是父亲、叔父的好友,他们一定能帮助自己走到中牟的。

这时身后又有马蹄之声,她赶紧回头去看,见是四匹马,马上的人倒都衣帽整齐,不似凹子峪的那些强盗;于是她就向那骑驴的老者询明了往许州去的路径,就催马走去。走出了三四里地,在马上回头一看,见那牛车、荷担背包的人和那骑驴的老者都已丢在后面多远,可是那四个骑马的人却赶上来了。

第五回　忍饥耐苦千里寻亲
仗义扶危双钩拒盗

　　秀侠不禁暗暗吃惊,因见那马上的四个人虽然不似强盗,可都是二三十岁的壮汉,马上都带着刀,都把亮亮的眼睛盯着自己。秀侠就非常疑虑,倒不敢快走了,故意把这四匹马放过去,让身后那骑驴的老者又赶上。她还是与这老者同行,并问说:"老伯伯,你是要到哪里去?"那老者说:"我是南阳府的人,有个闺女嫁在郾城县,现在我是看我的闺女去。"

　　秀侠随着这老者去走,走下二十多里,前面那四个骑马的人便已去远,看不见了。但秀侠却又提防着后面,恐怕红蝎子带着喽啰追赶下来,所以她就渐渐把马催快些,离开了这骑驴的老人,顺着大道往东北去走。

　　又走了二三十里地,就过了郾城。此时天色已过正午,太阳从云中露了出来,地上的冰雪渐渐融化,路上十分难行,可是往来的人更多。从昨晚直到现在,秀侠腹中水米未进,不由又饥又渴。同时她骑着的这匹马也累了,也饿了,无论怎样揪它的鬃,捶它的后胯,它也是不快走;走上几步它就站住,低着头去啃地上的冰雪。秀侠十分着急,心想:这可怎么好?今天要赶不到许州,我就连住的地方都没有。身边无有分文,马也没草料,人不吃可以,马不吃哪儿成呀?并且时时回头向后去望,总觉得红蝎子那些人是要追来似的。

又向前走了不远，便又看见了一座城池，向路旁的人一打听，原来前面是临颍县，过了临颍便是许州。秀侠心中就更急，可是坐下的这匹马更不能快走了，而且自己也觉得头晕眼眩，周身无力。但是没法子，她只得挣扎着再往下去走。

又走不多远，就进了一个村庄。这村子里养着许多条大狗，一听见马蹄声就齐跑出来，围住马汪汪地乱吠，马更不能向前走了，秀侠就像是陷在了狼群里。这些狗个个张着大口，呲着尖牙，都仿佛比狼还要凶恶，秀侠就抽出宝剑来，晃动着，向那些条恶犬威吓，并尖声呼叫道："有人没有？看狗来呀！"

她这样一喊，就见从一家柴扉里跑出来三个人。这三个全是年轻的男子。秀侠一看，就不禁更吃一惊，原来其中有两个很眼熟，就是早晨在路上遇着的那四个骑马人之中的两个，秀侠立刻惊慌了，以为自己又走进了贼窟。可是见那三个人倒还都无恶意，他们只是一面赶着狗，一面用惊疑的目光向秀侠来望。

这三个人中有一个高身材的上前将秀侠的马匹拦住，问说："姑娘你先别走，你拿着一口宝剑，到底是要往哪里去？在路上我们就想问你，可是没好意思。"秀侠见这人说话虽然和蔼，但自己心中仍是疑惧，就说："我要到许州去看一家亲戚！"那人又问："姑娘，你的亲戚姓什么？住在许州城里还是城外？"

秀侠尚未答言，就见从那柴扉里又出来两个人，其中一个有四十多岁，这么冷的天他可光着脊梁，显见是才练完武艺。这人上前来就向秀侠抱拳说："姑娘你别疑惑，我们不是歹人。这里叫宿家庄，我名叫双钩手宿雄，这几位都是我的盟弟，他们都是各路的镖头。因在路上看见姑娘，觉得你形迹可疑，现在你又从这里路过，我们才想问问你，并无别意，你放心！"

另有一个人就说："先把她的宝剑要过来看看！"

秀侠立刻急了，便嚷嚷着说："你们为什么不许我过去？我的剑不许你们看！"她一面抢剑，一面催着马要走，就见那光着脊梁的人举臂高呼，说："姑娘！我们就问问你，是否是陈伯煜之女？那口剑是否白龙吟风剑？"秀侠才催马闯出了几步，一听到这话，她倒怔住了。她就勒马回头去看，就见身后那几人倒是不似有什么歹意，于是她就问说："你们认识陈伯煜吗？"

此时那双钩手宿雄已披上了一件棉袄，说："我们怎么不认识？在十年前我就受过铁掌陈大爷的好处，直到现在我还欠着陈大爷几十两银子没还，可怜陈大爷，在秋天被宝刀张三那王八羔子给杀害死了！"

宿雄身后的几个人就齐声问道："小姑娘，你是秀侠小姐不是？不必瞒我们，陈二爷是前些日从这里过去的，他曾托付我们，寻找他的侄女秀侠！"秀侠听到这里，不由热泪汪然流下，便点头说："是，我就是秀侠，你们哪位知道我叔父现在哪里？"宿雄等人见秀侠自认是陈伯煜之女，便齐都欢喜，说："姑娘，请到家里歇会儿吧！别着急，我们一定能送姑娘去见陈二爷。"

秀侠此时正在饥渴交加，彷徨无计，如今见双钩手宿雄等人诚意迎她到家中去休息，她就像遇见了救星，赶紧收了宝剑，下了马。宿雄叫人把她那匹马接过去喂饲料，他就领着秀侠进了柴扉。

秀侠见门里有六七间房，宿雄有母亲，还有妻子。那几个人都是宿雄的盟兄弟，名叫李殿杰、秦保旺、冯玉、贯龙江。这四人全是开封府的镖头，如今是在南阳卸了镖车回来。向来他们从这宿家庄路过时，必要来看一看盟兄。如今又因在路上看见了一个形迹可疑的女子，所以来向他们的盟兄一提说，双钩手一听就十分惊诧，赶紧派了他的胞弟宿勇，骑着马迎头打探那女子是否陈伯煜之女。宿勇走后还没回来，秀侠姑娘就骑着马来到庄中。

如今双钩手宿雄见秀侠吐露了真情，说了她遭难脱难之事，就说："姑娘你幸亏遇见我，不然就是红蝎子追不上你，你也休想走得到中牟。因这条路上有不少黑山神的伙伴，你骑的那匹马他们都许认得，这白龙吟风剑更惹人注目。"

宿雄又说："我在镖行多年，去年保镖至穆陵关，遇着一位少年侠客，名叫袁一帆，我们两人因为一些小事就争斗起来，我败了。我就发誓，如出不了这口气我就永远不保镖，所以我就回到家里来专心练武，除了盟兄弟之外我一概不见。说实话,我并没见着陈二爷,不过我听说陈大爷被宝刀张三杀死,陈姑娘也失了踪,陈二爷出来是为兄报仇,并要寻找他侄女的下落。那天我听说陈二爷到了许州,就赶紧去见他,可是我到了那儿,他已经走了。姑娘,现在你既到了这里,我们可不能再叫你只身远行了。请你在我们这里歇一天,明天我们几个人辛苦一趟,把你送到中牟,去见陈二爷。如若陈二爷没在那儿,我们还得送你回新蔡县。至于将来寻着宝刀张三为陈大爷报仇的事,我们也得出力,因为陈大爷是我们的前辈英雄,对我们也真有过好处!"

秀侠见宿雄是这样豪侠慷慨,热心地要帮助自己,不禁感激得落泪。双钩手宿雄的母亲也是个很慈祥的人,年有七十多岁了,听了秀侠的悲惨遭遇,她也十分惋叹;又知道秀侠直到此时还没有吃午饭,就叫儿媳烧火,给秀侠做吃的。宿雄却把他那几个盟弟都挽留住,就说:"你们都不必忙着走了,咱们冲着死去的陈伯煜,得管这件闲事,想法把那姑娘送到中牟县见她的叔父。我想陈仲炎现在一定是住在小信陵刘凤皋那里。"他那几个盟弟虽然答应了,可又都像有些为难似的,那个李殿杰就说:"不过,要是因此得罪了红蝎子,那可怎么办?"双钩手宿雄却冷笑道:"怕那恶妇做什么?只要我见了那恶妇的面,我就要叫她知道知道我双钩的厉害!"

此时宿雄的妻子已将饭做好,秀侠就在老太太的屋内吃饭。但她时时提心吊胆,时时听隔壁屋内宿雄等人的谈话,总觉得有什么祸事就要发生眼前似的,又仿佛那祸事若出来,就是宿雄等人也拦挡不住似的。

吃完了饭,宿老太太就不断地跟秀侠谈开话,但秀侠却总是扒着窗上嵌着的一小块玻璃向院中去看;就见自己骑的那匹白马已牵到院中,跟那几个人的马匹全都系在一棵枯树上。院中的阳光时隐时现,但天色确已不早了。秀侠从身旁抽出白龙吟风剑,用衣袖擦了擦,又不禁想到自己为此剑所遭的危难,更想到那口苍龙腾雨剑,她就又不禁凄然堕泪,泪洒在剑锋之上。

少时,忽听篱墙外一阵马蹄之声,秀侠就吃了一惊,又听吧吧的叩打柴扉声,秀侠更惊惧了。她右手紧紧握着剑柄,扒着玻璃向外去看,就见那宿雄手提着一对护手双钩,出来把柴扉开开。秀侠看见进来的是个十八九岁的小伙子,牵着一匹黑马,头上流着汗,心想:这一定就是宿雄的胞弟宿勇了。这宿勇一进了门,就惊慌慌地问他哥哥,说:"陈伯煜的女儿没从这里走过去吗?"宿雄瞪着眼睛问说:"有什么事吧?"宿勇就说:"红蝎子追下来了,现离这里还有十几里,大概少时就到!"

宿雄一听红蝎子追赶来了,就叫他的盟弟和胞弟准备与红蝎子厮杀,宿老太太却在屋中说:"别惹祸呀!红蝎子是出名的女贼,女魔王转世,咱们可惹不得她呀!想法叫陈姑娘在草垛里藏一藏,她找来就说咱们没瞧见就得了!"宿勇却在院中说:"人能藏,马还能藏吗?这匹白马是黑山神于九骑的,路上有许多人都认得这匹马,所以红蝎子才知道陈姑娘是往这边来啦!"

李殿杰、秦保旺、冯玉、贯龙江这几个镖头也全都惊慌慌的,说:"还是叫陈姑娘避一避才好,不然红蝎子来了一定是祸事,那娘儿们的袖箭太厉害!"宿雄却摇晃着双钩说:"我不怕!红蝎子来了你们都不用上手!你们这些软蛋包,我宿雄可不怕那娘儿们!"他连柴扉也不关闭,擎着双钩在门前去等红蝎子。他的妻子在屋中吓得面无人色,他的老太太却不住念佛。

秀侠一横心,提着白龙吟风剑就走出屋子,到院中解下那匹白马,向外就走。宿勇、李殿杰等人都拦住她,问说:"姑娘你要往哪里去?"秀侠就说:"我要走,我不能连累你们众位!"说时牵马出门。宿雄又赶过来,说道:"姑娘你别出头!我正在这儿等着红蝎子呢!"秀侠却上了马,说:"你们这样对我好,我就很感谢了,怎忍再连累你们一家人?红蝎子是最凶狠的,虽说你们的武艺好,可是敌不住她的袖箭!"说时,她就催马走出了村子,后面许多条大狗依旧追着她的马乱咬。

这时双钩手宿雄也进门去解马匹,他骑着黑马提着双钩,就出村追上了秀侠,大声喊道:"陈姑娘,你不是怕连累我家吗?可是我也不放心叫你一人去走,我要跟随你到中牟县。"秀侠在马上回首说:"宿大叔你请回吧!不要管我,我能一人走到中牟县!"宿雄却仍然不肯回去。这时，忽见那十几条大狗又一齐像疯了似的咬着回村里去了，宿雄就一惊，脸上变了颜色，向秀侠说："一定是红蝎子那些人到了村中，咱们往西边树林中避一避！"

往西边有一片苍翠的树林，也不知是松树还是柏树。宿雄催马在前，秀侠在后跟随，走不到半里，便进了林中。林外的雪虽都已被阳光晒得融化，但林中的雪仍有一尺多深，见不着阳光的枝叶上仍挂着雪，像开着茂盛的白花一样。秀侠喘了喘气，便问说："我们躲在这里，家中不要紧吗？那几位不能跟红蝎子打起来吗？"宿雄摇头说："不要紧，只要你我不在那里，他们便不能打起来，红蝎子也不能将我的家里人奈何；因为红蝎子虽然凶恶，但还不是不讲理，她比她的男人好得多了。"

秀侠又想起红蝎子对待自己的恩情，如今自己夺剑逃走，虽然是为势所迫，但也未免太寡情了。正在想着，又听树林外远远之处狗又吠起来，宿雄赶紧跳下马去，走到林外去看。忽然他又跑进来，向秀侠说："红蝎子她们出了村了，一共五六个人，都骑着马，姑娘仔细些！"正在说着，就听马蹄声渐近，犬吠之声也渐近。

秀侠心里紧张着，她抽出白龙剑，隔着一行树木向外去看。就见那边是红蝎子领头，个个手中全拿着刀，他们因为寻着了地上冰雪中的蹄迹，竟往这林中搜索来了。秀侠大惊，惊慌慌地向宿雄说："这可怎么好？"宿雄却微微冷笑说："既是躲不过，那咱们只好跟她拼了！"秀侠说："咱们只是两个人，怎能拼得过她们？红蝎子又会使袖箭！"宿雄说："那么你就先逃走，往西逃，三十里有个大石沟，那里住的李云庆是我的好朋友，可以去投他，少时我就去！"正说话间，就听马蹄声与犬吠声已到近前，红蝎子将要进树林来了，宿雄却手提双钩，催马闯出林去。

就见那红蝎子身后带着六个人，全是凹子峪的喽啰。红蝎子虽然死了丈夫，但并未穿孝，上身是红棉袄，下身是绿夹裤；一到面前她就下了马，用手中宝剑指着宿雄说："你就是双钩宿雄吗？你把陈秀侠藏在哪儿啦？让她放胆出来，告诉她我不杀她，我只要那口白龙剑！"

双钩手宿雄却一阵冷笑，说："人家陈家的宝剑你如何能要？陈秀侠没在林中藏着，不信你进来搜！"红蝎子说："好！搜就搜！如若搜她出来,我可就不讲情面了,连她带你都得死!"说时,她瞪着两只冒着凶光的眼睛,挺剑向林中便走。宿雄却在马上冷不防一抢护手钩,将红蝎子的头发钩住。红蝎子赶紧一歪头,横剑将钩架住,但头发还是没脱钩。那六个喽啰一齐抢刀向宿雄去砍,宿雄用一只钩去敌众人,一只钩就按下来要钩下红蝎子的脖颈。红蝎子极力挣扎,才算脱开,但发髻也散乱了,并被宿雄钩下了一大绺头发。

红蝎子真气极了,抢剑蹿起,去砍马上的宿雄。宿雄用右手的钩一磕,只听铛的一声,就将红蝎子磕得手痛。宿雄又把钩法展开,三五回合就将两个喽啰都钩下马去;然后双钩齐向红蝎子去取。红蝎子以宝剑相迎,又三四合,红蝎子就觉得宿雄的力气太大,而且他在马上,自己的剑够不着他。

红蝎子就退后几步,由怀中去掏袖箭。宿雄晓得她的暗器快来了,就狂笑着骂了声:"狗贼妇!"他拨马就进了林中,在林中并大声喊道:"红蝎子,你狗贼妇要敢进林中来,可留神老子的飞镖!"他这样一说,那红蝎子跟几个喽啰真不敢进来了,但都向林中泼口大骂。那十几条狗也围着他们的马汪汪乱咬。

林外的声音十分嚣杂,但林中却很寂静,没有声音。宿雄在林中四下找了找,却已不见了秀侠人马的踪影,他从雪上的蹄迹辨出,知道秀侠已走出树林,往西逃去了,心说:好!叫她逃远了些,我在这里再支持一阵。于是红蝎子等人在林外骂着,他也在林里骂着。

相骂不多时,红蝎子急气得忍耐不住,就骑上马,带着四名喽啰闯进林中。宿雄拨马穿着树木来回地走,只向他们骂,并不叫他们追着,也不迎上与他们争斗;真气得红蝎子脸色煞白,浑身乱颤,连打出四五支袖箭,都钉在了地上。这时宿雄却哈哈大笑,高兴得不得了。

宿雄见红蝎子手中的几支袖箭已经打完,并见红蝎子气得要昏过去,她身后的那几个喽啰根本连刀都不会使,便想乘机将这横行一时的女盗置于死命。于是他拨马走出树林,回头向着林中喝道:"狗贼妇,滚出来!尝尝老子的双钩!"

红蝎子立时催马追出林来,狠狠地抢剑向宿雄就砍,宿雄用双钩相迎。二人起始还在马上争斗，后来就一齐跳下马去厮杀。双钩手宿雄所使的这种兵器十分厉害，前端是钩，后端是剑尖似的，有月牙形的护手，钩身双刃锋利，又像是宝剑一般。宿雄不但钩法精熟，而且身强力猛，所以在河南镖行他是个头等人物。对方的红蝎子纤细窈窕，两只脚小得还不到宿雄的脚四分之一，手中的剑也仅二尺多长。她如一只梅花鹿与猛虎争斗，又像一只美丽的小鸟跟苍鹰相搏，然而她却一点也不肯示弱。只见她那口宝剑，嗖嗖嗖如一股闪电，似一条银蛇，上下飞腾，前后遮护，并时时以狠毒招数向宿雄去取。宿雄虽然不至于全无招架，但是钩法却被逼得难以展开。尤其是钢钩与宝剑交磕在一起之时，只听呛啷啷的震耳的金声，宿雄他已使尽了生平膂力，然而红蝎子的宝剑竟不能磕开，他心里想着：啊呀！这贼娘儿们有这样大的力！

　　相战二十余合未分胜败，此时就见由西边跑来了一群人，原来是宿勇、李殿杰、秦保旺；他们召集了村中十几名壮丁，请来了几位官兵，一齐持着兵刃捉拿红蝎子来了。红蝎子手下的那几个就一齐催马抡刀过来杀宿雄，并彼此惊慌着说："飘吧！"飘就是走的意思，可是红蝎子依然恋战，绝不肯走。宿雄又以双钩向这几个人招架了片时，那边的一群帮手便已赶到，当时那几个喽啰都往四下惊奔。

　　红蝎子却更凶狠了，她已抄了马飞身而上，但仍不肯走；在众人的包围中，她挥动宝剑，乱杀乱砍，简直是个凶狠的女魔。她的发髻本已被钩得散乱，这半天的战斗，头发都抖开了，乱蓬蓬的三尺多长的乌丝，披在后面，洒在前身；她那眼睛永远射着凶光，那使人怕也使人爱的双颊流着涔涔的汗；她的左臂大概是受了宿雄一钩，从鲜艳的衣服上流下血来，她还不顾疼痛，奋勇争斗。宿勇、李殿杰等人刀枪乱上，一齐大呼大骂，说："拿住红蝎子，要活的！"

　　红蝎子的身上大概又受了一处伤，此时她一个帮手也没有了，便一手抡剑抵挡众人，一手就由怀中又掏出了箭筒和一皮袋袖箭。她一将这暗器取出来，宿勇和李殿杰等人就一齐说："小心点！这娘儿们要使袖箭了！"红蝎子趁着众人各自提防暗器，不暇进逼之时，就将剑插入鞘中，左手续箭，右手按簧，像飞蝗一般，嗖嗖地向众人射来。立时李殿杰坠下马去，一个官人也中了箭，两个壮丁都被射倒，宿雄也不得不往旁去躲。红蝎子就趁此时闯出了重围，随走随还回身射箭。宿雄又带着几个人向下追了有半里地，就见红蝎子飘洒着头发骑着马，像飞似的往北逃去了。他们明知追赶不上了，便只得回来。

这里秦保旺和几个官人、壮丁已捕住了三个贼人，都是受了伤，捆绑起来，带回了宿家庄。不用怎样拷问，三个贼人就都说了，他们可不肯自认是红蝎子的手下喽啰，都说："我们都是方城山凹子峪枫叶村的住户，因为家在那里住，就得听于九奶奶的话。现在于九爷受伤死了，红蝎子收养的一个小姑娘也拐了宝剑私逃，因此红蝎子气极了，叫我们跟着她追那小姑娘，要回宝剑。并说要到什么中牟县，给她汉子报仇去。她逼着我们，我们不敢不听她的，不然只要她一瞪眼，我们就没了命。"当下，三个被捕的贼人由官人给押往县城去了。

这里几个中了袖箭的人，伤势倒都不大厉害，可是都怕红蝎子前来复仇。宿雄也很担心，就命人加紧防备，并说："晚间把狗都要放出去。"院中有个柴草垛，宿雄也叫人挪开，恐怕红蝎子晚间来此放火。并叫他兄弟宿勇、盟弟李殿杰、秦保旺、冯玉、贯龙江，及众壮丁轮流防守，一夜不许睡。他看着都已布置好了，这才又牵上马，提着双钩，向他兄弟等人说："我还得走！我叫陈姑娘奔大石沟找李云庆去了，可是那股路极难走，她未必能找得到，我很不放心；我要追去看看，咱们帮人帮到底。"说着，他出门走了。

宿雄顺着曲折的小道策马往西，走到那片松林的后面，还往西，越过了两个村子，就望见面前有一座山岭，那就是大石沟。山色是黑的，但山后喷着霞光，有成群的暮鸦呱呱叫着，由那山边飞往松林中去了。天色真已不早了，宿雄催着马走，同时惊觉地瞪着眼四下张望，唯恐红蝎子没跑远，现在又绕道上自己来。其实红蝎子虽然凶猛，且会打袖箭，可是自己并不怕她，只怕的是她暗中尾随着自己，跟着自己把陈秀侠找着，然后她再暗中下手；杀死了陈秀侠，劫去了白龙剑，那岂不更糟！其实，尽了自己的力量去救人，救人不成，也没法子；可是以后究竟难见陈仲炎之面，尤其对不起那已故的铁掌陈大爷。

他一面提防着,一面去走,少时就进了大石沟。大石沟是在山中的一股很宽的道路,有稀稀的人家。宿雄一走进来,就直往他的好友李云庆家去,还没有走到,就见迎面来了一骑马,宿雄倒吃了一惊,赶紧收住了缰。及至对面的马来到临近,他才向着晚霞映到山里余光,看出是陈秀侠,他即叫说:"陈姑娘,你找到李云庆家里没有?"

秀侠却顾不得回答,她只惊慌着问说:"红蝎子走了没有?"宿雄说:"被我们打跑了。还捉住了她三个喽啰,都押在衙门去了,你别怕了!"秀侠这才说:"我好容易才找到李家,可是听他家里的人说,李云庆是往开封府去了,是前天走的。"宿雄也不由一怔。秀侠又说:"我就也没有进去……"刚说到这里,忽然她又哎呀一声惊叫起来,说:"红蝎子又来啦!"

宿雄赶紧回头往后去看,只见一骑马飞似的向他二人赶来。那马上的人模样虽看不清,但是看那飘洒的头发自致和人马未到先嗖地飞来的一支袖箭,果然是红蝎子。于是宿雄赶紧向秀侠说:"快随我走!"当下宿雄催马在前领路,秀侠鞭马在后跟随,两匹马就像惊弓之鸟似的,飞一般向西逃去了。铁蹄敲在石头道上,嘚嘚嘚地奏出急遽清脆的响声。后面那匹马也箭一般地赶来,并且高声尖锐地呼喊道:"秀!秀……"

秀侠心中悲痛恐惧,连头也不敢回,只催马紧走。

少时,他们这两匹马就走过了大石沟,出了山口。宿雄因见她骑的这匹马很快,就把她放了过去,催着她说:"你在前面,快走!一直走!快!快!"当下宿雄就摘下双钩,两手一分,横马断后,秀侠已在前飞奔去了。红蝎子也越过山路,追近来了,宿雄却抢钩迎将过去,大声喊说:"贼娘儿们!你不要命了吗?"

红蝎子却拨马躲开他,又颤又喘,摆手道:"你别管!我追的是秀侠,我要那口宝剑!"宿雄却喊道:"有老爷你就休想追!休想要剑!"他抢钩扑上来,红蝎子也狠狠地用剑相迎,这一女一男,一口剑两把钩,双马往来,又交战了十余合。宿雄见秀侠已经去远,就不肯再多费力气,他乱舞着双钩,逼得红蝎子退后几步;他就哈哈狂笑,骂了两声,拨马又向西北跑去。红蝎子气得几乎由马上摔下来,她喘了喘气,又催马去追。

追下又有半里地,天渐昏黑了,秀侠的人马已没有了踪影,可是宿雄在前面相离不远,已将被她赶上。红蝎子就又取出袖箭,一按弹簧,嗖的一箭,正射中在宿雄的右膀子上。宿雄却伸手由肉中将箭拔出,吧地往下一摔,回首骂道:"贼婆娘,狗贱妇,你这箭就能射得倒老爷吗?"红蝎子气得又要再打袖箭,宿雄却一面泼口大骂,一面催马向前狂奔。

那前面黑压压的又有一片树林,宿雄催马逃到林中来,原来秀侠也在那里。秀侠惊慌慌地说:"宿大叔!如果红蝎子追进林里,不如我去见她,就把白龙剑给她,以后再设法追回。"宿雄生着气说:"凭什么?只要她进林来,我就叫她死!"说时林外一阵嘚嘚的马蹄声,原来是红蝎子赶来了。林中的秀侠吓得动也不敢动,宿雄却哈哈大笑,说:"贼娘儿们!只要你敢进林来,那可就是找死呀!"说着话却听蹄声不停,嘚嘚的声音越来越小,似是那匹马已走往别处去了。宿雄就回首说:"怎么样?我谅红蝎子也不敢进林来。"

他下了马走出树林,往四下看了看方向,他就赶紧叫说:"陈姑娘!陈姑娘!"秀侠由林中骑马走出,宿雄就说:"好办了!现在天这么晚,咱们也不能在林里藏一夜,回我家里也不稳妥。反正这时即使红蝎子再追回来,咱们也不怕她啦!她那袖箭在黑夜里打不准。"随又压下一点声音,说:"往西十里地,有一座海潮庵,是尼姑庙,那里的尼姑名叫法师父,年有六十多岁了,跟个老和尚一样,有膂力,会武艺。她那座庙孤零零在山凹里,庙中又没个男人,可是三十多年来没出过事,连强盗都不敢往那里去,你就可知那老尼姑是有多大的本领了。我虽没到她庙中烧过香,可是我想她也略略晓得我的名气,我把你送到那里暂住,管保红蝎子不能找了去。你只要在那里躲避三五天,然后我就把家里那点事料理好了,也许就能把红蝎子拴住。我就送你到中牟县找你叔父去了。"

秀侠想了一想,就说:"人家那庙里能够收留我吗?"宿雄说:"一定能收留,你是个落难的姑娘,尼姑就不能不发慈悲。"当下秀侠想了想,自己现在无处投奔,只好由着宿雄安置,于是她就点点头答应了。宿雄就收钩上马,带着秀侠绕过了树林向西去走。因为没有红蝎子在后追赶,他们也倒不必催马急奔了,所以就慢慢地走。

这时虽已天黑,可是地上的残雪还能使人认得出路径。宿雄在前,陈秀侠在后,两匹马踏着残雪,在夜色混沌之中向西走去。那北风就像刀子似的,割着他们的脸。宿雄这时肩膀上的箭伤很痛,大概流了不少的血,但他忍着,不作声,心里想:这算什么?叫个贼娘儿们射了一支绣花针似的袖箭,我双钩手就能疼得叫唤吗?那样,我太不是汉子了。秀侠却在马上低着头暗中流泪,她想:我为了报父仇,为了这口宝剑,受了多少苦难?红蝎子她虽然凶狠,但对我实在不错。自然我不能跟她那样强盗为伍,宝剑也不能给她,我是应当逃;可是我这次的逃,总多少有点儿对不起她吧!

二人心思不同,但马却往同一方向走去。走约十里,天色越发昏暗。又进了一股山路。这股山路很窄,两旁怪石峥嵘,秀侠看着却很害怕,并见宿雄对于这里的路径也像不大熟悉。又走了多时,找了半天,才来到一座庙前。庙并不大,门外像是有几棵不很高大的松树,宿雄就说:"到了,下马吧,马就拴在这里,不要紧,没人偷;这里你就是请个贼来,他也是不敢来。"秀侠心中很惊讶,不知这庙中的老尼姑究竟是怎样的人。

下了马,宿雄将两匹马全都拴在树上,就上前打门。他打得很急,那门环子吧啦吧啦的,在这夜静的荒山里,十分响亮。少时就见由那庙门缝里,透出来一线灯光,就有个女子的细声问:"外面是谁?"宿雄却隔着门,恭恭敬敬地答道:"我是东边宿家庄的宿雄,现在带来一位受难的姑娘,要来见法老师父,求慈悲慈悲!"里面没有言语,那线灯光也忽然逝去。宿雄就回身坐在庙门前的石阶上,他悄声嘱咐秀侠说:"回头见了那老尼姑,你别说话,你就哭好了,她一定能收下你。"

又待了半天,宿雄又听见门里的脚步之声,他就站起来。里面一响,门就开开了,现出来一只灯笼和两个女僧。秀侠在这边仔细去看,就见其中果然有一个身材很高、满面皱纹的老尼。双钩手宿雄借着灯光,望了望这两位女僧,他就猜出这一定是那法老师父同着她的徒弟,随深深作了一揖,说:"老师父,黑天半夜我们来到这里,多有惊动!可实在是有急事。我是东边宿家庄的宿雄,早先以保镖为生,我的老娘也常来这里给菩萨爷烧香……"

那老尼似乎知道他的来历,便摆手不叫他说,指着门外的秀侠,问说:"她是你的什么人?"

宿雄叫秀侠,秀侠就哭着,向老尼行礼,老尼也还了问讯;宿雄就把秀侠的家世和她遭难的经过,以及现在被红蝎子逼迫的情景都说了一遍。末了他就说:"这个小姑娘,我没法安置她,想来想去,我就忽然想起把她送到这儿来。我瞧这儿顶稳妥,一来是地方僻静,二来是老师父的威名,足能把那贼娘儿们镇住。再说,只叫她在这里住四五天,我就……"说到这里,那老尼已领着秀侠进去,就把庙门关上了。

宿雄虽然还没把话说完,可是他已然放心。他又坐在门外石阶上歇了一会儿,喘过气儿来,伤势也不怎么疼了,他就想:没想到法老师父竟这么容易见,也算陈姑娘该脱此难。她这匹马系在门前也不大妥,贼倒不能偷去,可是红蝎子倘若来了呢?一瞧见马,她就知道人在庙里了。于是他连自己的马全都解下来,就骑着一匹,牵着一匹,往山外走去了,在黑夜间他赶回了宿家庄。

这时,雪后严寒,北风越刮越紧,山里更为寒冷。陈秀侠被让进海潮庵内,那老尼的徒弟,一个三十多岁的女尼,就把她带到一间空房里去住。这空房里也没有灯,秀侠摸了摸,就摸着一座破灶和一铺土炕,似乎这里早先是个厨房,炕上有一张席,一条棉垫子。秀侠臂间还挟着那口白龙剑,她就先将宝剑放在炕上,又将屋门关好。随后她脱了鞋,上了炕,身躺在凉席上,上面盖着那条棉垫。虽然冷得她哆嗦,可是这一天的惊慌危险,到如今都算度过,她又不能不自庆侥幸,同时感谢宿雄,心想:多亏了这个人!

第六回　萧寥古庙老尼收徒
　　　　荏苒华年女郎成技

秀侠躺在炕上，想了一会儿，虽然身体疲倦，但却不能睡眠，因为仍然提着心，惟怕红蝎子会追到这里来。这里的老尼虽然会武艺，可是哪能敌得过那样凶狠的红蝎子呢？倘若因为自己，把这庙中的尼姑全都连累了，自己的罪过有多么大呀？又想宿雄，那位慷慨仗义的好汉，不晓得这时他是在庙外受着寒风呢，还是已经走了？此时就听有梆梆的敲木鱼之声，不知是从哪间殿里发出来的，并有低声念经之声，声音单调呆板，不觉着就将秀侠催得睡眠了。

秀侠也不知道自己睡了有多少时候，因为夜愈深，屋内也愈冷，就被冻醒了。秀侠觉着身子冰凉，手脚缩成一团，又翻了个身，侧耳向窗外去听。只听窗外山风怒吼，呼呼的，仿佛飞沙走石，连一声更鼓也听不见，那木鱼声和念经声早就停止了。秀侠不由身上打战，虽然还有些困倦，却再也睡不着了。这时忽听见外方风声里夹杂着一阵马嘶之声，这声音极凄惨，极恐怖。秀侠立刻惊得坐起身来，手中紧紧握着白龙吟风剑，悚然地又专心去听，只听马又嘶叫了几下，似乎离着这里很近。秀侠忽然想起，这一定是宿雄还没有走，不然就是自己从方城山骑来的那匹马现在还在门外了。

由此她又觉得自己是错疑了，真应当镇定一点，不必大惊小怪。自己经红蝎子指点了之后，剑法较前已有进步，虽然因为年小力薄，还不能与凶猛的强盗交锋,可是倘若经叔父再教导几年,也就可以单身行走江湖,不致再为人所欺了。不然将来可如何杀死宝刀张三,夺回苍龙腾雨剑,为父亲报仇雪恨呢?一想到这里,她又不禁热泪滚滚,都洒在席上,连脸全都湿了。

她悲痛了一会儿,就觉得头昏,将要再沉沉睡去,蓦听房上的瓦喳喳一阵乱响,又听有兵刃相磕锵然之声,似是有两个人在房上交起手来。秀侠吓得浑身乱颤,赶紧又爬起,此时就听"哎哟!""咕咚!"像是有人由房上摔下。秀侠听那摔下来的人,声音像是红蝎子,哎哟哎哟连声惨叫,又听她喊骂说:"干你们尼姑什么事?我找的是秀侠。秀侠!你这没良心的丫头!藏在哪里了?"秀侠心中又惊,又惭愧。

此时窗上就现出了灯光,只听那老尼在院中严厉地说:"你这贼妇!深夜敢到我这里搅闹?你这些年杀人无数,我都知道,但我是出家人,不愿开杀戒;现在稍微给你一点惩戒,你若再来,或是再为非作歹,我可就不能饶你了!"随就命人将庙门开开,驱红蝎子出去。红蝎子似是被老尼给降服了,一声也没敢言语,又哎哟了两声,大概就爬出庙去了。接着又听见关庙门声,灯光在窗上又晃了一晃,便逝过去了。少时一切声音又皆息止,连马嘶声也没有了,只有山风仍然呼呼地吼着。

秀侠此时惊慌过去,但又很难受,仿佛很惭愧似的,不放心红蝎子,心想:她受的伤一定很重,也许走不出这座山就痛死了。唉!她虽是个凶狠的强盗,但是她很可怜呀!忽然又想:这里那位老尼武艺太好了,大概在房上仅有三四回合,她就将红蝎子打下房去,她的武艺该有多么好呀?我现在年岁尚小,倘若她能收我为徒,教我武艺;我刻苦学上三年五年,到了十六七岁时再走江湖,那时必不能再受别人的欺凌,也容易给父亲报仇了。这样一想,她心中顿时萌生了好多的希望;刚才那些惊恐悲伤,此时又都没有了。只盼着快些天亮,好见着老尼,请求她传授武艺,如此更是睡不着了。

又过了些时,窗纸就渐露白色,山风也渐定了。小鸟发着各种的鸣声,在庭前檐下扑扑地飞,那殿中也敲起来嗡嗡的钟声。秀侠就起来,身体觉着非常不舒服,心情也甚紧张。她慢慢地开门到了院中,就见地下冻着一层薄冰,在薄冰上有一汪血迹,虽然也冻得凝结了,可是还十分的鲜红。秀侠吃了一惊,暗想:红蝎子受的伤原来这么重!

她正在呆呆发着怔,就见那老尼从正殿中走出。这老尼虽有满面的皱纹,但精神十分的矍铄,她的身材很高,站立着有如一只老鹤。秀侠赶紧回身又行礼,老尼就问:"昨夜的事你知道吗?"秀侠点头说:"我知道,多亏老师父将我救了!不然我一定被那女贼杀死。"老尼似乎微笑了笑,说:"你就放心在这里住着吧,住个三五天,宿雄把你接走。以后,只要你谨慎一些,那女贼就不会再去害你。"

秀侠听了这话,却跪在地下,落泪说:"我不想走了,我是没有父母的孤女,请老师父收下我吧,我愿意削发!"那老尼听了,似乎有些诧异,说:"你如何能受得了这里的清苦呢?要想做个佛门弟子,须得具有仙根,我看你是一点仙根也没有的样子。"秀侠直挺挺地跪着,说:"老师父,我真不愿意离开这里了。我也不是想将来成佛做祖,我只是想:我才十三岁,但我受的灾难太多了!我不知我父亲、叔父他们生平结下了多少仇人,只要我一离开这里,就许有人将我杀死!所以我情愿在此受苦,跟老师父学几手武艺,好用它防身,将来好不至于被人害死,千万求老师父慈善、怜悯!"

那老尼怔了一怔,又详细地把秀侠的身世询问了一番,便微微叹息,念了声"阿弥陀佛",说:"既然这样,你就暂时在这里住着吧!也不必落发,因为我见你的两眼不好,不是能在此刻苦修行的人。"秀侠也不知道自己的眼睛有什么不好,但是听说老师父肯收留她了,她就很是欢喜;站起身来,用手弹了弹膝盖上沾着的冰土。那老尼便转身回到偏院去了,少时又有个年轻的尼姑出来,交给了秀侠一柄铁锹,叫她去铲院中的冰,铲完了院中的又去铲庙门外的冰。秀侠做了半天劳力的事,身上就出了许多汗,但是她一点儿也不觉着苦,反倒很喜欢。

少时听得一阵马蹄之声,秀侠始而是一阵惊愕,继而一看,原来是宿雄同着贯龙江来了。秀侠就更是欢喜,招着手叫说:"宿大叔!"宿雄来到临近下马,第一句话他就问说:"红蝎子昨夜没找来吧?"秀侠手拿着铁锹,赶上两步,悄声说:"昨晚红蝎子真来了,可是被老尼姑给杀伤驱走了！"她随就把昨夜的情景详细说了一遍。那贯龙江牵马在旁，都听怔了，宿雄就拍了他盟弟肩膀一下，说："怎么样？你还不信我的话！我早就知道那老尼姑是一位奇人，只因她是个出家人，又是个女流，不然我早就跟她交了朋友，请她帮助我斗袁一帆去啦！"

秀侠又说："宿大叔，我还告诉你，我现在不走了。老尼姑已把我收下，许我在庙里长住，教给我武艺。"宿雄也喜欢着说："那可真好！可是，她收你做徒弟，不叫你剃头发吗？"秀侠摇摇头，说："本来我倒是愿意落发，可是法老师父她不肯叫我出家，她说我……"

宿雄说："还是别当尼姑才好，不然陈大爷在坟墓里也得伤心。这样很好，你若跟法老师父学艺二三载，武艺准能迈过了红蝎子，那时再去找宝刀张三，为陈大爷复仇；遇着合适的少年人，你再弄个小女婿子。"

秀侠听了，不禁又是伤心，又是脸红，贯龙江在旁不住地笑，宿雄却说："真的！我宿雄是心里有什么，嘴里便说什么。真到那时，不但坟里的陈大爷，世上的陈二爷要喜欢得闭不上嘴，就是我们这些朋友也得高兴！"秀侠却手拄着铁锹，不住悲泣，说："宿大叔，没有你我也脱不了这许多灾难，你对我的恩德我永远也不能忘！"

宿雄连话都窘得说不出来了，只说："哪里哪里，唉！这都是应该的。"想了一想，就又说："既然这样，我就放了心，我也不进庙见法老师父去了。姑娘在这里，虽很稳妥，可是还要小心谨慎才好。现在我们就走，把这些事都告诉陈二爷，陈二爷要有工夫，他一定来这里看你。"秀侠垂着眼泪，一声一声地答应，宿雄就向他盟弟说："咱们走吧！"于是这两条汉子就一齐上了马，挥鞭向山外走去。

宿雄跟贯龙江走后，秀侠又不禁落了几点眼泪，但她这些泪是一种感激之泪，她觉着现在这些人对她太好了，使她无法报答。把庙外附近的残雪薄冰铲去了之后，她就累得气喘吁吁，随走进庙去，放下铁锹，回到屋里歇息。少时，就有那年轻一点儿的尼姑，给她送来了菜饭。饭是非常的简单，只是一碗带着糠皮的黄米粥，半个黑面馍，有用盐腌过的野菜一两根；秀侠却因太饿了，所以吃得倒很香。

午后，那尼姑又领她到里院一间屋里。这屋里有两架纺车，有一个小尼姑，就和她在一起纺线。那小尼姑才十五六岁，比秀侠略大，名字叫智圆。据她自己说，她是山后一家大户的使女，因为受不了那里太太的虐待，才来此为尼。由她的言语中，秀侠知道了这里的情形。原来这里有尼姑六名，现在来了她，总共才七个人。庙里没有什么出息，常来此烧香的人也不多，只仗着纺些线、织些布，托人到附近市上去换些柴米。

秀侠知道了这庙中的清苦情形，就越发的勤俭，为的是叫法老尼看出她肯于负苦的样子。一连过了七八日，庙内并没有什么事情发生，秀侠只是终日纺线，老尼不叫她烧香拜佛，也不再叫她打扫院子，更不教授她武艺。

这天是第十天的头上了，下午，秀侠正跟那小尼姑在屋中纺线，忽然老尼派了个弟子来找她。她也猜不出是什么事，停止了纺线，随那三十多岁的尼姑，到禅堂中去见老尼。到了禅堂中，老尼就叫她的弟子避出去，单单留下了秀侠，就嘱咐她说："今晚你早些睡，等到三更，你看正殿烧过了子时香，你就到院中去等我。"说毕，老尼就坐在那里，合上了眼。秀侠轻轻答应了，慢慢退身出去，心里却十分喜欢；回到屋内，仍然专心纺绩。但到了晚饭之后，她就回到前院自己住的屋内，很不耐烦地急盼着天黑，盼着快到三更，盼着快烧那子时香。

待了一会儿，天色就黑了，山中没有更鼓，也不晓得这时有几更天。秀侠在屋中很焦急，睡不着，仿佛手脚都不能由着自己控制了，都要踢打跌跳起来。今夜的山风也显得平静，不似往日那般猛烈，夜却更长，无论怎样盼，那正殿中也是不烧子时香。这时庙中岑寂，各女尼都已睡去了。秀侠便把身子扎束得很利便，两根辫子改成两个抓髻。出了屋子，一看星斗满天，四顾无人，北边正殿也是黑洞洞的。秀侠随就先踢踢腿，抢抢拳，打了一"躺潭腿"；然后她又到屋中取出白龙吟凤剑，在院中一抖寒光，轻轻舞了一趟，便收住了剑势，站着，发怔地想：法老师父叫我今天半夜在此等她，她一定是要传授我武艺，可不知她练的是哪一家？倘若她所练的与我父亲传授我的不同，那我可是前功尽弃，须要从头学了。

想了一会儿，便听里院有响动，像是禅堂的门开了，又听见微微的脚步之声。秀侠就赶紧跑进屋里去，心中又好笑，暗想：法老师父是叫我等烧过了子时香再到院中候她，人家的香还没烧，我倒先在院中练了半天，这多么可笑呀！

她扒着窗往外去看，就见果然是老尼姑出来了，走得很慢，手里有点亮光，像是拿着个纸煤子。待了一会儿，老尼就进了正殿，正殿内的佛灯却不亮，香烟也不起，木鱼也不响，也不晓得老尼是在殿中干什么了。好大半天，老尼才拿着一股香走出来，香头的火熊熊地烧着；她随手一抖，火就缩了下去，但烟却冒得更浓。老尼就弯着腰，一步一步地挪着，把手中的香分成一根一根的，插在院中地下。秀侠在窗里越看越发呆，觉得很怪，因见地下那一点点发着火光的香头儿，不像是随便插的；有角度，有层次，仿佛老尼是拿着香头儿要摆什么阵势。不多时就摆好了，院里密密匝匝，像爬满了萤火虫，秀侠真猜不出老尼为什么要做这些玩意儿。

此时，在万点火光围绕之中，那老尼就向屋中点手，说："秀侠，你出屋来吧！"秀侠在屋中答应了一声，便手提着白龙吟凤剑走出屋去，老尼却说："先把宝剑放下！刚才我看你在院中打拳舞剑，笨得很，无怪你要受红蝎子的欺负。"秀侠一听，赶紧把宝剑放在地下，走过来，有些战战兢兢的，心说：你老师父是刚出来，我曾听见禅堂的门响，我打拳练剑的事，怎会也竟知道了呢？

秀侠垂下双手，立在老尼的面前，老尼就指着满院的香火，说："这就是为你预备的。你应当先练身手，练好了身手，再学宝剑。练武技是为护身，是为制敌，不是为要出来好看；刚才你打的那拳，舞的那剑，悦目倒真是悦目，但拿在江湖上，便一点儿用处也没有，我真不晓得你当初是怎么学的？现在我先教你练腰躯和脚下的功夫，你来看！"

老尼现在身穿的本是半截的僧衣，挽起袖子来，就很为便利。于是老尼施展开拳法，拳扬脚起，跳跃如飞，真如一只猿猴，又如一只燕子，只见她忽往忽来，倏前倏后；她所走的步法虽然快，但都有一定，都是在香火的丛中。她的一套拳打完，脚走遍了全院，结果并没撞倒一炷香，秀侠只觉得自己的两眼都缭乱了。然后，那老尼就向秀侠说："看清楚了没有？你也不必打我那样的拳脚，你只要来回跳跃，要快，还要不撞倒了香。如此练熟，我再教给你武艺！"说毕，老尼转身回往里院。

这里秀侠就开始练习。但是她才跳了一步，就撞倒了三四炷香；还不敢快，慢慢地跳着，也很容易就把香踏灭。秀侠就觉得这件事真难，不过又觉得仿佛练把戏似的，很是有趣，所以她就用心去练。直练到天明，她的身体疲倦了，地下那些香也多半被她撞倒了，踩灭了；她就用宝剑按照栽香的地方，在地下刻上痕迹。当日白天因为纺绩，无暇练习，但到近黄昏时，庙门关闭好了，里院的尼姑们也都不出来了，外院只剩下秀侠一人；秀侠就按着地下剑刻的痕迹，栽上香又专心练习跳跃。

如此一连又练了十几天，跳跃的时候，地下的香头儿就碰倒的渐渐少了，并且秀侠也渐增趣味。她练的时候，老尼并不看着她。每天早晨，老尼只是到院中低头查看一番，嘴里还默默念着，仿佛数那撞倒和踏灭了的香头数目。有时秀侠真脸红，羞得流眼泪，因为地下横七竖八全是被自己踏断了的香。

又过了十来天，这天陈仲炎带着徐飞忽然来到。秀侠一见了她的叔父，便不禁失声痛哭，诉说了以往的遇难脱险之事。陈仲炎却一点眼泪也没有，他只绷着一张白煞煞的脸，皱着眉低着眼，咬着牙说："你的事我都听宿雄说过了。你就在此好好学武，不要管外面的事，外面有我，我要杀尽了宝刀张三的全家，杀尽了红蝎子那伙盗贼！"

秀侠又垂泪问："叔父，仇人宝刀张三现在有了下落吗？红蝎子倒不要紧，一来她是个女的，二来我看她不是太坏的人。"

陈仲炎一听，脸上便现出不悦之色，瞪了秀侠一眼，倒幸是没申斥她，只说："你不要管！一个月之内我必能捉住宝刀张三，要他的狗命！"说着，陈仲炎去见老尼，布施了些香资，便带着徐飞走了。

从此，秀侠更安心在这里居住，白天纺线，晚间练武，渐渐忘了岁月的流逝和山中气候的变化，一连过了两三年。这两三年内，秀侠虽曾由家中接到几次衣服和银钱，可都是由尼姑转交给她的，她并没见着家里来的人,所以也无法打听家里的事。不过此时她的武艺已进步得多多,足堪自慰;那跳跃的功夫早已练得娴熟,并且进一步学得能够回避刀剑、抵御暗器,以及蹿檐越脊等一切的技艺。现在老尼又开始教授她剑术了,秀侠越发刻苦研求,希冀再学一二载,便离庙出山,到江湖重走,不单要给父亲报仇,还要为陈家争争名气。因此她一心练武,不问外事。

这时又春回天暖,草绿山青,每天必到庙中来的那几个熟识的小鸟,也都学会了更清新的歌,唱得人的心里不禁发软。这一年陈秀侠的芳龄已十七岁,尼庵中找不出一面镜子,连块玻璃也没有,所以秀侠难得看得见自己的芳容,但觉得自己身体已长得很高,处处都已是少女,而不是小孩子了。今年,她觉得这春天仿佛特别的可爱,什么都是美丽的;山里尚且如此,山外一定更好,因此她芳心悠悠,仿佛有点儿难耐寂寞。

智圆这时也成了个身材很高的少年尼姑,秀侠常常为她幻想:假若她不是出了家,留上头发擦上胭脂,也一定很好看呀!

这天两人织完了布,纺完了线,出了屋子,忽见有两只小燕子自天边飞来,飞得极快,掠动着剪形的小尾巴,互相呢喃地叫着,就投到正殿的后檐之下。智圆知道那里有它们的旧巢,就高兴地说:"这一定是去年那一对燕子,现在它们又回来了,它们两个倒真好!"智圆说话本是无心,可是秀侠听了,就不由一阵脸红耳热。此时法老师父从禅堂之中走出,智圆赶紧低着头,到东配殿里去打扫香案;秀侠却像被人发现了什么隐私似的,赶紧走到前院,回到自己住的房里。

此时她身上仍穿着薄棉的衣服,便觉得有些暖洋洋,娇慵慵,一头便躺在炕上,什么都懒得去做。照例,晚间子时以后还要起来练武。往常她到夜间是最高兴的时候,至少要舞几趟剑,打几套拳,蹿三四次房,但今天她却不愿起来,在枕边思绪缠绵。约莫快到三更之时,她才迷迷茫茫地睡去。

也不知睡了多少时候,就觉有人将她推醒。秀侠睁开眼睛一看,见是法老尼。这时窗上都发白了,原来自己昏沉沉地睡了一夜,连武也没练。她就不由得一阵脸红,赶紧下了炕,笑着叫声:"师父!你老人家起得早?"

老尼微点了点头,就说:"秀侠,你的武艺学成了,不必在这里住了,今天你就走吧!回家见你的叔父去吧!"秀侠突然听了这话,不禁又惊又喜,就流下两行眼泪,摇头说:"师父,我不愿意离开您!"法老尼却微微摇头,说:"你应当回家去了,这里你不能再住了!"

秀侠拭了拭眼泪,说:"我离开这里之后,还能常来看师父吗?"

老尼说:"你是我的弟子,你若不忘本,以后可以随时来看我;不过有一样,你若手中杀死过人命,就不必再来了,我这佛门善地是不许凶徒走进来的!"

秀侠说:"我跟师父学得的武艺,到外面去自然要行侠仗义,绝不能像那些盗贼似的胡作非为,以后我就是遇见了坏人,也不能轻易下手伤害。不过那杀死了我父亲的仇人宝刀张三,我可必须……"说到这里,她的两行热泪又滚下。

法老尼却摆手说:"不必多说了!你快些收拾东西走吧!你家中历年所送来的银子,足够你的路费。"老尼说毕话,就走去。

当时秀侠又拭拭泪,就把随身的东西都收在一起,打成了个包裹。法老尼又命智圆给她送来了一个包裹,那里面是历年她家中送来的钱财。当下秀侠先到禅房,向老尼叩首辞别,然后又洒泪与众师姑分手。她就将两个包裹系在一起,扛在肩上,另一只臂就夹着那口白龙吟凤剑,走出庙门。

那智圆跟随她出来,向她悄声说:"秀侠,你站住,我有一件事托你!"秀侠赶紧止住步,回身问说:"什么事?你就说吧!"智圆却微微有点脸红,说:"我来到这儿也有四年啦!我是这山后李员外的太太送来的,本来我不愿出家,但在当时没有法子。现在,这么些年了,我在此也死了心!李员外有个儿子,名叫李玉彪,我这里有一件东西,求你交给他!"说时,这年轻的尼姑从她那肥宽的袍袖之中拿出来一个红缎的小包,塞在秀侠手里,惊慌地说:"你赶快收起来吧!这事不忙,三年五年之后,你再给李玉彪也不要紧。反正,我是在这里一辈子,我已死了心！"秀侠见她说这些话时十分悲凄的样子，手里拿着那红缎小包，便不禁生疑，点点头说："好吧！你就放心吧！我一定给你去办！"随就离了庙门转身走去。

走了几步，回首看智圆已然进到庙里去了，秀侠便把手中那红缎小包打开一看，原来里面却是一对赤金耳坠。秀侠不禁吃了一惊，同时就觉得脸上也有点儿发热，心里像被什么撩逗了一下似的。这遍山的野草、扑面的东风、往来飞舞的双双蝴蝶、在树丛中吱吱柔语的成对儿的小鸟都使秀侠心中发生一种欣喜悦爱之情。

少时走出了山口，就看见在大道之上有往来的行人车马，秀侠现在就如同才离开了清静无为的世界，又踏进了红尘。秀侠对这嚣扰的红尘并不厌烦，她想：现在我已学成了武艺，再也不怕遇着什么危难，被谁欺辱了。现在第一就是先到宿家庄，见着双钩手宿雄，跟他借一匹马，随后自己就要回新蔡县锦林村去了。

于是她背着包裹，夹着宝剑，紧紧行走；走到了晌午，方才出了大石沟，来到了宿家庄。一进了村子，几只狗就扑着她，汪汪地乱吠。秀侠赶着狗，来到宿雄的家门首，就见柴扉紧闭，篱笆上还贴着几条白纸，被风吹得微动。秀侠上前一打门，里面有人把门开了，出来的原是双钩手之弟宿勇。宿勇身穿重孝，胡须很长，一见秀侠，他几乎不认识了，等到秀侠叫了声："宿二叔！"又说："我现在离了庙，要回家去，先来此拜见宿大叔！"宿勇这才想起来，就说："哎呀！原来是陈姑娘。姑娘你的武艺学成了吧？我哥哥是前几天走的，他大概是往商水县去了，我嫂嫂现在家，姑娘请进来歇息吧！"

秀侠点点头，慢慢走进柴扉，见了宿雄的妻子何氏，一问，原来宿老太太已经病故，现在才过了一百天。秀侠也表示了一番吊慰，何氏留她在这里用毕了午饭，还想留她住几日，秀侠却说："我还要赶紧回家去，望看我的叔父、婶母！"随就托宿勇给她找来了一匹马，备好了鞍鞯，将行李都绑在马上，宝剑却挂在鞍旁。然后，秀侠就牵马出了柴扉，与宿家叔嫂作别，出了村子，挥鞭顺大道驰去。

宿勇给她借的这匹马，鞍鞯虽旧，但是十分矫健，在大道上就像一条飞龙一般,荡起来很高的尘土,路旁的人都停车驻马向她来望。因为她是个女子,鞍旁又挂着宝剑,所以就更都十分注意她。秀侠却愉快自得,快一会儿慢一会儿的,沿途向人询问着路径,到傍晚时,就来到了商水县。

这商水县是个很热闹的地方,距新蔡县不远,若连走一夜,不到天明便可回到家乡。可是这时秀侠却觉得腹中饥饿,而且坐下的马匹也浑身是汗,呼呼地气喘,显然它是很疲倦了。秀侠来到西关,抬眼望见了城楼,就下了马,牵着马在街上走,街上的人也都很注意她。她看见路北有一家很大的店房,就牵马进去;只见里面乱哄哄的,院中停着几辆车,棚下拴着十多匹马,客人撩起衣服来就在车旁小便。秀侠就向柜房里气愤愤地问说:"你们这店里有单间吗?"店伙在柜房里漫声回答说:"没有啦!连大屋子都住满啦,你到东边问问去吧!"秀侠生着气,转身牵马走出了店门。

刚往东走了几步,要找别家店房,忽听身后一阵嘚嘚的蹄声。由秀侠的身旁擦过去了两匹马,后面那匹马上的人并用皮鞭把她的头发掠了一下;那两个马上的人全穿着很阔绰的衣服,一个年有三十有余,一个二十上下。秀侠正要发怒,却见那两人都回首向秀侠一笑,一齐催马向东疾驰去了。秀侠将要上马去追,去质问他们,但又见他们鞍旁全都挂着宝剑,就不禁吃了一惊,暗想:这是什么人? 莫非又是江湖上的坏人吗?

她牵着马在街上发了一会儿怔,便又往东走,找着了一间店房。这店里虽然也很杂乱,可是还有个单间。秀侠到了屋中,就把宝剑和包裹都放在炕上,叫店家开饭。用毕了饭,天色就黑了,秀侠关上屋门,躺在炕上去睡,脑里却寻思刚才那两个骑马的人。

过了一些时,忽听窗外有一个很粗的声音,叫道:"店家! 店家! 你们这里是住着个骑马来的姑娘吗?"秀侠顿吃了一惊,坐起身侧耳向外去听。外面的人声音又小了一些,大概是向店家问了许多话。秀侠听这声音略有点熟,可是想不起来是谁,便扒着窗纸的破洞向外看了看,只见外面是黑乎乎的,各房中的灯光也都不明亮,院中只有幢幢黑影,却看不清人的面目。本想要起来,开了屋门去看看问问,可是自己此时的身体太疲倦了,而且又怕因此再惹出什么事来,她就一声也不语,心想:等他们拍门问我的时候再说,还不定是什么人,安着什么心呢。

待了一会儿,窗外人的说话声音就没有了,大概是走开了,秀侠也觉得一阵昏昏然,就睡去了。她一觉就睡到了天明,起来洗洗脸,吃了点早饭,就叫店家备马。她付清了店钱,出门上马,就离开了商水。这时太阳已升得很高,天色不早了,因为清早赶路的人都已经走过去了,路上行人反倒稀稀,车马尤其少。秀侠就挥鞭放辔,纵马飞驰。

往南行走十余里,秀侠赶紧将马收住,惊讶着向前去看,原来前面一箭之遥,有两匹马,马上正是昨天在商水所遇见的那二人。这两人都是锦鞍绣剑,得意洋洋,他们在前面也不走了,只管回头来看秀侠。秀侠心里想:这二人虽都衣服阔绰,相貌不俗,可一定都不是好人,昨晚到店中探问我的,大概就是他们。她本想要拨马躲开这两个人,可是又想:我何必要怕他们!随就大大方方的向前去走。

前面那两匹马本来并立在一起,如今就分列在两旁,中间容开了一股道,让秀侠过去,秀侠便正色直直地走过,仿佛根本没看见他们似的。可是才走过去二十几步,就听见身后那两人一齐哈哈大笑;秀侠知道那二人是有意调戏自己,便气得由鞍旁去抽剑,要与那二人去厮杀,但又一想:何必呢,在路上若一惹气,今天晚间就赶不到家中了。随把剑又收回,愤然挥鞭走去。

往南走了又二十里,便见前面有一大片树林,这条路须由林中穿过去才行。秀侠到此,未免有些踟蹰,便收住了马。秀侠晓得逢到密林深山,必有强人潜伏,何况这条路又这么静。她四下张望了一番,见林中没有什么可疑之处,才策马再向前去走。

进了树林,行走不远,就听耳旁有人叫道:"秀侠姑娘,你看见北边那两个人了没有?"秀侠在马上不禁一怔,扭头去看,见由一棵大树的后面转过来一条大汉,身穿短衣,手提双钩,原来正是双钩手宿雄。秀侠又惊又喜,赶紧跳下马来,说:"宿大叔!我到你家中去看你,你没在家!我知道老太太也故去了。"宿雄说:"我知道你出师了,到家中找过我。我昨天听说有个带马的姑娘住在商水县店里，我想多半就是你，就到店中去打听，可是没打听出来……"秀侠说："哎呀！原来昨天到店中去问我的原来是大叔呀？"

宿雄正要答话，就听林外有马蹄之声，宿雄就急忙说："我的仇人来了！秀侠你等着，一会儿我们就把事情办完！"当下他就把两个指头放在嘴里，一打呼哨，林中就出来他的三个伙伴，原来正是他盟弟李殿杰、贯龙江，还有一个黑面小伙子，都提着刀。由宿雄领头，他们一齐跳出了树林。

秀侠看了，很是惊诧，便赶紧将马系在树上，也抽出白龙剑；走到林前一棵大树后，向外望去，只见外面来的正是刚才在路旁调戏自己的那二人。宿雄这时暴跳如雷，双手舞着钩，向那年有三十来岁、身穿蓝绸夹袄的人，怒骂道："姓袁的！滚下马来！老子这回若再败在你的手里，便誓死不走江湖！以后见了你，永远给你磕头！"

那姓袁的从容下了马，随手抽出宝剑，冷笑着说："宿雄！今天这大话可是你说的。现在你有三个伙计，我只有一个师弟，咱们不许他们上手，就在此再分个胜负。以前我因看你也是一条好汉，所以未肯伤你，现在可说不得了，我要给你个厉害的看看！"说话之间，只见白刃飞腾，双钩齐舞，相杀了起来。这里秀侠也忍不住要闯出林外，去助宿雄与那人交手。

第七回　战名侠初次试白龙
寻宿仇单身渡黄水

　　秀侠在林中见那姓袁的剑法精熟、身躯利便,宿雄的双钩渐渐招架不住,李殿杰、贯龙江和那黑面的年轻人都一齐抢刀上前帮助宿雄。姓袁的却毫不畏惧,脸上一点儿也不变色,并不许那师弟上来帮助他。他就猿臂直舒,将身闪动,剑光嗖嗖地抖起,直敌住了对方的一对钩、三口刀。秀侠站在树旁看着,暗想:这个人的武艺太好了,他的剑法似又在红蝎子之上!

　　此时不但是宿雄,连李殿杰等三个人也抵挡不住了,那姓袁的十分骄傲,一面舞剑逼着四个人后退,一面狂笑道:"你们还不服输?若不服输我可就要伤你们了!"又说:"你们还有人没有?有人就快由林中爬出来!人越多越好,凑在一块,好尝尝我袁一帆的宝剑!"

　　秀侠在林中一听,原来此人就是当代的大侠客袁一帆,起先是一惊,后来又一愤,便抢剑一跃而出。袁一帆忽见由林中出来一个十六七岁的女子,倒觉着非常诧异,赶紧退后几步,横剑笑着说:"宿雄,你的老婆怎么也出马了?"宿雄抢着双钩,直嚷嚷说:"姑娘别管!"秀侠却挺剑越步向前直取袁一帆。袁一帆抽剑反腕转向秀侠去劈,秀侠闪开,又斜进步,用剑去削对方的左臂;袁一帆却翻剑去迎,秀侠的剑就势去磕,两剑便触在一起,只听锵的一声,白龙吟风剑立时将对方的剑斩成了两段。

袁一帆惊得赶紧跑开，抢过马来骑上，与他那师弟催马跑了几十步，又驻马回头来看。宿雄还要提着双钩赶上去，秀侠却把他拦住，说："宿大叔不必追他们了。我听人说袁一帆也是个侠客，不是什么坏人！"宿雄还瞪目向那边看，李殿杰等人却都惊讶地瞧着秀侠手中的剑。

秀侠刚刚进林去收剑解马，忽见那边的袁一帆又拨马奔过来了，在一箭之远他就收住了马，向宿雄说："宿雄！今天算是你找着了好帮手，可是你得把你那帮手的姓名说出来！"宿雄用眼瞧着秀侠，秀侠便冷笑着，道出来姓名。袁一帆听秀侠道出了姓名，就不禁吃惊，但又笑了一笑，说："哎呀！你原来是陈伯煜的女儿？"秀侠厉声质问说："我听说你袁一帆也是一个有名的侠客，为什么你这样的骄傲？刚才在路上你并且调戏我。"宿雄一听袁一帆刚才曾调戏秀侠，气得他就要舞动双钩奔过去。袁一帆却拨马就走，一边走，一边回头举手，高声说："秀侠姑娘，再会吧！"当下他就跟他那师弟一同策马飞驰向北去了，这里的宿雄依然气愤愤地说："他这回走，没完！以后我们二人还得较量较量！"

秀侠就说："我劝宿大叔以后也不必再惹这些闲气了！宿大叔，现在你在什么地方保镖了？"宿雄摆手说："这几年来我就没保镖，只因袁一帆那小子使我无颜再走江湖。我跟他交战过五回，我倒输了三次；只有去年在许州，今天在这里，算是打的平手。我若不将他打输，挣回来脸面，永远也不能再保镖！"秀侠又问："我叔父他现在哪里？宿大叔你可知道吗？"

宿雄摇头说："他在哪里我可摸不清！自陈大爷死后，陈二爷就带着徐飞东奔西走，遍处寻找宝刀张三。有一次在信阳州，他与张三走了对面，已一刀将张三砍伤，但不防出来了张三的老婆，揪住了陈二爷要拼命，张三就趁机逃跑了。这几年张三也没回北京，苍龙腾雨剑也没在江湖上露面。陈二爷只是各处瞎找，没找着仇人张三，反倒结了许多新冤家。据我看，陈二爷的性情太急躁，江湖上只有怕他的、恨他的，却没有肯帮他忙的好朋友，他一辈子也休打算找着宝刀张三。陈大爷的大仇，就指着姑娘你给报了！"

秀侠一听,不由双目垂泪。旁边李殿杰、贯龙江等人都夸赞说:"姑娘的武艺学得这样好,连袁一帆都败在姑娘的剑下,现在江湖上,恐怕没有人的武艺再能超过了姑娘;凭这身武艺,要给陈大爷报仇还难吗?姑娘不必发愁!"秀侠点点头,又咬一咬牙,就向宿雄说:"宿大叔,再会吧!"

秀侠因为要即日就赶回新蔡县故乡望看,所以不暇与宿雄等人多谈。她收了白龙吟风剑,解下了马匹,便与宿雄等人分手。她离了树林,单骑南去;因为心急,马就很快,一路风景她也不暇玩赏。到傍晚时,天际铺展着灿烂的晚霞,山背后发着血色的阳光,锦林村那片果树林开满了浓桃郁李,在这时秀侠就来到了。她睁着秀目,看着这一片凄艳的风景,泪水不禁滚落下来。她扬着纤手摇着马鞭,但手腕却觉得酸痛无力,心头觉得紧张,又很凄楚。

马将来到村前,忽见前面有一个人赶着一头耕牛,像是耕毕了田地要回家的样子。这人是个二十来岁的黑胖汉子,他听见了马蹄声回身一看,便连他那头牛都呆得站住了。秀侠也勒住了马仔细去看这人,二人在霞光之下一对脸,秀侠比那个人还要惊讶,就说:"哎呀!你是……杨大哥吗?"心里却想:三四年前自己第一次遭难,杨大壮是被那些贼人由高山上推下去了,他怎会没死?

这赶牛的人果然是杨大壮,他看出来秀侠,就把鞭子都扔了,跑过来说:"秀侠姑娘,你回来啦!"秀侠笑了笑,却又眼泪直滚,同时看出来杨大壮是比四年前又黑又胖,并且右腿有点发瘸。杨大壮说:"姑娘你的武艺学得怎么样了?我听陈二叔说,这几年姑娘你也受了不少苦!可是不要紧,只要你学成了武艺,早晚咱们能给我师父报仇。那次我们被那群贼人捉住,那群贼人都是信阳州庞家镖店的,是因为他们听说张三得了苍龙剑,他们才又来找便宜,要夺你那口白龙剑,姑娘,你那口白龙剑并没丢失是不是?"

秀侠拍着鞍旁挂着的宝剑,傲然地说:"这不是?"杨大壮笑着说:"好啦!好啦!姑娘快回去见见陈二婶,二叔他没在家。我把牛赶回去,回头我再找你去细谈,我还得跟你商量商量给我师父报仇的事呢!"秀侠点了点头,随就策马进庄,到了她的家门前。

她家门前一切都没改变,只是有一种说不出的凄凉滋味。门前有几个邻人和妇女都直着眼睛瞧秀侠,还有一个五六岁的孩子正在门前踢毽子,瞧见了秀侠,就直着眼问说:"你找谁呀?"秀侠热泪盈眶,难以说出一句话来。此时就有个邻家的妇人,想起三四年前秀侠的模样,就嚷嚷着说:"这是陈大姑娘吧?"秀侠含着笑,又流着泪,匆匆向一些旧邻行礼。她系上马,解下宝剑,拿起包裹,说:"诸位叔父婶母,回头再谈吧!我先看看我的婶母去。"她向门里就走。

刚才踢毽子的那个小孩子,也跟着进来,揪着秀侠的衣裳,说:"你是我的大姐姐呀?"秀侠才知道这孩子就是她叔父最小的儿子大荫,早先才两岁,还不很会说话,现在竟长得这么高了,随就含泪笑了笑。大荫便在前跑着,并高声喊道:"娘!我大姐姐回家来啦!"

秀侠一进到里院,到了堂屋,就见迎面一张桌子,上设着香炉烛台;中间摆着一座灵牌,上写"亡兄陈公讳伯煜之灵位"。秀侠一见,立刻心如刀绞,便把行囊宝剑全都撒手,跪倒在地,失声哭道:"爸爸呀……"

此时她的婶母带着女儿秀英全都过来,哭着搀起来秀侠,解劝了半天,才齐都止住泪,但仍都咽哽着。秀侠一看,婶母比早先苍老了,可是十五岁的堂妹却出落得很秀丽。当下她的婶母把她带到里间,就问了许多这四年来她所遇之事,秀侠都流着泪说了,并问她的婶母;她婶母就叹息着,也把家中的事大概说了一遍。

原来这四年以来,家中的基业虽未变动,生活尚称富裕,只是因为陈伯煜一死,陈仲炎的脾气就变得更暴烈;三年以来只回家两次,统共住了不到三四个月。他整年只是东奔西走,遍处寻找宝刀张三,连睡梦都喊着为他哥哥报仇之事,因此家中乐趣毫无。

秀侠又问她那堂兄陈正仁,因想那堂兄比自己年长三岁,现在已然二十了。她婶母见问,却不禁叹息,说:"你不要再问你那没出息的哥哥了!"陈二婶母一听提到长子正仁就伤心,说:"你哥哥正仁,今年二十岁了,武艺跟城里银枪李大叔也学得不错,可是他不务正业;你叔父这几年不常在家,没人管束他,他就整天在城里赌钱喝酒……"

　　正自说着,就忽听窗外有人高声叫说:"娘,是我大妹妹回来了吗?"陈二婶母仿佛怕她儿子似的,就悄声说:"咱们正说他,他就回来了!"秀侠站起身一看,这所谓"赌钱喝酒"没出息的堂兄,原来是身短精干、气度昂然,穿着一身夹裤褂,手里提着几串钱,大概是才赢来的。他一进屋来,就扬着眉毛说:"刚才我遇见了杨大壮,他说你学成武艺,带着白龙吟风剑回来啦!好啦,杨大壮想法借马去啦!咱们明天清晨就走,我一定能找着张三,替我伯父把仇报了,我还要会会红蝎子呢!"

　　秀侠发着怔,还没答言,她婶母就站起身来拦住秀侠,说:"哎哟!大姑娘你可别跟他们去!他净喝醉了闯祸!杨大壮瘸了一腿,性子还是那么浑,上回不是吗?你要不是跟杨大壮一同走,还许不至于出舛错呢!姑娘你千万别跟着他们,别听他们的话!"接着又叹了口气,说:"唉!依我说报什么仇呢?俗话说'冤家宜解不宜结',你爸爸也许跟宝刀张三前世是冤家!"

　　陈正仁一听他母亲的话,却不由撇着嘴大笑,说:"依着娘这么说,我伯父就是该死?张三就算白杀了人?仇不报,苍龙腾雨剑也得追回来,我还想用呢!大妹妹你壮起来胆子,明天咱们三人就动身上北京。我爸爸跟徐飞现在都在北京,宝刀张三藏的地方大概也离着北京不远。咱们去,非得帮助我爸爸杀死宝刀张三,追回来苍龙剑!"

　　他母亲却跺着脚,劝秀侠别听他的话;并劝秀侠既然回来了,就应当在家中做闺女,不要再奔走江湖去寻仇人。秀侠双泪直滚,心中拿不定主张,半天她才说:"现在我回家来也得歇息几日,报仇的事慢慢再商量。"当时陈二婶母就把她的大儿子推出屋去了。杨大壮站在二门扯着大嗓音叫秀侠,陈二婶母也没让他进来。

　　这时天色渐黑了,外面又来了城内福山镖店的镖头唐如燕,带着三四个伙计。这唐如燕有一身好武艺,他是陈伯煜生前的好友,自陈伯煜惨死之后,陈仲炎又终年在外寻仇,恐有歹人来家暗算眷属,所以他就每天晚间带着几个伙计来此护院,四年如一日。当下秀侠也出去拜谢了。晚间秀侠就同婶母、堂妹宿在一间屋内。四年以来她艰苦流离,除了宿在胖妇的家中，宿在红蝎子的山上，就是宿在尼姑庙中，从没有今天在家中这样安适地躺卧，所以跟她婶母、堂妹谈了一会儿闲话，她就沉沉睡去。

到了次日，陈正仁、杨大壮又来悄悄地催她走，她却摇头说："不去，过些日再说吧！"其实她的心中已暗暗决定了主意。

她在上午先叫婶母带着她到父亲的茔地去。陈伯煜就埋在村外那一片果树林后，坟高三尺，前面有一块石碑，碑的阳面跟那灵牌似的，刻着"亡兄陈公讳伯煜之墓"；碑的阴面却刻着："天下闻名陈铁掌，苍白风雨两条龙，一旦死于恶人手，亲生幼女又失踪，深仇大恨若不报，胞弟仲炎非英雄。"由此几行字，秀侠就知道叔父的报仇心是比自己还急切呀！

她在坟前磕了头，哭了一阵儿，洒了许多眼泪。就眼望着坟前一片红得似胭脂的桃花，白得似雪的梨花，她不禁凄凉伤感，这伤感不仅是悲父亲的死、冤仇的未报，并有些身世的忧愁。

少时随着婶母归家，她就托人到城中买了一匹青布，并托邻居的大妈婶母们，给她做成几身夹的单的衣裤和鞋袜。她在家仍然不放下功夫，天天早晨要打拳、舞剑，下午要到村外练习骑术，晚间却又练习蹿房越墙等等的夜行功夫。她的堂兄和杨大壮天天来催她走，劝她去报仇，她也不理，她婶母看着倒是很安心。

到了第六天，一切的衣服鞋袜都已做好了，秀侠这才预备着重走风尘，去报父仇。这天是午后二时许，村里张叔父的女儿放定，陈二婶被邀去帮助陪亲娘，秀英也同去，临走之时还要带秀侠去看看热闹，说："张家大妹嫁的是东庄赵财主家里，这回放定，绸缎首饰一定不少，你为什么不去看看热闹？有许多人也都想瞧瞧你呢！"秀侠却摇头，笑着说："我不想去！"说话的时候，脸上却不禁红了红。

陈二婶母就说："那么你就看家吧！你哥哥回来他要再跟你啰唆那些话，你就骂他，别理他，千万别答应跟他和杨大壮走。"秀侠说："头一次我出去，受了多少苦！现在我还能再出去？有我叔父一个人在外头也就行了。"陈二婶母又叹了口气，就带着她的女儿走了。

她们母女走后一会儿,秀侠就赶紧收拾包裹,带了许多衣服、银两和那口白龙吟风剑,然后出去备马。现在她家中只有一个帮助做饭的仆妇,秀侠就把自己即刻要走的话对她说了。那仆妇惊慌着,就要去找她的主人。秀侠却把她拦住,自己又向堂屋去望,对着父亲那灵牌流了几滴眼泪,便急匆匆地提着包裹、宝剑跑到门外;把一些东西全都放在马上,她就解下马来,骑上去,挥鞭就走。

因为今天村中有个人家有喜事,一些妇女们都去看热闹,所以各家门前的碾盘子上,也没有妇女坐在那里做活、谈天、晒太阳,没有一个人拦阻秀侠,她就策马出了锦林村。但桃李树前却有一群孩子嚷嚷着跑过来追她的马,秀侠挥鞭策马紧紧地走。田地里又有一个鞭着牛耕地的人,向她高声叫道:"秀侠!大姑娘!你上哪儿去呀?"秀侠回首一看正是杨大壮,她就更连连的挥鞭,剑鞘磕着马镫叮叮乱响。

顺着大道一放马,就跑出了二十多里路,已走过了新蔡县城,她的马就缓了一些;挥鞭再向西北去走,在路上不稍停留,一直走到了汝南府。这时天已薄暮,秀侠腹中甚为饥饿,便在关厢找了一家店房进去,先由马上解下来行囊和白龙吟风剑。秀侠这次住在店房里,胆子却很壮,行动也大方豪爽。因为自从前次她战败了名侠袁一帆,已证实她自己的武艺高强,宝剑锋利,对什么事她也不怕了;并且好像希望着有个人来,再跟她斗一斗才好。

一宿之后,次日清晨秀侠就起身,由汝南府往北;赶行了四五日,这天黄昏之后,她就来到了黄河南岸。天已黑了,河中虽漂着几只船,船上有星星的灯光,但秀侠呼叫了半天,却没有叫过来一只。对此沉沉的长天,茫茫的大河,秀侠胸怀一壮,但转又凄恻地想:听徐飞说,我父亲当年就是在黄河岸边与张三相识的,不遇见那坏人,我父亲现在一定还健在,我又何至于受几年来的劳苦奔波?

洒了几点眼泪,又拨马回去来找村镇,离着河岸不远,就见有一座市镇,秀侠就缓缓策马走去。到了临近,见这市镇很小,有四五家铺户、两家店房;店房里不但没有单间,并且都住满了人。秀侠就很是为难,暗想:今晚我可在哪里住呢?既渡不过黄河,又找不着宿店,可怎么好?

她先找了个饼子铺，买了两个饼子，就倚着马吃了，然后站着想了一会儿，便向那饼铺掌柜去问，这附近还有旁的市镇没有。那掌柜的说："这里是归中牟县管，往东南三十里就是中牟县城。"秀侠暗想：三十里那太远了。掌柜的又说："过了河就是老龙镇，那个市镇很大，店房也很多。"

秀侠说："我刚才到河边去，船我叫不来。"那掌柜的说："那么宽的河你叫自然是叫不来！你到隔壁去买个纸灯笼，点上，河里的船一瞧见了灯笼，他们就到岸上迎你来了。现在黄河还没来大水，春天也没有什么大浪头，三更天都有人渡河。"秀侠听了，心中甚喜，因为自己也怕堂兄和杨大壮他们赶来，又生麻烦。

她将要到隔壁去买纸灯笼，但忽然又想起了一件事，就赶紧又问说："可是，那河中的船只……没有黑船吗？"饼铺的掌柜都摇着他的胖脑袋，连声说："没有！没有！"秀侠便道了一声："劳驾！"往隔壁一家小杂货铺去买纸灯笼。

那杂货铺的伙计给她的这只灯笼就很是奇怪，是用秫秸的外皮包成的，浑圆、不大，外面裹着红纸，里面点着红烛，这种灯叫作"火葫芦"。秀侠就问说："你们还有白纸的灯笼没有？"伙计说："没有了，这火葫芦还是新年的存货。"秀侠注意去看那伙计，只是他尖嘴猴腮，似不是个好人，心中就一阵疑虑，但她又微微地一笑，便扔下了钱，把红灯系在马上，骑上马就走了。

离了市镇，少时又到河边，她坐下的马，蹄声嘚嘚，红灯在晚风之中微微动荡，一明一灭的。岸旁泊着几只船，就有两个船夫上岸来兜揽生意，离着很远就问说："掌柜的，要过河吗？"

这两人来到临近，一看，原来不是个掌柜的，却是个"内掌柜的"，并且牵着马，马上还有个大包裹。他们就都直了眼，呆呆地看着秀侠，又看着那只红灯笼。秀侠就问说："现在还能过河吗？"两个船夫齐都说："能，能，现在正刮着东南风，一会儿就能渡过去。"随就有个船夫把马接过去，到了岸边，秀侠就随着马匹，上了一只船。

这只船很大，没有舱，只搭着个席棚儿。两个船夫解下缆来，每人撑着一支篙,驱动了船,悠悠地向北去走。秀侠就站在她的马旁,有个高身材的船夫一面撑着篙,一面就问说:"大嫂,你是从哪里来?"秀侠不答他。

两个船夫就呆了一会儿,又哦哦地唱起他们的歌来。秀侠向对岸去看,只见对岸有几处灯光,越走就显着那灯光越亮,原来船已行到了河心。忽见一个船夫放下篙子,秀侠就吃了一惊,只见那船夫钻进了席棚里,秀侠就更加戒备,手已摸住了白龙吟风剑的剑柄。待了一会儿,那船夫又由席棚里钻出来,手中就拿着一把刀,另一个船夫也停住了篙,两人就齐声说:"大嫂,我们不难为你!包裹马匹我们留下,腕子上的镯子扒下来……"

这个贼的话才说到这里,秀侠就锵的一声抽出了白龙剑;其势如急风闪电,只一下,那拿刀的贼人就哎哟一声栽倒。那另一个手中无刀的贼人赶紧退后几步,要由船板上抄起篙来打秀侠。秀侠就一个箭步跳过去,将剑平平地向那贼人的头上一拍,吧的一声,那贼人吓得要往河中去跳。秀侠却用剑挡住他的前胸,威吓着说:"不许动,动一动我就要你的命!"那贼人站着,哭着央求说:"奶奶!饶了我吧!"秀侠怒斥道:"谁是奶奶?来!先把这受伤的人扔下河去!"这贼人就听着话,把他那同伴扑通一声扔下了河去。

秀侠又用剑向这贼人的头上击了一下,说道:"在南岸我买灯笼时,我就看出来了,那镇上的饼铺、杂货铺都跟你们是一伙!你们一定是久惯劫人,不知劫过了多少钱财,害了多少性命!"这贼人赶紧说:"我们两人才干了一年多,没劫过多少人,也没害过命。奶奶,现在我碰了这个钉子,我再也不敢了!"秀侠喝一声:"快些拨船往北岸去!"

这贼人就赶紧依着话,拿起篙来又拨船,秀侠的宝剑仍然伸着,挨近这贼的脖颈。少时,这只船就拢到了北岸,贼人恭恭顺顺地搭上了跳板,秀侠就牵着马上岸。这时她才收起了宝剑,上了马,直往对面有灯光之处去走。

马很快,二三里地霎时即到。这老龙镇是黄河北岸的一个大市镇,商业繁盛,只店房就有十几家。秀侠很容易地就找着了一家很干净的店房，一个很干净的单间。在店房中，她因为刚才在河中所遇之事，刺激得她睡不着觉，对着一盏孤灯闷闷坐着，脑里思前想后，有时哀痛欲绝，有时又慷慨奋发。

这店房中，今天住的客人不少，天色也不过将将二鼓，许多屋里的客人都还没睡，都在乱哄哄地谈话。忽然听见院中有敲打竹板之声，随着竹板又有女人的纤细声音，欢唱道："可叹我离家已有三千里，冻饿漂流不能言，今日幸亏见小姐，贤小姐……"声音十分的婉转，竹板声也敲得有疾徐，有高低。秀侠一听，心中不禁掠起来悲思，就站起身来推开屋门，去看这院中可怜的歌女。

店中的院墙上挂着一盏带玻璃罩子的风灯，所以院中的一切景象都能看得见。歌女的身材很矮很瘦，面目因背着灯光看不大清，但是衣服褴褛，态度极为可怜。她唱着，旁边那大概是她的老祖父，伛偻着身子，手挂着一根拐杖，另一只手就替他的孙女敲着那有节奏的竹板。老人身上挂着个瓦罐，看这样子只是卖唱乞食，不是串店房的妓女之流。所以各房中的客人都不来理她，都照旧说笑着，由着这可怜的祖孙在夜色下、寒风里抖颤着歌唱。

秀侠看了，不禁悯然，就要回身由行李中去取钱。这时，忽见有一人由西边的客房中出来，说："别唱了。"这人大概是把一锭银子交到那敲竹板的老翁手里，那老翁是又惊喜又感谢，就推他那个孙女说："快谢谢老爷吧！"那可怜的女子已然停止住了歌声，向那客人屈了屈腿，那客人就拂拂手说："你们走吧！"随就转身回屋。秀侠很注意这个人，在这人一拉他那间屋门，屋中的灯光和院中的灯光，把这人的面目、服饰照得很清楚，原来是个年轻的，高鼻梁儿，梳着长辫，身体挺拔，穿着一件闪着亮光的长袍，好像是个富家公子。

这时这人已进屋去了，窗上还幢幢地摇着人影，那卖唱的女子和那可怜的老翁也走了。秀侠慢慢关上了门，心中很敬慕那少年客人，暗想：这真是个好人，不知他是个干什么的？她坐在床上发了一会儿怔，不知为了什么，脸忽然就热了起来，心中又是一阵难过，便把拳头向剑鞘上狠狠地一击，吹灭了灯，躺在炕上就寝。可是她却睡不着，辗转反

侧,总像心中新添了一件事似的,并想起来许多旧事,什么红蝎子、黑
山神、智圆……她小时捉过一对蝴蝶儿,弄死了,她母亲就说那蝴蝶儿
是一对薄命的夫妻,由那次自己心里开始怀上了对夫与妻的关系的疑
问……直到四更以后,她方才蒙眬睡去。

次日起来,一看日已高升,她就要到院中去喊叫店伙。这时忽见昨
日那个少年正由西房中走出,这个少年才一到院中,就喊叫店伙给他
备马。此时秀侠倒住了口,也不叫伙计了,回身进到屋里,可是把屋门
又留了一道缝子,她就扒着这个缝儿偷眼向外去看。就见这少年不但
是高鼻梁儿,显着人物英俊,并且眼睛也很大;那两眼就似秋天的晨
星,光明而且澄洁。他的年纪二十上下,但身躯很高,可是一点儿也不
臃肿呆板,很是挺拔潇洒,穿着一件浅灰色有团龙花样的夹袍,脚下却
是青缎便鞋;不像官员,也不像书生,当然更不是贩夫走卒之流。少时,
店伙就向他说:"张少爷,您的马备好了!"这个人就点点头,回到房中
去取行李。

他一把行李取出来,秀侠却更是诧异,原来他的行李也跟自己一
样:只是一只包裹、一口宝剑。秀侠就特别注意此人的剑,只见他这口
剑的尺寸与自己的这口也相差不多,不过他的剑鞘却极为漂亮,鲨鱼
皮上还嵌着些宝石似的东西。秀侠又想:莫非这人的剑也是一口"宝
剑"吗?比我这白龙吟风剑还要锋利吗?但由这口剑一看,这人是必定
会武艺无疑了!

此时院中姓张的少年已将包裹和剑都系在马上,店伙给他牵着
马,他跟随着,就往店门外去了。秀侠很想追出去,看这人到底往那边
去走,可是此时她不觉得就脸上一阵发热,仿佛做了什么亏心的事情
似的。

她回到床头,呆呆地怔了一会儿,阳光就已扑上了窗棂,院中却又
有人高声谈说起来,大概是店伙对客人说:"昨儿河里出了事,驶摆渡
的癞头韩五叫人杀死了!尸身被扔在河里。他那同伴小朱到衙门告了
状,说是昨夜他们载了个牵马的女贼……"

秀侠听到这里,就大吃一惊,立时站起身来,侧耳向窗外去听。听

那店家所说,就是昨夜被秀侠饶了性命的那个贼人,他因为同伴的尸身在河里漂浮出来了被人发现,所以他为洗刷干净起见就到衙门告了状;反告昨晚是有个渡河的女贼,把他们数日的积蓄完全劫去,并杀死了韩五。

秀侠一听就不由得气愤填胸,那贼人如此的可恨,她真是气愤而且后悔,就想不该昨晚饶了那贼的性命!又想到衙门去反告,连河南岸那饼铺、杂货铺的人也全都控告了,告他们都与贼船串通。可是又转而一想:说他们都是贼,自己却又没有凭据,那尸身确实是被我杀死的;有理没理,我得先去打人命官司,我又是个女子,而且又有急事在身!因此她就把对刚才那少年的想象完全丢开了,连脸也顾不得洗,早饭也顾不得吃,就又出屋喊叫店伙快给她备马。她并向店伙询问县衙门在哪里,她就愤愤地说:"你们刚才在院中所说的话我都听见了!昨天船上的人是被我杀的,但不定谁才是贼呢?我这就到衙门跟他们理论去!"

几个店伙连店掌柜的一听这话,全都吓呆了。那店掌柜就赶紧叫伙计给姑娘备马,仿佛盼着秀侠快走,以免连累他们似的,又说:"这老龙镇上的人谁不知道癞头韩五跟小朱是出名的地痞?白天他们在街头讹人,晚上就在河中为盗,连衙门都晓得。姑娘你自管到衙门去打官司,决不能够吃亏!"

秀侠急匆匆的,提着包裹宝剑出来,系在马上,就牵出店门,上马挥鞭就走。一直走出了老龙镇,她也不知有无人注意她,只是没有人拦阻她,于是她急忙策马,就向北飞驰而去。此时路上的行人车马很多,都被她越过去了。

她越走越远,走了有五六十里,天色已然近午,她却由大道又走进了偏路。这条偏路比正路还平坦,并且因为路上清静,可以放心纵马快走,不必留神躲避车马。又走下了十余里,她就有些疲乏了,随收住了马,喘了一喘气,就缓缓地向前又走。这时,却听身后传来一阵嘚嘚的马蹄之声,秀侠赶紧回头一看,却不禁十分惊异,同时脸又有些发热,原来身后来到的正是自己在店中遇见的那个美少年。

只见这少年向秀侠微微一笑，马来到了临近，他就摆手说："姑娘你别走这条路！这条路很容易出麻烦，你还是往东，走那股大道去吧！"

秀侠虽不是生平没跟男子谈过话的女子，但在这僻静的路上，跟一位英俊的少年谈话，她还是第一次。所以她的脸上就像得了病发了烧似的，她回过身来问说："为什么呢？莫非这条路上有强盗？"少年的脸上也红了一红，摇头笑着说："没有，总之这条路不好！姑娘你是个单身，虽有宝剑护身也不行，还是走大道去吧！姑娘你打算往哪里去？"秀侠忽然把面色一变，冷冷地说："你不要来管我！"说着就挥鞭策马，依然顺着这条偏路走去。

随走着，她心中就想：那少年一定还在身后跟随着我呢！今天他比我先出的店房，可是现在他倒走在我的后头，一定是他故意尾随着我，可不知这人是个好人还是坏人？想了一会儿，也走了些路，忽然回头一看，原来那少年已没有了踪影，大概是早就往别处去了。秀侠的心中反倒感到一层寂寞，便随走随回头去望。

又走下三四里地，秀侠就觉得很饥饿。在马上向四下去看，只见遍地禾黍，远远一脉青山，村落稀稀，田地里的农人也不多，竟不知到哪里才有村镇。秀侠又往前走，忽见迎面来了三个人，有两个人是抬着个什么东西，一个人在后跟随着，都是无精打采地走。渐渐的，双方走到了临近，秀侠又吃了一惊：原来见那两个人是抬着两根杠子，杠子上绑着一块木板，木板上卧着一个满头鲜血、衣服破烂的男子。跟随的那个人年有四十来岁，愁眉不开，怒容满面，但是又极力忍抑着的样子。秀侠就立时收住了马，问说："是怎么回事？这人是遇见强盗了吗？"

那跟随的人望了秀侠一眼，就愤愤地说："强盗？强盗也不能这么霸道！"说着他不停步，依旧跟随那两个抬着负伤者的人去走。

秀侠却拨马呼叫说："你们站住！把详情告诉我！我是铁掌陈伯煜的女儿陈秀侠，我专管世间不平之事！你们这里如有欺压乡民的强梁恶霸，就快指给我，我能去，凭着我这口宝剑能为你们铲除他！"

第八回　斗强梁深庄抒孤愤
触情网茅店暂双栖

　　三个人一听秀侠这话，他们全都呆怔了，那在板子上躺着的呻吟负伤的人忽然怒喊道："侠客，你得打这个不平！薛老虎抢去了我的婆娘，还把我打得这样！"

　　秀侠跳下马来，吩咐说："把他放下，你们对我说说，薛老虎是怎样的一个恶霸？"

　　那跟随的人就看了看前后，见没有什么人来，就愤愤地说："薛老虎是本地的一个恶霸，有钱有势，人称他薛七太爷，背地里叫他色老虎。他是临颍县的大绅士，可是无恶不作。这受伤的人是我的兄弟胡三，我叫胡二。我兄弟在五年前就订下了妻子，是东庄孟家的姑娘。那姑娘不安分，在娘家时就跟薛老虎有了勾搭，我们可还不知道；后来那姑娘大概是看薛老虎做事太狠，又后悔了，所以改得很好，上一个月被我兄弟娶过了门，薛老虎就扬言绝不能叫我兄弟他们好好的过日子。可是我兄弟平日也有些名声，他会使长枪，也不是个容易欺负的，薛老虎就未得下手。

　　"昨天早晨，姑娘的母亲接她女儿回娘家，不想一到娘家就没有了踪影。她娘家的人来告诉我们，说是姑娘跑了，并且要叫我们退回嫁妆。我兄弟急了，到各处访查了一天，才知是那孟家婆子跟薛老虎串通，把她女儿一接回娘家，就叫薛老虎派了人拿车抢走；听说有人看见我那弟妇在车上直哭直骂,可是没有敢管这件闲事。刚才,我兄弟胡三气极了,就提着长枪去找他们理论。薛老虎就指挥他家的护院人余五、卢九,连庄丁一共是三十多人,刀棍齐上,就把我兄弟打成了这样。我去叩头央求,并应得不报官、不声张,拿全家的性命作保,这才把我的兄弟抬回来!姑娘,你要打不平,虽是好意,可是……连姑娘你也惹不起他们呀!你虽有宝剑,也敌不过他们的人多呀!何况,我的全家……"

这胡二跺脚叹息,那胡三却忍着伤痛,大喊道:"行侠仗义的小姐!你千万管这件好事!我的妻子死活不要紧,可是本地的老虎千万求你给铲除,不然谁家也不能有干净的妻女!"

秀侠此时气得芳容发紫,便问说:"那薛老虎住在什么地方?"受伤的人说:"就在北边,过了小河,柳树林外有高院墙。"秀侠说:"好了!我给你们去出气!替你家夺回媳妇,替你们这一方除害!"说时飞身上马,挥鞭走去。那胡二还在后面追着喊:"侠客姑娘!咱们商量商量你再去吧!"秀侠却连头也不回,催马急走。

不过三四里,就看见面前有一条小溪,水清见底,两岸相距不到一丈;秀侠一鞭马,就飞越而过。再走,就望见眼前有一片柳树,翠缕千条,迎风拂动,地下生着许多青草,并杂有蓝色的、黄色的朵朵野花。这么幽美的地方,真令人不信是有个凶横的"人面老虎"在此居住。

秀侠拨马绕过了树林,就看见了一处村庄,有高高的院墙。墙外有几个庄丁样子的年轻汉子,都光着脊背在那里摔跤、说笑,地下扔着衣服、石头,还有刀枪棍棒等等。他们一见来了这骑着马的青衣年轻姑娘,就齐都直了眼。秀侠的态度是凛若冰霜,怒声问说:"你们把薛老虎叫出来!我有话要问他!"

那几个庄丁一听秀侠这话,不但不怕,反倒彼此笑了,互相说着:"咱们七太爷现在真是大交桃花运,又有这么漂亮的娘儿们自己送上门来了。"秀侠却催着说:"快把薛老虎叫出来!我要问他为什么霸占良家妇女,殴伤乡民,横行一方!"那几个庄丁齐都吐着舌头,笑说:"喝!真了不得!这家伙比城里的烂蜜桃还凶!"随有个人就努努嘴,少时他们就找出一个人来。

这人好像是他家的护院，身高面黑，秀侠一看，倒不禁吃了一惊！原来此人自己认得，正是自己第一次遭难，被贼人抢走时，那火眼庞二的伙伴铁头余五。此时余五认出来是秀侠，就哈哈大笑，说："我说是谁呢？原来是陈伯煜的女儿。三四年前我抱着你，跟你骑过一匹马，那时的事情你还没忘吧？好啦！好啦！快下马来，咱们两人叙一叙旧日的交情！"

秀侠真没想到遇见这个人，这铁头余五也是自己的仇人之一。那天他们带着那胖妇，要将自己拐到一个坏地方去，半路为红蝎子所劫；火眼庞二等人都受了伤，那胖妇被红蝎子扎死在车上，只有这余五因为躲在车下，才没有丧命，想不到他又到这里给薛老虎来护院。当下秀侠气得脸上又红又紫，就骂道："浑蛋！狗强盗！你休以为我还是四年前被人随意欺辱的小姑娘，这次我出来，正想找宝刀张三和你们这一伙报仇呢！"说时跳下马来，抽出宝剑。

那余五退了两步，仍然笑着，说："喝！真厉害！还要报仇？现在没有红蝎子再救你了，你可别不知好歹呀？"秀侠一个箭步上前，抢剑就剁。却有几个庄丁都已抄起来单刀木棍，拦住秀侠来打，但他们这些兵刃一遇见了白龙吟风剑，简直就像是纸糊的刀，秫秸做的棍，只听"呛啷呛啷""咔嚓咔嚓"，全部纷纷变为了两段，吓得那些人魂都飞了，赶紧惊慌四奔。铁头余五哪还敢交手，抹头向庄里就奔，却被秀侠飞步抢剑，追赶过去；只听余五"哎哟"一声惨叫，这个贼的一只右手连腕子都被削下去了。那些庄丁都奔命地跑进了庄子，关闭了大门。

秀侠先提剑去逼余五，余五躺在地下乱滚，惨切地呼叫着："妈哟！妈哟！饶命……"秀侠又用剑拍着余五的头，逼问说："你跟宝刀张三相识，你可知他现在藏在什么地方？快说，不然我还砍你一剑！"余五痛得连滚也滚不动了，就仰脸卧着呻吟，声微力弱地说："宝刀张三发了财，他不认得旧朋友了！他在北京……"说到这里，就疼得昏晕了过去，如同死人一般。

秀侠又过去，抢剑去劈那庄门。庄门虽闭得很紧，门上并包着铁叶子,十分的坚固,可是禁不住白龙吟风剑的锋利;只消三五剑,便把门给砍了个大窟窿。里面的人声十分慌乱,仿佛豹子就要闯进了门,又像大水就要冲上了堤防。秀侠又连连抡剑砍门,并向里喊说:"快叫薛老虎出来!"

秀侠此时怒气勃勃,真要劈碎了大门闯进去,杀死那薛老虎,不问做出人命案之后如何。可是里面乱了一阵之后,忽然两扇门大开了,秀侠倒赶紧退后几步。就见里面走出一个七八十岁的老头子,见了秀侠就深深打躬,央求着说:"姑娘别生气!我们知道姑娘是一位侠客。我的侄子薛七他作恶多端,我管束他他也不听,现在他也合当遭报;可是,他现今没在家,他往城里去了!"

秀侠怒声说:"薛老虎他不要怕我,躲起来,快叫他出来,不然我要进去搜!"

那老头儿说:"姑娘就是进来搜也不妨事,我那不肖的侄子真是没在家,他带着那孟家的女儿到县里置首饰去了。"

秀侠一听,倒不禁一怔,回头看着那铁头余五,像是已经断了气。秀侠又一惊,暗想:无论那薛老虎是怎样的一个恶霸,但我若闯进了他的庄院,我就算犯法,何况现在已经出了一条人命;我若不赶紧走,少时他们偷着去报了官人,大批的官人若一来到,我一定逃走不开。于是秀侠就向那老头儿说:"你侄子薛老虎得什么时候才能回来?"

那老头儿说:"大概到晚间才能回来,他们在县城里还要望看几家亲友,城里新近又来了个戏班子,也许他们还要去听戏。"

秀侠想了一想,便冷笑说:"我也不管你侄子是真没在家,还是假没在家,我就限你们今天把薛老虎所强占的妇女全都放出来,各自送走,交给她们的本夫或父母;从此以后你侄子不许再欺凌乡民,不许再霸占妇女。明天我再来,叫你的侄子等候我,见了面我再教训他!"说毕,秀侠转身收剑上马,挥鞭就穿过了柳林,直往北去。

往北又走了三四里,忽然她又将缰绳勒住,暗想:不对!今天我杀伤了铁头余五,倒在无意之中把我仇人张三的下落打听出来了;可是人家胡家媳妇被占、丈夫被殴之事,我并没有给办好,这行吗?这能算是侠义吗？她在马上想了一会儿，便又另外决定了一个主意，于是又拨马往南去。

走了几里地，就见道旁有两个人正在等她，一见着她，就齐叫说："小姐！小姐！"秀侠一看，其中就有那胡二。胡二跑过来，很急地向秀侠悄声问说："小姐，怎么样了？你见着薛老虎了没有？"秀侠摇头说："我没有见着，我到他庄前跟他家的护院人打起来，把那余五杀伤。后来我要闯进他的庄门，里边却出来个七八十岁的老头儿，向我苦苦央求。他自称是薛老虎的叔父，他说他的侄子带着孟家的姑娘进城打首饰去了，到晚间才能回来；应许我说，只要他的侄子一回来，他就一定叫薛老虎把他所霸占的妇女全都放回。"

胡二却不禁跺脚叹息，说："小姐你受他们的骗了！那老头子不是薛老虎的叔父，他是薛家的老管家；本地的人都叫他狼狈，专帮助他们主人做坏事，他的坏主意最多。刚才一定是薛老虎见姑娘你难惹，他不敢出头，就叫那老狼狈先把你骗走，随后他们一定去叫官人。"秀侠冷笑了一声，胡二又说："我那弟妇早先在娘家时虽很不好，可是自过了门后，她跟我的兄弟很是和睦，她恨极了薛老虎，现在绝不能跟薛老虎进城去打首饰。薛老虎一定是躲在庄里，他决不肯把我弟妇放回来！"

秀侠怔了一怔，又冷笑了一声，说："不要紧，无论他们怎样狡猾，两三天之内我一定能将你的弟妇救出，并替你们这一方除害。现在你先给我找个地方，叫我用一顿饭。"胡二就向西边一指，说："请小姐到我们家里去吧！"秀侠摇头说："我若到你们家中去，就难免给你们惹祸，你还是给我找个别的地方才好。"旁边那个短小的汉子就说："姑娘到我那里去吧！我那里还清静。"胡二就指着那人说："这是我的表弟李四，他就住在我们村里，家中没有别人，只有他的老婆。"秀侠想了一想，便点头，于是牵着马，就随这两个人往西边的村中去走。

到了那李四的家中，李四的老婆就做了饭，请秀侠吃了。胡二又带了一个老婆婆和一个妇人来给秀侠叩头哀诉。那老婆婆有一个女儿，被薛老虎强占了去。在薛家庄不到半月，就把一具可怜的女尸送了回来，附带着有五两银子，连吓带哄，不许她们声张。那妇人说，她的丈夫因为好喝酒，酒醉了，跟薛家庄的护院人打了架，并骂了薛老虎。在当时薛老虎并没表示什么，可是过了一个月，县衙里就来了人，把她的丈夫抓到衙门，牵连到盗案之中，现在已解往府里去了，也不知是生是死。这村里的人都把秀侠看作神人，看作他们的救星。

秀侠也满口答应了，一定要为他们这地方除害。可是又想：自己只是孤零零的一人，又不能去任意杀人枉法，倘若那薛老虎运动出来些个官人，替他严守着庄院，那就无论是白天是夜里，我也不能下手呀！她思索了半天，就先叫胡二、李四等人出去打听那薛家庄里的动静，自己只在这里等待着他们来报信。

等了一会儿，那短矮的李四就先跑回来了。他非常的兴奋，又有点惊慌，一进屋来就说："怎么样？这都是那狼狈给出的主意！他叫薛老虎藏在家里，他把衙门十几个捕役都给请来了，并叫来几个人，都是城里的地痞无赖，帮助给他护院。"秀侠微笑了笑，说："不要紧，我有办法！"这时胡二又回来，神色更为惊慌，说："官人来了！要到村里来搜小姐，小姐你先避一避吧！他们都知道李四是我的表弟，一定到这里来搜！"

秀侠却吃了一惊，赶紧起身出屋。一看她那匹马并未卸下鞍鞯和行囊、宝剑，她急匆匆地牵马出门，认镫上马，挥鞭向村外驰去。走进了一股幽静的小径，隔着麦苗在马上向北面张望，果然见有几个官人手中都提着刀棍链锁，往胡家那村中搜查去了；秀侠就一放马，蹄声嘚嘚，像飞似的顺着小径一直往北，走出有二十多里。这时忽见前面有一匹马，马上的正是自己在老龙镇遇见的那姓张的少年。秀侠忽然又看见了这个少年，她就立时将马收住，心中十分惊异，暗想：这个人的行踪太诡秘了！这半天来他一定都在尾随着我，不知他安的是什么心？

此时那少年瞪着一双炯炯有神的眼睛，向秀侠望了一望，便拨马又往西去了。秀侠眼见那少年的人马影子消失了之后，她勒着缰绳，发了半天的怔，心里就像牵挂上了一件什么东西，觉着有点儿发沉；于是她也懒得再催马快走了，就慢慢的，一面走一面想事，缓缓地来到了对面的山前。秀侠回首去看，田塍和路径之上很少有往来的人，阳光已转向西去，秀侠的身体倒不疲乏，但心情总是恍恍惚惚的，她就策马走进了山口。

只见这山并不太高,也没有什么奇峭的峰岭,但遍山是青草短树和悦目的野花,风儿吹到脸上柔柔的。蝴蝶一对对的在柔和的风里飞舞,它们以一种轻薄的神情去逗弄那些含羞献媚的野花,有的像嘲笑似的,故意在秀侠的头上脸前飞绕。秀侠懒懒地下了马,把马就放在山坡上,由着它去啃青草;自己就向草上铺了一块青绸手帕,坐下,低着头,出神地用手揪揪草、掐掐花,那无数的小鸟就在她耳旁唱着清亮的情歌。

坐了一会儿,秀侠就不禁打盹,又张口打了个哈欠,睁眼看看四下无人,那匹马也卧在山坡上,像是很有心事的样子。秀侠就想:不如我在这里睡一个觉,睡醒觉之后,天色大概就黑了,我再往薛家庄。于是她站起身来,手里甩着手绢,嘴里哼哼着,自然就哼哼出来几句经文;这是在尼姑庙时,那智圆常常一面纺线一面唱的那几句。秀侠又不禁想起那多情的尼姑,想起在自己行囊中收着的那对金耳坠,就心说:把事情都办完了,我还得给智圆办那件事情去呢!可是把父亲的仇和别人家的闲事全都办完之后,我个人的事又有谁来管呢?因此,心中又不禁一阵伤感。她走到马前抽出宝剑,躺在山坡青草之上,宝剑就压在身底,合上眼,在这山坡上不知不觉就沉沉睡去。

也不晓得过了多少时候,忽然被一种声音唤醒,只听耳畔有男子的声音唤道:"你在这里睡觉,不甚稳妥!"秀侠睁开眼睛一看,不禁吃了一惊,原来又是那个少年!这时这少年并没穿长衣,只穿着青绸的短裤褂,牵着马,与秀侠相离不过两三步远,他那英俊的丰姿被秀侠看得更为真切。可是秀侠赶紧站起身来,一抡宝剑,说:"你是什么人?敢来跟我谈话?"同时不禁脸烧了,耳热了。

那少年却微微一笑,和颜悦色地说:"我是好意!小姐,我已晓得你是怎样的一个人了。从老龙镇跟你到此,我早就想要跟你谈谈话,可是总怕唐突;现在官人快搜进山来了!你快些上马去吧!"

秀侠吃了一惊,向两旁张望了一番,但又摇摇头说:"我不怕!我有宝剑,无论来了多少官人我也不怕。"少年的眼睛也盯在秀侠那口宝剑上,他就很着急地说:"这不是怕不怕的事,在黄河上你杀贼人可以,在薛家庄你杀恶霸也可以,但你却不可伤了官人;否则你就成了罪犯,成了强盗,到处有人要捕拿你了!快走快走!官人快要进山来了!"秀侠听了这话,就赶紧收剑上马,下了山坡,绕着山路驰去。

那少年也骑着马在后面紧紧跟随,一霎时就走出了山口,少年却哈哈一笑。秀侠就晓得了,并不是有什么官人要来搜山,原来是这少年诓骗自己,当时心中发起一阵恼恨,要拿马鞭去抽少年。少年却拨马躲开了,依旧笑着说:"姑娘你别生气,我并不是故意要戏你,实在是我见你在山中睡觉太冷。"随用鞭向西北方向一指,笑着说:"那边有一座小镇,镇里有酒店,我们可以先到那里去饮几盅酒。晚间,我帮助你到薛家庄,把那恶霸剪除!"

秀侠听了这话,恼恨就全消了,脸又发起热来,就顺着这少年的鞭梢向那小镇上去望。然后又咬着嘴唇沉思了一会儿,便向少年点了点头。秀侠点过头之后,就问说:"你是谁?你是干什么的?你为什么有闲工夫这样跟着我?"

那少年笑着说:"暂时你就先不必问了,等到了镇上酒店里咱们再谈。"

秀侠说:"那你也得把你的姓名告诉我。"

少年说:"我姓黄,名叫黄一飞。"

秀侠却冷笑着,心里想道:在老龙镇上明明听店家叫你为张大爷,如今你又姓起黄来了?你连准姓都没有,一定不是什么好人!

此时少年拨马在前面走,他又回过头来,笑一笑说:"姑娘!我的姓名你已问过了,可是我也得打听打听你贵姓呀?"秀侠就不假思索地脱口说:"我姓张。"说出之后,却又后悔,仿佛自己吃了什么亏似的,不由一阵羞愧。

少年也怔了一怔,就说:"张姑娘!"他一面策马向前去走,一面回过头来说:"在老龙镇上,我一见了你的面,一见你这口宝剑,我就知你必是当代的一位侠女。当代会武艺的人很多,可是侠女简直没有一个;只有个红蝎子年轻貌美,武艺不错,但那是个盗贼!"

秀侠一听这少年提起了红蝎子,心中不由一动,仿佛非常想念她那位故人,随问说:"你提说红蝎子,可知道红蝎子现在何处吗?"

那少年回过头来望了秀侠一眼,然后又摇摇头,说:"我不晓得,只听说江湖上有这么一个女人,性淫貌美,手辣心狠,是河南省出名的女强盗。自从她丈夫被陈仲炎那凶徒给杀死了之后……"秀侠一听这少年称自己叔父是凶徒,不禁又惊又愤,但一点也不露声色。只听那少年又说:"红蝎子的窟穴也被官人围剿了,她算是漏了网,可是她的宿习不改,依然为盗,不知又盘踞了什么山,也不知她又姘识了哪个大盗。"

秀侠就反驳说:"你说的不对,陈仲炎跟红蝎子虽然与我全不相识,但我却听说他们都是好人。陈仲炎的大名,江湖上全都知道,这几年他为他胞兄报仇,历尽江湖,受尽了辛苦,没有一个人不敬佩他的。那红蝎子人人都知道她是个女魔似的强盗,但我晓得,她确实也是个贤淑的可怜的妇女!"

少年一惊,把双目就直瞪在秀侠的脸上,满面惊讶之色。他看看秀侠的头,又看秀侠的脚,秀侠就冷笑说:"你疑惑我就是红蝎子吗?"

少年笑着,摇了摇头,连说:"不是,不是,红蝎子现在至少有三十多岁了,你的年纪才十七八。姑娘,我决不能胡疑你,我看出来你确实是一位侠女,在黄河你杀死水贼,在薛家庄你杀伤他们的庄丁,那时我虽都没在旁看见,可是我想姑娘你的武艺必定高超;你使宝剑,我也使宝剑,所以我对你更是敬佩!"秀侠笑一笑,少年就策马向前走,秀侠依然在后跟随。

走不了几步,那少年又回过头来问说:"姑娘,你是从哪里来?要往什么地方去?你可以告诉我吗?"秀侠说:"我是从江南来,现在要往北京去寻访亲友。"少年说:"那好极了,我也是要到北京去,我们可以一路同行。"秀侠问说:"你是哪里的人?"少年说:"我是南阳府人,家却在北京。三年前我到襄阳投师学艺,现在才学成了武艺,想要回到北京看望父母。"

二人说着话,就进了那小镇,在一家小酒店前下了马。少年就将秀侠的马接过去,连他的马都系在一根木桩子上,秀侠却将自己的白龙

第八回 斗强梁深庄抒孤愤 触情网茅店暂双栖

一〇五

吟风剑拿进了酒店。二人便要了酒,对坐着,并笑着,轻轻地谈话。秀侠本来不常喝酒,并很厌烦酒的辣味,但如今酒一沾唇,却觉得是甜津津的;才抿了半口酒,她就领略了醺醺的醉意。那少年的脸也渐渐起了红晕,这种红晕在秀侠眼中看来,简直如朝霞那般美,如春花那般灿烂。

两人谈着话,所说的不过是江湖上一些闲事,但两人虽都互相喜爱,可是又都各怀着猜疑,都不肯说出实话。那少年仍然自称姓黄,名叫一飞,号叫云杰;秀侠却自称为张秀姑。少年自称为北京富商之子,襄阳名拳师之徒,而秀侠则假说自己是江南镖师之女。二人虽都说着假话,但却越谈越亲密。

饮酒后,二人便离了酒肆,又同往镇上一家店房去休息。在店房中二人找的是一个单间,店家看了他们,以为他们是一对夫妇。那少年把他的行囊和秀侠的包裹都拿到屋中,就往厕所解手去了。秀侠趁此时就赶紧把那少年的行囊打开来看,这少年的行囊也不过是一个小包裹,里面只有一身小裤褂、一件缎夹袍和几锭银子,此外再无他物。秀侠赶紧又给系好,放到原处,她就坐在炕边呆呆地发怔,心中又很难受,就想:我做的这是什么事呀? 父亲的大仇尚未报,身上还穿着孝;出了门,在路上遇着这么个来历不明的少年男子,就恋慕起来,这有多么不对呀! 倘若被别人晓得,陈仲炎的侄女在路上做了没脸的事,再被叔父知道了,不要痛责我吗? 因此她又很后悔。

可是这时那少年又回到屋中,他就笑着一拍秀侠的肩头,说:"咱们两人萍水相逢,就谈得很是相投,这真是前缘。"

秀侠脸红了红,躲到一边,便说:"我们虽然相识,但不可共行共宿,不然是要被人笑话的。现在休息一会儿我还要走,我还要去救那胡家的媳妇,剪除那恶霸薛老虎。"

少年说:"我愿帮助你!"

秀侠摇头说:"你不用帮助我! 听说那薛家庄现在有不少官人,倘若你去了被他们捉住,我也不能去救你。你不要看我年轻,是个女子,但在四年前我就闯过江湖。我的武艺不是夸口,就是红蝎子也敌不过我;江湖上有名的袁一帆,也在我剑下吃过亏!"那少年吃了一惊,就问说："你认识袁一帆吗？"秀侠摇头说："我不认识他，早先我听人说他是位侠客，后来我才知道他却是个坏人。现在江湖上我只知道有两位英雄，一个是陈仲炎，一个是双钩手宿雄。"

少年冷笑了笑，说："你我虽然相投，但在江湖上所崇拜的人物可不一样，这倒也不必争论。"说时，那少年就又将秀侠那口白龙吟风剑抽出来，看了一看，脸上就更显出惊讶之色，问说："张姑娘，你这是一口宝剑吗？"

秀侠见问，并不立时回答，想了一想，她才摇头说："不是什么宝物，可是我家传的，倒还锋利。"少年将剑入了鞘，仿佛并没怎样注意似的，却时时用眼看秀侠的容貌，看得秀侠一阵一阵的脸热。秀侠就自己出去喊店伙，叫店伙快给她做饭，然后又回到屋里。那少年就说："忙什么的？三更以后再去也不迟，到时我一定要帮助你。"秀侠摇头说："我不要别人帮助。"

少年笑了一笑，又把眼直盯在秀侠的脸上，嘴唇动了动，几次都欲语复止，半天他才说："姑娘，我再问你一件事？"秀侠说："什么事？"少年笑一笑说："我要问你有了婆家没有？"秀侠的脸上更是发热，同时又有点儿气愤，就说："这件事你问不着！"少年笑着说："虽然不该问，可是说一说也无妨。现在你是走在江湖上，并不是在闺阁里。我们二人萍水相逢，既然相识了，就是朋友，我问你这话，也是一番好意。假若姑娘你还没有订下婆家，我可以为你做媒。我认识一位朋友，他姓张，与你是同姓，今年才二十三岁，家中豪富，年少风流，并且武艺高超……"

秀侠刚要发怒，拦住他的话，却见店伙把煮得的两碗汤面送了进来。少年就止住了话；秀侠也不能再生气了，但她的双颊依然很热，自己却没觉出她的双颊已如玫瑰那般的娇红了。少年还笑着向她谈话，秀侠却一声也不语，默默地吃面，连眼皮也不抬。

少时秀侠用毕了晚餐，就叫店伙去备马，少年只用眼瞧着她，微笑着，并不拦她。又待了一会儿，店伙进屋来，说："大嫂，你那匹马我们已给备好了。"秀侠就夹着宝剑提着包裹，并给了店家几十文钱。那店家却发着怔，眼望着那少年，少年却摇头笑着说："我们并不是一块儿的，她要先走,还往别处去办事,我还要在这里歇会儿呢!"

此时秀侠已然出了店门,她上马就走,还按着来时的道路,走进了那花草芳菲的山中。这时候天已薄暮,空中还留着些晚霞,那颜色红中含紫,就似美人的醉脸一般;晚风吹起,挟来些花草的香气。秀侠催马走过了这脉山,天色就已昏黑了。她先到西南方向那小村里,找着李四的家门,把柴扉敲了几下。李四就走出来,秀侠牵马走进去,就悄声问说:"白天我走了之后,那官人进村来搜查了没有?"

李四说:"胡二家跟我这里全都搜到了,他们向我盘问,知道姑娘的姓名不知?我说我就没瞧见今天有个骑马的姑娘由这里走,官人倒幸是没把我跟胡二抓去。可是我刚才听人说,薛老虎家护院的那个铁头余五,不是叫姑娘给砍下一只手来吗?姑娘走后不多时,他就断气了;临死时他叫喊姑娘的名字,可是又喊叫不清楚。现在薛家庄和衙门的官人只知道姑娘是姓陈,可不知姑娘的来历。"

秀侠点点头,发了一会儿怔。李四又请她到房中去坐,秀侠也觉着这时还太早,就将马系在院中的树上,随李四进屋。李四的老婆立时又烧水泡茶,忙着伺候秀侠。这李四虽然是个很穷苦的小农人,可是他的家庭颇为快乐,他的老婆年纪与他相等,也就是三十来岁,长得也不难看,跟她的丈夫说话,永远是温言柔语的,李四也常向他妻子带笑着说话。

秀侠在这里虽然是位上宾,颇受他夫妻的恭维伺候,可是自己却觉得局促不安。她环顾这间小屋,土炕、纸窗、破桌、瓦瓮,黯淡的菜油灯,倒觉得颇堪羡慕;同时又想起今天遇见的那黄一飞,在酒肆中,在茅店里,与自己的那番情景,又不由得阵阵脸红。

跟李四夫妇谈了一会儿闲话,李四便出屋去了,李四的妻子坐在灯旁做针线,秀侠却隔窗坐着。过了许多时,李四方才回来,并同来胡二。秀侠就问胡二说:"你兄弟的伤势怎么样了?"胡二说:"他的人还很清醒,大概不至于死,他还要求小姐救回他的妻子。但我想,那样的妇人就不必要了,要了以后也是麻烦!"秀侠说:"你那弟妇既然过了门之后,跟你的兄弟很和美,这次被薛老虎抢去又非她所情愿,你们怎可就不要她？不过我今晚把她救出来，若叫她立时就回你家去住，可也不甚妥，你们想想，还有什么地方能够暂时安置她吗？"

　　胡二就又跟李四夫妇商量了半天，后来就说："我这表弟妇的娘家是山北的人，离这里有四十多里地，那儿倒很稳妥。小姐若把我弟妇救出来，当晚我就可以套一辆车，把她送去！"秀侠说："这就好办了。"随又问："现在是什么时候？"胡二说："现在有二更多天。"秀侠就站起身来，说："我这就走，一定能到薛家庄把你的弟妇救出，你们现在就套好了车在山中等着我吧！顶好你们点一只灯笼，我好迎着灯光去找你们，就把救出来的人交你们送去。"胡二跟李四连声答应，秀侠就出屋解马，李四赶紧过去开了柴扉，秀侠出门上马，就向村外走去。

　　此刻天黑如墨，繁星万点，都似闪烁着窥人。马走在大道上，秀侠就辨明了那薛家庄的方向，挥鞭急急地走去。少时过了那条小溪，秀侠就将马收住，款款地又向前去走。走了不远，就来到那片柳林之前，秀侠随下了马，将马牵到林内，系在树上；然后她抽出来白龙吟风剑，步行着急急地往那薛家的庄院走去。还没有来到那高墙之前，就听"梆梆梆"三下更声，更声像是往近来了。秀侠就立时顿住脚，蹲身藏在一个碾盘子的后面。少时就见有四个巡更的人，敲着梆子由南墙转了过来，进到这场院里的一间小屋内，小屋内立时就有了灯光，并听那个人大声的谈话。

　　秀侠伏着身，转往北墙后，这里寂静无人。秀侠将腰间的一条青绸带子系紧了一些，便把宝剑插在背后，然后她就拿出来在尼姑庙中四年所学的身手，一耸身就扳住了墙头。然后盘腿而上，立在墙头又一跃，就跃在那座大房的后檐上。她脚下纤纤的软底鞋踏着房瓦，往前走去。却见那院中是三合房，全有灯光。

第九回　窥深庄女郎展奇技
　　　　对宝剑侠少颓情心

　　秀侠见各房中都有灯光,知道薛老虎果然早已防备她,就不胜焦躁,心说:这可怎么办? 我跳下房,闯进屋去杀死薛老虎,然后我脱身逃走倒很容易,但是我若救不了那胡三的媳妇,也算白来这一趟呀!

　　她着急着,伏身踏瓦,由北房走到东房上。就见那北房三间,很是宽大,屋内的灯烛也特别的辉煌;窗上人影幢幢,仿佛有许多人都在那里,时时腾起来谈笑之声。在那声音里就并杂有一种柔媚的女人音调,秀侠心中就又不禁一阵猜疑,暗想:莫非那胡家的媳妇真是从了薛老虎? 既这样,我何必要费力救她? 何况她未必肯随我走。

　　此时,就是这东房里走出来一个人,秀侠就赶紧趴在房瓦上,那人却走到了院里,向北屋里说:"你们还没喝足吗? 来,到东屋来,老张他要推四十两银子的牌九,你们来压吧! 在那屋磨烦什么? 也该叫七爷跟两位七嫂歇会儿啦!"借着从北房透出来的灯光,隐约可以看出来,这人穿着官衣,却是个官人。

　　秀侠赶紧又爬到后厦,探出点头来向北房去看。就见北房里先是有几个人答应,接着房门就开了,出来了四五个人,有的穿官衣,有的穿便服。里面并有个身穿闪着光的缎子衣裳的大胖子送这些人出来,这些人就都回身说:"我们到东屋推牌九去,无论如何我们也得熬这一夜,七爷你就放心歇着吧! 我们敢担保,那使宝剑的小娘儿们一定不能来。”

那个被称为“七爷”的就是薛老虎，他哈哈大笑说：“不怕！我很放心。其实那使宝剑的小娘儿们若来，我倒更喜欢！我这几个屋里的人，旧的是太旧了，不顺手的又太不顺手，我倒想弄个会武艺的小娘儿们，尝尝新鲜味道。一来叫她陪我睡觉，二来叫她给我护院。”旁边大概有个人是在这里护院的，大家就都拍着他的肩膀向他一阵笑，那个薛老虎笑的声音比谁都大。房上的秀侠此时气愤填胸，真想立即跳下房去，挥剑就把他杀死。

这时，房下那伙官人跟护院的都进东屋去了，待了一会儿，就听摔骨牌声和狂笑声。北屋却有个仆妇出来，把门轻轻带好，转身往西面一个小门里去了。秀侠在房上站起身来，轻轻地由东房踏过了北房，到了西边。原来这里有一个跨院，很小，只有南北共四间房；南房黑洞洞的，似无人居住，北房的窗上却浮着灯光，那仆妇就进了这北屋内。

秀侠也由房上跳下，双足落地，一点声音也没有；她就轻轻地走到那屋门前，只听刚才进屋去的那仆妇，跟她的同伴说话，说：“那几个当差的老爷们，都没有一点规矩，当着两位姨太太他们嘴里什么话都说，七爷也满不在乎！”

秀侠却从背后抽出了白龙剑，蓦然将屋门一拉，屋中有三个仆妇，同声问说：“是谁？”秀侠却站在屋门口，把宝剑一晃，厉声说：“不许作声！”就有个仆妇吓得咕咚一声跪下了，那两个也都战战兢兢地躲到了墙角。跪在地下的这个仆妇就向秀侠叩头，央求说：“小姐！饶了我吧！我是雇用的！薛老虎做的坏事都与我不相干……”秀侠摆手说：“我不杀你们，你小声说话！告诉我，那孟家的女儿、胡家的媳妇在哪屋里？”

躲在墙角的一个仆妇，就向窗外指着，打着战说：“就在这南屋锁着了。没嫁胡家的时候，她很依从七爷，这回她不听话了，招怒了七爷！”秀侠就又问：“还有什么抢来的妇女没有？快告诉我！”跪在地下的那个仆妇说：“再没有啦！薛老虎倒是霸占过不少，可是都依了他，都做了他的姨太太了！”秀侠又威吓着说：“你们不许动！”她随就一手持剑，一手擎起来桌上的一盏油灯，出屋。

到那南房前,她用宝剑削落了锁头,踢开门,进屋用灯去照。就见屋中是空洞洞的,连一件家具也没有;地下卧着一个妇人,手脚都被绳绑着,头发蓬松,看不清楚面目,尤其可怜的是这少妇浑身的衣服都被撕毁,露着脊背。

秀侠把灯和剑放在地下,忙上前将这妇人扶起。这妇人被秀侠扶起,她还只能呼哧呼哧的喘息,却不能呻吟。秀侠知她口中塞堵着东西,随就由她口中揪出来一条很长的汗巾,她这才哭出声来。秀侠嘱咐说:"小声些!"随又用剑将妇人手脚上的绑绳全都割断。这时外面人声鼎沸,喊说:"有贼!有贼!"秀侠大惊,先将地下的灯吹灭,然后背起这妇人来,并嘱咐说:"抱住我的肩膀,不要怕!"随就提剑跳出屋去。

这时那些官人和护院的都已各持兵刃,闯进这小院来。秀侠却背着那妇人早已上了房,急匆匆踏着瓦走,就像一只狸猫似的,顷刻之间她就由北边的后墙一跃而下。这时庄内还乱腾腾的,喊声四起,灯火齐明,一群人在那里瞎拿乱捉。秀侠却早已进了柳林中,用剑割断了马缰,抱着那妇人就上了马,嘚嘚的蹄声紧响。这匹马就飞出了树林,越过小溪,像一支箭似的往北走去。

走出约二里之遥,秀侠见身后没有喊声了,也没有火光了,这才将马勒住,就问说:"你是孟家的姑娘、胡三的媳妇吗?"那妇人答应了一声,秀侠说:"好,我先给你穿上一件衣服,然后我送你见你的大伯!"说着,秀侠就在马上把自己身上的小夹袄上罩着的一件青布单褂脱下,给妇人披在身上。妇人却哭啼着,说:"我对不起我的婆家!我男人也叫薛老虎打死了!我没脸再见我婆家的人……"

秀侠说:"你不要哭,你男人他并没死!以后,只要你安分地跟着你的男人过日子,那就很好。过去的事都不怪你,你别伤心,我把你交给你的大伯,还要赶紧回来杀那薛老虎!"说着秀侠借着天上的星光,仔细找着了往北山去的那条路,就载着这妇人,催马走去。只见黑天沉沉,银星灼灼,晚风嗖嗖,双人匹马,驰奔如飞,不多时就进了那北山的山口。

此时,山中的花草都掩覆在夜色的幕下,连一声鸟叫也听不见,对面,远远的却有一点磷火似的灯光。马迎着那盏灯走去,少时来到临近,这边就是一辆骡车,车上的胡二、车下的李四齐声问说:"陈小姐,把人救来了吗?"秀侠就说:"救来了,你们把人搀下去,上车快些走!"那妇人哭着,被胡二、李四扶下马,搀上车去。胡二又过来向秀侠感激涕零地说:"陈小姐,我们将来怎么报您的恩呀?"秀侠却急急地说:"快走,快走!这些话都说不着,你们就想法把这媳妇藏严密了,别叫她露头,因为我只能给你们救回来人,却不能永远保护着你们。"当下那妇人的哭声仍然没断,车声辚辚,灯笼一明一灭的,就顺着山路往北去了。

这里秀侠又拨转马头,轻快地走出山来,想要重到薛家庄将那薛老虎杀死。她催马又往东去走,才走了不远,忽见迎面发出一阵蹄声,来了一匹马。秀侠吃了一惊,赶紧将马收住,一手摸剑,向前问道:"你是做什么的?"前面的那匹马来到临近,马上的人高声说:"张姑娘,你把人救走了,还要往哪里去?"秀侠听出来就是那少年的声音,不由暗笑,心说,你这时才来帮助我,我早把人救出去了。随说:"你别管,我还要回去杀死薛老虎!留着他,还是本地的祸害。"

那少年却笑着说:"不用你去了,刚才你走后,我已结果了薛老虎的性命。可是,杀死了他,本地的官衙一定要缉凶,就许又连累那媳妇家的人。我现在就往县衙,趁着黑夜向本地县官吓一吓,告诉他,杀人者是我张云杰,与别人都无干。他若认真办案,可以派人去捉我;倘若诬陷良民,我就要取他的首级。"说时是很急快,那少年就催马过来,与秀侠二马相擦之时,他还就势拍了秀侠的肩头一下,温柔地说:"姑娘,我真钦佩你的武艺。请你再到那店中去等候我,我少时就去,咱们俩再详谈。"说时,少年的马飞驰过去了。

这里秀侠勒马呆呆地站立,虽然微寒的晚风吹着她,但她的脸上还不由一阵发烧,虽然说了几句话,但秀侠并没再看见那少年的容貌。一瞬间少年走过去,她回首去看,夜色却吞没了那少年的人影马迹,耳边只听有嘚嘚的蹄声,渐渐消逝了。秀侠心中倒觉得好笑,暗想:白天他还跟我假称叫什么黄一飞,现在匆促之间又不打自招,又说他叫张云杰,大概这才是他的真名实姓。可是他到现在还不知道我的来历呢!

到店房中等他回来,我就详细告诉他吧!或者这个人还能帮助我去找宝刀张三报仇。

她拨过马来,又顺着这条路,再向山那边去走,但此时她的马却走得很慢了。她一边走,一边想:在我救那妇人走后,薛家庄就已然大乱,大概是那仆妇给坏了事;今天若不是我的武艺高强,就怕逃不出来了。可是在那护院庄丁和官人各持兵刃,纷乱搜拿之间,那张云杰还能够赶了去将薛老虎杀死,然后从容地骑着马逃出,这个人的武艺也真不弱了;只可惜我不知县衙在哪里,不然我也赶了去,与他竞一竞身手!

秀侠心中又是羡慕,又觉惊奇,不觉得马就走过了黑莽莽的山路,眼前却又望见了那处镇市;就是白天自己同那少年对饮,并一同在店房中休息了一会儿的地方。此时她心中又很踌躇,暗想:我若到那店房去等他,少时他一定去,不定又要对我说什么话。那人初见我时是很腼腆,但后来他又很不规矩。我们一对年轻男女,深夜同住在一处店房,倘若被人知道,成了什么事情?即或没人知道,我也……她辗转寻思,既觉着这样做是不对的,可又有些留恋不舍。眼看已来到市镇上,镇上虽街道清清,更鼓徐徐,可是店房门首还悬挂着很明亮的灯光。秀侠在马上逡巡了一会儿,忽然就一下决心,挥鞭策马急急走过了这座市镇。

镇外也是黑夜之下的莽莽旷野,秀侠就催马急走,一直走过了许多岑寂如死的村庄。她在马上觉得疲倦了,东方却已发现了微微的曙色。秀侠看见天光快亮了,就很欣喜,暗想:我赶紧走,先找个地方歇歇,索性歇一天,那张云杰一定就走过去了,那么我们也就不能遇见了,倒好!

她振奋着已然疲倦了的精神,鞭着那喘吁吁的已经不能快走了的马又走了五六里,天色就亮了。眼前有一片房屋、街道,知道又是一处市镇,她就又紧紧挥鞭。少时走进了市街,就看见一家店房,门首挂着笊篱,土墙上写着"彭家老店"。

这时店中的雄鸡正在喔喔啼叫,店门开了,一些背包的、担货的、坐车的客人都往外走起身,秀侠却困眼蒙眬地牵马进去,所以店家很是惊诧,接过马去就问说:"大嫂,你是走了一夜路吗?"秀侠说:"你就不用问了!快给我找个单间,我要歇息。"店家见这位姑娘很横,而且带着宝剑,一身青,腰间又系着绸带,不似普通妇女的打扮,他们虽然不敢多问,可是脸上仍然带着惊疑,就给找了间单屋子。

秀侠提着包裹和宝剑,进了屋,就向炕上一坐。店家问她是先睡觉还是先吃饭,秀侠就说:"你快给我拿一壶水来吧。"店家答应着,待了一会儿,就给秀侠泡来了一壶很热很酽的茶。秀侠喝了几口,觉得又有了些精神,便又叫店家给做饭。她就呆呆地坐着发怔,心里十分不安,仿佛有一件不放心的事似的,就想:昨夜那张云杰杀死了薛老虎之后,他又往县衙去了,县衙一定是在城里,他骑着马怎能进城呢?他不至于被衙门的人捉住吧?仿佛是一团疑问堵在心里,总是释不下。少时,店家送来了菜饭,秀侠在吃饭时仍然呆呆地发怔。饭后就把屋门关好,躺在炕上睡眠,又思虑了半天,方才沉沉睡去。

醒来天色已过了中午,身体的疲乏消去了,又觉得很有精神,便把屋门开开,叫进来店家。店家进来还是张口瞪眼,露着惊慌之色,秀侠看出来这店家是觉出自己的形迹可疑,随就故作从容地问说:"店家,你们这儿是什么地方?"店家答复说:"大嫂……"看了看秀侠脑后直垂的发辫,他赶紧又改口说:"姑娘!我们这里是汤阴县新市镇,姑娘你一个人要往哪儿去呀?"秀侠说:"我要到北京去。"

店家一听这么远的路,就越发惊疑,随说:"这么远的路,姑娘你一个人行走吗?路上现在不很平静呀!"秀侠一听这话,也不禁惊讶,随问说:"怎么不平静?我听说近几年来河南的大道上也没有什么盗贼;现在我从江南来,一路看见的客商很多,并且也没有什么事。"店家却连连摇头,说:"别处也许没事儿,我们这一带近来可真不好走。上个月,淇县出了三条命案,五六个村子被劫;前天离这儿不算远,新乡一帮客人又被劫了,还伤了几个人。"

秀侠惊讶着问说:"据你这样一说,这附近一定是有大伙的强盗。"店家说:"可不是,听说响马足有五十多个人,凶极了,是从泗洲一带来的,为首的是早先河南省有名的女贼……不是,不是,是个行侠仗义的女大王——那红蝎子于九奶奶。"

　　店家说这话时两个眼珠向秀侠乱转,脸上表露出一种惊疑、恐惧,仿佛他说出来"女贼"两字,都怕秀侠立刻抽出身旁的宝剑杀他似的。秀侠就说:"你放心! 我可不是红蝎子,红蝎子现在足有三十多岁了,我听人说。"店家带着惧色,赶紧赔笑说:"哪能,哪能,我怎敢胡疑惑姑娘呢? 我看姑娘多半是位保镖的女达官。"

　　秀侠笑一笑,店家又说:"可是,姑娘你走路也得小心一点。据说红蝎子手下有两个女徒弟,都长得天仙似的,年纪么,大概,大概……"秀侠又觉得这事很新奇,心说:我走后,怎么红蝎子她又收了两个女弟子?

　　此时店家的眼珠仍向秀侠的身上乱转,又说:"近来我们这一带净闹女贼! 刚才,有从南边来的客人说,昨天晚上那里有名的大财主薛老虎,也被一个女……女的给杀了!"秀侠听到这里,却不禁脸色一变,发了一会儿怔,又噗哧地笑了一声。

　　店家的意思就是说:这附近的几县现在女贼纵横,红蝎子及她两个妙龄的徒弟,都使用宝剑,时常出没于附近各村镇;昨天薛老虎那件案子,官方也认为是她们做的。现在几县的名捕能探,天天在各处访查,专注意形迹可疑的妇女;秀侠这个穿章、这个年龄、这口宝剑、那匹马,简直真有嫌疑,尤其秀侠是今天一早才来投店,自己也承认是昨天走了一夜的路。店家表明并没疑心秀侠是贼人的一伙,可是,劝秀侠趁早儿离开这里才好,要在附近有熟人最好一路同行,把宝剑藏起来,以免被官人抓错了;因为现在附近的几县捕快全跟红眼虎儿似的,他们不敢去捉拿红蝎子,可是愿意抓上一两个土娼暗妓,或是没名少姓的妇女,去暂时搪塞差事。

　　秀侠此时却不禁冷笑,说:"我的时运真不好! 怎会一走在这里就正赶得这里闹女贼? 女人走路真难,那么我就快走吧! 别教我再在这里打上冤枉官司。"说着,她就赶紧叫店家给她去备马。店家也像巴不得她快点走似的,就赶紧答应了一声,出屋去了。

　　这里秀侠心中也很紧张,急匆匆把行李收束好了,提着宝剑和包裹出屋。店家把马给她牵过来，秀侠就将手中的东西放在马上，然后她牵马出店。忽然想起还没付店钱，这时店家也追来，秀侠就不禁笑了一笑，问说："多少钱？"店家说："不要紧，先给姑娘记上账吧，等姑娘从北京回来在我们这儿歇着时再给吧！"秀侠却说："你们这里正闹女贼，你们这里的官人正要乱拿女的，以后我哪还敢到你们这里来？"说着，从身边掏出一小块银子把给店家，她就上马挥鞭，向北走去。

还没有走出了这个市镇，忽见路东有一家小茶馆，跑出来两个人，都身穿便衣，张着胳臂就把她的马拦住。秀侠吃了一惊，明知这必是衙门里穿便衣的捕役，但她镇定着，反倒发怒，瞪着秀目，说："你们是做什么的？敢拦挡我的马！"

这两个穿便衣的捕役，一个紧紧揪住秀侠马匹的辔头，另一个就抿着嘴微笑，说："没有什么的，我们就是瞧着你有点儿眼熟，你是起哪儿来的？"

秀侠发怒说："你管我呢？反正我不是红蝎子，我也不是女贼，你们若有本事应当捉她们去，不要随便欺侮良家妇女！"说着，她将马鞭交在执缰的那只手里，一歪身，锵的一声抽出了白龙吟凤剑。那两个捕役一看见了夺目的剑光，就赶紧往旁边去躲，秀侠却趁势催马，蹄声嘚嘚如连珠，飞似的向北驰去。

离了这新市镇，一直往北，走出五六里回头一看，见有四五匹马荡着烟尘追来。秀侠赶紧收剑，紧紧挥鞭，穿过几个村庄，离远了大道，顺着田间小径去走；曲折地又走下有二十余里，回身再看，身后已经没有了追骑。她这才收住马，喘了喘气，倒不禁自笑，心说：我是为什么呢？我又不是红蝎子的一伙，薛家庄的难妇虽是我救的，但恶霸却不是我杀的，我何必像贼似的要跑呢？但又想：红蝎子如果真在附近，我倒想要见见她，我们两人叙一叙故旧，我倒怪想她的！她那两个女徒弟不知怎样，模样到底长得如何？年岁比我大还是比我小？武艺比我高还是比我低？我真得见一见她们，我一来要同她们比比武，显一显我四年学成的武技；同时我要用忠言劝导她们，在江湖行侠仗义可以，但打家劫舍不单是王法所不容，也给一般会武艺的女子贻羞……

她一面想，一面策马前行，春风吹着她的鬓发，心中非常兴奋；这大地的风景与人事的演变，全都是很新奇的，全都令自己高兴。正在走着，过了一座石桥，石桥之下是碧澄的流水，流水的两岸是稀稀的槐柳树木；隔岸树枝上的嘹亮鸟声，在桥头都可以听得见。她才一下了桥头，就闻有人呼叫道："张姑娘！张姑娘！"秀侠顿吃一惊，收住了马，四下去看，只见西边远远的有一匹马正在溪旁饮水，前后左右都没有一个人，她不禁又呆呆地发怔。

秀侠怔了一怔，但也就明白了，她看出来，河旁饮水的那匹马就是那少年张云杰所骑的马匹，而除了他谁也不能叫自己为"张姑娘"；她就装作没有听见，从容地向前走去。此时却听呼啦一声，由身旁一棵很高的柳树上跳下一个人来，这人哈哈大笑，笑得连腰都直不起来，秀侠一看，正是张云杰。他身穿短衣，衣上沾着许多柳叶，大概是他早就见秀侠来了，故意爬上树去，为的是吓秀侠一跳。

秀侠心中又不禁一阵情思撩动，一阵飘飘荡荡的，就仿佛那千万条的被春风撩动的柳丝一般。但她赶紧收敛住了心情，连笑也不笑，就庄重地依然策马去走。后面的少年却又叫道："张姑娘！张姑娘！"秀侠并不回首，就像没听见似的，只管向前去走。后面那少年张云杰却赶紧由地下捡起他的包裹和宝剑，跑过去牵了那匹马，骑上向秀侠就追。

他这样一追赶，秀侠就马行得更快，更不理他。张云杰又在后面笑着，叫着"张姑娘"，并高声说："张姑娘，我已晓得你的来历了！你是红蝎子的高徒，你大概还有个师姊妹。现在有好几县的人都正在传说你们的大名，怪不得，原来你是个老江湖！张姑娘，驻驻马，听我说，放心，我不是官差！"

前面的秀侠一听这话，不由得发怒，锵的一声又亮出了白龙吟凤剑，就收马回身，瞪着两只秀丽的眼睛，斥道："胡说！谁是红蝎子的一伙？你才是薛家庄杀人的正凶，你不要以强盗来污我！"

张云杰见秀侠亮出剑来，不但不怕，反倒更笑。他昨天本已不庄重，今天更大胆向秀侠调戏了。他说："女好汉，昨日我错过了良缘，今天咱们应当找个地方亲近一会儿，虽是江湖狭路相逢，可一定是月下老儿给咱们牵的线,女好汉,小娘子!"

秀侠一见这少年竟如此轻薄,不禁转爱为恨,厉声骂道:"住口!"等少年的马匹赶到近前之时,她蓦然回身,拧剑向张云杰胸膛就刺去。

那张云杰一闪身,趁势就由马上跳下来,说:"好呀!我只晓得你在黄河杀水贼,薛家庄救难妇,却还没领教过你的武艺。好!好!下马来!咱们俩较量一番,我若败在你的手里,我今天要认你为女师父;你若败在我的手里,说不定你得跟我找个地方做一番露水夫妻!"

他的话说到这里,秀侠已由马上一跃而下,抢剑向张云杰就砍;张云杰赶紧闪身躲开,斜走一步,反剑要去刺秀侠的腋下。秀侠将身向后去撤,纵步伏地,转取张云杰的腿部。张云杰跳起来,笑着,擎剑向秀侠嗖嗖连砍。秀侠仍然撤步,蓄劲拟趁虚进取,但张云杰一步也不肯让,剑势一步也不松,连逼几步,又挽花透剑去刺秀侠的乳部。

秀侠真气极了,突的用剑尖将张云杰的宝剑撩开。张云杰又闪身纵步,剑如鹤翅展开,说声:"留点神!"嚯然一剑劈下,秀侠急忙横剑去迎。双剑交磕在一处,只听呛啷一声响亮,张云杰的剑就被削成两段,惊得他赶紧持着半截剑跑到一旁,面色如纸,喘吁吁地问说:"张姑娘,你到底是谁?你这口剑是从哪里来的?"

秀侠却愤愤地瞪了张云杰一眼,并不过去再追他,就将马牵住,上了马,白龙吟风剑入了鞘,她才厉声说:"谁姓张?你以为你姓张别人也姓张?你以为非得女强盗才会武艺?你眼睛瞎了!"她本想说出真姓名,但又不知这张云杰是什么人,随又一声冷笑,挥鞭从容走去。

这里张云杰见秀侠的骏马带着名剑,驮着俏影走去,发了半天怔,不但不敢再去追赶,连浑身的力气也没有了。他皱着眉,吧嗒一声把手中的半截剑也扔在地下,牵过马来,又发了半天怔,然后才上了马,无精打采地去走。

此时眼前秀侠的倩影已经去远,已竟转道向东去了。这里张云杰皱着眉,咬着嘴,只管由着坐骑去走,连方向已分辨不清。走了会儿,他又懊丧地叹了口气。

这少年张云杰他是才从襄阳名拳师金剑大侠诸葛龙之处艺成归

来,他的启蒙师原是信阳州的大刀刘成。本来他也是个寒家子弟,他的父亲不过是一个无名的镖师,早先也不在北京居住;因为他的父亲三年前无意中发了一笔大财,家中顿富,所以全家便搬往北京去了。搬往北京后不到一月,他就赴襄阳学艺。这几年家中的事和江湖上的事他全都不知。

只是在三年前辞别他父亲之时,他那黑脸的永远疑神疑鬼、白天不敢出门晚间必将房门上锁的父亲, 对他嘱咐过:"走河南时可要小心! 新蔡县的陈仲炎是我的仇人,我见了他必不得活! 他家有一口白龙吟风剑,是天下至宝,斩钉截铁,你可要小心! 走在河南不要说姓张!"所以张云杰就深恨那陈仲炎,并且深深记住了那口白龙吟风剑。

如今他路遇着秀侠,起先以为秀侠是个镖师之女,后来因听路人传说红蝎子有两个女徒,他又疑秀侠即是那女盗的门人。可是,别管秀侠是侠是盗,秀侠那俊俏的姿容、娇媚的谈吐、新奇的举止、义烈的行为已摄去了他的魂,已系去了他的心。原想这样女子不可多得,自己尚未婚娶,正好与她匹配,可是不料如今他试出了秀侠的宝剑,又听秀侠自认不是姓张,就不禁情心灰冷,暗暗叹道:她那口剑莫非就是白龙吟风剑吗? 她是陈仲炎的女儿吗? 如果那样,我就今生休想了! 因为我们两家是仇人!

他无精打采地策马往北去走, 心中像失却了一件宝贵的东西,又像把这次艺成归家、乍走江湖的傲气和勇气全都丧失了。他不禁唉声叹气,走得很慢,直至傍晚时方才到安阳县。他进了城,就去找客店,这客店里的人全都住满了。那店掌柜见他穿得很阔,就说:"大爷,我这柜房里还有一张空铺,你就在这里歇下吧!"张云杰也懒得再去找别的店房,就把马交给伙计,被掌柜让进柜房。

他见屋中陈设得还很款式,迎门有一副对联,写的是:"万两黄金容易得,一个知心最难求。"这又像剑戳了他的心,对联像是在讽刺他,好像是对他说:你把好姻缘错过去了! 你要知道,世间像那样武艺高、容貌美的女子不但少,简直是没有啊!

张云杰懊丧着,店家却非常欢喜,连忙搬凳子,说:"大爷请坐,大爷从哪里来？我猜吧！我听大爷的口音是信阳州，你上哪儿去？"店掌柜打着蓝青官话。旁边一个小胡子穿着坎肩，抽着旱烟袋，像是个杂货铺掌柜子，来此闲坐的人，就帮腔说："我瞧这位大爷多半是要进京赶考去？"店掌柜也说："对啦！今年开的是恩科。"

张云杰却觉得十分不耐烦，连话也不答，就问说："是哪张床？"店掌柜说："这张！这张！"他把靠墙的一张床拿笤帚扫了扫，并说："你这时候来，绝找不着店房啦！你是斯文人，我才留你在这儿住。这儿很清静，过二更我也回家，伙计们另有房子。就是这位高掌柜，是我的表亲，他今天才从道口镇来；他做粮行的买卖，会说书，晚上你就听他给你解闷儿吧！"又问："大爷贵姓？"

张云杰脱口说："姓张。"说出来，自己心里却后悔，暗想：我为什么偏要姓张呢？我是我父亲抱养，本来我不是他的儿子，为什么我要叫他父亲呢？当初为什么认一个与陈家有仇的人做父亲呢？他心里懊丧极了，就向店家说："先给我来饭，多来酒！"店掌柜答应着，先给他倒了一碗茶，然后又出屋去吩咐伙计给热酒备饭。

张云杰仍然紧皱眉，离开了机凳到那张床上去躺。躺在床上，他就闭着眼凝思，就觉着秀侠那青衣素影、宝剑寒光在他的眼前不住飘荡似的。他就又长长地叹了口气。

少时，听伙计在他耳旁说："饭好了。"张云杰睁眼向桌上去看，就见那里摆着一盘菜、一碟咸肉、几个馒头，另外有一份酒壶、酒盅。他就懒懒地过去，坐在凳儿上，拿起酒壶来，满满斟了一盅，一口就饮下去。然后他又就着壶嘴，咕嘟咕嘟地喝，心想：白龙剑，陈家的侠女，我与你无缘了。

张云杰在这柜房里闷闷地饮酒，店掌柜跟他那表亲在一边谈闲话。过一些时，忽听外面又有人呼嚷着说："店家！店家！还有屋子没有？我们一共六个人呢！"这店掌柜连店房都懒得出，就隔窗向外喊道："没有屋子啦！上别家住去吧！"

他把外面的客人支走了之后，自己又叨唠着，说："这时候才找店！就让他们找去吧！连间马棚也准保他找不着！这城里连关厢三十多家店房,现在准保住得满满的;多少往北去的客人车马,还都有保镖的,从三天前就在这儿住下啦! 都不敢再往北去,都怕叫红蝎子给螫一下!"

张云杰一听店家提到了红蝎子,就立时放下了酒壶,回过头来问说:"掌柜的,怎么? 红蝎子是在这一带闹得很凶吗?"店掌柜说:"怎么不凶? 这么多年来,河南也没出来过什么大盗。黑山神于九活着的时候,他老婆红蝎子在方城山,闹得虽也可以,可还没有现在这么凶。现在她有五六十名喽啰,两个女徒弟,她那两个女徒弟都不过十七八岁,宝剑袖箭全行! 一个大蝎子带着两个小蝎子,谁还敢惹?"

旁边那会说书的高掌柜就说:"红蝎子也算是个异人,她就像是樊梨花、刘金定,带着两员女将,帐下有五百亲兵。"店掌柜笑着说:"那么你就快当薛丁山、高君保去吧!"他的表亲却摇头笑着说:"我可没有那么大的本领! 我要遇见梨山老母教我几手武艺,再把胡子剃了,可就敢去。"

张云杰又喝了一盅酒,心中却又发生一种奇想,暗想:那姑娘一定是我的仇家之女,虽然她对我有点儿情意,但姻缘是无分了。我不能鳏居一生,我必要寻个会武艺貌美的女子为妻,红蝎子的那两个女徒之中,或者就给我预备着一个了。因此他又一时兴奋,便问店家说:"不知红蝎子现在盘踞在什么地方? 我倒想去看看她跟她那两个女徒弟。"店掌柜却笑着说:"得了我的大爷,你别说笑话儿! 我劝你就在这儿多住几天,先别往北走!"

张云杰听店家劝他不要往北去走,就不禁微笑。旁边那高掌柜却把眼光投到张云杰的脸上,说:"这位大爷要遇见红蝎子,顶多了行李被劫,命是不能丧的。自古嫦娥爱少年,书上说的那些女将,哪个不是抢去个漂亮小伙强逼着成亲呢?"张云杰越发笑了。

那店掌柜却连连摆手,说:"大爷您可别听他的,他是成了书迷啦! 红蝎子可不像古来的那些女将,听说她不爱漂亮小伙,倒爱傻大黑粗。早先那黑山神于九就长得比我还难看,可是红蝎子至今还穿着孝,她没改嫁别人。大爷您千万别上他的当,我们开店的不愿客人一离开这儿就遭事，您还是别走吧！等两天，客人聚得多了，再一同走，再过太行山。"张云杰听了这话，就知道那红蝎子的盗群现在是盘踞在太行山，便笑了笑，不再言语。

吃过了饭，他就觉得在这里待着很没有意思，而且天色还不到二更，就到床边打开了包裹，换上一件漂亮的长衫，带上些银两，走出了店门。这门外就是大街，商铺十分繁盛，站在街上一看，到处都是灯光，真如同上元灯市一般。张云杰信步走着，他因自己没有兵刃，想找个铺子买一口宝剑，可是找了半天，也没见有摆着兵器的铺子。他眼看将走到北门，忽听有一阵丝竹之声，吹进了他的耳鼓。他站住身细细地听，就听丝竹声音杂着咚咚的鼓响，并有女人的柔细的声音歌唱；扭头一看，原来是街西有一家茶楼，楼上灯光辉煌，那弦声、鼓声、女人歌唱声，就是从那楼上发散下来的。

张云杰走过去，就见那里的横匾写着是"太平茶社"，门前挂着两面木牌，上面红纸金字，写的是："本社特请开封府艳群班小玲宝、梁美容、张玉子各位姑娘，登台表演拿手坠子书、莲花落。"张云杰这时本已有点醉意，愁闷未消，口又渴，随就进了茶社。

第十回　闹歌场铁拳惊莺燕
##　　　　　投旅店女盗献温柔

　　张云杰顺楼梯上了楼,就见眼前现出一座绮丽的歌场。这歌楼上的地方很是宽广,天花板上悬着六只玻璃灯,照得通明。当中一个台子,台上摆着一张长方桌子,桌上放着两盏方形的玻璃灯,上面用红漆写着"艳群班"。桌后坐着一个年老的人,手持着个弦子,微扬着脸儿,像个瞽者似的,用戴着象牙指甲的手指头,拨出来圆滑如珠一般的弦声。旁边就是一个歌女,站在鼓架子后面,一手摇着小竹板,一手持槌敲着鼓,随节和弦,唱出来娇媚的音调,并把眼睛向台下那二三十个衣履整齐的顾客去投。顾客们多数像商号掌柜,少数像富家子弟,形态不一,有的喷着水烟旱烟,有的就彼此闲谈,有的拿茶盅往下颌去送,呆呆地向着台上的歌女出神儿。

　　那个歌女的年纪至少也过"花信",并不美,脸上虽然搽着许多胭脂粉,但掩不住本来的雀斑;梳着条长辫,穿着红衣裳绿背心,没有多么动人之处。可是她的嗓音却很清亮,如百灵鸟一般在那里唱。唱的是什么,张云杰也听不懂,只隐隐听了一句:"这才是,流泪眼望着流泪眼,断肠人对着断肠人……"张云杰觉得心里很不是滋味。旁边有个茶房嚷道:"一位!"又过来说:"大爷在这儿坐台好不好?正对着台,待一会儿小玲宝就出来。"张云杰却摇着头,两眼直向台上去看,他见台上有帘子,大概帘子后就有什么小玲宝。

他正在发着怔，忽见东边靠着窗的一个座位上站起两个人来，仿佛找什么熟人似的，向他这边很注意地看了一看。这二人都是强壮的少年，其中一人身材极高，左脸上有一块刀疤。张云杰就非常注意此人。他见这两人落了座，又见旁边还有一个空位子，随就走过去；那边一共是三个人，都又扭着头向他望了望。

张云杰落了座，脸正对着那边的桌，相离不过两三步。茶房给他沏上茶，张云杰就喝了一盅。就听那台上的歌女正唱在精彩之处，一些顾曲者也都正在出神，台上这个不大貌美的歌女正唱在精彩之处，旁边的人都很出神，有的还暗暗叫好。张云杰座旁的那个脸上有刀疤的汉子，却十分的不耐烦，说："这娘儿们还尽自磨烦什么？快点叫小玲宝出来吧！老子花一吊钱来听的就是她。"

旁边他那朋友、一个瘦面的少年说："我倒愿意三爷来时再叫小玲宝出台，三爷很赏识小玲宝。"那脸上有刀疤的汉子，又向同桌另一个少年问说："三爷今天准能来吗？"那少年穿得很讲究，精神很轩昂，点头说："一定来，昨天就同着泰来镖店的几个镖头来过这儿一趟了，何况今天他又晓得咱们在这里等着他。"那个脸上有刀疤的就不住扭头，向楼梯那边去望；只要有人上楼来，他就非常注意，仿佛他有什么要紧的事，等着那位"三爷"前来办理似的。

张云杰这才知道，他们都是镖行的人，心中便不禁很轻视，暗道：红蝎子在附近闹得这么凶，客商都不敢往北走，你们这些饭桶镖头大概连买卖也都不敢做了，所以才跑到这儿来听说书。

此时台上那个歌女唱完了，下了场，掀帘进后台去了。一般顾曲者就都眼巴巴地等着第二场的歌女出来。台上沉寂了一会儿，那弹弦子的人喝了一口茶，重新把丝弦调了调。这时红帘一启，又走出来一个袅袅娜娜的歌女，长得虽仅中姿，可是眉目间颇有些醉人之处。她穿着一身葱心绿，到鼓架前拿起了檀板，又敲了两下鼓，未曾开口先向台下嫣然一笑。那脸上有刀疤的汉子就像发了疯，直着眼咧着嘴，大声笑道："我的乖乖！咱老爷从开封到这里来，想不到还能看见你呀！"

那台上的就是小玲宝，她曼起珠喉，清楚有味地念了几句"西江月"，然后就唱："自古说冤家不到头，到头泪交流，有的是恩爱夫妻难长久，有的是薄命鸳鸯霎时休；俏郎君难逢多情女，美佳人总遇不见好风流……"

脸上有刀疤的人就发狂地嚷说："咱老爷可就遇见你啦！乖乖！"

张云杰非常生气，觉得这脸上有刀疤的人简直是成心捣乱，要过去把这家伙一拳打倒，揪他的腿扔下楼去。但这时忽然那三人齐都站起身来，张云杰也扭头去看，就见由楼梯上来一人。此人年有三十来岁，相貌不俗，穿章非常阔绰，尤其可异之处，就是此人身佩着一口宝剑，令人一看，就晓得是个会武艺的人。

张云杰就很注意，见此人来到近前，向那三个人抱拳，说："对不起，对不起，叫你们三位受等！"那瘦脸的人就向那脸上有刀疤的引见，说："这就是开封府来的铁太岁姚镖头。"这铁太岁见了来的人，却恭恭敬敬，深深一揖，说："袁三爷，兄弟久仰你的大名，就是没处拜访你去。现在听陶二哥说，才知你已来到此地，我才想见见你老哥的面。还有我那件事，陶二哥也跟你老哥说过了，没别的，只求你老哥多帮忙，把我的镖找回来；要不，兄弟这碗镖行饭就不能吃啦！"

那带宝剑的人却摆手说："不要着急，我这次被本城十八家镖店请来，就为的是办这件事。红蝎子这回我也要把她拿住，何况是她的徒弟劫了你的镖！"旁边张云杰一听，不由越发注意，就见那四个人都落了座，他们一面听唱书，一面闲谈话，就听他们称呼那带宝剑的人为"袁三爷"，那个衣服阔绰的少年是姓万，他呼这袁三爷为"师哥"。

袁三爷将宝剑解下放在桌上，旁边人给他倒茶，他的脸却对着台上那媚态柔喉的小玲宝。这时那铁太岁似乎规矩了一点，又自言自语地说："她娘的！红蝎子那个女徒弟，长得真比小玲宝还迷人，简直是个小母蝎子；拿她的袖箭蛰了咱一下，咱就把镖车扔下啦！咱保镖八年啦，从来也没见过这么美的人！"那姓袁的却一句话也不说，只管笑微微地看着台上的小玲宝，根本没把铁太岁丢镖、红蝎子师徒横行的事放在心上；台上咚咚地打着鼓，他也轻轻地敲着剑鞘。

这半天，张云杰只注意听这四个人谈话，却没有留神台上的小玲宝已将书唱完,慢款纤腰,轻移莲步,走回帘里去了。那铁太岁还说了声:"我的乖乖,回去好好歇着,别累着!"姓陶的却瞪了他一眼。

那袁三爷却喝了一盅茶,点手叫茶房过来。茶房恭恭敬敬地说:"袁三爷,你有什么吩咐吧?"姓袁的却说:"叫小玲宝出来,陪我们哥儿几个喝会儿茶。"茶房却作难地弯着腰悄声说:"今天福通柜上的冯五爷在这儿啦!小玲宝要来陪你,不陪冯五爷,冯五爷一定不愿意。那孩子年纪小,又是初次到彰德府来,求三爷多包涵一点儿,明天叫她到你的店房里,再……"

这茶房的话还没说完,那铁太岁就吧地把掌向桌上一击,回手又一拳,正打在茶房的鼻子上,骂道:"不识抬举!小玲宝在开封连老爷都陪过,今天袁三爷喜欢她,要她来陪陪,你倒先拦头……"茶房捂着鼻子跑到一边,顺着手指缝儿往下汪然流血。那袁三爷和姓万的、姓陶的却把铁太岁拦住,都说:"不要急!不要急!"铁太岁却暴跳如雷地说:"他是瞧不起咱,瞧咱弟兄不像人物字号,弄出个什么冯五爷来压咱!冯五爷是啥东西?袁三爷,兄弟今天替你挣个面子,你看咱进后台把小玲宝给你拉出来!"

此时满场一阵大乱,铁太岁就跳上了歌台,他像一只饿虎似的,刚要进帘子里去抓小玲宝,却不防身后有一人也跳到了台上,一手揪住他的衣裳。铁太岁刚一回头来看,身后的人就也向他的鼻上擂了一拳。铁太岁哎哟一声,张着两手就去抓那人,那人却拳脚灵活,抄住铁太岁的胳膊向后一撅,铁太岁的腰就弯了下去。那人又用脚向铁太岁的屁股上一端,只听"咕咚!哗啦!"铁太岁就由台上跌下,跌到台前一张茶桌上。一时,壶碗纷飞,连桌椅也倒了,台上的玻璃灯、鼓架也都摔下来。帘里的一群歌女也都惊慌地奔出,想要往楼下去跑,一时娇啼惊叫,红紫纷纷,如被暴雨淋落了的桃花,如被弹弓惊飞起来的莺燕。

将铁太岁由台上打下来的这人正是张云杰,张云杰披着衣裳,挽着袖头,握着拳头愤愤地向台下说:"你是什么东西?花几个钱来这里听书,就敢殴打茶房?欺凌弱女?搅乱别人?"那铁太岁费了半天力才爬起来,怒冲冲地抄起一把椅子向台上的张云杰就砸。张云杰却一手将椅子接住,再伸那只手用力一夺,就夺在他的手中;椅子一到手,他就高高举起来,反向铁太岁去砸。

此时忽有那姓袁的人赶到,他手疾眼快,立时将砸下来的椅子接住,昂然向台上说:"朋友!讲点交情!你把他打下台来也就够了,还真要把他打死吗?"

张云杰却冷笑着,问道:"姓袁的,你是干什么的?这个人要不仗着你的势力,他也不敢在此胡闹,你叫什么名字?说出来,我要听听!"

那姓袁的却微微笑着,说:"朋友,我要说出姓名来算是欺负你。你小小年纪,我看你也是初走江湖,不必这样气盛,不必自己找亏吃;人家这里是生意,也不容咱们两人在此斗气。你把我的朋友打了,算是你的拳头硬、有本事,可是你及早走开,别在我袁一帆的面前称好汉,走!我容让你这一次,从此我认识你这个朋友了,以后咱们走到江湖上再见面。"

张云杰一听,这姓袁的原来就是豫楚之间著名的侠客袁一帆,就不胜惊诧。他把对方打量了一番,就抱拳说:"久仰!久仰!原来袁一帆却是这么一个贪花好色、滥交匪徒、倚武凌人的侠客。好侠客,我领教你了!可是你要想今天让我走,那是休想,除非你的拳头能敌得过我的拳头!"

张云杰傲然地说出了这话,台下的人便都大惊。那挨了打的铁太岁已往桌旁去抄袁一帆的宝剑,却被那姓陶的、姓万的给拦住了。一些听书的人多半纷纷下楼跑了,歌女们都躲躲藏藏,依旧惊啼;茶房都央求着、劝着,但却不敢上前。袁一帆先从容地说:"别把姑娘们吓着,桌子搬开两张。对不起!今天我要借你们这地方,会一会这位晚出世的英雄!"

袁一帆说出这话来,就像他发出一声号令,那个姓万的和姓陶的就赶紧过来,搬开了三张桌子、几把椅子,当中腾出一块空地方来。那铁太岁还在一旁嚷嚷着,说:"三爷,给你宝剑,你把这小子砍死了,由我去抵命!"袁一帆却摆手,从容地说:"不要宝剑,我跟这位朋友无仇无恨,他现在手中又没有家伙,我何必要动铁器?"他一边说着话,一边挽着袖子,披衣裳,并不着忙。

此时张云杰就跃下台来,先发制人,抡拳向袁一帆就打。袁一帆闪开身,回拳相迎。这三张桌子的地方非常狭窄,可是二人脚起拳落,打得非常紧张;并且身躯闪转腾挪,全都极为敏快,谁的拳头也近不得谁的身。往返六七合,袁一帆就扣住了张云杰的右腕,张云杰的左手也攥紧了袁一帆的右手,二人相持着,用脚相踢,用膝相顶,角起力来,但谁也不能将谁扳倒;由楼板上又相持到台上,眼看要揪扯着到了后台,就如两只猛虎一般,相搏着不能解开。

这时那铁太岁却登到一张桌子上,揪下天花板上悬着的一盏玻璃灯,抢起来向张云杰砸去。只听哗啦一声响,有几个没逃下楼的歌女又都惊啼乱叫起来。玻璃灯并没打着张云杰,袁一帆也躲开了,可是那灯碎了,里面的蜡烛引着了那后台帘子,竟熊熊地发起火来。火这一起,人声更乱:"着了火啦!"没逃下楼去的人都惊慌乱嚷,向楼梯下去滚。

姓万的、姓陶的和茶房们赶紧取水扑火,张云杰和袁一帆也互相撒下了手,顾不得再打了,都慌着帮助救火。火倒是没烧起来,一霎时就扑灭了,可是满楼上弥漫着浓烟。那惹了祸的铁太岁却又趁着烟起,抽出袁一帆的宝剑向张云杰的后心就刺。不想张云杰早有防备,一闪身躲开了剑,反抄住了铁太岁的腕子,用力夺到手中;紧接着一脚将铁太岁踢倒,宝剑随之落下,这时就又有人惊叫道:"杀了人喽!"

张云杰剑伤铁太岁之后,自己却提剑冲开了迷漫的浓烟跑下楼去,楼下的人也很乱,张云杰就说:"不要紧了!火已扑灭了!"

他趁乱走出这座歌楼,急匆匆地走回到店房中,柜房里却恰巧无人,张云杰就将宝剑藏在床褥下。他见桌上的酒壶还没撤下去,便抖开衣襟,展开袖头,一人慢慢地斟酒喝着;一扭头,又看见了墙上的联语:"万两黄金容易得,一个知心最难求。"他微笑着想,刚才虽然惹了一场闲气,可是见识了名侠袁一帆的武艺也不过如此,又得了这一口宝剑。好了!明天可以到太行山找红蝎子去了,看看她那两个徒弟之中,是否有我的一个"知心"。

这时,他倒不似刚才那样烦闷,喝过了一盅酒,那店掌柜和他表亲才从外面回来，一进屋来就说："张大爷，您没看见刚才太平茶社着火？那场火幸亏扑得快，要不然还得像三年前似的，烧了多半条街！"

张云杰故意问说："为什么着的火？"

店掌柜说："太平茶社新近由省里招来一群唱书的娘儿们，台柱子是叫小玲宝，是个迷人精，招得一些色大爷们天天去，我就看着要出事！果不其然，今天恰巧有袁三爷带着朋友到那里，袁三爷是河南省有名的好汉，这次是被本地的衙门和镖行特请来捉红蝎子的。那位爷武艺虽高，可就是有点儿好色，刚才在那茶楼上大概就是为小玲宝，有个年轻小伙子跟他吃了醋，打起来了，把灯撞砸了就引起了火。现在火倒是灭了，可是听说又有人受了伤，官人都去啦！现在闹得满街的人，张大爷您不去看看热闹吗？"

张云杰却微笑说："我不去看，那有什么可看的呢？"说毕，仍然饮酒。

这时院中议论纷纷，那高掌柜却叼着他那杆旱烟袋，摇头说："不行！娘儿们就是祸水！动凶起火多半都为娘儿们。书上说的多少英雄，是受了娘儿们的害！这年头儿阴气太盛，红蝎子就够凶的了，他们偏偏又弄来个小玲宝，几乎烧了半条街！"

这间柜房里，店掌柜和他那个表亲又谈说袁一帆之事。原来现在官方和镖行对于红蝎子那一群强盗竟是一点办法也没有，惟有仰仗着那袁一帆了，大概袁一帆两三日内便要带着帮手去往太行山捉拿红蝎子。张云杰又暗自思想，心说：现在我又不是急于回家，为什么不往太行山走走。倘若红蝎子那两个徒弟之中，真有一个年轻貌美的，我可以救她出来，将她的盗性改了，就叫她做我的妻子了……因此他决定明天就离开这里。

到了约莫三更天的时候，店中的旅客大半已睡去了，店掌柜也就回他的家里去了；原来店掌柜是新婚，所以天天晚上要回家。柜房里把灯熄了，张云杰就和那高掌柜分躺在两张床上谈闲话，张云杰就把由此往太行山去的途径全都套出来了。过了三更，那高掌柜就呼噜呼噜地打着鼾声睡去了。张云杰却没睡着，他等待那高掌柜睡熟了之后，才慢慢地起来，悄悄地把褥下压着的宝剑拿出来，用衣裳裹起，然后包在包裹里，他才贴贴实实地睡去。

到了次日，白日张云杰一天也没有出店房，就听别人谈说，昨天在太平茶社受伤的那铁太岁的伤势很重，袁一帆现在极为愤愤，要斗斗昨日与他交手未决胜负的少年；又听说衙门的人要搜查店房。张云杰只是暗笑，可是这一天并没有什么事情发生。到傍晚时，张云杰趁着店掌柜出屋忙乱着招待客人之时，就叫了一个伙计将他的马匹备上，付清了店账，出门上马，直出南门。这时城门还未关，守城的官也没有注意他，更未遇见袁一帆那些人。他出了城，转往北去，就辨明了往太行山去的方向，顺路挥鞭走去。

马行得很快，可是走了不到三十里，已晚霞俱散，夜色渐深。他仍然往西北去走，又走了二十余里，便望见眼前有灯火朦胧的一座小镇，张云杰就心想：且在这里歇宿一晚吧，明天清晨我再赴太行山。

马来到临近，张云杰就见这座市镇是太小了，只有稀稀的三五家铺户，其中有一两家店房。张云杰就到一家店门前下了马，一看，就见是一间大屋子，屋里放着两辆大车，还有十几个人。张云杰还没开口，就听有个人问说："干吗的？是住店的吗？没有地方了，都住满啦！"张云杰很为诧异，因为这说话的人并不像店家，却是个穿着一身黑衣裳、身体雄壮，跟两三个人围在炕上谈天的客人。

张云杰借着这大屋子的灯光向里面去望，就见里边似乎还有个小院落，大概还有单间。张云杰就问说："店家在哪里？你们后院不是还有单间吗？跟客人商量商量，匀出点地方来叫我歇一晚好不好？多花几个钱都不要紧。"

他说出了这话，旁边一个头上蒙着手巾的店家用眼溜着那几个客人，仿佛他自己倒做不了主意。那个一身黑的客人却向张云杰瞪了眼，怒声骂说："娘的皮！还啰唆什么？店叫老子包下了，你拿出元宝来老子也不叫你住，滚你娘的！快……"张云杰也厉声问说："你为什么开口就骂人？"那汉子握着拳头要奔过来，说："骂的就是你！你小子找打，不想活到明天了？"

有个客人把这人拦住,他们三个人之间彼此使了个眼色,然后这瘦一点的客人脸上露出一种假笑,就摆手给劝解,说:"别打!别打!都是出门在外的人,总好通融!"又向那店家说:"把这位客人请进来吧!"店家似乎很懦弱,出了店门,张云杰就说:"我这里还有一匹马,你给牵进去吧!"店家却把张云杰一推,低声说:"走!走!快离开这儿吧!"

张云杰不禁吃了一惊,心中立时明白了:现在地方不靖,这里又荒僻,说不定这店房是被贼人盘踞了,这倒真恰巧,如果红蝎子也在这里,我可以不必费事往太行山去了。于是便不听店家的话,由马上摘下自己那个长长的包裹就直走到店里,回首高声说:"店家,把我的马匹牵进来吧!"

张云杰一进来,这大屋里的十几个人都直着眼看他,那个瘦脸的人腾出个地方,说:"请这边来!"又指着刚才骂张云杰的那汉子,说:"这是我的兄弟,他说话鲁莽,对不起!其实出门在外的人,应当彼此通融。天这么晚了,这地方又只有一家店,能看你老哥摸着黑儿再往别处去吗?请坐!这酒还热,喝一盅!"

张云杰笑着抱拳,坐在这个人的身畔,把包裹就放在膝上,就问这瘦脸的人说:"贵姓?"这人说:"姓朱。"又指指旁边那汉子说:"这是我兄弟朱二,我名朱大,今天这店里全都是我的伙计,里边单间还有我们的家眷。我们是贩皮货的,在省里做完了买卖,现在要回山西去。"张云杰点了点头,见他们这几个人里没有一个像买卖人的,旁边的包裹行李倒是不少。

此时那朱二又瞪着眼睛问说:"你是干什么的?"张云杰却微笑着说:"什么也不干,不过是在江湖间走走。"朱二脸上露出惊异之色,问说:"那你靠着什么吃饭呢?"张云杰仍然微笑,说:"到处有朋友,就到处饿不着。"旁边的人一听他这话就都赶过来围着他,有个人还跟他说了几句黑话,张云杰却摇头笑道:"朋友,我听不懂你的口音。"那朱大使眼色叫众人都躲开,拍了张云杰的肩膀一下,说:"朋友!我们明白啦!这么晚你来到这里投店,我就瞧出你必是跟着我们来的。咱们是一家人,都是做一行儿买卖的,有话更好说了。"

这时那店家已把张云杰的马匹牵进来,朱大就又说:"你在这儿住一宵,茶饭店钱由我们哥儿几个付,还准保叫你人马平安。咱们交这一回朋友,可是你得通出来姓名,以后再见面也好招呼。"

张云杰一听,这伙贼竟公然说明了,并且已认为自己也是绿林中人,随就笑了笑说:"好了,细话咱们也不必说了,我谢谢诸位,兄弟叫黄一飞。"朱大听了一怔,歪着头细想;那朱二这时也不瞪眼了,斟了满满的一盅酒,交到张云杰的手里,说:"喂!朋友,你喝!"张云杰接过酒来,一饮而尽,便不向众贼们再多问话;这伙贼却都以惊疑的眼光来看他,好像有点恨,可又有点害怕,此时已有人进到后院去了。

看此情形,这伙贼虽未必就是红蝎子的手下,可是在这附近一定有些威名,不然这里的店家不能像一只老鼠似的,贴伏着,听他们这个指挥,那个呵斥。这里除了张云杰之外没有一个外人,也许是早先有别的旅客已被他们给撵走或害死了。看他们在此横行无忌,一点什么也不怕的样子,又可见这镇上就是有几个官人也是势极孤单,不敢来抄他们。他们的行李都很充实,分明是他们才从远地方劫了不少的财物,走到这里都困乏了,所以才将这店房盘踞住歇宿一晚,明天好回山。张云杰心里就想:既然遇着了这伙人,我就得看个水落石出。不过我可得挣扎着精神,不能睡觉,否则他们能趁我熟睡时将我害死的。

此时忽见由后边进来了一人,这人的身材很高,可是面色苍白;穿着一身蓝缎衣裤,系着紫红色的带子。来到了张云杰的临近,就问说:"你是干什么的?"张云杰转过头,仰起脸来,从容地答复说:"我也是在江湖上瞎混的,刚才我已跟那几位全说明白了……"说到这里,他忽然觉出这人的神色有异,这人一只手已悄悄地伸到小夹袄的下衣襟里,张云杰就蓦地抡臂一拳,砰的一声就把那人打得往后一仰身。

张云杰跳下炕来,双手将那人按倒,那人还挣扎着;有两人过来又要按张云杰,都被他用脚向后踹倒。张云杰就从那人的衣服里搜出一只雪亮的匕首,他就持着匕首冷笑道:"好朋友,你竟想暗算我?"这时那朱大、朱二已将那长包裹打开,朱二拿着一口宝剑跳下炕来向张云杰就砍。张云杰手疾眼快,挺身而起,吧地一下就夺过了宝剑,同时脚下一绊,就把朱二绊倒,咕咚一声摔到那人的身上。

此时屋中的群盗一起慌乱,张云杰却笑道:"不要慌! 咱们打架归打架,朋友还另是朋友!"张云杰这几下身手,就把十几个贼人全都震慑住了。那朱大高站在炕上,连连摆手说:"别打了! 别打了! 一家人,又是新朋友,何必伤和气呢?"那朱二和那穿蓝缎衣裤的人全都爬起来,吁吁地喘气。张云杰却神色不变,一手拿着匕首,一手执着宝剑,微微冷笑,说:"今天我来找你们就是为跟你们交交朋友,不想你们不懂……"

说到这里他忽觉得不好,赶紧一闪身,却听嗖的一声,一支袖箭钉在他身旁的墙上,离着他的身子不过三四寸。这时群贼都肃然无声,张云杰扬目一看,却见那通后院的门旁,灯光所照不到的地方,站着一个很窈窕的人。

这人渐渐往近走来,灯光也渐渐照到了她的全身,张云杰一看,却是个妇人,年纪好像也就二十四五;长的颇有姿色,并且清秀凛然,全无淫荡之态。她穿着一身紧身的绸青小裤袄,袖子很短,露出来两只白银镯子;头上云鬓整齐,戴着白银的首饰、白银的耳坠;手中并没拿兵刃,只拿个小竹筒。她轻移莲步,来到相距张云杰三步之远的地方,就站住了,用一种很凶毒的目光盯着张云杰。

张云杰就微微一笑,说:"真巧! 我本想到太行山去找红蝎子,没想一来到了这里就……"说到这里,他又用宝剑扫落了对方发来的一支袖箭,神色不变,又笑着说:"真美貌! 果然名不虚传,不怪乎袁一帆也想娶个小老婆!"对面的妇人嗖嗖又打来几袖箭,全都被张云杰给扫落。张云杰反把宝剑向妇人一扔,妇人就接住了剑柄,张云杰就手持着匕首,又笑着说:"你那袖箭没用,不如给你宝剑,爱比武,我就用这口短刀迎你!"

对面妇人手中有了剑,却倒退一步,轻声但很急促地问道:"你是谁?"张云杰说:"我向你手下的人已通过名姓了,我姓黄,叫黄一飞,敢问你呢?"对面的妇人又问道:"你跟袁一帆相识吗?"张云杰却摇头,说:"他叫一帆,我叫一飞,我们并不是一家。"那妇人的颜色却渐渐缓和,把目光从张云杰的头上直到脚下掠了一番。张云杰被这妇人的眼睛一扫,倒不禁脸红,便瞪着眼说:"你是红蝎子不是?快些说!"那妇人却一声不语,转身进后院去了。

这里朱大却过来说:"朋友,你不该叫出我们九奶奶的外号!她是无心杀你,要不然第一支袖箭你就吃不开。"又说:"我们九奶奶是最正气,你看我们九爷死了已有四年多,她至今还穿着素,你刚才不应该胡说!"张云杰微微冷笑。

这时旁的贼人连被张云杰所打的那两个贼人,全都不敢再向他挑衅了。朱大又说:"你们都认识认识,黄爷是咱们一家人。"随又拍拍张云杰的肩膀,说:"黄爷,你把宝剑收起来吧!我进里边问问九奶奶去,她一定有话,说不定要请你帮忙,以后做我们的头目。"张云杰微微笑了笑,收起宝剑来,把匕首还给那个穿蓝缎衣裳的人。

那人原来名叫黄面狼,也是红蝎子的大头目,当下他就也向张云杰赔罪,并笑着说:"你要早说你不是袁一帆的一伙,我就不至于得罪你。我们所恨的人只有两个,一个是袁一帆,一个是陈仲炎。"那朱二也擎着一盅酒来给张云杰喝,也说:"刚才都是把名字闹差了,你这个'一飞'跟那个'一帆'简直分不清楚。"张云杰接过酒来饮了半口,微笑着。

这时朱大又从后院走出,他脸上很严肃的走过来,就低声向张云杰说:"我们九奶奶请你!"张云杰点点头,就将宝剑放在炕上,酒盅交给那朱二,昂然随着朱大往后院去。

这后院也十分狭小,拴着三匹马,就把地方都占满了。有两间小屋,窗户都倾斜了,窗纸也破烂不堪,被风吹得唰啦唰啦地乱响;一间屋里灯光不明,另一间的窗上却灯光很亮,并印着屋里红蝎子的俊俏侧脸,张云杰不禁微笑。

朱大上前把屋门拉开,随手又把屋门闭上,却没进来。这屋中只有一铺土炕、一张破桌,灯就放在桌上。红蝎子是在灯旁俏立,她素装玉肤,风致娟然,真如一树梅花。红蝎子见张云杰进屋,只微转脸看了看,随后又把脸去对着墙角,就轻声说:"现在你要跟我实说,你到底是做什么的?"

张云杰微笑了笑,说:"你就放心我吧!我绝不是官府方面的人,也不是袁一帆派来的,来此绝不是想要和你们作对。"红蝎子又说:"我不信你忽然来此,是没有贪图的!"张云杰又笑了,说:"说起我的贪图,也不算大。我就是听江湖人传说红蝎子之名,闹得附近几个县,客商全都断绝了;这倒不足为异。最使我高兴的是,我听说红蝎子跟她那两女徒弟全都美貌绝伦,有人说长得跟天仙一般,我这才想来看看。本来到太行山去找你们,不料走到这里就遇见了,果然名不虚传,红蝎子你真是一个标致的人物!"

红蝎子转过脸来,她的脸上像铺着一层秋霜,瞪着眼睛说:"你可不准无礼!我是媚居。"张云杰拱手笑道:"这倒是我的错了!我原来不知绿林中还有守节的寡妇,贼窠里还有贞节牌坊……"红蝎子瞪眼说:"谁是贼?"张云杰笑道:"我们全是贼!我是个男贼,你是个女贼。现在,你这位女贼我是瞻仰了,可是你门下的那两个小女贼我还没见着;只要看一看她们,我就走!"红蝎子冷冷地说:"她们没在这儿。"说毕话,咬着嘴唇,低着脸,像是很生气,但又像在想什么。

张云杰又笑了笑,就说:"既然你那两位高徒全都没在这里,想她们必在太行山上。你们几时回山,我也想同你们前去;只要叫我见一见她们,认识认识她们就是,我绝不管你们打家劫舍的事,也不想在你们山上招女婿。好了,你放心吧!你是位节妇烈女,我不便在你这屋中多待,我要往前面去了。"

说毕,张云杰转身就要出屋,红蝎子却一手揪住了他的胳臂。张云杰还以为她又要动武,便转身握拳,蓄劲以待,却不料红蝎子并没怎样横暴,只是拿眼睛盯着他的脸,那两只毒辣的眼光渐渐变为温柔,那秋霜一般的脸色也渐渐泛起了红霞。

第十一回　逢劫骑皓手捋单身
宿盗窟银灯消永夜

张云杰本来是拿红蝎子调笑，同时预备再与红蝎子交手，将这横行多年的女盗打服；虽然不想杀她，可是也要强迫她们散伙。至于他的情爱之心也是在想着她的那两个女徒弟，并未为红蝎子的美色所诱。可是，如今红蝎子这么一脸红，他也不禁脸上有些发烧，便正色将红蝎子的手拿开，说："你这样，可就不像是个节妇了！"

红蝎子却娇羞着，又悲伤着，用颤颤的声音说："你不要走！自从我丈夫死后，没有一个男子敢对着我的脸说话，没有。可是你既来了，我就不能放你走开，你坐下，我跟你有话说。"她又要拉张云杰，张云杰却摆手说："你不要动我，我不走，你有话就快对我说吧！"红蝎子却默然了半晌，脸是越来越红。她又问："你说实话！到底你是干什么的？我看你武艺很好，相貌又不似江湖人。"

张云杰也发了一会儿怔，就说："刚才我跟你说的没有什么假话，只是，我确实不是个贼，我才从襄阳学艺完毕，我的家里也很有钱。你的名字我早就晓得，也知你颇貌美，但还不晓得你的性情竟是这样的温柔，也不像个蝎子，倒像是一条蛇……"

红蝎子却瞪眼说："你不要骂我！"

张云杰笑一笑说："实在，我今天一见你，就觉得你很好。像你这样的人何必要带着一群喽啰，遍地横行？倘若被官兵捉住，绑到市上正法,不知有多少人要伤心呢!你若愿守节,可以找个深山古寺去落发修行;你若不耐凄凉,找个荒村僻地嫁个男子也无妨。你虽身负重案,可是只要你一隐起来,官人也就无法捉捕。要再这样下去,就是袁一帆不来拿你,恐怕你早晚也难脱法网!"

红蝎子听了他这番话,始而是愤愤的,继而又有点悲伤,就连连摆手说:"你别说了,不用你来劝我,我早都明白。我走到这个地步,你是不知道,唉!我也不必跟你说!只是……唉!"她唏嘘婉转,说到这里,又不禁黯然堕泪,说:"我告诉你,我本来不是做强盗,因为我丈夫于九他做了贼,我才也干了这事!我对他太好,他可对我太坏。四年前他被陈仲炎所杀,先前我还想为他报仇,为他守节,但近年我不那样想了。我打家劫舍,并非是为财,我是想要找个好男子,要有本领还要年轻,我就愿意跟他去改邪归正了……"

张云杰不等她说完,就赶紧摆手说:"你可不要妄想,我绝不能娶你!将来我遇见了好人才,倒可以给你们做媒。"红蝎子一听这话,她就把脸又放了下来,又如冰霜一般,双眼又瞪出了火,并回手抄起了宝剑,狠狠地咬着牙说:"你不识好歹吗?我一见你的面就把心腹的话告诉了你,你不识抬举,你还想能活着走出这间屋子吗?"

张云杰冷笑着说:"你不要无耻!我觉得你长得很美,身世很可怜,倒是真的;你要想叫我当山大王的驸马,做红蝎子的丈夫,那可是休想!我并不怕你的宝剑……"才说到这里,就见红蝎子的剑唰的一声劈下。张云杰赶紧闪身躲开,一声冷笑,蹿开门出了屋子。红蝎子追了出来,张云杰却已上了房;红蝎子又追到房上,挺剑向张云杰去刺。张云杰又闪身躲开,同时一脚踢起,正踢在红蝎子的手腕上,宝剑就掉落在房下。

红蝎子狠狠地用两拳来打张云杰,张云杰很快就揪住了她的两只腕子,微笑说:"不必动武!你的武艺不错,可是要想在我的面前施展,还不行。我见你很好,不愿伤你,我走了,今天我对你说的那些话你要都记住!"说毕,跳下房来。这时那另一间屋里出来三个强盗,全抢刀要来砍张云杰,却被房上的红蝎子厉声呵斥住,红蝎子站在房上说:"不要拦他,让他走!"

张云杰微笑着,将要去解马,却觉得左臂一痛,原来中了一袖箭。张云杰用手将箭拔出,就仰着脸,拍着胸膛,向房上说:"再来!只要你这袖箭不是毒药煨的,我就不怕!"房上的红蝎子又嗖嗖嗖地射了三支袖箭,全都被张云杰用手接住。张云杰手中拿着四支箭,仍然向房上傲笑,房上却没有袖箭再飞下来,大概是红蝎子的箭已然用尽。张云杰却从地下拾起那口宝剑,又过去解下了自己的马匹,便昂然牵马往外去走。

走到那间大屋子,就见朱大、朱二、黄面狼等人都已亮出来兵刃,张云杰就一手牵马,一手横剑说:"朋友!把我的衣包还给我,我要走了;你们九奶奶要嫁我,我不愿干!"朱二却瞪眼骂道:"放屁!你小子还想出这个门吗?"朱大向他身旁的十几个人一努嘴,众盗就都抢着刀棒扑过来。张云杰急忙舞剑去迎,铛的一声将黄面狼的刀磕飞,又一脚将朱二踹倒。

这时红蝎子又站在后面的门口,厉声喊道:"不要拦阻他!叫他走!"这声音真比雷还厉害,朱大、朱二等一干人都止住了手,并且肃然的一声也不敢言语。张云杰又回首看了看红蝎子,就见红蝎子此时并未拿着兵刃,但两眼比刚才更为恶毒。张云杰就又冷笑了一声,便牵马走出门外。只见微有月色,但街道寂静,所有的门户全都关上了,连一条狗也没有,张云杰就策马向北走去。

此时他的心中不但烦恼未退,而且觉得十分晦气,就想:真没想到,红蝎子一见我就要嫁我,到底是强盗,不顾脸面。若论她的才貌,实在不在那使宝剑的张姑娘之下,可是她的名声太坏了,而且年岁也比我大,又嫁过黑山神,我怎能要她呢?

他越想心中越懊恼,并且生气,觉得茫茫天地之间,恐怕再也觅不着一个自己中意的女子;又加左肩上的箭伤有点痛,所以马行得不快。在微茫的月色下,走过了几个村庄,并没离开大道,也没看见一个人和一盏灯。

又往前走了一些时,便听前面哗啦哗啦地一阵乱响,似是有潮水涌来。张云杰不禁收住了马，惊讶着想：莫非前面有长江大河吗？正在发怔，就听那声音越来越大，越来越近，眼前有一片黑压压的东西滚涌而来。将至临近，张云杰才看出，原来是一群马匹，就更是吃惊，心想：这一定是乘夜去剿拿红蝎子那些贼的官兵！

他赶紧拨马向道旁的田地去躲，不料对面早有人看见他了，立时哧哧的一打口哨，马匹就都停住了；并有人将马灯的布罩揭开，显出来两盏很明亮的灯光。马上的人就高举着灯笼，喊道："看看是什么人？先别动手！"又听有两个女人同声嚷了几句黑话，她们倒没看见张云杰。

可是躲在田地中的张云杰却把这边看得很为清楚，就见这边一共有二十多匹马，在烟尘灯影里显出许多高矮不等的汉子，都拿着明晃晃的钢刀，其中杂有两个女人。张云杰就催马向前走了两步，定睛去看那两个女人，就见都是二十上下，都梳着双抓髻，持着双宝剑，穿着一身青，就像戏台上的什么女妖精似的。一个是很胖，圆脸；另一个也模样平常。张云杰就不禁笑道："红蝎子的两位高徒不过如此，今天我算都领教了！"随放马横冲过去，挥剑高呼道："朋友们！你们都是红蝎子一伙吗？不必大惊小怪，刚才我跟朱大、朱二都做了朋友；你们九奶奶想要嫁我，但我没有答应她。"

他这话才一说出，就见那两个梳抓髻的女子齐都大怒，一齐催马抡剑过来。张云杰心中正喜欢，因为他正想要试试红蝎子这两个女徒弟的剑法如何，便在马上施开剑法。与两个女子战了六七合，他就看出这两女子的剑法并无甚奇特，就不愿再战，想要乘隙走开；却不料这时二十余个贼人一齐把他围住了，刀棍齐上，使他无路可逃，无法抵御。他奋勇着，舞剑乱砍了一阵，五六个贼人被他砍伤了，但他的右臂上也吃了一刀。他疼痛得难以执剑，就摔下了马去。众贼一齐下马，有的就挥刀要砍，有的却说："捆他起来！因为他说他认得九奶奶呢，咱们得把他交给九奶奶去发落！"于是就有人去取绳绑他。

这时，忽然从南边有一匹马闯入，灯光照着马上的俏影，原来正是红蝎子。红蝎子似是单骑追着张云杰前来的，众贼一看见了她，就齐说："九奶奶，我们捉住了一人，他说他认得朱大、朱二，是杀还是绑起来？"那个胖圆脸的是红蝎子的大徒弟,她冒冒失失地说:"这人真可恨,他刚才满口胡说,说九奶奶要嫁他,他不干。"红蝎子却恼羞成怒,挥起鞭子向她徒弟连抽,她徒弟只是闪躲,却不敢还手;那十几个大汉也都呆住了,不敢作一声。她把那徒弟抽打了十几鞭子,方才住手,然后吩咐把张云杰扶起来。

张云杰右肩上受的这一刀却不像左肩的袖箭那样轻,向下不住地淌血。他站起身来,神色仍然不变,瞪着眼顺着马灯的光亮去看红蝎子,又傲然一笑,说:"佩服你们!你们的人真多!"

红蝎子却不言语,只用眼瞪了瞪他,向手下的人说:"也不必绑他,我要带他回山发落。给他一匹马,搀扶他骑上,翠环、徐五你们跟我押着他回山,看他怎么跑?"又向那刚才被打的女徒弟说:"金娥,你带着他们到石梁镇马家店跟朱大他们聚齐,明天也回山,安阳县那件事情且不用管了!"她在马上真如一员女将指挥着,她手下的喽啰莫不贴耳听命。

这时张云杰已被两个贼人搀扶着上马,他那左手还能执缰,红蝎子又瞪眼向他说:"黄一飞,你是愿意死,还是愿意跟我走?"说这话时,她的声音很是暴戾,可是眉梢眼角仍然带着些温情。张云杰却还是微微冷笑着,说:"随你的便!我既因人单势孤,右臂受伤不能拿剑了,就只能听你们的了,爱杀就杀,爱砍就砍;想请我到你们山上去看看,养养伤,我也可以走一走,可是……"

他本想说,自己无论如何不能接受红蝎子的情意,但是红蝎子眼中的毒火复发,冷森森的剑也离着自己的身子很近;旁边那些贼人,也都很凶狠的专看他们九奶奶的眼色,张云杰就心说:好汉不吃眼前亏,我若招得红蝎子恼羞成怒,死也是白死,不如用些手段对付她。随就把话咽下,笑一笑说:"不必细说啦!我听你们的吧!"

红蝎子听张云杰说出了这话,她眼中的凶光又渐渐收敛,收起剑来,便用马鞭指挥她那女徒弟金娥说:"你们往石梁镇去吧!明天千万要回山,不准再做旁的事!"那个胖脸的女徒弟就带着五六骑人马走了。这里还留下十几骑人马,都听着红蝎子的号令,就挟持着张云杰转向北去。马灯又用黑布罩子笼起,一群马又荡起来潮水一般的声音,就在朦胧的夜色之下走着。

他们对于路径似是很熟,曲折宛转行了约三十里地,这时前面就有黑压压的一片树林和房屋。红蝎子就将手放在口中打呼哨,其声如鹰叫,又如鹤鸣,配上哗啦哗啦的马蹄声,极为可怖。天上星光渐稀,月色愈黯,大约离着天明已不远了。头一匹马上的一个盗贼已把马灯的罩子揭开,高声喝着:"哦!哦!"对面的村庄里也有呼啸之声相应和,并见有一盏灯光,几个人迎来了。

张云杰心说:红蝎子到处有贼伙,她江湖的门径又这么熟,恐怕袁一帆来也要失败。若留下这个女强盗,将来不知有多少人要受害。这回我倒要下些耐心,用些手腕,为江湖上铲除了这凶悍的女贼,算是我出师以后第二件侠义行为!脑里虽然不断地计划着,可是肩膀的伤是太重了,跑了这些路,他不由觉得疼痛难忍,头一阵晕,就从马上歪了下来。

立时有人将他扶住,并没使他摔在地下,扶住他的这人正是红蝎子,原来她时在照顾张云杰。当时两匹马一停住,其余的马却仍都向前走去,红蝎子就将马靠得张云杰很近,以她的柔臂很亲热地搂着张云杰,并像责备小孩子似的说:"谁叫你的性情傲,不听我的话呢?你想,我们在这一带的人若安置得不多,我们敢在石梁镇那店房里安心地住着吗?你大概也是才出家门,不明白外边的事情。今天幸亏我赶了去,我要晚去一步,你,你这小冤家,就早死了!"她怜爱中杂着怨恨,用手指头轻轻戳着张云杰的脸。

这时那边庄里的人迎过来了,说是他们三庄主请九奶奶去歇息去喝茶。红蝎子似是很有架子,一句客气的话也没说,就伴着张云杰过去,到了前面那庄内。这座庄子很大,附近的住户也足有几百家,那庄里的三员外出来,就把红蝎子等人恭迎到庄里。张云杰只见灯光里人往人来,高房大厦,似是个颇有钱并且有名的人家,不晓得红蝎子为什么在这里这样的熟?

他被几个人押到一个小院中,院里有三间北房,先有人进去点上了灯，然后就有人把他推进去，紧接着把房门上了锁。张云杰望着屋门不禁微笑，听门外还有往来的脚步声，可见是有人在院中看守着他了。张云杰就从外间走到了里间，这房子是两明一暗，外屋只陈设着几套粗笨的木器，里间却布置得十分雅洁，靠墙一张两人睡的木榻，有檀木隔扇，隔扇心都嵌着小幅的字画，还挂着红缎的夹幔帐，床上有两份被褥；右首是一张琴桌，擦得很光亮，却没摆着什么东西，左首是两只细瓷绣墩。隔窗一张红木茶几上摆着一只古瓶，分列着两把椅子，椅上都有红绒做的棉垫子。

墙上也挂着一条横幅，画的是"麻姑献寿"，还有一副对联，联语很俗，上款却写的是"焕雄三兄雅属"。张云杰暗想：所谓"焕雄三兄"一定就是这里的三员外了，不知是怎样的一个人物，总不是个好东西吧？或者他也是红蝎子的一个姘夫，不然他如何能与女盗勾结？

此时张云杰已很疲倦了，两肩都非常的疼痛，就将身子慢慢放在那张木榻上；只觉得床上垫得非常柔软，而肩上却又一阵发热，大概又淌出许多血来，疼得自己连动也不敢动，就不由暗叹了一声，心说：我怎么会陷在红蝎子的手里？我也未免忒大意了！

这时忽听屋门的锁头响，张云杰不禁吃了一惊，紧接着是一阵脚步声，有人走到了里屋。张云杰借屋顶悬挂的一盏红纱灯的光线去看，却见进来的原是红蝎子那个女徒弟翠环。这翠环是十八九岁的一个细身量的女子，模样平常，但眼睛却有点儿媚态，尤其两个抓髻儿，更显得她娇小玲珑；穿着虽是青衣裳，可是敞着脖领，露出一点红绫抹胸和金锁链。

她虽然绷着脸儿，手里提着一口明晃晃的钢刀，但神气并不太凶恶，她瞧了瞧张云杰，就说："你好好在这儿躲着，老实一点！九奶奶少时就来。今天还不算便宜你？你得罪了九奶奶，伤了我们五六个人，换个什么人也休想得活命！"张云杰却微微笑着，说："我并没有想叫你们饶我，我更不能向红蝎子乞怜！"翠环立时举刀说："不许说九奶奶的外号！"

张云杰却仍然笑着，说："那难道也令我管她叫九奶奶吗？我可不干,她杀了我,我也叫她红蝎子。我还告诉你,我离开彰德府,就为是单身匹马到太行山。我并不是想见红蝎子,却是想看看你们姊妹,因为我听说你们姊妹都跟天仙似的,尤其是你……"张云杰说到这里,笑吟吟地望着这个妙龄女盗,翠环却脸色渐渐绯红,高高举着刀。

张云杰又笑着说:"你杀了我才好,因为我就是为着你来的!我家中有万贯家私,但我现在二十岁尚未娶亲,就是因我想在江湖中寻一貌美的女子。如今我见着你了,我很中意,有你们九奶奶作梗,我知道我决不能与你成为夫妻;可是我告诉你,她叫我跟她结配,叫我做强盗的丈夫,那也绝对不行,早晚我这条命是得被她结果了,碰巧待会儿她就拿刀来杀我。可是你得明白,跟红蝎子做强盗绝无好收场,早晚被官兵捉住便是剐罪,年纪轻轻的那么死了是多可怜!"他这样说着,翠环举刀瞪眼,但同时谛听着。这时窗外就又有脚步之声,翠环赶忙转身跑往外屋去了。

待了半天,没有人进来,翠环却又进来。这次她却不再举刀了,脸色也再不严厉,跑到榻旁,扒在张云杰的耳边,悄声说:"你先顺着九奶奶,留着这条命,慢慢再想法子!"说完了这两句话,翠环似乎是非常羞愧,并且惧怕,就赶紧又出屋去了;就听锁头一声响,是她又把屋门锁上了。这里张云杰就想:第一个办法是成功了,且想第二个办法,如何应付红蝎子?

他仍然静卧着想,因为专心去思索,反倒忘了伤痛。又待了些时,就见红蝎子悄悄走了进来。张云杰赶紧闭上了眼,只觉得红蝎子渐渐来到他的身边。他就微微呻吟着,就听得纸声窸窣地响,又觉着红蝎子往自己的肩头伤处上了许多药,并用她那纤手轻轻地按。张云杰就忽然把眼睛睁开,只见红蝎子与他相离不到一尺,张云杰就笑一笑说:"你们这是什么意思?由我死去好了!何必把我的伤治好,也叫我随着你们去做强盗呢?"

红蝎子赶紧用手堵着张云杰的嘴;她的手很香,她的银镯触到脸上冰凉,她的气色却是温暖的,神态却是娇媚的。她低着声,喁喁软语,说:"你别骂什么强盗强盗!我听见了不要紧,可是我手下的人听了,他们一定要恨你！我敢跟你起誓，我真不愿再做强盗了！可是你想我怎么办呢？我手下的人没法甩开，甩开了他们，我自己就许被官人捉住，而且他们也必不能容饶我！"说到这里，微叹了一口气，又感慨地说："现在弄得我是走投无路，骑虎难下，我有一心的委屈没处去说，也没人可怜我。我对别人常用好心肠，但别人对我都是忘恩负义，四年前有个陈仲炎的侄女陈秀侠……"

张云杰至此时却不禁睁大了眼睛，倾耳去听。红蝎子就把她在四年前怎样救了陈秀侠，待秀侠如何的好；后来秀侠拿了白龙吟风剑逃走，自己追赶，她却勾结了宿雄与自己作对；后来她逃往尼姑庙中，自己追了去，又被那老尼所伤，秀侠连出头劝救也不管。一些过去的事，红蝎子随说着，随伤心感叹，此时她竟似一个极端可怜的温婉妇人，想要博取知心人的同情。

张云杰却是另有所感，也不禁长叹了一声。张云杰所感叹的不是别的，却是他听了红蝎子的话，知道了那自称姓张的姑娘必是陈伯煜的女儿，那口剑已没有问题了，一定是白龙吟风剑；并听红蝎子说了当年陈伯煜被杀，苍龙腾雨剑丢失的经过，他更明白了自己父亲与陈家结仇的原因。他此时是完全绝望了，叹息着，心里却想：完了！我家跟陈家的仇恨是永远解不开了，我也永无缘跟那秀侠亲近了！因此心情十分颓靡。

旁边这美丽的妇人，江湖驰名的女盗红蝎子又温柔地说："你还发什么愁？今天不过稍稍叫你受了点儿苦，可是这也算给你们这才走江湖就心高气傲的人一点教训。你这伤我包好，我这药是特别的方子配成，是我丈夫黑山神……"说到这里，她又一阵难过，就低着头，凄恻婉转地说："所以我说，别人都对我没良心，以后你真别也没良心！我实没想到，于九死后我的心就跟一棵枯树似的，也万没想到又嫁人；就是近来，我虽心里有点儿活动，仿佛时刻不安似的，但我做梦也没想到遇见你。我现在对你，是什么脸也不要了，连性命我也情愿舍得，可是你千万别叫我伤心！"

张云杰默然了半天，就正色说："我也是想不到！既然你对我这样有情,我可也不是无情的男子,但是话也得说明了,你要叫我在太行山做你的压寨丈夫,我可不干!无论如何你得改邪归正,不但得把你的喽啰都遣散,你还得安安分分跟我回到家里去做我的老婆。"

红蝎子温婉地说:"那是一定!我都想好了,我嫁了你,以后我连屋子也不出,不然被官人知道,连你都得死。可就是一样,我不能即刻就走,我得回山把事情慢慢地清理了,然后咱们还得悄悄地逃了,不然我手下的人一定不放我走!"张云杰就说:"那行,再说我的伤若不养好,我也不能就跟你成亲。"红蝎子嫣然笑了,她并不勉强张云杰,就又喁喁地谈着。她温柔端秀,一点儿也不狂荡,简直不似是杀人放火的淫悍盗妇,却像一个娴淑的闺门女儿。

谈了半天,红蝎子怕张云杰疲倦了,就拉被给他盖上,叮嘱他好好睡觉。红蝎子又依恋不舍了一会儿,就轻轻地走了。她走后,没再听见屋门的锁头响。张云杰却心里很急,肩膀的刀伤又痛,无法睡得着;他就瞪着眼看着床顶,看着悬着的那盏灯,又看看这里间的屋门。却见那翠环身子站在屋外,脸却露在屋里,四眼相射之时,那翠环就笑一笑,很带点媚态,张云杰就低声叫她:"来!来!"翠环向窗外努努嘴,又在胸前摆了摆手,表示院中还有人,她不敢过去。

这红娘似的小丫头这般媚来媚去,刚才红蝎子又是那般温柔,张云杰不免也有些销魂,可是自己的心中还是有了主意,就暗暗骂道:贼婆娘,我怎能娶你?我有个强盗的老子也就够倒霉了,我还真能再娶个强盗妻子吗?可惜自己肩膀有伤,手中无剑,不然就可即刻闯出屋走去。

他闭上眼,大概是稍微睡了一会儿,天色就亮了。红蝎子又进屋来,虽然身上仍穿着青衣,腕上仍带着白镯,可是脸上却搽了一些脂粉。白天看她,比灯下显着越发娇艳了,她仿佛比那翠环还年轻还妩媚,脸上带着点笑,又带着点儿羞。她在前,翠环在后,走近了木床前,红蝎子就说:"咱们该走了!这是方家堡,这里的方三员外早先也是绿林中人,他多年洗手不干了,可是还与我们有往来。他们这里倒很严密,可是离此三十里地镇山集就屯着五六十名官兵,倘若走了一点风就不好。咱们得趁早走，不到晌午就能回山，你这就跟着我们走吧！"

当下她叫翠环帮着，把张云杰搀扶着下了床。翠环的手微微重些，大概是触了张云杰的肩膀一下，红蝎子立刻就是一掌。她的脸色严厉起来，眼睛里冒出了凶光，骂道："该死！"那翠环挨了打，一声也不敢言语，张云杰却劝说："不要打她！"红蝎子又嫣然一笑，说："这么拙笨的丫头，将来我怎好替她选女婿？"

出了庄门，这时玫瑰色的阳光才染上庄院的墙头，雄鸡还在架上喔喔地啼着。门前很乱，众盗都已备好了马，红蝎子又威风凛凛，命人扶张云杰上马，她就一马当先，率领着众盗群马，离了这方家堡向西走去。蹄声杂沓，声音如潮水一般，荡起来尘土如刮着大风下着大雾一般。张云杰杂在马群里，他就也似一个强盗，向西走着。越走土地越荒，村落越少，地势越高，等到太阳高升之时，他们已经上了山岭。

群马踏着山坡，绕着山路，又走了多时，眼前便展开了一片平谷。这里有歪歪斜斜的许多木板和石头，泥草搭成的比马棚还不如的房屋。有一群强盗欢跃着迎过来，嘴里嚷着黑话。红蝎子也勒住马，她真像一个女大王，威风凛凛，手指口说；所说的也都是盗贼的黑话，张云杰一句也没有听明白。

此时翠环也很有威风，她指挥着两个人把张云杰搀下马去。红蝎子也下了坐骑，看了张云杰一眼，倒并未当着她手下的人现出来什么媚态，可是她那些手下的人却都偷眼向张云杰的身上来瞄。红蝎子又用尖厉的声音向翠环说了几句黑话，翠环就惟勤惟谨地带着两个人，把张云杰搀到了一间屋内。

这屋子的外表虽然不像样子，可是屋里真阔，四壁都挂着狐皮豹皮，支着一张低板床，床上有很厚的羊毛毡，毡上还铺着虎皮；床旁有只大木箱，就算是桌子，箱上摆着银壶银杯和檀木镶蚌壳的镜奁，还有个西洋小座钟。这一定是红蝎子的"香阁"，这些东西当然全是劫来的。

张云杰一在床上坐下，那两个男强盗就出去了，翠环却媚笑着，故意把拳头向张云杰受伤的肩膀擂了一下，说："为你！九奶奶打我，你来到这里，看你还怎么跑？"张云杰肩膀痛得一皱眉，伸手去拉翠环的腕子,悄声说:"你先别走,我同你有话说!"翠环却一甩手,说:"这时我没工夫!"她又回首一笑,就走出去了。张云杰在这屋里又气又笑,外面却吵吵嚷嚷的,人声中夹杂着马叫。因为有一扇板子门挡着,所以外面的一切情景在屋里无法看见,他躺在虎皮上,就喘着气歇着。

过了许多时,外面的声音渐渐消停一点了,忽然门一开,红蝎子带笑进来。张云杰就问说:"这就是你的屋子吗?"红蝎子点了点头,就坐在张云杰的身畔。她也是很疲乏的样子,喘着气,说:"你等一等,我叫人给咱们热酒去了。"张云杰带点讥讽地说:"你这里的东西倒都很富足。"红蝎子微叹了口气,说:"干这种事,不知几时就被官兵捉住杀了,还能不图个眼前快乐?"

张云杰说:"你当惯了女寨主,银钱和一般东西都来得容易。将来嫁了我,上有公婆,无论如何也不能叫你随便,你能受得了吗?"红蝎子点头说:"我能受得了!我也不是那种没志气的人。再说我都想过了,将来我嫁了你,实在连屋门都不能出,无论是谁我也不接待。我这身武艺搁个三年五年的也就完了,那时我若再有个……"说到这里她一阵脸红,但同时又有些伤心似的。她低着头摆弄那褥子上的老虎尾巴,叹了口气,说:"只要叫我在你家里享二年福,我死也不后悔,这强盗的勾当,我真不愿意干了!"

此时门又一声响,红蝎子问声:"是谁?"外面答应一声:"是我。"门开了,进来一个女子,不是翠环,却是那胖胖的金娥。张云杰就晓得金娥一定是同着朱大、朱二等人从石梁镇赶回来了。

红蝎子跟张云杰真是亲如夫妇一般,在她的女徒弟面前全无避讳;金娥昨夜率领群盗与张云杰争斗之时是那样的凶悍,但此时她竟规规矩矩,如同一个受虐待的使女。张云杰觉得红蝎子真是奇怪,可以说是个"怪女贼""怪女杰"。金娥服侍他二人净过面,喝过茶,翠环又笑吟吟地端进来酒,酒之外还有煮的肉,炒的菜。张云杰心说:这倒不错,想不到此次我来到这里,竟美酒佳人一并得到。

红蝎子斟酒给张云杰喝,金娥、翠环都退出了,张云杰就问说:"你知道安阳县的官人和十八家镖店,请出来袁一帆拿捕你们吗?"红蝎子淡然地点头说："我知道，此次我们到山外去，为的就是跟他们斗一斗！"张云杰说："难道你不怕袁一帆吗？"红蝎子冷笑了笑，说："我怕他做什么？在我的眼里顶多当他跟宝刀张三是一样，都是江湖上的狗子。"

张云杰脸色一变，又笑着问说："那么在现今江湖上，你没有一个可怕的人吗？"

红蝎子昂然说："没有我怕的，只有……只有陈仲炎，我顾忌他一些；铁掌陈伯煜现在若活着，我或许也怕他。还有就是一个老尼姑，那算是个特别的人了，不但我，连陈仲炎也不敢惹她。当初我追赶陈秀侠到了她的庙里，我就吃了亏；幸是伤不重，养些日就好了，我也没有残废。那时我本想找她再去较量，可是后来我在江湖上一打听，听说她名叫北斗剑，法弘老尼，三十年前在江湖称霸，无人能敌，所以我就不想再找她去了。"

张云杰听了，却不禁默默地心说：莫非陈秀侠的师父就是那法弘老尼吗？那么我更不能妄想了！随就发着愁怔了半天。红蝎子还以为他是忧惧在山里住着太为危险，便宽慰他说："你别怕，我们这座寨就是一千名官兵来了，他们也打不破！再说我们在这里至多住上半个月，你的伤稍微好点，我的事情也就都安顿好了，那时咱们就走。"张云杰微笑着，勉强饮酒，假意与红蝎子亲近，心中却不禁盘算。

当日他在这里住得倒很平安，晚间红蝎子命人在旁边支了一个矮榻，就与张云杰同室就寝。张云杰夜间总时常惊醒，醒来就想忍着痛，到外面盗一匹马，趁着黑夜下山，离开这盗巢、这欲海，可是门外总像有人时时把守，外面的更声也像永敲不断。借着台子上的银灯，看那在烛光下掩被熟睡的红蝎子，她那乌发皓腕之旁，无时不伴着一口森森白刃。

第十二回　辣手狠心波涛覆艳
横财暴富日夜惊愁

　　张云杰瞪眼把红蝎子看了半天,原想趁她睡熟,悄悄抽出来她身旁放着的宝剑,先出屋把守门人砍倒,然后夺一匹马往山下去逃。但又细一想,却有许多难处:第一是自己这只受伤的右臂不太灵便;第二是身体太疲乏了;还有第三,就是这山路迂回,不但路径不熟,连方向都难得辨清,逃不成被他们杀死不值得,被他们捉回来更可耻。

　　他想了半天,就暗暗冷笑,心里说:索性在这贼窟多住几天,反正这几个妖媚的女人缠着我,我并不吃亏,慢慢再想法子走,临走时也得给她们点手段,叫她们看看。于是放下了心,闭上眼睡去。

　　他睡到半夜,忽然觉得身旁有人,屋中的灯是已然灭了,身边是谁他也看不清,只闻得有一股麝香直冲到他的脑里。张云杰微微一翻身,手就碰到身旁的人头上,觉着是个发髻,同时噗哧一声,发出了红蝎子的笑声。张云杰心里一动,转又愤愤的,暗骂一声:无耻!他仍旧假装没有醒,一夜就这么度过去了。

　　次日,红蝎子对张云杰更是亲密,张云杰却装作肩上伤痛得很厉害,不能坐起身来。红蝎子也很忧虑,可是她更因此索性不离开屋子了,张云杰倒感到弄巧成拙,无计可施。过了中午,有人隔着窗户请红蝎子说话,红蝎子才走,可是她又派那金娥来屋中伺候张云杰。这金娥胖胖的脸儿,长的全是横肉,模样虽算不得怎样丑恶,可是态度太凶。她跟张云杰就没笑过一回,腰带上永远挂着袖箭和竹筒,另外还有一把锋利的匕首,张云杰也不理她。

如此待了半天,箱子上那小时钟已从十二点三刻走过两点半了,红蝎子方才又进屋来,脸色也有点儿不好看。她坐在张云杰的身旁发了一会儿怔,就向金娥说:"你出去!"金娥听了吩咐,立刻转身出屋。这里红蝎子就向张云杰说:"我告诉你一件事,袁一帆快来了! 今天或明天我们必有一场恶战! "

张云杰听了这话就不禁吃了一惊,心说:袁一帆果然带着官兵来到,把山攻破,那时红蝎子倒许跑了,可是把我捉住,按强盗的罪名去惩办,那才冤呢! 于是脑里费尽了思索,双眉紧皱,刚要说话,红蝎子却握着他的手,温柔地问说:"可惜你的身上负着伤,不然你可以帮助我抵挡袁一帆,我看你的武艺一定在袁一帆之上。"

张云杰却摇头说:"再比我武艺高的人也不行! 因为我在彰德府住过两天,我跟袁一帆见过面,晓得他的武艺确实高强;并有十八家镖店的镖头帮助他,听说府衙县衙还派了三十多名捕快听他指挥,并由朱仙镇、道口镇调来两队官兵,至少也有两千人! "红蝎子却吓得脸色变白,说:"他们不至于有那些人吧? "张云杰反问说:"怎么没有? 你们闹得这事情有多大? 几县的客商行旅全都断绝,官方不多派些人来,能够剿灭了你这红蝎子吗? "

红蝎子捶了张云杰的后腰一下,娇笑着说:"不许你叫我红蝎子! "又发着愁说:"可是我这里的人不太多,刨出金娥、翠环,没有什么有本领的人! "张云杰悄声说:"那咱们就得赶紧想法子,或是带着这些人赶紧逃走! "红蝎子说:"带了这些人马迟累,可逃到哪儿去呢? 本来我们是在泗水一带住不住,才到这里来的! "

张云杰说:"那么……"他把声音压得极低,附着红蝎子的耳朵说:"今天就赶紧逃走,只是咱们俩,逃回北京我家里做夫妇去! "

这句话似乎正说在红蝎子的心上,她的手握得更紧,也悄声说:"我也是这个主意,可是我们得先想想是怎么个走法? 你倒不要紧,我要抛下跟随我多年的这些人一走,他们一定要跟我翻脸,一定要把我杀死！"张云杰就说："要不咱们两人分途下山，或是我先走，你后走？"
红蝎子点头说："这倒是个法子，不过……"

张云杰却明白她的心，就微笑着说："你别不放心我！我可以发个
誓给你听，我要是对你负心，叫我不得……"红蝎子赶忙捂住了他的
嘴。多情的红蝎子不许张云杰发出恶誓，并急得直跺她那双小脚。张云
杰笑着，等红蝎子的手抬开，张云杰又悄声说："人人都有个良心，你对
我这么好，我要再骗了你，那我真是禽兽不如了！"

红蝎子立刻慨然说："好了！既然你说出这话，那咱们俩就凭良心
啦！"又把声音压下，就说："这座山后面有一股小路，可以直到涉县，那
里有个俞家庄，庄里的首户俞大纯是早先被我救过命的人。等会儿，我
率领手下的人下山去迎敌袁一帆，这里只留下翠环，我就叫翠环带你
到俞家庄。你们在那里住两日，我就可以找你们去，咱们再想法子绕路
去往北京。"张云杰说："那地方严密吗？"红蝎子点头说："严密！翠环
认识他们，你只要随着翠环去走，便绝无舛错。"张云杰点点头。

这时就听外面人声杂乱，连次有人隔着窗户来请九奶奶。红蝎子
却推开门，向外面尖声喊着说："不要慌！都快些预备着！少时咱们就下
山去迎他们。你们都把胆子壮起些来！袁一帆不是三头六臂，有什么可
怕？"她的话一喊出来，外面的杂乱之声立即停止。

红蝎子又关上了门，把那只箱子上的灯台、镜奁全都挪开，从身边
掏出钥匙来，打开箱子，就由箱底掏出一个蓝缎子的包儿，塞在张云杰
的衣领里，嘱咐他说："带好了！有这包东西，我们终生不发愁了！"

张云杰心里打着算盘，面上故意做出关心的样子，说："我们走了，
你一个人可怎么办呢？"红蝎子微笑说："你放心我吧！我这些人跟随了
我多年，我不能扔下他们就走。袁一帆多管闲事，前来欺负我，我也不
能不给他个厉害看看；可是我还一定不能被打受伤，一定能前去找
你！"说毕话，她又把箱子锁上，就向张云杰媚笑了笑，即转身出屋。张
云杰不禁发怔，又觉得红蝎子十分可怕，自己的手段怕再弄巧成拙。

少时翠环忽又手提双剑走进屋来，张云杰瞧见了翠环就不禁一
笑，翠环却把手中的双剑向张云杰的头上一晃，寒光刺着张云杰的眼

睛。张云杰就仍然笑着,翠环就说:"你别以为我跟你是闹着玩!刚才九奶奶已经嘱咐过我了,叫我回头把你押往俞家庄去;在路上如果你有一点不听话,我就能立时要你的命,九奶奶把你的死活交在我的手里了!"

张云杰冷笑道:"我看你有多大的手?"又拉了翠环一下,悄声说:"将来我跟你们九奶奶成夫妻,收你做二房,你愿意吗?"翠环却啐了他一口,红着脸儿转过身去。张云杰心里倒很觉得奇怪,因为觉着红蝎子的这个女徒弟娇羞忸怩,仿佛也不似久在盗窟里厮混的人。

这时外面的声音更乱了,红蝎子扎束利便,头上包着红花手巾,手提宝剑匆匆走入,一面取钥匙开箱子,拿出两个包儿来给翠环,一面说:"我这就走,我走后,待一会儿,你也赶紧走!"翠环就说:"九奶奶,这只箱子还要带走吗?"红蝎子却厉声说:"小点声儿说话!"把钥匙扔给了翠环,又向张云杰投了一眼。张云杰向她笑一笑,红蝎子就一句话也没说,提剑匆匆出屋去了。

外面蹄声杂沓,人语嘈杂,渐渐微了,也远了,翠环就回首说:"他们都走了,咱们也预备着吧。"她随就翻箱子取东西,把细软之物和衣服等等打了一个大包裹,随后她又跑了出去,两口宝剑就放在这里。

张云杰此时的精神十分紧张,就想:群贼都已下山了,这里也就留下几个不中用的喽啰;我的左臂还能使力,不如我抄起一口宝剑就势逃走。于是他的手就要摸在箱旁放着的剑柄,忽然翠环又跑进屋来,她就笑着说:"起来吧!还用我搀你起来吗?"张云杰问说:"马匹备好了吗?"翠环说:"外面有两匹备好了的马。"张云杰又问说:"不至有人拦阻咱们吗?"翠环把眼一瞪,说:"谁敢拦阻?"她又拿起双剑,向张云杰笑了笑,娇声说:"现在只好委屈你一点,你还得听我的吩咐!可是过后,我跟九奶奶就什么都听你的啦!只要你别昧了良心。"张云杰站起身来,说:"别废话!要走就快走!"

翠环推开门,喊进来一个喽啰,命他把包裹提出去,然后点手叫张云杰出屋来。外面果然已备好了两匹马,一匹红马、一匹黑马,那只大包裹已叫喽啰绑在红马上。翠环的双剑已然入鞘,她就接过来皮鞭;又命两个喽啰搀张云杰上马，并也给了张云杰一只鞭子。翠环就也扳鞍上马，向那两个喽啰说："你们好生在这里，不到天晚我就回来！"两个喽啰都答应着。远处还有几个小贼，向他们这边看了看，就彼此笑着。翠环却叫张云杰的马在前，她在后边指挥着方向，两匹马就反往上面走去。

越过了一道山岭，地势就越来越低，路也越窄越弯曲。张云杰嘴上跟翠环说着笑话，说得那翠环忽而羞，忽而笑，忽而又怒又急。张云杰的心里却非常烦恼，暗想：弄这么两个强盗婆到家去，我一辈子就休想翻身了！如果这翠环有红蝎子那一副模样，红蝎子有她这年岁、娇憨，我也还值得，如今……我非得设法脱身不可。

出了山口，日已向西，天上的云光渐变为金红色，一条小路空寂无人。张云杰的马在前，他回过头来向翠环笑问道："你跟九奶奶学了这身武艺，不算容易，将来跟我回到家中，可就得天天在屋子里，不能出门了，你能够受那寂寞吗？"

翠环脸红了一红，说："那有什么不能受的呢？无论如何也比当强盗好；当强盗，将来怎么是个了局呢？"张云杰说："你现在是这样想，可是叫你在闺房中住些日子，你就一定受不了啦！平日你们是风高放火、月黑杀人惯了的。"翠环说："胡说！金娥她倒是常杀人。我，我只误杀一个，杀死之后，我也很难过，因为我的亲娘她还是念佛吃素的人呢！我要不是三年前被九奶奶劫上山去，到现在我也是个小姐呢！"

张云杰微笑一笑，心中却有些不忍，暗想：假定是那金娥跟随着我，我倒可以把她杀死之后，我一走；现在这翠环也是个可怜的人，我怎忍得下手呢？心里犹豫辗转。

忽然前面望见了一道河流，张云杰猜想着，这一定就是彰河的上游。翠环却用鞭指着说："过了这道河，就快到俞家庄了！"

张云杰见四外无人，河中也连一只船没有，就不由下了毒辣的决心。但他表面上还是从从容容地笑着，又问翠环："你本是良家女子，因被九奶奶劫了去，教给了你武艺，你才落草为盗，但你不恨她吗？"翠环说："早先我也恨她，可是后来我不但不恨她，反倒爱她；因为她待我太好了，她做的事都叫我心服。"

张云杰就收住马，又进一步探问说："你们九奶奶对我那样多情多义，使我无话可说了，所以我才答应了她。但，这是背着她说，我真嫌她的年岁比我大，而且她的武艺又太高，脾气也怕一时改不了。"

翠环把鞭子向张云杰的马后一抽，说："得啦！你别说啦！我明白啦！你打算叫我把九奶奶抛了，一个人跟你过日子。以前我倒是有那个心，现在我见九奶奶这么好，我又不忍了！再说我又想：咱们若把她抛了，跑到哪里去，她也能找得着咱们，那时她的脸儿可就不能像如今这么好看了！真是，男人家没有良心！一转眼的工夫，你就教我向九奶奶忘恩负义，我把这话要向九奶奶说了，她一瞪眼你就得……哼哼！"

张云杰笑着，点头道："不错！红蝎子收了你这个徒弟，果然有了良心，我是试探你了！"翠环撇了撇嘴，微笑着。

眼看已来到河边，张云杰就做出发愁的样子，说："这里没有桥又没有船，可怎能过去？"翠环说："这河水不深，骑着马能走过去，你别怕！壮起点胆子来！你要是掉下马去，我可不能救你！"张云杰说："那么，你在前边走吧！"翠环笑着，轻视着张云杰，她的马就先下了河。

张云杰的马也下了水，紧紧跟随着。在河边，水也不过才到马胫，可是一走到河心，水就快到了马肚子上；四顾茫茫，波浪滚滚，翠环也脸带惧意，直说："小心着！小心着！"张云杰在她身后却突生歹意。

翠环只顾勒着马，令马蹄试探着河水的深浅去走；张云杰在后面蓦然探身伸出那受伤的左臂，揪住了翠环的肩头。翠环哎呀一声，说："慢点揪我！你别害怕！"张云杰却把牙一咬，用力一推，翠环叫都没有叫出来，只听扑通一声，这十七八岁的女盗就落于河水之中。张云杰却赶紧策马，哗啦哗啦一阵水声，少时就上了北岸。

于是他忍伤发狠催马紧走，连头也不回；行走了几十里路，天色便昏黑了，找着一处镇店住下。他却不禁地叹气，暗道：我对翠环所行的手段未免太狠了，但也是没法子。又打开身边红蝎子给他的那个蓝缎包儿一看，就见里面尽是些大颗的珍珠、大块的宝石，不禁冷笑，暗道：我倒是跟我父亲一样，无意中发了一笔不义之财！可是，人是阔了，但品格却丢了,天下的英雄侠义、美女才媛,谁还能瞧得起你?

次日,他就在这附近的县城里找玉器局卖了一块宝石,得银一百二十两,便买了两件衣服、一口宝剑,并买了些刀创药,自己敷在右肩伤处。他连马匹都用贱价卖了,雇了一辆跑长趟子的骡车,坐在车上,放着车帘,按着驿程去走,约十日便到了北京。

骡车赶到了北京城东郊六里屯,这里就有他的宅院:一片新盖的瓦房,两边有庄门,有二三十名庄丁和长工。他一下车,就有庄丁迎过来,说:"少爷回来了!"张云杰点点头,向门里就走。

走到第二进院内,就见他父亲正在院中浇花,一瞧了外面有人进来,吓得扔下了喷壶往北屋里就跑。张云杰叫了一声:"爹!"追到北屋里。他父亲手中举着一口宝剑,面色苍黄,用一双恐惧的眼睛向张云杰看了半天,才认出原来是他出外学艺三年的儿子,便把举剑的手放下,拱着大胡子笑道:"原来是你呀?"张云杰却脸无笑容,一点也不像见了久别的父亲一样,只直着眼看他父亲手中的宝剑,剑身作苍绿色,张云杰就恨不得把他父亲手中的剑夺过来捣毁。

张云杰的父亲,原来就是当年害死陈伯煜的那个宝刀张三。当年他因为垂涎那口苍龙腾雨剑,生了歹心,在米家集小店里把忠厚的萍逢之友陈伯煜杀死,又被徐飞追赶;下着大雨他仓猝而逃,沿途跟乞丐似的狼狈地回到了信阳州,到家中又被他妻子焦三娘辱骂了一顿。他心中担惊害怕,又想着陈伯煜多半是没死,徐飞一定要去通知他家里的人,并招请一班朋友给他的师叔报仇。那样一来,自己别说在家里住不住,连北京镖店也不敢回去了,江湖饭也休想再吃了,而且还时有性命的危险,所以他一懊恼,就病倒了。

过了几天,就又听说庞家镖店的火眼庞三等人都去往陈家,图谋那口白龙剑,现在全都没回来,全都是生死不明;并听说陈仲炎将要来到信阳找他。陈仲炎的武艺超群,性情又毒狠,剑下杀人不眨眼,张三就吓得魂都飞了,忙收拾了个小包裹,夹上苍龙腾雨剑,带病逃走。

他连大地方都不敢去,只跑到伏牛山赤眉城那一带去躲避。这一带全都是荒山,连强盗都不愿在此勾留,张三在此彷徨了有两个多月,已然混得鞋破衣烂，跟个叫花子一般了；除了那口苍龙腾雨剑他是藏在山里一个石洞里，此外什么也没有了。他白天在荒村乞食，有时抢件破棉袄，或打劫上三四串钱，晚间便睡在山里的石洞内，简直成了个饿鬼。

这伏牛山靠近赤眉城，山里石洞很多，本来在东汉时代，这里是赤眉贼众盘踞之地。张三对于历史当然不知道，可是他看见山中这些石洞却觉得奇怪，因为很容易看出这些石洞都是人工凿成的，若干年前这里一定住过人；于是他就在闲闷无聊之时，提着苍龙腾雨剑去钻山洞。他又像是一只老鼠，把山中四五十座山洞全钻遍了，在洞里找着了许多碎铜烂铁，这本是千年前赤眉贼所遗留的残盔剩甲、断戟折枪。张三却当作宝贝似的收藏着；慢慢积得多了，便拿破衣服包着，背到内乡县去卖给铁铺。

张三的希望本来很小，头一次不过卖了两串钱，喝了酒，买了些干粮，并买了个镐头，回到山里来，仍在洞里刨石头找烂铁；原想倘能这些烂铁永远刨不尽，那么自己就永久在这里穷混着，陈仲炎绝不会找到这里来。可是不料这天他在一块烂铁里发现了两块东西，黄澄澄的，也不像铜，用手掂了掂，分量很重；张三明白了，晓得这是黄金。于是张三就像做梦似的，起了许多美妙的希望。

他先把一块金子拿到远处县里换了钱，置了许多干粮，买了麻袋，买了灯笼，买了利斧、铁锹，偷偷又回到山中，连夜挖掘。这夜他居然在一座洞内的石壁间发现了一扇铁门。他利用苍龙腾雨剑将铁门劈开，他真疑惑自己是在做梦了！就见里边现出来许多珍珠彩玉、黄金白银、古铜古鼎，等等。

于是张三就设法给掩埋起来，先带走了些细软之物，到卢氏县把两块玉换了许多的钱，然后置了阔绰的衣服，又到三川镇充大商人，买了一个小铺子，在本地找了个伙计，摆上几件不大好的玉石，暂且开了个玉器店。他借着做买卖为名，又走了两趟伏牛山，把他发现的那些宝物全都搬运了出来，都装在箱笼里；并公然请了保镖的，运送货物到了京都。一到北京，他就决定不到南城去会那些镖行旧友，只专与东城一些玉器行的人交往；住的是一家大客栈里，出入必坐轿车，所以也没人认识他。

约有半年，张三就在齐化门外七里屯买了三顷多地，置了一所大庄院，雇了几十名庄丁，并托人到信阳州把他的家眷接来。他留上了胡子，天天吃鸡鸭鱼肉，也发胖了；并拿出资本在城内开了一家玉器行、一家银楼，居然成了富翁。姓虽然没改，可是名字却改成了"张得宝"，仆人都呼他为大老爷，替他管事的人都呼他为"东翁"；除了他的妻子焦三娘、儿子张云杰，简直就没人晓得他就是宝刀张三。

张云杰本是张三抱养的儿子，这时就已然十七八岁了，已在信阳州大刀刘成的门下学会了相当熟练的武艺。他对他父亲与新蔡陈家结仇的原因虽不深知，可是他父亲这笔财发得不明，他是早就看出来了。张三也怕家里有个二十岁上下的少年人容易给他惹事，所以就拿些金银来送儿子往襄阳去投名师学武，并嘱咐儿子在外千万别跟人提说宝刀张三之事；在河南除非遇见熟人，别自己承认姓张，尤其对于陈仲炎，更要小心躲避。

张云杰出外三年，宝刀张三在这三年之内，连大门也没出过，天天提心吊胆，夜夜睡卧不安，总怕陈仲炎找来杀他。他的妻子焦三娘抽上了鸦片烟，雇用着三个婆子服侍她，连炕都不常下。不过有时张三感到寂寞了，向妻子提出点话来，说："太太！你瞧咱现在发了大财，可惜没个亲儿女；你又抽上了烟，处处需人服侍，可谁来服侍我呢？我听说老庄头的孙女今年十八岁，长得顶粗笨，人还老实，新近守的望门寡……"

他的话还没有说完，焦三娘立即大吃其醋，捡起翡翠烟枪冲着张三就打，大声骂道："什么？你想弄个小老婆？你也是买咸鱼放生，不知死活啦！你宝刀张三当强盗、掏石洞发了这一笔邪财，你就真想守得长吗？不定几时，姓陈的就来切断了你忘八脖子，哼！你还要弄小老婆？"张三吓得捂着耳朵就跑，从此再也不敢起这想头，再也不敢招怒了老婆揭他的底。

所幸三年以来无事发生，鱼肉把他养得越来越胖，连早先那几手儿笨武艺全都忘了。天天晚间锁上他睡觉屋子的那扇铁门，必要捧着那口苍龙腾雨剑默祷一番，心说：没有你我也发不了财，可是不因为你，我也不能在四年前做出那件歹事。陈伯煜生前说你是一口凶剑，现在盼你化凶为吉，保佑我家永远平安，保佑外人永远不知我住在此地。有时他的贪生畏死之心，竟使得他凄然地对剑落泪。

这天忽然他的儿子张云杰回来了，宝刀张三就不禁又喜又惊。喜的是因为想着儿子艺成归家，一定是本事高强，可以给自己保镖，就是陈仲炎再找来，也有人替自己抵挡了，还许倒把陈仲炎打个落花流水呢！惊的却是见儿子的颜色十分不好，又瘦又黄，而且脸上没有一点高兴的样子。

他就拱着大胡子，笑着说："好儿子！你走后我时时不放心，老怕你的武艺学不成，又怕你路过河南出了什么错。好了，现在你平平安安回来了，总是托天保佑。可是你怎么气色不大好呢？一定是路上劳累的。唉！你快见见你娘去吧！你娘在后院北房呢，跟你娘说几句话就回书房歇着去吧！"张云杰点了点头，却一声也不语，就走到后院北房中，见了他的母亲焦三娘。

焦氏三娘正躺在木榻上抽鸦片，有个半老的婆子给她捶腿。一见儿子回来，她也很是欢喜，问了问云杰在外学艺的事，随后就说："我就盼着你回来，你回来了，家务事我也可以省点儿心。有好几家都来提过媒，我全没答应，你回来就好了；慢慢的，要有合适的姑娘呢，我就给你娶过来，也得让我当当婆婆享享福啦！你那个老子是财闹的，越来越糊涂了，整天在家不出门，老怕他的财被谁偷了似的；自己的卧房打了个铁叶子门，好像监牢狱，天还没黑他就把自己锁在里头。我问他为什么这样害怕，难道真是早年犯过什么大案，现在良心有愧吗。他也不肯说。你回来好，要不然咱们的财都算是白发了，长工佃户哪个在这三年不是都发了大财？你回来好，家里总有了个撑得起家业来的男子！"

张云杰听他母亲这样说着，脑里却往别处想着。在母亲眼前站了一会儿，他便转身出屋，就见他父亲在外屋里拱着大胡子又直向他笑，并拉住他的手说："来！到书房歇会儿去吧！你娘是个贫嘴子，被她一说，我是一个钱也不值了。我生平慷慨，哪做过什么亏心事？陈仲炎……虽说跟我有过点儿仇，可是我有了你，也就不怕他了！"

张云杰随他父亲到了书房内，宝刀张三就喊来仆人，叫去催着厨房快给少爷做菜热酒。张云杰坐在一把红木的椅子上闷闷地喝茶；他父亲坐在对面木榻上，像是陪着贵客似的，说话总是带笑，细细询问他这几年来在襄阳学艺的经过，并问那陈仲炎现在什么地方。

张云杰自觉宝刀张三虽然不是他的生父，可是究竟自己也是从小被他抚养大了的，所以心中虽然愤恨，究竟又有些怜悯，便说："爹！你听了可千万别害怕！我在路上闻说，陈仲炎现在正在北京！"张三一听，脸色都吓得苍白了，就急切地低声说："那么，他一定是寻找我来了！可是，他绝不能知道我住在这里吧？"张云杰说："只要爹你不常出门，不与人交往，我想陈仲炎绝不会找来；即或找来也不妨，我可以抵挡他。"

张三一听，又壮起来一些胆气，就摇头说："我不怕！无论镖行人或是什么人，这三年来谁都不知我是发了大财隐在这里。再说这里是天子脚下，陈仲炎也绝不敢杀人。我为什么叫你去学武艺？就为的是叫你保护我。襄阳诸葛龙传授出来的武艺，走在江湖上，包管谁也敌不过。我那口剑削铜斩铁，回头我就给你；你有了它，我就更不怕了。

"还有一件事，就是给你说媳妇的事，到底怎样办呢？早先我想给你说个会点武艺的姑娘，可是后来我又想：既说会武艺的姑娘，就得跟江湖人家做亲家，那么一来，人就都晓得咱们的底细了。咱们现在有这么些钱，永远花不穷，又不指着走江湖吃饭，为什么还要跟他们那些人来往呢？所以我想，不如说个本分人家的姑娘……"

张云杰连连摆手，烦恼地说："什么人家的姑娘也别提！三十岁之内我绝不娶亲。若不娶亲我还能在家中住些日，假若爹娘给我定下了亲事，我是即刻就走！"张三一听儿子的这话，就不由呆呆地发怔。这时厨役已把菜饭和酒送到屋来。张云杰闷闷地喝了酒，吃了菜饭，便倒在床上歇息。张三陪着儿子也喝了一盅酒，因见儿子精神不大好，他也不敢多说话，就出屋去了。

少时，他就把那口苍龙腾雨剑捧进来，拿到他儿子的面前，拱着大胡子,笑着说:"这口剑名叫苍龙腾雨,能斩钉削铁,无论什么兵刃碰见了它,便必成两截。当年陈伯煜亲口对我说,这宝剑天下只有二口,都在他的手中,那另一口名叫白龙吟风,他因喜爱他的女儿,就给他的女儿佩带了;现在多半陈仲炎就是拿着那口剑要找我给他哥哥报仇。现在我对你说实话,要没有这口剑,自然我与陈家结不了仇,可我也发不了大财。现在我给了你,你千万要好好地收着,将来遇见仇人时,你好用。"

张三这样说着,他的儿子张云杰却躺在那里,闭着眼,对这样稀世的宝剑连看也不看。张三以为儿子是太疲乏了,随就将苍龙腾雨剑挂在墙上,然后轻轻地说一声:"你好好的歇着吧!"就又叫来仆人把杯碗搬出去,他也随之出屋,并把屋门轻轻带上。

这里张云杰其实并未睡去,心中说不出是怎样的烦恼,脑里有两个少女的影子在飘来飘去。一个是那马上娇姿的陈秀侠,心里恨恨地说:怎么那么巧呢?偏偏她是我仇家之女!另一个就是那水中浮沉的女尸翠环,心里忏悔地说:那女子,我待她的手段未免太毒狠了些!

他这间书房很为安适,而且有两个仆人常进屋来伺候他,但他的心绪却十分不宁。一夜睡眠中不但做了许多恶梦,两肩的伤处也很疼痛;他这伤被衣服遮掩着,又不愿对他的父亲和别人去说。到了次日,他就想进城去找个大夫看看。于是,他盥洗毕,就换上了一身阔绰的衣服,命仆人备了马,走出门去。有个名叫来升的仆人笑着说:"少爷,你是要进城吗?老爷叫我跟了你去呢!"张云杰却摇头说:"我不叫人跟随我!"说着,他就接过马鞭,上了马。出了庄门,眼前就展开一片仲春的美景,张云杰虽因两肩有伤,马不能走得太快;可是六里屯离着京城不远,不多时他就走进了齐化门关厢。

齐化门是由京城往京东各县、通州、东壤镇几个富庶地方的必经之路,所以这关厢长约四里,两旁全是繁华的商号,充实的货栈;街上人烟稠密,车马纷纭,简直比城内最繁盛的大街不在以下。张云杰走到街中心,前面两辆载重的骡车就叉在一处,把路塞住了,谁也不肯往后去退。两个赶车的人争吵着,互相骂着;张云杰就笑了笑,只好下了马。

他看旁边高台上有一家茶馆,便牵马上了高台,将马系在一根石椿子上,随到茶馆里找条板凳落座,向堂倌叫着说:"冲一壶香片来!"堂倌高声答应着。张云杰就看这旁边的坐客,见都是些乡下人,有的像是赶驴的,只有自己是穿着一件云缎夹袍,夹在这些人里,特别的引人注目。

这时堂倌一只手拿着绿豆色的粗茶壶、茶碗,另一只手提着开水壶,走过来,脸上带着一种很厮熟的笑,说:"大爷,您可真有些日子没来了?"张云杰不由很是诧异,因为他没在京城住过多久,不知道这些茶馆的堂倌向来是无论见着什么人也是很熟,所以他以为堂倌是认错了人,便说:"昨日我才到北京来,怎么你就认识我呢?"堂倌却笑着说:"大爷在京城是常来常往,谁不久仰大爷!"张云杰又不禁一怔,笑了笑。

堂倌给冲上了茶走去,他就心说:如果要是谁都认识了我,那可真糟!将来红蝎子就许来此寻我。我家中有个不能见的父亲,外边又有个向我缠扰的盗妇,此生此世我就是有天大的本领也永不能翻身了。他暗中叹息着,自己斟了一碗茶,却觉得那深绿色的水在碗里荡漾着,中间飘着一片茉莉花,仿佛是那个女子的尸体似的。他又往街上去看,见往来有骑驴的村妇;虽然是毛驴,驴上虽是丑陋的妇人,可是他不禁又想起了秀侠,便一摔茶碗,心说:我张云杰真是生来不幸……

他才要叫过堂倌来,打听城内有什么专治刀创的名医,忽见道上由东边跑来一匹黑马,马上是个十八九岁的小厮模样的人,这小厮正是他家用的来升。

来升两眼东瞧西望,仿佛是寻找什么,街上有不少人都向他招呼,他的眼还发直。张云杰心说:这小厮在街上倒是很熟;随就离座,招招手,高声叫着:"来升!来升!"那来升一眼往高台上瞧见了张云杰,就笑着说:"少爷,我正在找你呢!"他随也下了马,将马系在椿上,跑过来笑着说:"少爷,你走后老爷就不放心,知道你在城里不熟,骂了我一顿。问我为什么不跟着来,我这才赶紧跑来找你。少爷,你怎么在这儿喝茶?进城到咱们柜上喝去好不好?在那儿有多么舒服?这是野茶馆,背煤的、赶脚的才在这里喝茶,你是少爷!"

张云杰就瞪眼说:"别说废话! 你现在既随我出来,可就得时时听我的话,我同不得老爷那样由着你们蒙骗;跟我出来,不许多说一声话!"来升答应:"是!"张云杰又说:"白天咱们进城到什么地方玩了,回去不许对别人实说!"来升以为他的少爷是想要到花街柳巷去走一走,便又忍笑说:"那是一定!"张云杰就说:"好了! 只要你肯听话就行,先去把马解下,你先带我找一个专治刀伤的大夫。"来升不由发了怔,直着眼睛瞧着他们这位少爷,只好过去解马。

张云杰在这里付了茶资,一同下了高台,来升就牵着两匹马发呆,问说:"少爷! 你找治刀伤的大夫可干吗呀?"张云杰说:"你不用打听!你就告诉我,北京城内有哪个治刀伤的大夫最为出名?"来升说:"要说治刀伤的大夫,只有前门里兵部洼的'李一贴',他不但能治刀伤棍打、跌打损伤、疗毒恶疮,还管治妇女月经不调。"张云杰说:"他准靠得住?"来升点头说:"一定靠得住! 九城出名的,还能治病没把握吗?"于是张云杰便上了马,来升跟随着,就进了城。

二人骑马进了齐化门,张云杰对于街道是十分生疏,只由来升带着他走。他只见往来的车马很多,男女老幼,买东西的,在街上闲逛的,简直使他的两眼顾不过来。他又想:在河南时,陈秀侠她是赴京去找她的叔父,现在大概已然来到了京门,假使我们遇在一起,那是多难为情呀! 她若跟随我的行踪去走,到六里屯找到我的家,那时她一定不肯宽恕我的父亲,我也必不肯看见我父亲身遭惨死,我们必然要有一场恶战,那时还不定我们谁杀死谁呢? 他一边走,一边暗自叹息,生恐遇见秀侠,可是来升带着他迤逦地走到了前门内兵部洼,也没遇见一个骑着马的女子。

少时到了"李一贴"的门首。李一贴的粉墙上画着许多膏药,门前停放着两辆骡车,可见是生意不错的样子。一进门是门房,张云杰下了马,就向来升说:"你把马拴上,就在门房等着我好了。"来升又答应一声:"是!"张云杰就到那北房里找大夫去治伤。

一进屋,见有许多人在那里等着。李一贴是个四十来岁的人,很忙，有一个徒弟帮助他，治完了一个又治一个。来这里治病的人，多半是些街头上的穷光棍，大半在赌局里打了架，负了伤，才来这里求医；再不然就是嫖土娼得了花柳病的，没有什么像样儿的人。所以张云杰一进屋，李一贴就非常注目，连忙说："是买膏药还是要看病？"张云杰说："我的身上有点儿伤，要请你给看看。"李一贴就说："好好，稍微等一等。"那个徒弟就请张云杰在旁落座，并给他倒过来一碗茶。

李一贴又忙了一阵就过来，解开张云杰的衣裳，露出他两肩的伤，旁边有看病的人也都伸着脖子来看这位大爷的伤势。李一贴果然不愧是疗伤的老手，一见张云杰两肩的伤势，就看出来一处是刀伤，一处是中了袖箭，当下他就说："不要紧，伤口不大，只要天天来，半个月之内我包管你好。"

当日，张云杰的两肩上敷了些面子药，并贴上两块膏药，就给了诊费，同来升一起骑着马在街上逛了逛，就出城回六里屯。从此每天必进城来看病，有时骑马来，有时坐车来，有时就步行着。那个来升本是个很精明的小厮，可是他随他少爷进城五六次，到底也不知少爷治的是什么病，病是怎么得来的。

这时张云杰肩上的袖箭伤已经完全好了，就是那处刀伤须要再治几天方能痊愈。北京城内的街道他已渐渐走熟，他父亲在东城开设的那家"富盛首饰楼"，在前门外蝎子庙开的那家"得宝玉器局"，他也都常去闲坐。当然，他是少东家了，他只要一去，那两处买卖的掌柜伙计们就无不恭谨地接待。

这天因为天暖，张云杰已换上了一件蓝绸长衫，辫子梳得很光亮，两肩伤势渐愈，双肩已能动转自如，更觉得身体清爽多了。他是坐着骡车进城来的，看完了病，才不过上午十点钟，来升跨着车辕就说："少爷！咱们这就出城吗？回到庄子里一待，那多么没意思呀！今天'三庆'家的戏是全本《铁冠图》，一定得加凳子；咱们先到蝎子庙，跟徐掌柜谈谈天，然后去订个座儿，乐上一天，你说好不好？家里又没有少奶奶，你干吗忙着回家呀？"

张云杰在车里笑了笑，其实玉器局那位徐掌柜是很能说的一个人，他知道的北京的典故很多，不用去听戏，只要听他说一阵儿，也就够开心的了；不过就是那胡同的名称太不好，偏偏叫作"蝎子庙"。张云杰在车上犹豫了半天，才说："就去吧！到那儿歇会儿倒可以，戏我可不耐烦去听！"车走着，就走出了前门。

这前门外是北京最热闹的地方，所以人往人来，简直跟蚂蚁似的那么多。他这辆车还没走过正阳桥，却见外面人声嘈杂，仿佛有什么事情似的。张云杰就从车中探出头来去看，就见许多人都往东边跑，并且人群之中有闪闪耀眼的刀剑光芒。张云杰很为诧异，就推了来升一把，说："你下去，打听打听是什么事？"

来升说："管他们呢？这一定是什么地方有人比武，所以这些人才追了去看热闹！"张云杰一听，就更是惊讶，叫车停住，推来升下了车，命他去打听。来升却笑着说："少爷！咱们不去吃饭听戏，可打听这些闲事做什么？这些事天天都有，都是一些镖头们混闹，时常出人命！"

他抓住一个人，打听了一番，便回来跨上车辕，笑着说："这出戏可比《铁冠图》还热闹！是河南新蔡县的铁面灵官陈仲炎。"张云杰听了，立时神色改变。

来升接着说："这位陈爷来到北京有三四个月了，使着一根钢鞭，简直把北京城会武艺的人全给打服了，没有一个不甘拜下风。今天听说是正定府出名的耿家三豹，头一只豹子耿大哥是被陈仲炎打败了，今天第二只豹子又来了，在打磨厂安家镖店一较雌雄。少爷你刚才没看见吗？捧刀的那个人就是耿老二，那身材多么雄壮！胳臂头子多么结实！真要把那么大的汉子打趴下，可实在不容易，就看陈仲炎的功夫啦！今天是棋逢对手，将遇良材，要不然能够有这些人赶着去看热闹？"

张云杰也要下车，说："我们也去看看热闹好不好？"来升却把他拦住，说："少爷，您可去不得！看比武可不得看旁的热闹，刀枪没眼，说不定时运背点就许受误伤！"张云杰说："这么些人都去看热闹，哪能就单单误伤了我们？"

来升说："再说也拥挤不上呀！安家镖店院子虽大，可也容不下这些人。我们去挤了一身汗，结果连个刀枪影儿都看不见，那有多么冤！"

赶车的也说:"少爷不必去瞎挤,一定也挤不进去,这比舍钱还得人多。"张云杰只好作罢,仍旧由着车走去,心里却驰想着:那陈仲炎一定是武艺高强,钢鞭又沉又重,耍得神出鬼没;而在他的身旁必有一位手持白龙吟风剑的美貌侠女,那就是……张云杰不禁在车上又叹了一口气。

到了蝎子庙得宝玉器局,这里的伙计又对少东家竭诚地招待,掌柜徐大又跟张云杰谈天,说:"少东家,《铁冠图》倒是得听一听。李自成大战棋盘街,棋盘街就在前门里头。崇祯爷是吊死在煤山,煤山就是景山,现在那棵树上还挂着锁链呢!"张云杰也无心听他肚子里的这些典故,只发呆地想着那边的陈仲炎与人比武之事。

主仆就在这里用过了午饭。来升时时惦记着叫他少爷带他去听戏,可是张云杰躺在柜房的木炕上,一点也没有走的意思。过了些时,忽听院中有两个人嚷嚷,一个说:"陈仲炎的武艺真是盖世无双,楚霸王、伍子胥再出世,也未必是他的对手!"张云杰就把那两人都叫进屋来。

这两人原都是本铺子磨玉器的工人,他们都是才从那里看完了比武回来。进到屋中,经张云杰一问,他们两人就高兴极了,手舞足蹈的,就说:"刚才耿二豹的大刀这样一劈,陈仲炎的单鞭就那么一迎;耿二豹的刀是凤凰展翅,陈仲炎的鞭是虎尾抽人。呛呛呛!咔咔咔!十来个回合,耿二豹偌大的汉子就趴在了地下!陈仲炎真高!"

徐掌柜抽着水烟袋说:"快闹出事来了!陈仲炎来到北京,今天打张三,明天打李四,他就是遇不见对手,早晚也得叫衙门把他抓了去。"

张云杰却直着眼睛呆呆地问说:"陈仲炎今天与人比武,他只是一个人吗?"那个人说:"向来他与人比武是单人匹马,他有个师侄徐飞,不大管事儿,只是在旁边看着。"张云杰摇头说:"不是,我问你们那跟随陈仲炎的是否有一女子,此女也就十七八岁,貌美绝伦,手持宝剑。"那两人发着怔,都摇头说:"没看见过!大概陈仲炎在这儿没有家眷吧?"

掌柜徐大却在旁连连摆手,说:"算了!算了!你们都越说越入迷啦！你们才说陈仲炎是楚霸王，少东家就又想起虞姬来了，你们快出去吧！"又拉了张云杰一把，说："咱们还是说旁的话吧，管他什么陈仲炎！"

第十三回　赚豪雄假妆投旅店
寻仇恨诚意结新交

　　当日，张云杰也没有去看戏，回到家中只管发呆，精神却十分紧张。他将苍龙腾雨剑拿到手中，在院中鹭伏鹤行，脚飞剑起，才舞了一会儿，便觉右肩仍有些微疼痛。他的父亲张三却站在堂屋的门口大笑，连说："好剑法！我走了半辈子江湖，也没瞧见过你这样的好本事，不愧是诸葛龙的徒弟！"

　　张云杰看了他父亲一眼，见他父亲虽是笑着，可是那脸色就仿佛带着一层晦气似的，心说：你还笑呢？你的仇人已然来到了！他比灵官还凶，比霸王还猛，只要他把你抓住，你还想活？又看了看手中的苍龙腾雨剑，不由一阵愤恨，心中说：杀了人抢来的东西，我决不用它！便提着宝剑进书房去了。张三进屋来跟他的儿子带笑说了几句话，他的儿子全不搭理，他又带着笑走出屋去。由当晚起，张云杰就加了些防备，到深夜蹿上房去巡查一次；他父亲宝刀张三把自己锁在大铁门里熟睡，倒也不晓得他儿子的事情。

　　次日，张云杰依然带着来升进城，到了李一贴之处，就见看伤看病的人仍然不少。

　　张云杰一进屋中，李一贴就指着杌凳笑着说："请坐！请坐！一会儿就看完。"张云杰摇头说："不忙。"便在旁边坐下。就见此时李一贴正在给一个大汉子治伤，这大汉赤着背，背上肿得跟骆驼似的，并且又青又紫，似是被铁器所打伤。旁边有个人扶着这大汉，这个人是年有四十多岁，微微有些黑髯，身体很高很瘦；神态却极为轩爽，两眼炯炯的，犹如明灯一般；身穿的是一件灰布大褂，青皂鞋。两旁等着看病的人全都仰着脸，惊奇仰慕地看他，并有的彼此私下悄声谈着，张云杰就觉着这人一定有些来历。

李一贴给那大汉的伤处也不知上了些什么药，就痛得那大汉不住气喘，黄豆般的汗珠在背上乱滚。旁边那个人却说："二弟，忍耐着点！你伤处痛，我的心里更不好受；我真后悔，昨日那一鞭我把你打得太重了！"

张云杰一听这穿灰布衣服的人说了这话，不禁吃了一惊，便也仰着脸用眼直直地去看这人。这人的态度颇为诚恳，那汉子身上有伤，仿佛他的身上也感到疼痛，他也不住地皱眉叹气。李一贴给那大汉的背上敷完了药，就说："先坐一会儿，把药晾一晾，再贴膏药。"那大汉微微把腰直起来，他们还跟着有几个人，都像镖店伙计样子的，就过来把大汉扶着。大汉咬着牙，喘着气，有人替他擦头上的汗。那个穿灰布衣服的人却在屋中来回走着，显出来他的心情是十分不安。

这时李一贴到了张云杰的身旁，张云杰就将自己的衣服解开，露出来两肩。那李一贴就揭开膏药，详细地查看，连连说："不要紧了，那袖箭打的伤就算全都好了，就是这右肩的刀伤才新长出肉来，还有点嫩；可是再贴几回膏药，也就好啦！"

此时那个身穿灰布衣服的人正走在张云杰的近前，低着头看张云杰的两肩；张云杰也微仰起脸来看他。此人就向张云杰说："朋友，这伤是怎样落的？袖箭的伤在肩上，想必是从高处射下来的吧？"张云杰笑了笑说："老兄有眼力！因为袖箭是从高处来的，我才没防备；若是从平地上，别说袖箭，就是再轻巧再厉害一点的东西，我也叫它近不得身。"那人又问："这右肩上的刀伤呢？"

张云杰说："这是因走在河南路上，遇着了一群贼人。贼人二十多名，我只是一个，又在黑夜间，我砍死了他们五六个，自己的肩上只受了小小的刀伤，这不能算是给江湖人泄气吧？"那人的脸色带露些惊异之状，就又问："你在河南遇见的强盗，莫不是著名的女盗红蝎子吗？"张云杰摇头说："我倒不知他们是谁，其中倒是有三名女盗，但都已被我砍伤。"

那人的脸色更显出惊讶，就问说："朋友贵姓大名？"张云杰说："草字云飞，姓华。"那人一怔。张云杰又问："老兄怎么领教？"那人说："我叫陈仲炎。"张云杰就淡淡地说了声："久仰。"

张云杰的肩上贴好了膏药，转身向外就走，陈仲炎却随出来，说："华兄留步。"张云杰站住，故意发怔地问说："什么事？"陈仲炎上前两步说："兄弟陈仲炎，新蔡县人，为寻杀害胞兄的仇人恶贼宝刀张三，才来到北京，现欲结交天下的英雄豪杰。华兄与我虽初次会面，但我就知华兄必是久走江湖，武艺出众；敢请华兄留个地点，暇时兄弟好去拜访领教！"

张云杰抱拳说："不敢当，兄弟我住在西河沿悦来店，我来此还不到一个月，陈兄现在下榻何处？"陈仲炎说："我那地方不很方便，今天下午四点钟我准去拜访华兄。"张云杰连连点头，说："好，我在客房中恭候！"说着二人互相抱拳，张云杰就忙忙向外走去。

这时来升跟随出来，他的脸发白，眼发直，说："少爷……"张云杰就上了车，嘱咐来升："少说话！"

骡车向东走着，张云杰就说："出前门！"赶车的人答应了一声。来升就扭头向车里问说："少爷！刚才跟你说话的那人就是陈仲炎，他昨日把耿二豹打伤了，今天又带着来治伤，你别瞧不起那瘦大个子，那是霸王！刚才他跟您说的话我都听见了，可是您就该跟他说实话，顶多了借他一点盘缠用，刚才您怎么说是姓华呀？说是住在悦来店呀？我的少爷！"张云杰却厉声嘱咐说："少说话！"来升皱着眉，叹了口气。

此时车已走出了前门，张云杰先在大街上花了十五两银子，买了一口很锋利的宝剑，便叫把车赶到西河沿悦来店门前停住。来升就悄声说："少爷！难道咱们真来到这儿住店房吗？"张云杰又说："少说话！"

他随在前进门，叫店家给他找了个款式的屋子，命店家在水牌写上"华云飞"的名字。进屋来，他就悄声向来升吩咐，说："你赶紧到玉器局取银一百两来备用,嘱咐他们,无论是谁在街上遇见我,不许叫我为张少东家。今天咱们就在这店里住了,不出城了,若露出一点马脚来,我就饶不了你的命!"来升咧着嘴说:"少爷!您这样做,是图什么呀?"张云杰不许来升细问,并催着他快些走了。一个人在屋中来回走着,又抽出宝剑来看了看,心说:陈仲炎,你找不着我的父亲,但我要找找你;不但找你,我还要……他精神很是兴奋,来回走着,脑中安排着计划,想要逐步去实行。

待了一会儿,来升就回来了,拿来了一百两银票,并说:"少爷,你打算怎么办我都不拦着,我跟着你吃一钢鞭都没有怨言,可是我是老爷派来跟着你的,咱们今天不出城,老爷一定疑惑我们是有了什么差错。刚才我跟徐掌柜商量了半天,徐掌柜也很着急,他已派了何伙计出城,把这件事情告诉老爷去了!"

张云杰吃了一惊,心说:把这件事若叫自己的父亲知道,他岂不要吓死吗? 又细一想,觉得叫他知道了也好,他可以防备防备;不过若是有人嘴不严,或因玉器局的人常往六里屯去,被陈仲炎知道了底细,那自己反倒弄巧成拙,于是又切实地向来升嘱咐了一番。

他急盼着陈仲炎来,来升只要听见窗外有人一说话,就不禁惊慌失色。约莫有四点钟,果然陈仲炎前来拜访。张云杰仍然拿着一点架子,到屋中分宾主落座,来升的两手发颤地给献上茶来。陈仲炎就详细询问张云杰是哪里的人,从哪位名师学的,是哪家哪派的武艺,现在来京是有什么事。张云杰却随口而说,说:"兄弟是南阳府人,但多年行走两湖;武艺是从巫山道士学来的,是内家武当派。此次北来无事,只是为游览京门的名胜。"

陈仲炎表示敬佩,喝过一碗茶之后,陈仲炎就露出激昂愤慨的样子,先说了他胞兄陈伯煜于四年前被害之事,然后就说:"四年以来,我到北京两次,其余的时间也尽在江湖流浪中度过,但仇人宝刀张三的行踪仍未觅到。所以我见了人便要打听,因为我的大仇一日不报,我就一日不能心安;华兄久走江南,可曾听说过那恶贼张三的下落吗? "

张云杰听陈仲炎向他询问宝刀张三的下落,他的脸上也不禁微微变色,心中所感觉的并非惊恐,却是一种惭愧,便翻着眼睛想了一想,说:"姓张行三的人很多,但宝刀张三我却没有听说过。"陈仲炎就又说:"此人原名张雁峰,可是他久在江湖厮混,又不怎么出名,所以人只晓得他的排行,却不知道他的名号。"张云杰点了点头,就说:"以后我若遇见此人,我一定把他擒住,或是杀了。因为兄弟也专好打天下不平之事,见了这样贪利忘义、行凶害人的人必不能容饶!"

当下陈仲炎又抱拳恳托了一番,便要告辞,张云杰就说:"陈兄今日下访小弟,实感荣幸,不知陈兄的寓所在哪里?请告诉我,日内我好去拜访。"陈仲炎却说:"我现住在东城堂子胡同敝友余岳峰之处,在那里寄寓,客人去了难免招待不周。华兄还是不要去,以后我一准常来拜访。"张云杰便把陈仲炎的住址牢牢记在心里。

送陈仲炎走出之后,他回到屋中就向来升说:"你还害怕吗?你看今天陈仲炎见了我,他是多么谦恭!"来升仍然摇头,说:"少爷!他现在求您给他打听事,他还能够不谦恭?可是,只要一个言语不合,他翻了脸,你就留神他那钢鞭吧!"又说:"刚才徐掌柜也叫我劝你别招惹陈仲炎,不但别惹他,也别跟他交朋友;因为陈仲炎得罪的人太多了,各路的镖头拳师没有一个不恨他。虽然别人的武艺全都不如他,见了他都得恭恭敬敬,可是别人的心里都不服气,早晚他还是得在京城栽跟头。"张云杰微微地笑着,又说:"少说话!"

他仍然在屋中来回地走着,渐渐又想好了一个主意,就向来升问了那堂子胡同所在的地点,随后他就往屋外去走。来升追出来问说:"少爷!你上哪儿去呀?"张云杰就说:"你不要管,你就在这店里好好待着,不准满处乱跑,少时我就回来。"说着,张云杰走出悦来店,到前门雇了车就出去访陈仲炎。

这时天色已然不早了,霞光如血,照着城楼,也照着宫城。这辆车走过了东单牌楼,张云杰就让车停住了,给了车钱。下车往北走了不远,就见有一座高高的牌坊,木头匾上写着"东堂子胡同",胡同很宽,他走进去。张云杰的两眼东瞧西望,就见两旁都是大门户,还多半关着门,张云杰猜不出哪个门里才是陈仲炎所住的地方。

他一直往东走，胡同渐渐窄了，小门也渐多，杂货店、肉铺、酒店也有不少家。张云杰就信步走进了一家酒店，一看屋子很窄，可是喝酒的足有一二十人，一个挤着一个，在欢笑着谈天。张云杰找了个板凳边儿坐下，旁边和对面是些不相识的人。

　　酒店伙计过来，先在张云杰的面前摆了四小盘酒菜，然后问说："大爷！喝白干还是喝绍兴？"张云杰说："来壶白干吧！伙计，我先跟你打听一个人……"那伙计因为正忙着，一听说要"白干"，就赶紧到柜上去取，张云杰后面说的话，他全没有听见，张云杰就笑了一笑。待了一会儿，这个伙计把"白干"取来了，张云杰才拉住他，问说："我打听一个人，现在京城有名的铁面灵官陈二爷陈仲炎，他是住在这条胡同哪个门里？"

　　伙计用眼注意地看看他，就努努嘴，悄声说："那边桌旁的两位，就是陈家的人。"张云杰顺着伙计嘴指的方向去看，果然见里首有二位酒客，全都很年轻，一个是又黑又胖，穿着粗蓝布的衣裳，像是个乡下人；一个却是身短精悍、气度昂然，捏着鼻烟往脸上抹。张云杰心说：这二人之中一定有一个是陈仲炎的师侄徐飞。因见他们那边还有个空座位，随就向伙计说："你给我挪过去吧，我们是一块儿的。"

　　当下伙计拿着他的那四盘菜一壶酒，挪到那桌上，那边短小的人正把一条腿蹬住板凳，张云杰就把身子向那条腿上一顶，说声："借光！"那人的腿就被顶了下去了，瞪了他一眼，张云杰却像不大觉得。坐下，张云杰把那四盘酒菜，一盘卤煮麻雀、一盘葱丝拌豆腐干、一盘老腌鸭蛋和一盘小方块儿的兔儿肉摆成一列，像供神似的，把别人的菜盘酒壶都怔给推到一边。那个黑胖脸的乡下人立时发怒，瞪眼抢拳；短小的人却向他的朋友使眼色，拦住了，两人全注意瞧着张云杰。张云杰却一切不睬，只端端坐着，仿佛自己把自己给供上了；他用筷子夹菜，笑微微地自斟自饮。

　　那个乡下人忍耐不住了，把拳头向桌上一擂，咚的一声，震得杯盘皆动，酒壶都倒下了。他黑脸发紫，骂道："什么东西！成心来捣蛋！不认得俺杨大壮？"旁边的座客全都吃惊扭头。掌柜的也过来，向张云杰作揖,说:"大爷请那边坐,那边宽绰!"张云杰却声色不动,说:"为什么呢?这边不顶好吗?奇怪,为什么叫我挪?坐这张桌子不是也一样的花钱?"

杨大壮此时已站起身,举臂握着拳头向张云杰就打,骂道:"什么东西?"拳头却被张云杰托住了。杨大壮另一只手抄起了酒壶往张云杰的头上就砸,张云杰急忙将头一闪,酒壶就飞到了邻座;同时他托住杨大壮拳头的那只手又一反扣,向怀中一带,身子站起来又向旁一闪,杨大壮就连人带板凳全都躺下了,桌子也几乎翻了,酒壶盘子纷纷滚在地下。

掌柜和伙计全都赶过来劝架,旁边的座客都惊惶着往外去走,那个短小精悍的人却站在板凳上喊道:"哪儿来的小子?"一下就扑过张云杰来,抢拳就打。张云杰右手推开了他的右手,自己的左手顶去,砰的一声,就打了这人的胸上一拳,这人痛得一弯身。那边杨大壮由桌下爬起来,抄起板凳向张云杰就砸。张云杰一下就抄住了板凳腿,再一下就夺了过来,用板凳护身向外去退走,退出了酒店。

门外已拥挤了不少人,就听有人说:"了不得!那人是铁面灵官的儿子!"张云杰却冷笑,高声说:"诸位闪开!给我们让出个宽敞地方,我要请诸位看看!叫铁面灵官的儿子趴在地下吃屎!"

酒店中的二人已然奔出,杨大壮瘸着腿暴跳如狮子一般,手中拿着切肉的一把短刀;陈仲炎之子陈正仁却从腰间亮出匕首来,双方齐上。张云杰只用一条板凳迎敌,咔嚓咔嚓乱打一阵,杨大壮的头就破了,陈正仁却转身跑了。杨大壮扔了刀,过来夺张云杰手中的板凳;张云杰却把板凳一扔,扑过去,使个扫堂腿,杨大壮咕咚一声就摔倒在地。杨大壮气喘喘的才要往起爬,张云杰又向他胸上踹下一脚,他就又仰倒在地。旁边就有人哈哈大笑,忽然又有人警告着说:"别笑了!"并有些人急忙忙地散去。杨大壮坐在地下,脑门子满是血,哼哼地骂说:"好小子!留下姓名!"

这时忽见由西边来了两个人,正是刚才跑走了的陈正仁,把他的父亲找来了。那铁面灵官陈仲炎手提着一只三尺长、核桃粗的钢鞭,披襟挽袖大踏步走来,陈正仁提着口刀在前边跑着,愤怒地指着说:"就是这个人!"

陈仲炎一看是张云杰,就站住了身一怔,张云杰却含笑抱拳说:"陈兄!你是要来给我们劝架吗?"地下坐着的杨大壮却怒叫着说:"二叔!打他!这小子成心来找咱打架,看不起咱们!二叔,劈死他!"

陈仲炎绷着脸,上前问说:"华兄,为什么事,你打了我的儿子和师侄?"张云杰惊讶着说:"啊呀!原来这是令郎和令侄呀?对不起!对不起!我们是都喝了点酒,吵起来了,小事小事,我给二位赔罪!"他随就向杨大壮和陈正仁拱手赔罪。杨大壮也发怔了,擦擦血爬起来,陈正仁却悄声告诉他父亲,说:"这人是故意来戏耍咱们!"

陈仲炎把钢鞭交给他的儿子,过来一把手将张云杰拉住。张云杰神色不变,仍然笑着说:"陈兄,我给他们两人赔了罪,还不行吗?"陈仲炎却揪揪张云杰,说:"请华兄跟我到街上,我们找个地方谈谈!"张云杰点头道:"好!"于是张云杰就被陈仲炎带走,这里看热闹的人就都说:"事情不妙,那小子一定是轻伤,重死!"

被拖着似的就出了东堂子胡同的西口,来到了大街,张云杰就将手一甩,说:"陈兄,这不像样子,你说到哪里去,我就同你去好了!"他这样昂然一说,陈仲炎反倒向后退了一步,他把张云杰从上至下打量了一番,还问说:"华兄,你到底是什么人?"张云杰说:"我叫华云……飞。"陈仲炎抱拳说:"华兄你说真话!"张云杰说:"我说的全是真话。我由河南北来,一来是为疗伤,二来实为会会你老兄,并要想见见你的令……郎!"

陈仲炎说:"小儿正仁他是新近才来京的。还有那杨大壮,他是先兄的徒弟,他们二人来此帮助我,我颇不愿意;因为他们的武艺都很平常,而且还年轻,爱惹事。"张云杰冷笑说:"我想他们一定常常惹事,而且每次惹了事,打不过人家之时,你老兄必要提着钢鞭出来帮助他们。"陈仲炎连连摇头,说:"不是,不是,我陈仲炎来此是为报兄仇,并非为凌辱江湖朋友。这几次我与人比武,全是我不得已才做的;也因为现在一般江湖人,你若不先把他打服,他就不能诚心与你结交!"

张云杰摇了摇头,冷笑说:"也不尽然,我也是江湖人,你若不打我,我还可以与你推心剖胆;你若是携带令郎、高徒来欺我,那么我就……也要对不起了!"说毕冷笑着,转身扬长而去。往南走了不远,他就又雇了一辆骡车回南城,在车上他倒不禁笑了。

车出前门,这时天色已然黑了,走过正阳桥时,就听赶车的人跨着车辕,自言自语地说:"这些无赖,不定又要等着谁打架!"张云杰扒着车窗向外一看,见是桥头的西边站着十几个人,还有白光闪闪的,仿佛有人手中拿着刀。张云杰就问说:"这些人拿着刀等着人打架,不是跟强盗一样了吗?官人怎会不管他们呢?"

赶车的人说:"官人查街的时候,前面必有灯笼开道,他们看见灯笼从远处来了,就散开;等灯笼走过去了,他们又聚在一块儿。您说官人可有什么办法?他们时常殴伤了人,就一哄而散。今天不定又是谁要遭殃!"

张云杰在车上笑了笑,心说:也不怪陈仲炎拿他的钢鞭打这些人,也真该打!

此时车已走进了西河沿,又半天才来到悦来店门前。下了车进店,要叫柜上开发车钱,那柜上的人却说:"华爷回来啦?陈二爷刚才来,现在您屋里等着您呢!"

张云杰不由一怔,赶紧问说:"哪个陈二爷?"柜里的人说:"有名的铁面灵官陈二爷,刚才骑着马来,现在你看,马还在圈里呢!"张云杰心中一惊,暗道:刚才与陈仲炎分手,如今他又骑着马赶上前来,找我是有什么事呢?遂向柜上的伙计说:"把外面的车钱给了吧!"

他心中纳着闷,但态度故作从容,就走进里院。只见自己那间屋子灯烛辉煌,来升却站在屋门口。一见着他们少爷,他就赶紧迎过来,惊慌慌地悄声说:"少爷!陈仲炎又找你来了!这可怎么好?"张云杰也悄声问说:"他没向你打听什么事吗?"

来升摇头说:"没有,他进门来就说:'你们少爷还没回来不是?'我就说:'还没回来。'他说:'那么我在此等等。'就在椅子上坐下来了。我给他倒了一碗茶,他也不喝,他只是坐在那里发怔,真叫人瞧着害怕!"

张云杰笑了一笑,又摆手悄声嘱咐说:"千万少说话!"他遂就笑吟吟地走进屋里,只见陈仲炎穿着那件大棉袄正在屋中发愁坐着,张云杰就说:"哈哈!陈兄!你的行踪神出鬼没。我们才在东城分手,你怎么又先来到了这里?"

陈仲炎站起身来,态度非常诚恳,说:"我是骑着马赶到,你大概是坐车,自然我要先到。华兄,刚才我听了你的忠言十分后悔,我也自觉得,来到北京这些日,我是太露锋芒了!现在不但旧仇人宝刀张三是毫无下落,我反倒在此结下了许多新仇,牵坠得我想离开此地也不行。所以我见华兄少年慷慨,是个江湖上难得的人物,所以我才愿与华兄诚心结交,并向华兄请教:我怎样才能脱去了这些江湖人的纠缠,而去办自身的至急之事?"

张云杰一面叫来升倒茶,一面劝陈仲炎说:"陈兄不要忧烦,我劝你赶快离开此地。你想,宝刀张三既是躲避了四年,不敢与你见面,可见他是自知武艺敌不过你。如今在北京你终日与人比武,弄得声名大震,那张三还没有耳朵?不用说他没在京都,就是在此地,他也早就已跑了,还能找上你的头来送死?"

陈仲炎叹了口气,说:"我也是这么想!我与人比武并非我情愿,是我为寻找仇人下落,不得不与江湖人往还。但那些江湖人你是晓得的,他们知道我是铁掌陈伯煜的兄弟,便想与我比武,除非我认输才行,可是我陈仲炎向来又是强性,绝不低头服人,所以才弄成这样。两三个月来,我打服了直隶省数十名英雄,他们明着与我结交,其实心中怨恨;在北京他们还不敢怎样,但我若一离开此地,他们一定要在途中设计陷害我!"

张云杰听了,不禁心中一动,又听陈仲炎说:"因此我才想结识一位好友,助我以报兄仇。我见华兄慷慨磊落,不同那些人,而且来此游览……想必很是闲散。倘蒙不弃,我愿与华兄结为八拜之交;寻着宝刀张三,报了我杀兄的大仇,我陈仲炎终身不忘!"

张云杰脸上微微变色,就摆手说:"拜盟兄弟我可不敢,因为我太年轻。至于助你报仇之事,那是朋友应当做的,只要我寻出宝刀张三的下落,查明他确是恶人,我必替陈兄下手;但是如果这人已经改过向善,隐遁山林,不再作恶,我也劝陈兄饶恕了他,因为冤家宜解不宜结!"

张云杰的话说到了这里,陈仲炎的脸上就带出不悦之色,连连摇头,说:"什么仇家我全可解,惟有张三,我饶不了他!"张云杰说:"既然如此,只要我寻着了张某的下落,我必设法告诉你,至于杀或饶,那全凭陈兄!"陈仲炎起身抱拳说:"拜托!拜托!明天我带领小儿和师侄前来谢罪。过几日我便要往旁处去,他们留在此地,请华兄随时帮助,以免人欺。"说毕又一拱手,便出屋回去。

陈仲炎走后,张云杰愤怒着站立了半天,忽然他又想起一件事来,就抄起了宝剑往外就走,来升说:"少爷您还上哪儿去?"张云杰说:"少说话!"

他提剑出了店门,一直向东跑去,跑到了正阳桥,就见这里有一边人声嘈杂,并有乒乒乓乓的一阵铁器和木器相击之声。张云杰赶紧抽出剑来,飞奔过去,只见这里是三十多个人各持器械正围住一个人殴打,被殴打的正是陈仲炎;只见他手中舞着一杆从别人手中夺来的木棍,上下翻飞,打得那些人此上彼仆,无法将他按倒。张云杰加入了,一手晃动宝剑威吓众人,一手拿剑鞘向众人的头上乱抽,并大骂道:"你们是要造反吗?"他从人丛中将陈仲炎救走,众人复又围上来,又被张云杰打倒了几个。

这时远远之处就来了两盏灯笼,就有人说:"官人来啦!"遂就一哄而散。张云杰也怕官人来到,要惹官司,也顾不得再找陈仲炎的那匹马,就赶紧叫来了一辆车,搀扶陈仲炎上车,嘱咐赶车的人说:"赶到东堂子胡同!快些!快些!"赶车的挥动皮鞭,车轮在石头道上咕噜咕噜地响,就赶进前门里去了。

这时城门已关了半扇,天黑如墨,银星万点,新月一钩,吹着微寒的春风。陈仲炎在车里坐着,吁吁地气喘,张云杰就问说:"陈兄受伤了没有?"陈仲炎说:"不要紧!"骡车走得很快,迤逦地到了东堂子胡同,张云杰就问说:"陈兄你住在哪个门户里?"陈仲炎喘着气说:"搀我一把！我向外看看！"张云杰搀住陈仲炎的胳臂，就觉得两手发湿，知道他的身上已受伤流血。陈仲炎向外看了一看，便说："车停住吧！就是路北这个门。"

当下车停住了，张云杰先跳下车去敲门。门敲了几下，里面就有人出来，借着车后挂着的那纸灯笼的灯光，可以看得清楚，出来的这人正是陈正仁。张云杰就抱拳说："陈兄弟，现在令尊受了伤，在车上，你帮助我把他搀下来吧！"陈正仁一听他的父亲受了伤，就立时大怒，问道："我父亲是被谁伤的，是你吗？"车上的陈仲炎却申斥说："快来搀我！你华叔父帮助我打散了那伙土棍，你不知感谢，反倒向你的华叔父发横！"陈正仁立时不敢言语了，赶紧到车旁来搀他的父亲。

此时由门里又出来两个人，一人手中提着一只灯笼，正是黑胖瘸腿的杨大壮；另一人，张云杰看见了，就不禁吃惊，原来正是身穿青衣、手提白龙吟风剑、俊眼圆睁的陈秀侠姑娘。

此时张云杰、陈正仁已将陈仲炎搀下车来，陈仲炎见侄女手提宝剑，怒视着张云杰，就说："不可无礼，来见见！这是华云飞叔父！"张云杰心说：要糟！姑娘却知道我叫黄一飞，又叫张云杰。他生怕姑娘把他的假名姓说穿了，心里咚咚乱跳，不料陈秀侠把眼睛又盯了张云杰一下，点点首，轻轻叫了声："华叔父！"张云杰不禁连脖子都发热，幸仗灯光昏暗，才遮住了他的羞颜。

陈仲炎被搀扶到北房内，北房三间很是宽敞，灯也很明，室中的陈设也颇讲究。陈仲炎坐在一张太师椅上，右臂、左胁全都往下流血，衣袖尽已染红。秀侠赶紧去取了一包刀创药，为她叔父解开衣怀，敷上药，低着眼皮，连看张云杰也不看。几上的银灯正照着秀侠的粉面，张云杰就见她比以前更为娇艳，而且一种妩媚的闺阁气派，比在江湖间相遇之时更是动人。

张云杰脸仍红着，心中非常的难受，陈仲炎向他看了一眼，就又向杨大壮说："给华叔父搬椅子！"张云杰说："不客气！"杨大壮瞪眼发呆地看了张云杰一下，就搬了一把椅子，请他落座。

张云杰此时却觉得十分拘窘不安，偷眼看了秀侠一下，见秀侠那柔润的黑发,纤细的手指,紧瘦的衣裳包着窈窕的身段,真令人销魂。同时张云杰可以猜想得出,姑娘一定心里冷笑呢,大约是说:哼!此时你又姓华哩?别以为我不认识你,不害羞!

张云杰一向是能说,此时他却说不出一句话来,半天才说道:"陈兄,现在觉得伤势怎样?"

陈仲炎却笑着摇了摇头,说:"不算什么!一点点轻伤,到你我的身上还算事吗?"又望了儿子和侄女一眼,说:"我早料到何永龙、高文起、耿大豹、耿二豹那些人,虽然败在我的手中,我待他们也很好,但他们必都在心中恨我,早晚必定寻仇;可是我还没料到,他们晓得我今天单身出城,竟在正阳桥头暗算我。他们一共有三十多个人,我却孤身徒手,所以若不亏你们华叔父赶来相助,我一定受伤更重!"

陈正仁跟杨大壮齐都扭头瞧着张云杰,秀侠却仍然不抬眼皮,陈仲炎就又说:"你们华叔父的武艺超群,人品也不同那些江湖人,你们以后对华叔父都要尊敬!刚才我已然向他拜托,将来我走后,就叫他留在北京,帮助你们寻找恶贼宝刀张三的下落,以报大仇,以后你们都要听华叔父的话!"陈正仁、杨大壮齐都恭敬地向张云杰拱手,秀侠姑娘却背着灯弹了几点眼泪,掏出一块手帕来擦拭着眼睛。

张云杰在这里坐着,觉得心中很不是滋味,就站起身来说:"天不早了,我要回去了。"陈仲炎却说:"前门城门已关,你还怎能出城?我这是借的房子,颇有富余,叫人打扫出一间来,今夜你就在这里宿下吧!明天我还要跟你商量商量,如何才能出今天这口气!"

张云杰叹气说:"我劝陈兄算了吧!俗语云'冤家宜解不宜结',无论大仇小仇,总是解开才好,否则冤冤相报,哪有个完?"

话才说到这里,陈正仁、杨大壮齐都面现怒色,秀侠也瞪了他一眼,仿佛都忍不住要用话反驳他。陈仲炎却微微冷笑,说:"华兄!你阅世太浅,没怎么与人争斗过,所以你不知冤仇积在人心中的难受情形。如今的小仇不谈,只谈先兄被害之事。我为寻宝刀张三,四年以来,食不饱、睡不安,到如今这么暖的天气我还穿着大棉袄,实在是我怀念兄仇,已忘了寒暑!"

陈仲炎说出了这话，秀侠在旁越发伤心，以她的手帕捂着脸，不住抽搐着哭泣。陈仲炎就长叹了一声，说："我这侄女真是可怜！她父亲生前，与她相依为命，自她父亲死后，她为报父仇，在外受尽了颠沛困苦；如今来到北京找我，我就不令她再出门了，因为倘若她再有些舛错，我更难以对先兄。我的仇人太多，今天受了些小伤，还算是幸事；万一将来我兄仇未报，就有了意外，望华兄对他们加以善视。我陈家缺少近亲好友，全赖江湖知己，道义相重，将来倘能助我家杀死恶贼张三，我们无法报恩，只想……"

看了他的侄女一眼，却不再说话了，秀侠也掩面出了屋。陈仲炎这才说："只要有人将先兄大仇报了，将苍龙腾雨剑夺回，将恶贼宝刀张三杀死；那人若还是年轻未娶妻，我便将我的侄女儿许配于他。"张云杰听了这话，才明白陈仲炎与自己相交之意，当下怔怔的，没有言语，心中却惭愧与愤恨并集，也不禁暗暗地叹息。

待了一会儿，陈正仁叫进一个仆人来，命给张云杰收拾出宿室。张云杰这时也恨不得找个地方就一头躺下。陈仲炎又说："我们为什么要来到北京呢？就是因听人说恶贼张三现在匿藏于此，那恶贼不知怎样偷盗，发了一笔大财，大概已改了名姓。他有个儿子，不知叫什么名字，听说从信阳州大刀刘成学过武艺，这时也一定住在北京。我要是寻着了他，我一定将他父子全都杀尽！"末了这句话陈仲炎愤愤地喊出，张云杰心中又惊又愤，便隐忍着不言语，脸上也不露出神色。

此时仆人进来，说："床已然铺好了！"陈仲炎点点头，带笑向张云杰说："天不早了！请华兄休息吧！明天再谈。"张云杰慢慢站起身来，陈正仁在后随着他。一出屋门，迎面正遇见秀侠，两人的眼睛不防就对在一处，张云杰的脸上就又一阵通红，心中又一阵难受；没同秀侠交谈，他就随着陈正仁进到那已收拾好了床榻的西屋。

这西屋里的布置得也十分古雅，书架上琳琅满目，几上摆着铜鼎瓷瓶，壁间也悬着名人字画，由此可知这里必是个读书之家，不明白一个江湖闻名的铁面灵官为什么能在此寄寓。陈正仁白天跟张云杰打了个架，这时却对张云杰甚好。他笑着说："华叔父，你喜欢赌钱吗？我们这儿有几个人，咱们可以推牌九！"张云杰却摇摇头，说："吃喝嫖赌里边都没有我！"陈正仁哈哈一笑，说："那么我们可到别的屋里玩去了！华叔父你要须人伺候时，你就喊'得旺'，就有人来了。"张云杰点头说："好，兄弟你请便吧！"陈正仁走出去了。

张云杰在屋中对着一盏青灯闷闷不乐，想起刚才见了秀侠时那种情景，不禁销魂；想起陈仲炎的话却又感叹，心中烦恼至极，一抱头向木榻上躺去，觉得发昏。也不知过了多少时间，远处更鼓迟迟已交了三下，张云杰就长叹了一声，坐起身来，正想解衣熄灯去睡。这时忽听窗外有人轻声叫道："华叔父！"张云杰不由打了个冷战，赶紧向外问道："是谁？"

窗外却是很温柔的声音，答道："我是秀侠！"张云杰心里一动，脸上立时发热，窗外却是一阵低微的笑声，说："华叔父，在河南时你骗我，说你叫黄一飞，又叫张云杰，原来你姓华！"张云杰的脸上像火烤着似的，同时心中十分紧张而且难受，就也笑了笑，说："那时你也没用真名姓，我要知道你是陈仲炎的侄女，我绝不敢向你那样无礼！"

窗外也默然了半天，似乎秀侠听说起在河南相遇之事，她很是羞涩，忸怩了半天，就微叹了叹说："那些事就别再提了！我也不敢跟我叔父去说，我叔父的脾气不太好。现在我来见华叔父，求你跟我叔父说一说，放我去出门找宝刀张三，为我父亲报仇。我三四年来刻苦学习武艺，为的是什么？但是我到北京来，一见了我的叔父，他就不准我再出门了！他办事又太慢，我天天着急，像这样，几时才能寻着那恶贼宝刀张三呢？"秀侠姑娘在窗外说话的声音是越来越凄惨，后来竟转为咽呜的哭泣。

张云杰心中也像刀割似的，咬着牙，听了半天，才说："好吧！一半日我跟你叔父提一提，劝他放你出门。但是……姑娘你可别恼，你也应当时常劝劝你的叔父，冤家宜解不宜结！宝刀张三，人固可杀，但四年以来他未必不后悔，销声匿迹，时时担心他的性命，也够可怜的了。我虽与他素不相识，但我生平最喜为人排难解纷。姑娘，只要你能劝得你叔父不伤张三的性命，天涯海角我也把张三寻来，叫他叩头谢罪，听凭惩罚，只要留他一条性命就是，不然我可不能帮你们的忙；倘若遇见张三，知道他确已改过向善，我还许助他逃命。因为人人皆有好生恶杀之心，你们报了仇，不能使你父亲重生，徒然再死个别的人。姑娘，你是个宽宏大量的人，请你仔细想一想！"

窗外的秀侠半晌也没有言语，悲声也止住了，似乎她的芳心正在细细地思忖。张云杰希望她的答复，待了良久，才听秀侠说："我倒没什么！仇我忘不了，可是杀死个活人我也不愿下手。恶贼张三要是有儿有女有老娘，我更不忍杀他解仇，我也很愿意……"张云杰一听，心中非常痛快，又听秀侠说："就是……劝我叔父决劝不成，他现在恨极了仇人，不杀死张三绝不甘心。他还听说张三有个儿子，也二十多岁了，他见了也一定要杀！"张云杰一听这话，眉头又紧皱在一处，同时心中有些愤恨。

窗外的秀侠又说："我就是想出去，找着宝刀张三，看他那个人到底是多么凶恶？他若真是恶人，我就把他生擒了，交我叔父杀他；他若是不太坏，早先做的事不过是一时糊涂，那我就砍他一剑，叫他负伤可不至于死，然后我叫他父子赶紧去逃生！"

张云杰咬着牙，闷闷了半天，就说："好吧！明天我一定劝你叔父叫你出门。我还有几句话要向你说，明天晚饭时，请你到西河沿悦来店去找我。"张云杰说出了此话，心里又盘算着新的主意。

窗外的秀侠却又默然了一会，就带着点笑声儿说："有什么话您不会这会儿说吗？别闷人！"张云杰有些销魂，也笑了笑，说："偏要闷会儿你！谁叫你在河南削折了我的宝剑？"窗外又噗哧一笑，说："将来我赔你。报了仇，我送给你那口苍龙腾雨剑！"张云杰的心中又一紧，却仍然做出笑声，说："那我可不敢要，听说你叔父要想将来取回那剑为你择配。"窗外的秀侠却又默然了。

张云杰就扒着窗向外低声说："明天晚饭时你千万到店房找我去，我请你吃饭。还跟咱们在河南时一样。这件事就是叫你叔父知道了也不要紧，因为我今天救了他，他非常钦佩我，不能责罚你，也不能与我断绝了交情。"窗外的秀侠一声声地轻轻答应。

张云杰的心中痛快极了，突突地跳，刚要再说话，却听秀侠说："我睡觉去了，明天见吧！华叔父！"说毕了这话，就听一阵轻轻的脚步声，秀侠就走了。张云杰又呆怔了半天，听远处更声已交了四下，他这才熄灯；掩被躺在榻上，心里却十分紊乱，又是喜悦又是愁，一番难过一番恨，直到天亮也没合眼。

次日，在这里的仆人得旺伺候他盥洗完毕，他又到北屋中，见陈仲炎躺在床上，伤似乎很不轻。秀侠正在床旁伺候，与张云杰见了面，她并没抬眼皮。张云杰跟陈仲炎又谈了几句话，便告辞走去。

一出大门，正见有个人牵着一匹白马，跟陈正仁在门前说话。张云杰站住听一听，才知道这人是前门外镖店的，他把陈仲炎昨晚在正阳桥丢失的那匹马找到，特地送来讨好，并说："何永龙、耿大豹、耿二豹那些人现在还不服气，他们还要斗斗陈二爷，并正在打听昨晚救走了陈二爷的那个人是谁呢！"陈正仁听了，却面现惧色，向张云杰看了一眼，也没招理。张云杰就径自走去，到大街雇了车，回到前门外店房。

张云杰一进悦来店，见自己的那间房子锁着，来升不知跑到哪儿去啦。店伙赶来给他开门，说是："您用的那个人今天一清早就出去了。"张云杰很是生气，到了屋内，店伙沏来茶；他喝了一碗，就倒在床上去睡。

也不知睡了多少时候，睁眼一看，见屋中有三个人，一个是来升，一个是玉器局的徐掌柜，一个却是六里屯家中的仆人张福。张云杰就翻身起来，发怒道："你们来到这里干什么？"张福却说："奉太太命，请少爷回去，老爷现在得了暴病！"

张云杰吃了一惊，站起身来，用极小的声音说："除了来升在这里，你们都快走！我告诉你们实话，你们谁要说出去我就要谁的命。陈仲炎是老爷的大仇人，他来北京就是为寻老爷的下落，老爷一定是得了信，所以忧烦病了。我现在与陈仲炎交结，就为的是解开两家的仇恨，一点破绽也不敢露，露出来必有一场恶斗，老爷必死。你们快走！在街上见了我，也不许露出认识我的样子，快走快走！"

这三个人吓得脸全白了，徐掌柜与张福赶紧退出。来升在这里呆呆地站立,吓得跟个木头人一般,张云杰又嘱咐道:"少说话!别露出破绽就行,陈仲炎虽然武艺高强,可是我不怕他!"来升点头,一声也不敢言语了。

开完了午饭,张云杰就在屋中闷坐一会儿,闲走一会儿,时时发呆地翻着眼睛想。那来升就似个泥胎偶像,既无事可干,又不能言语。

日色在窗上渐渐转移,时光是不早了,张云杰就命来升到柜房取来纸笔。他开了一个菜单子,命来升出去到饭庄去叫,并叫店伙在屋中摆好了桌子,对面放了两把椅子,说是自己今天要请客。来升很纳闷,心说:难道少爷还是要请铁面灵官喝酒吗?那家伙喝醉了可就许耍起来钢鞭!他翻眼瞧着少爷,见他们少爷倒是很高兴的样子,并吩咐他把屋子收拾干净了。

待了一会儿,饭庄的人送来了半桌席,都摆在桌上,张云杰亲自摆筷子,细细地擦那酒盅。酒席都预备了,日色已由窗上逝去。张云杰心神不安,急盼着客人前来。来升却不住地眨眼,因为他虽明知陈仲炎不会往他的头上敲一钢鞭,可是不知为什么,他只要一看见陈仲炎就害怕。

张云杰在屋中乱转了半天, 时时把怀中的一只手表掏出来看,后来他着实忍耐不住了,就到店门外歪着脸往东去看;看了半天,天色都发黑了,才见由东边来了一匹白马,马到临近,原来正是秀侠姑娘。张云杰迎上几步,笑着说:"说来,你就真来了!我还怕你爽约呢!"秀侠收住马,瞪了他一眼,微笑着说:"凭什么我爽约呢?"说着偏身下马。

张云杰赶紧叫店伙出来接马, 秀侠却由马旁摘下来两口宝剑,把一口交给张云杰,说:"这是你的,今天早晨你忘了带走了,我叔父叫我给你带来。"张云杰笑着接到手里,说:"带来不带来都不要紧,反正我这口剑碰到你那口剑,也得变成两段!"秀侠又瞪了他一眼,说:"少说这话!"

张云杰笑吟吟地把秀侠带进院里,一进屋,那来升先是吓一跳,后来倒直着眼傻了。张云杰笑着说:"请坐!请坐!"秀侠却双颊发红,说:"这么些个菜是给谁预备的呀?"张云杰笑着说:"就是为你预备的,这是一席赔罪酒,在河南的事,想起来我真羞惭!"

秀侠被让在上首,微笑了笑,斜着身坐下。此时桌旁点了两支很明亮的蜡烛,烛光灼灼地照着秀侠的青衣、黑发,更照着秀侠的羞涩含情的芳颜。张云杰就见她虽然是穿着孝,身上没有一点艳丽的颜色,可是脸庞儿却显出娇红;这不仅是因为她忸怩使她脸上发烧,还像是由于女儿的爱美心,出门时必要擦点儿胭脂,张云杰不禁心旌摇摇,笑着,嘴都闭不上。

张云杰满满斟了一盅酒,双手送到秀侠的眼前,说:"这盅酒,一定胜似咱们在河南野店里饮的那盅酒,请喝!"秀侠却摆一摆手儿,说:"我不喝!我要先喝茶!"张云杰一听秀侠说要喝茶,以为她是渴了,赶紧叫:"来升!倒茶!"

来升正发着怔,听了话吓得一哆嗦,答应了一声,赶紧去倒茶;不防吧嚓一声,茶碗掉在地下摔了个粉碎。张云杰回头瞪了一眼,斥声:"慌什么?"秀侠却低头抿着嘴儿笑。来升赶忙又另拿了个茶碗,倒了一碗茶,双手托着锡茶盘晃晃悠悠地过来。秀侠就伸着纤手接过来茶碗,那口白龙吟风剑就放在她的椅旁;来升看见,又像见了蛇似的连退了两步,张云杰便用眼瞪他的仆人。

这时秀侠拿起茶碗来,笑微微地说:"我喝茶你喝酒!"张云杰也笑着说:"好!你真聪明!"于是各自饮了一口。秀侠就说:"今天是我叔父派我来的,因为我叔父叫我哥哥跟杨大壮来找你,他们都不敢出前门,所以我自告奋勇带着宝剑来了。我叔父找你有事,因为今天已得到了宝刀张三的下落。"张云杰吃了一惊,脸色一变,赶紧故作从容。

秀侠接着说:"我们为什么要来到北京呢?就是我父亲有个徒弟名叫赵凤翔,他在京西良乡县做班头。他听人说,张三是隐藏在京城附近,所以我叔父派了野牛高进在密云县,击山手侯文俊在通州,徐飞在保定府,各处访查张三的下落。今天你走后徐飞就派了人来,说红蝎子的贼众已被袁一帆打败,逃窜北来;宝刀张三就混在那贼群里,有个人看见过他。"张云杰听到这里,才放了心。秀侠又说:"我叔父很着急,因为他受了伤不能前去,红蝎子的贼人又很多,徐飞他们绝不是对手,我叔父才叫我来请你;请你赶紧南下,去帮助他们,好把张三捉着。"

张云杰点点头,沉思了半天,就问她道:"红蝎子那伙贼人现在哪里? 离京城还有多远?"秀侠道:"离京城可还远呢! 现在还没到保定,他们大概是顺着太行山要往口北一带去窜。"张云杰笑了笑,说道:"相离还有那么远,忙什么? 再说还得详细探听;张三要没在红蝎子的手下,咱们犯不上去以寡敌众! 来! 抛开这事不要提,先喝一杯茶。"

张云杰又饮了一盅酒,秀侠也偷偷地把刚才斟的那酒喝了,张云杰假作没看见,心里却暗笑着。吃了几箸子菜,张云杰又执着酒壶为秀侠满满斟了一盅。这次秀侠并不推辞,她纤手拿着酒盅儿,用嘴唇抿着,四五口才把一盅酒饮尽;她的双颊越发娇红,被烛光映照着真如雨后晴霞,又如在阳光下开放的玫瑰。

张云杰对此佳人既爱且慕,可是心中却萌了一种伤感,暗想:这女子对我颇为有情,她的叔父也待我不错,我若向她家求婚,是很容易的一件事;一个人娶了这样才貌双全的女子,也可以终身无憾。但是,我是谁呢? 我真是什么华云飞、黄一飞吗? 我不过是她家的仇人之子张云杰! 我的父亲杀死了人家的父亲,夺去了人家的宝剑,使人家衔仇受苦,在外奔波了三四年;如今我又假装另一个人来娶人家的闺女,那我岂不成了一个奸狡恶毒的小人? 红蝎子的徒弟翠环,我可以把她推下河去而不悔,因为那是个女盗;如今这秀侠是良家的女子,她父亲叔父全是江湖闻名的侠义,我岂可以伤天害理的行为加诸人身? 何况事情只能欺瞒一时,早晚她必晓得我是张三之子,到那时我可怎么办呢? 即使她不忍杀我,但我还有什么脸面做她的丈夫? 因此心中惭愧难名,惆怅不置,就叹了口气。

对面的秀侠却停住了筷子向他掠了一眼,张云杰又假作笑意,说:"我们快些吃吧! 吃完了饭你赶紧进城,不然恐怕城门关了,我这里又没有富余地方叫你居住,而且……而且不方便!"秀侠又用明媚的眸子掠了张云杰一下,并没言语。张云杰又笑着说:"实在,我并非是催你走,是因在我这里不便,我们现在已非在河南相遇之时了! 那时可以彼此无拘,现在,我与你叔父是朋友,你便是我的侄女!"说到这里,他又微微地叹气。

秀侠的脸上也突然现出悲戚之色，忽然她把筷子一摔，站起身来提着宝剑向屋外就走。张云杰赶紧追出屋去，一把手揪住秀侠的右臂，问说："怎么，你生了我的气？我是怕城门关了，你进不得城。"秀侠却转脸嫣然一笑，娇声说："我也忘了城门要关，你一提，我就吃不下去了，我就得赶紧回去，我生你的气干什么？你心眼可真多！"张云杰紧紧拉着秀侠的胳臂，倒舍不得叫她走了。

这时来升也出屋来了，张云杰又把秀侠拉回屋去，秀侠就温柔地低着头笑说："刚才你催着我走，现在可又揪我回来，关了城门我回不去，第二天你可跟我叔父说去？"张云杰笑着说："前门关得晚，我们多谈几句话不要紧，你再请坐，再吃点什么？"秀侠却摇头说："我不吃啦！本来我今天是吃完饭才来的，进了门，我瞧你全预备好了，我才不好意思说我已然吃了！"

张云杰笑了笑，说："我要跟你说几句话。实同你说，我同你叔父交结，就为的是见你。"

秀侠蓦然抬头看了看张云杰，张云杰也面上发红，呆了一呆，才说："你别疑惑我是存着坏心，我只是敬慕你。自从在河南我们见面之后，我就对你时刻难忘，起先我以为你是个江湖女子，后来我见了你的宝剑，才知你是陈伯煜之女，我就越发敬慕。只是……"

张云杰的话还没说完，秀侠就已低头垂下眼泪，宛转地说："我也……敬慕你，我父亲惨死后，我就再没有个亲人！我叔父他脾气暴躁，不明白我的心。你若能帮助我报了我父亲的仇……我愿……拿你当个亲人！"

张云杰安慰说："不要伤心！不要伤心！"自己的心里却十分难过，又叹了口气。

半天，忽然秀侠掏出手绢擦了擦眼泪，又笑了，就又掠了张云杰一眼，说："我走啦！明天你到我们那儿去一趟好了。"张云杰点点头说："好罢！我送你进城。"秀侠却把他拦住，笑着说："你送我什么？我骑着马，一会儿就能回家！我有宝剑，什么人也不怕。你别送我，我走了！"

说着,秀侠便向屋外跑去。

　　张云杰依旧送出来,到了店门外,张云杰叫店伙把马匹和皮鞭交给了秀侠。秀侠先将白龙吟风剑挂在马鞍之下,然后她扳鞍上马,又向张云杰嫣然一笑,说:"你请回吧!"张云杰笑着点了点头,当下秀侠就挥鞭向东走去,走了几步还回头看了一看。

　　这里张云杰直着眼往东去瞧,就见月色已吞蚀了马上侠女的俏影,只有几盏灯,稀稀地与天上的星光争耀。他还恐怕秀侠发生什么舛错,就往东去走,直走到了正阳桥,四顾茫茫,早不见秀侠往哪里去了。他怅然若有所失,长叹了口气,就无精打采地回到店房。

　　一进屋,见来升一个人坐在刚才秀侠坐的那把椅子上正在大吃大喝,一见他们少爷回来,他就赶紧站起身,擦擦嘴。张云杰说:"你就吃吧!"说完了,便走到床旁,将身一躺,双手抠着脑袋,一声也不发。

　　来升在那里吃喝足了,店伙和饭庄的人就进屋来收拾杯盘。那店伙把来升拉出房去,悄声问说:"刚才来这儿陪你们少爷喝酒的那个姑娘是谁呀?"来升摇头说:"我不知道,他们说话的声音小,我也没听清楚,大概是我们少爷叫的条子?"店伙摇头说:"不是,窑子里的姑娘哪有骑马带宝剑的呢?"

　　二人这样密密地议论着,房中的张云杰却叫来升。来升赶紧进屋,问说:"少爷,吩咐什么事?"张云杰依然躺在床上,紧皱着眉说:"快些收拾完了,关上门睡觉!"来升答应了一声,心说:这位少爷白天睡了半天,怎么现在又要睡呢?还没交二更呢,我又才吃得很饱……他又不敢多说话,少时就收拾好了桌子,把房门关上,两支蜡烛也都熄灭了。

　　来升就在旁边小木榻上躺着,但他哪里睡得着呢?肚中的酒肉撑得他十分难受,又猜不出他们少爷忽而请来铁面灵官,忽而又请来这位带着宝剑的漂亮姑娘,到底是存着什么心。这一夜,那大床上的张云杰也是辗转反侧,睡眠不安,并且他时时用力地捶床,长声地叹气。

　　次日,张云杰又有了精神,换了一身很整齐华丽的衣服,去看陈仲炎。在病床旁又见了秀侠,但二人并没有说话。陈仲炎的伤势虽不太重,可是还不能起床,在床上就提到了昨日秀侠所说之事,他说:"华兄弟,昨日你侄女想必已跟你说过了,那宝刀张三现在红蝎子的群内,已将到了保定府,我想请华兄去一趟,帮助徐飞他们把恶贼擒住。好兄弟,你恐怕贼势过众,一人难敌,或是你不愿与红蝎子妇人交手,那我可以派我侄女携白龙吟风剑与你同行;到时叫她专敌红蝎子,你去把家兄的仇人捉来。然后,说句爽快的话吧!倘若华兄你家里没有夫人,你再不弃,我就愿把侄女嫁你!"

说到这里,秀侠姑娘的脸上一阵发红,低着头走出里间,在外屋顿住了脚,侧耳向屋里去听,只听张云杰慨然说道:"宝刀张三既在红蝎子的贼群之内,我不消秀侠姑娘帮助,也能够把他活捉或是杀死。只是……陈兄所说的话我却不敢答应,因为那样一来,我就是为你陈家的姑娘我才管这件事,显得我这人太不磊落了;我虽尚未娶妻,可是……我愿终身不娶!"秀侠听到这里,不禁心头发生一阵怒恨,她就一跺脚走出屋去。

她住的是内院东房,那内院就是房主余岳峰的家眷。余岳峰是礼部郎中,早先曾做过河南某县的知县,陈伯煜生前曾帮过他不少的忙,因此陈仲炎父子叔侄此次到北京来,为陈伯煜报仇,他便招待在他家。余家只有位曾小姐,小姐是温柔娴雅,终日念佛读书,与秀侠不大说得来。

如今秀侠回到屋中,她就闷闷地坐着,想张云杰真可恨,却又可疑。自从在路上与我相遇,以及昨日在他店中的情景,他是处处对我轻薄;但如今我叔父爽直地说出了婚事,他怎么反倒拒绝了呢? 这真真可恨。他没有准姓名,又没有准脾气,来历更是不明,他花的是哪里来的钱呢? 他故意来到北京会我们,是存着什么心呢? 我非要去找他问问不可!

第十四回　小室斟情突来怪客
　　　　双雌斗剑互争情郎

于是秀侠暗恨了一会儿，猜疑了一会儿，便又到外院见着杨大壮，就急急地问说："华云飞他走了没有？"杨大壮说："将才走。"说着话眯缝着眼睛不住向秀侠嘻嘻地笑。秀侠就发怒说："你笑什么？"打了杨大壮一拳，说："快给我备马去！"杨大壮仍然笑着，秀侠就跑到里院取了白龙吟风剑，随后出来。杨大壮已将马匹备好，牵到了门外；秀侠出来，系好了宝剑，接过来马鞭，她就向杨大壮说："别告诉我叔父我走了！"

杨大壮点头，问说："师妹你到哪儿去？"秀侠上了马，说："你别管！"杨大壮说："师妹你可别去找华云飞！那家伙贼头贼脑，我看他是没安着好心。他绝不是好人，我跟正仁我们正要探听他的来历呢，你千万别又去找他！"秀侠回首冷笑道："我认识他是谁？我去找他做什么？"说着就策马向西走去。

出了东堂子胡同的西口就是大街，此时正在下午两点来钟，街上的人正多，车马纷纭；可是骑着骏马、着青衣携剑的女子，也只有秀侠这一人，因此没有一个人的眼光不注意到她的身上。秀侠却催马紧走，那马蹄嘚嘚地敲着石头道，发着清脆的响声，铜镫磨着铁剑鞘叮叮地响，她脑后的一条长辫如同一条青绸似的在后飘着，街上就有些无赖拍掌叫道："好马！好漂亮的人！"陈秀侠却连头也不回，一直走出了前门。在正阳桥头向来是有许多流氓地痞的，他们见了马上的年轻姑娘，也不由个个都吃惊发迷；可是其中有人认识了这就是陈仲炎的侄女，就有人一转头溜走了。

秀侠催马直进了西河沿，到了悦来店的门前。这里站着两个伙计，他们全认得秀侠，秀侠就下了马，把宝剑解下，马交给伙计。她手提宝剑，莲步匆匆，往里就走。到了张云杰的房间前，她就向里问道："华叔父在屋中没有？"问了两声没人答言，她就拉开门进屋。一看屋中也没有人，四面细看，见也没有什么行李，秀侠就越是惊疑，便把宝剑放在桌上。她自己坐在椅上，专心等待张云杰归来。

等候了半天不见张云杰回来，倒是那仆人来升偷偷摸摸地进了屋，秀侠就问说："你们的少爷回来没有？"来升磕磕绊绊地答道："回来了，可又走了，出城去了！"秀侠赶紧问说："出城是往哪里去了？是往保定府去了吗？"来升的脸上变了变色，赶紧摇头说："不是，不是，是出西直门啦！大概是往西山去啦！"秀侠又问："到西山做什么去啦？"来升一听这位小姐不住地刨根问底，他就更慌了，连说："大概是……访朋友去了吧？"

秀侠又问："你们少爷到底是哪里的人？他到底是到北京来做什么？"这来升倒是颇能回答，而且所答的与张云杰对陈仲炎所说的又完全吻合，因为张云杰早把这些假话教给他了。秀侠听了，心中的疑思又渐渐减去。

又等了半天仍不见张云杰回来，秀侠心中就很着急，就想不等他了，回家去，以后再也不理张云杰，看日后张云杰对自己是疏远还是亲近？

她正要拿起那宝剑走去，忽见屋门一开，进来了一个伙计。这店伙就向秀侠问说："姑娘是姓陈吗？是新蔡县陈大爷的小姐吗？"秀侠听了，不禁一怔，就问说："什么人叫你来问我？"店伙说："是个河南口音的人，打听姑娘，我说姑娘不在这儿住，他却不相信，他说他刚才在街上看见姑娘到这里来了。"

秀侠十分惊疑，赶紧又问说："这人走了没有？"店伙说："走了，他说他们是今天早晨才由河南来的，住在珠市口什么店里。他是个仆人，是他主人叫他来的,他的主人今晚要来这里拜访姑娘,请姑娘等一等他。"秀侠急躁着说:"说了半天,他家主人到底姓什么叫什么?跟我是怎么认识的?"店伙说:"我们也没细打听,就听他说,他家的主人名叫黄一飞。"秀侠生气一摔宝剑,说:"胡说八道!去吧!"店伙怔柯柯地看了来升一眼,退出了屋去。

这里秀侠一转脸,忽然自己向自己笑了,心说:这一定是他!我在这里等候他,他却跑到别处派个人来戏耍我;因为除却了我,没有人知道他曾叫过黄一飞。可是他对我这样耍笑,究竟又有什么用意呢?

闷闷了良久,天色已然傍晚,忽然张云杰回来了,秀侠故意扭过脸不理他。来升上前说:"少爷你才走,这位小姐就来了,在这儿足足等了你一天!你吃完晚饭了吗?"张云杰却没有答言,向来升使眼色,把来升支出去,张云杰就向秀侠说:"明天我就要走了,我自己去寻找宝刀张三,替你家报仇,也不必你们帮助。我走后十天之内,必派人送信给你,你就可以都明白了!"

秀侠一惊,立起身来,急急地问说:"你要往什么地方去?"张云杰冷笑道:"你们叫我往保定,我当然是往保定去。"秀侠又问说:"为什么你不叫我们随了去?"张云杰冷笑说:"你们跟了去徒然碍事,并不能够帮助我!"秀侠气得把话噎住了,喘了喘才又问说:"那么,你几时才能回来?"

张云杰叹了口气,说:"不一定,我跟你说实话吧!自从在河南我们相遇之时,我就爱慕你的美貌,钦佩你的武艺,想要与你成为夫妇。"

秀侠垂下泪来,脸红着说:"今天我叔父不是对你说了吗?只要你能替我的父亲报了仇,他就能叫我们……做夫妇!"张云杰却摇头叹息说:"不能,不能,我已当面谢绝了!"秀侠含羞带恨地问说:"为什么你不愿意?"张云杰惨笑着说:"也不为多大的原因,只是我忽然又良心发现。唉!日后你必明白,此刻不必多说!"

忽见秀侠一头伏在桌上,呜呜地痛哭,张云杰心中如同刀割一般。本来在昨日他还想要用一种欺骗的手法,先与秀侠成亲,然后再解两家的仇恨;但今天他去见了陈仲炎,陈仲炎是诚实爽直,秀侠又是温柔婉顺,突然感动了他的良心。他不忍再欺骗人家的叔父、侄女,所以当面就将婚事谢绝了。

后来回到六里屯家中,见他的父亲宝刀张三自得了陈仲炎急切寻仇的信息之后,已然忧虑得半死,见了儿子就作揖求救。因此张云杰又想:这样一个昏庸愚懦可怜的人,就使早先做过坏事,如今也应当宽恕他了;但陈仲炎必要置他于死命才能甘休,也未免太量狭。所以张云杰便与他的父亲商妥,想在明后日就离京远走,以避陈仲炎……

不料如今秀侠这一哭,却又使他的心肠都软了。秀侠哭泣了半天,张云杰只是连声叹息,说:"你不晓得,我们两人是有缘无命!"秀侠气愤愤地质问说:"什么叫有缘无命呢?"张云杰说:"俗语说:有缘千里来相会,无缘对面不相逢。我们相会过了,而且彼此甚好,可见是有缘;无命是……今天我算了个卦,又请先生给合婚,都说是婚姻难成!倘若结了亲,必定有一个要夭死!唉!"

秀侠说:"我不信那些算命瞎子的话!我也不是没廉耻,就是,前两天你对我是那样,如今你忽然又对我这样,你不是有意戏要我吗?"

张云杰笑道:"那么这样,你再用宝剑来杀我吧!"

秀侠却哭着说:"我杀你做什么?可是我告诉你,你休想走!别说你去替我父亲报仇我要跟着,就是你到别处去我也放不了你。告诉你华云飞,我早就看出来你这个人可疑,华云飞、黄一飞、张云杰,还未必都是你的真名实姓呢!"

张云杰吃了一惊,故意作笑问说:"那么你看我像是个什么人?"秀侠说:"我猜你许是一个做武官的人,来京办公事,或者你家中原有妻子,可是这些事只要你实说了,我们都容易商量!"张云杰不禁笑了,又叹口气,说:"你猜得全错了!其实我跟你说实话也不要紧,但我……"

正说到这里,忽听来升在院中说:"陈姑娘,有人来访!"

秀侠吃了一惊,立时收泪站起身来,拉住张云杰的胳臂悄声说:"白天我在这里等你,有个自称黄一飞的人来找我,是你吗?"张云杰发着怔说:"没有呀……"

正在说着,屋门开了,那来访的客人翩然进到屋中。因为屋中很黑,来客又戴着黑帽子,披着黑斗篷,面目看不见;只影影绰绰的,见是身材颇为苗条,像是一个妇人。张云杰赶紧去点灯,红烛一亮,张云杰、秀侠和这来客一对面,六只眼睛对在一起,忽然全都直着眼睛发了呆,仿佛是三个人万万也想不到的事情,居然发现在眼前。唰的一声抽出了光芒芒的宝剑,立时来,来客沙的一声抽出了光茫茫的宝剑。

假冒黄一飞之名来访秀侠的这客人,突然看见了张云杰,立时翻了脸。她一甩青缎斗篷,里面露出一身银红色的紧身小衣裤;头上黑貂皮的女帽压着乌黑的鬒发,鬒发下有一对金耳坠乱摇乱摆。她秀目圆睁,芳容震怒,宝剑向张云杰一指,厉声说:"娃黄的!想不到在这里捉着你!"

张云杰的脸变得紫红,由壁上摘下宝剑,冷笑着说:"哼!你好大胆!竟敢到京城来!"

秀侠却也十分诧异,因为来的这位客人,正是自己四年之前的故人,江湖闻名、处处缉捕的女盗魁红蝎子。她竟敢混进了京城,本已就太令人惊讶了;她又与张云杰相识,而且还这样怨恨,更是叫人惊讶。秀侠就也抽出了白龙吟风剑,先赶紧把张云杰遮护住,然后向红蝎子急急摆手,悄声说:"于九婶娘,您别着急!有什么事可以慢慢商量!"

红蝎子看了秀侠一眼,就说:"没你的事!你少管!我今天来是为看看你。咱们姊妹有四年没见了,你虽对我没良心,可是我依然跟你好,想不到在这里我遇见他!我冒着剐罪到北京来,就为的是找他!哼哼!"说到这里,双目落泪,凶悍之气全都消了,就又说:"黄一飞!你也别害怕!快些扔下宝剑随我走,不然你就喊来官人快来捉我!可是我先告诉你,就是把我捉到当官,定了我的剐罪,我也要说出你是我的丈夫;我做强盗六七年,所抢劫的珠宝全都给了你!"秀侠一听,大惊失色。

张云杰这时的脸色也煞煞的白,微微笑着说:"好吧!红蝎子!我随你走就是了!"当下他放下了宝剑,移动了身体。秀侠却用手将他揪住,张云杰从容地摆手说:"你别拦阻我!现在你明白我的来历了吧?也明白我为什么不愿与你成亲了吧?"他把手夺过来,就向红蝎子说:"走吧!别耽误了工夫。"

红蝎子先披上黑斗篷,然后又徐徐收了她的宝剑,一只手还拿着袖箭的竹筒,向秀侠笑一笑,说:"对不起,我抢走了你的情郎!"说毕话,红蝎子就押着张云杰出屋走去。

秀侠先将剑入鞘,赶紧追出,追到了门前,就见红蝎子与张云杰已上了一辆轿车,向东走去。那来升在门首发着呆,向秀侠说:"怎么回事呀?我们少爷跟着那位太太走啦,上哪儿去了?"秀侠悄声说:"赶紧在后跟随!看他们那辆车到什么地方?"来升吓了一大跳,听了命,赶紧向东追着车去走。

这时四下都已昏黑,秀侠心中难过已极,在门外站立一会儿,便回到屋中。她双泪不禁滚下,心中凄恻地想:原来张云杰是红蝎子的男人,可惜自己竟多日钟情于他。虽然他很有良心,未使自己失身,但是怎能使自己忘了他这个人呢?他虽然为盗,但也必不得已,一定是被红蝎子逼的,他逃到北京也为的是要改邪归正,但不料又被红蝎子给捉获,我怎样才能救他呢?于是盼望来升回来,知道了他们住在什么地方,自己好设法去救;只是这件事还不能办得太急,否则被官人知道了,不但张云杰的性命难保,连自己与叔父也要受连累。

等了不大的工夫,来升就回来了,哭丧着脸说:"小姐,我追不上!车进打磨厂去了,我被一个不认识的大汉子揪住,他问我追人家的车干什么?我说没追车,他就揪住了我不撒手;等到那辆车去远了,他才打了我个耳光把我放开。"

秀侠听了,更为诧异,就想红蝎子手下的人,混进城来的人一定不少。她又叫来升去问问店家前门的城门关了没有,少时来升回来说:"城门也关了,都快九点了,小姐你也回不了家啦!你就在这儿住下吧,我到一个买卖家住去。等到明儿我们少爷要是还不回来,那咱们再想法子去找他吧!"秀侠点了点头,来升哭丧着脸走去。这秀侠心中既是忧虑,又复悲伤,倚着红烛,对着白龙吟风剑,思来想去,她便决定明天清晨起来,就到打磨厂一带去访查;只要准知红蝎子在那里居住,自己就可以设法援救张云杰。

思量良久,忽然又听窗外有男子的声音,叫道:"陈秀侠姑娘!"秀侠又吃了一惊。才握住剑柄立起身来，就见屋门开了，进来一个雄壮的男子，穿着青布大褂，头戴小帽，像是个商人，可是面貌有些厮熟。这人就向秀侠一抱拳，悄声说："姑娘不认识我了吧？我是凹子峪枫叶村中何妈的儿子何石头，先早下大雪的时候曾与姑娘见过……"秀侠越发吃惊，赶紧摆手叫他说话再小声些，自己随也挪身向前走了几步，低着声音问说："你来到这里有什么事？快说完了快走！"

何石头说："是九奶奶派我来的，这一向我都跟随着她；我是没别的法子可以吃饭，九奶奶也早就想洗手。黄一飞那小子听说还是个少爷呢！会点武艺，九奶奶看上他的人物漂亮，把他抢到太行山与他成了亲，并约定一同脱逃，找个地方藏起来去过日子。不想到那小子负心，背着九奶奶跑了。九奶奶为他几乎与手下的众头领反目。现在我们由河南逃到了直隶省，是被袁一帆率领官人逼的。九奶奶带着我们几个人于昨天进城，本来就为是寻找黄一飞；九奶奶的脾气你知道，只要是她看上了一个人，她就永远不死心……"

秀侠赶紧把他拦住，问说："不要多说废话！现在黄一飞死了没有？"

何石头笑着说："九奶奶如何舍得叫他死？这时正流着眼泪低声劝他呢！九奶奶派我来就是求姑娘别伤心，她说早先她与姑娘的交情她至今没忘，白龙吟风剑她也不想要了；姑娘的叔父把她的丈夫杀死，可是那件事与姑娘并不相干。今天因为关城了，她没法子走，明天她就将张云杰带出北京。她请姑娘对此事不要声张，声张起来彼此不便！"

秀侠冷笑了笑，就又答说："明天你们打算出哪个城门？因为张云杰对我有过好处，我想要再见他一面。"何石头怔了一怔，就点头说："老实告诉姑娘也不要紧，可是没有九奶奶的吩咐我不敢说。反正我们一定要从高碑店经过，姑娘可以骑着快马到那里去等我们；但是见了九奶奶之面，千万别说是我告诉姑娘的！"秀侠就点头说："好！你走吧！"

何石头走后，秀侠知道何石头是个诚实的人，想他不至于欺骗自己，而且知道红蝎子对自己是怀着些惧畏之意。并且刚才何石头所说之话，晓得张云杰实在是个洁身自好的人；他只是被红蝎子胁迫得无法，正如早先自己被劫到方城山上是一样，因此越发不禁地同情和怜爱，一夜梦寐不安。

次日清晨起来，她在房中草草地盥洗，便叫店伙给她备马。这时来升就回来了，依然哭丧着脸说："小姐！我们少爷还没回来吗？"秀侠说："我就找他去，你有银钱可借我一用。"来升说："银子有的是，都存在柜上啦，我给您拿去！"秀侠说："有十两就够，快点拿来！"来升跑出去拿来了十几两银子，并说马已备好。秀侠又嘱他不要大惊小怪，不要满处去说。她就带上银两，拿着白龙吟风剑，出门上马，先略略打听了往高碑店的路径，然后就挥鞭走去。

她先到前门大街及打磨厂一带徘徊了半天，并无所得，然后就出了彰仪门。在往高碑店的大路之上，她随走随往前后去看，只见车马行人络绎不绝，可是并不见红蝎子那可疑的车马。过了卢沟桥和长辛店，天色已过了中午，暮春的天气，处处刮着热风。她找了处野店，用了一顿午餐，依然上马，且行且驻马四下观看。路上的人仿佛全对她生了疑惑，可是秀侠全不睬理。她的白马荡着沙尘，宝剑击着银镫，素手扬着丝鞭，鬓发垂在柔肩，俊眼掠望着这一股两旁是田禾的平阳大路。

时已傍晚，路上车马渐稀，忽然她回首一望，见远远有两匹马驰来。她赶紧收缰拨马，就见身后的两匹马越走越近，秀侠看出其中一人就是何石头；再往远处去看，却有一辆骡车驰来，秀侠明白这两匹马是开道的。她见了何石头就装作不认识，反催马迎着车冲去。跟着何石头在一块的那个贼人一见此情景，便啊呀了一声，接着说了两句黑话，也拨马过来。

此时秀侠的马已将车拦住，她手按剑柄，向车里叫道："于九婶！我要见见黄一飞！"那赶车的人跳下了车辕，腰间抽出了白刃；何石头与那贼人也一齐拨马赶回，个个亮出刀来。

忽然车帘从里被宝剑挑开，露出了红蝎子的半面，她满头的金首饰，双颊的浓胭脂，穿着红缎绣花衣裙，直像个十八九岁的新媳妇。张云杰坐在她身后，也穿得很阔。红蝎子一手扬着宝剑，一手擎着袖箭，向秀侠笑了一笑，说："陈大妹子，你是给我们来送行呢？还是你舍不得黄一飞呢？昨天的情景我也瞧出来了，怪不得他跟我负心，原来他是叫你给迷住了。现在的事情好办，你也跟我们回凹子峪去，咱们做姊妹，在一块儿，他是咱们两人的；咱们俩不分大小，永不犯心！"

秀侠却说："哼！红蝎子你真不要脸，当初你劫了我一个弱女，如今你又劫了人家一个好人！"

红蝎子也立时变了色，但仍然冷笑着，说："哟！早先我没肯杀的人，现在倒来跟我作对了！你四年来跟北斗剑法老尼又能学得出什么惊人的武艺？你那口白龙吟风剑就能把我吓着吗？嘻嘻……"一边说，她一边解裙子，等到她的裙子解下，突然她的袖箭就突突连放了四支，但都被秀侠的纤手接住。红蝎子甩下了红裙，只穿着红缎衣白绸裤，钻出车来；就站在车辕上，抢剑向秀侠就剁，骂道："没良心没羞耻的小娼妇，你敢拦路来争我的男人？"

秀侠的白龙吟风剑已经抽出，要去削红蝎子的宝剑，红蝎子的宝剑赶忙躲闪；不料这时张云杰也由车中钻出来，从后面一推她的双腿，红蝎子的身子就摔落在车下。秀侠的剑已扬起来，正在欲下未下之时，身旁的两个贼人一齐抢刀而上；秀侠赶紧舞剑回身，锵锵几剑，就将贼人的兵刃斩断。

红蝎子此时已挺身而起，先突突打了几袖箭；两枚又被秀侠接住，三支都钉在白马的身上。秀侠也跳下马来，红蝎子瞪眼咬牙，抢剑逼过，秀侠舞剑相迎，于是在这黄昏古道之上，纤手娇躯，红衣宝剑，便展开了一场恶战。秀侠与红蝎子斗起剑来，只见两道寒光嗖嗖地飞舞，两条娇鸾彩凤一般的纤躯，宛转腾挪，左扑右闪。此时深青色的天空衔着胭脂般的晚霞，斜照着她们。红蝎子是知道秀侠的宝剑锋利无比，不敢以自己的兵刃去接触，秀侠又是时时要提防着对方的暗箭，虽然二人各自小心，可是各不相让。

赶车的和那贼人都抢了马向东跑去了，何石头把马拨到了一边，高声叫道："九奶奶！咱们快走吧！"张云杰是站在车上，也高声喊说："秀侠快走！他们后面还有许多人就要来到！"秀侠却拧剑向红蝎子就刺，狠狠地说："今天我要杀死你这女强盗！"红蝎子却闪身避开，返剑直斫，说："拼出命来我也不能叫你嫁那男强人！"秀侠骂："不要脸！"红蝎子也骂："没良心！"秀侠骂："强盗婆！"红蝎子又骂："贱婢子！"嗖嗖的寒光随着咬牙切齿诟詈声是越来越急。

那边张云杰却由车上扑到何石头的马上，猛力就夺过了他那口钢刀。何石头骂着说："小子你别认错了人！"张云杰持刀奔向秀侠与红蝎子，此时就听呛啷一声，原来红蝎子手中的宝剑已被白龙吟风剑削断。红蝎子反扑过张云杰来，要夺抢他的刀，张云杰却摆手说："你别急，我们何必拼命？有什么话慢慢商量就是了！"

这时陈秀侠也过来，一手提剑，一手拉住红蝎子的胳臂，说："于九婶，咱们俩当年不错，今天不应当翻脸！"红蝎子转脸啐了一口，说："不要脸！"秀侠退了一步，也很是生气，何石头却在一旁说："九奶奶！咱们走南闯北十多年，什么事割不下扔不下？连儿子都扔下了，天下就单单少他一个黄一飞？九奶奶你慷慨一下，就叫他们当夫妻去吧！"红蝎子听了何石头这样的劝说，却把张云杰撒了手，不住地放声大哭。她真伤心极了，哭得两腿无力，就咕咚一声坐在地下，仍然拿手绢捂着脸痛哭，哭得她真是声嘶力竭。

张云杰蹲下了身，就劝她说："你也不必如此伤心，沉下点气，听我把话说明白了！"遂感慨地向红蝎子说："你不要怨我无情，只应怨你这些年来做的事太无顾忌，闹得名声太大。虽然你情愿嫁我，情愿匿藏在家中永不出户，但是早晚也要被人发觉；一旦犯了案，连累我不连累我倒不要紧，只是倘若将来你被官人拿获，我又无法救援，你死了也太为可怜。所以我想，这时你不如走往一个幽僻的地方，躲避上五年六年，那时官兵不再严紧捉拿你了，世上的人也都把你渐渐忘记了，我们再为相会！"红蝎子听了这话，收住了眼泪，却不住地嘿嘿冷笑。

此时秀侠又走过来要向红蝎子说话，却又听一阵蹄声乱响，原是由东边跑来了十几匹马。张云杰就大惊，拉着红蝎子说："我们到别处讲话去吧！你手下的人赶来了，他们若看见你，一定是以为你受了欺侮，难免要上手与我们争斗！"秀侠转身，手挺白龙吟风剑要赶过去与众盗厮杀。

红蝎子却一挺身站起来，拉住了秀侠，说："干吗呀？你还要显显你的才能吗？凭你的白龙剑，还能真把我手下的人杀尽了吗？"她便迎着东面紧跑了几步，口中哧哧哧三声呼哨。那边的群马本来跑得很快，忽然听见了呼哨之声，就一齐把马勒住，没有一个人敢再往前走一步。

这里红蝎子又回身走过来，喘了两口气，又拭拭眼泪，就向张云杰和秀侠说："你们走吧！许你们向我负心，我却不愿待你们太狠。你们将来成了亲之后，全要扪心想一想：江湖上有个红蝎子，她虽然是个女贼，可是她对待你们两人可并不错！"

秀侠又走近一步，说："九婶儿，以后你如遇见了什么为难的事，只要我们知道了，我们拼出一切也要给你帮忙！"红蝎子却微微冷笑，说："算了吧！无论我到了什么地步，也绝求不着你们，我只盼望你们好就是了！"说毕，红蝎子就轻移莲步上了车，叫何石头给她赶着，这辆车就迎上了那边的群马，转往旁的路上去了。

少时，车消马逝，天空已星月交辉，这里只留下了张云杰和陈秀侠二人。秀侠到旁边牵过来她的马匹，收起白龙吟风剑，就向张云杰说："现在你打算怎么办？你是要往哪里去？"张云杰却发着怔，半晌无语。秀侠不禁有点儿着急，跺着脚说："你到底是家住在哪里呢？你在别处还有什么朋友？我可以把你送了去，你暂且在那里隐藏；然后，报了我的杀父大仇，我就找你去，那时……"说到这里，秀侠的话也噎住了。

张云杰却叹了口气，说："本来我并非强盗，我何用隐藏？陈姑娘你待我这样的好，我真不能不对你实说了。在河南我们初次会面，那时我就爱慕你，那时我就立誓非你不娶，可是……实同你说，我不姓华也不姓黄，我本来名叫张云杰，家就住在京东六里屯。我的父亲名叫张……得宝，他是玉器行的，他那个人有些疯疯癫癫；我的母亲又抽大烟，脾气也很不好，我怕你到了我家中受委屈，所以，昨天你叔父向我说了那些话，我不敢应允！"

秀侠却说："那算什么的？女儿家出了阁，还能挑剔公婆不好吗？红蝎子一个强盗，尚且情愿做了媳妇永远不出房门，我父母在世时，也是教给我谨守礼节。"

张云杰又叹了口气,说:"我都知道!你对我如此的好,但我自思实在对不起你!这样办吧!你先随我到家中,你去看一看,如果你见我的家中还可以住,那么我们便去见叔父,订下了婚姻;你若看我的家中实在不好,那就作罢!"

秀侠笑了一笑,说:"连昨天带今天,我已有两日没有回家了,见了我的叔父,我也发愁无话可说。既是这样,我就跟你回家去;见了老爷子,老爷子若也看我好,就请他老人家送我去见叔父,顺便求婚,我叔父必然也很喜欢,那,就算把事办完了。至于给我父亲报仇之事,以后再说。老爷子既在玉器行,想必常往各地去做买卖,在外认识的朋友也必不少;将来我还要求求他老人家,给我去访问恶贼宝刀张三的下落!"秀侠说了这话,她的心情是十分喜欢;张云杰却感愧得十分难过,眼泪都几乎掉落下来。

二人随说着话,随就往东边去走。秀侠是骑在马上,张云杰是步行。张云杰因为心里是很沉重,所以脚下像坠着两块大石头,走得很慢;秀侠是心中畅快,坐下的马也时时扬起头来掀起蹄子来,要往前奔跑。可是秀侠紧紧扣了丝缰,并且向张云杰问说:"你走着不觉累吗?你来骑马我下去走好不好?"张云杰摇头说:"不用,我很可以走许多路。"

秀侠在马上又笑了笑,问说:"昨夜红蝎子把你带走,安置你在什么地方?她没有给你苦吃吗?"

张云杰说:"她把我带在一家店房里,那店房里都叫她的手下人给住满了。她的胆子真大,自称是某镇台的夫人。她把我带到那里十分的秘密,连一句大声话也没有说,只是悄声地数责我,叫我跟她去走。实在,假若今天你不来救我,我也就甘心跟她走了,因为我觉得她那个人也不错,虽是个强盗,但她颇知恩情。"

秀侠立时不高兴,说:"那么我给你马匹,你就快追他们去,还可以追上她,你跟他们去走吧!她是知道恩义的人,我却是无恩无情!"张云杰笑着,赶紧辩解说:"我并不是夸赞她,你早先也曾与她相处甚久,你必也晓得她;她所做的事虽然凶悍万分,杀剐有余,但她实在也是个可怜的人!"秀侠说:"我比她更可怜!她还不必满处去寻找仇人!"

张云杰叹了口气，就不再言语了。他随着马走，马蹄款款地敲着土地，地下薄薄有些月色，四周却是空寂无人。

又走了半天路，秀侠才又在马上发话，问说："你没向红蝎子问问吗？宝刀张三那贼是否在她的手下？"张云杰一听这话，心中又一阵发紧，就摇了摇头，漫答道："我问过了，她说没有！"秀侠也就不再问了。

又向下走了一些路，忽然秀侠用鞭向前一指，很喜欢地说："快瞧！那边儿有灯。"张云杰也向前一看，只见东边有几处稀稀的灯光，就也不禁笑了笑，说："那边必定有店房，咱们就到那里歇宿去吧。"于是张云杰也加快去走，秀侠的马紧紧随行，就到了镇中找了旅店。一夜，星月的微光照着这小小市镇，店房中有暗暗的灯影和喁喁的情谈。

次日，雄鸡在架上喔喔地唱着歌，店家给雇来一辆车，素钗乌鬓的秀侠姑娘携带着白龙吟风剑上了车。临放下车帘之时，她还向张云杰嫣然一笑；张云杰此时也眉头展开，跨上了马，就挥鞭随车走去。并且车里还常常发出娇音，向外叫道："云杰！云杰！"张云杰在马上，扒着青纱的车窗向车里说话，并且笑着，春风阵阵地吹来，烟尘一团团地荡起。

车马绕过了永定门，再向东北去走，壮丽的北京城垣渐渐从身旁逝过去了。车马从大道走入了曲折的小径，两旁尽是很高的田禾，村子里的狗扑出来，追着车马汪汪地乱吠，张云杰用鞭子赶狗，口中说着："咻！咻！"车里却发出格格的笑声，秀侠扒着车窗往外看，张云杰也笑着。

车马不停地向前去走，忽听前面有人高声叫道："少爷！少爷！"张云杰一看，原是来升同着另一个仆人走来。看那样子，来升是回家来报告了张云杰失踪的真情，如今又同着另一个仆人再进城去想办法。张云杰先向来升使了个眼色，催马迎上去，悄声问道："老爷在家了吗？"

来升也悄声回答说："在家啦！您叫那位太太带走，陈小姐骑着马找您的事，我都没敢对老爷说；因为老爷一听人提说了陈仲炎，他就浑身打哆嗦，要断气。只是太太知道了，太太很着急，昨天亲自进城叫柜上的人给想办法去了；大概是住在徐掌柜家里了，到现在还没回来，我们正是要进城见见太太去。"

张云杰说:"不必去了,你们先快些回家,把书房那口宝剑藏起。告诉老爷,我带回来一位秦小姐;秦,不是陈,说清楚了,过几天我就要与这位小姐成亲。快去!快去!叫老爷打起精神来接待人家,快去!先走!"来升和那仆人齐都一瞪眼,可不敢多问,转身就跑。这里张云杰将马压住车,并回身向车中说笑,故意慢慢地走。

第十五回　证恩仇堕马伤芳心
　　　　分敌友挥鞭击宝剑

再走了些时，车马就进了广大的庄院，停住了；狗都被人看守起来，听不见一声吠叫，许多庄丁仆役都探头探脑地看这辆车。秀侠下了车，向左右看看，又向张云杰微微一笑，脸上有点儿红，轻移莲步，随张云杰走上了大门的台阶。

迈过了门槛就是门洞，门洞里早站着来升和另外一个仆人，并且有一位老爷。这位老爷穿着藏青色的绸袍子、青云缎马褂，头上戴着一顶青缎瓜皮帽，一见了秀侠就拱手，并且拱着大胡子，说："这就是秦小姐吧？我儿子真是有造化。秦小姐，请进请进！可别笑话我们的家！"是秦还是陈，秀侠并没听清楚，因为她的神情有点紧张，心里感到点儿羞涩。张云杰在旁就说："这就是我的父亲！"秀侠恭谨地深深地道万福了。

宝刀张三又连连作揖，唾沫星子都由胡子里喷出来，连说："不敢当！不敢当！"他一边在前慌忙着领路，一边回过头来看他这位儿媳，不禁又咧着嘴笑，心中佩服说：我儿子真有本事，不知从哪里弄了个小媳妇来？看这样子也就有十七八。真是，别说我们这小小的六里屯，就拿我宝刀张三生平所走过的地方来说，也没有看见过这样温柔标致的姑娘呀！多半娘家还是个念书的。他高兴着，连门槛都忘了，几乎绊了个大跟头。这几日因为听说儿子在城内与陈仲炎见了面，吓得他无时不心惊肉跳,忧烦欲死,这时却把那些事全都忘了。他赶紧去把书房的屋门拉开,弯着腰说:"秦小姐请屋里坐吧。"

秀侠觉得怪不好意思的,站住身,恭谨地微微带笑说:"我不敢当,老爷子先请吧。"宝刀张三的腰弯得更下,赔笑让着说:"姑娘别客气。这是头一回到我们家里来,你只要不嫌我们的家里穷,不嫌我是个粗人,不嫌我儿子,这就,这就……很好啦!请进吧,别客气,别客气。"秀侠露出了感激的笑,又抬起眼皮来看了张云杰一下,张云杰也说:"别客气。"秀侠忸怩着轻轻走进屋去。

进到屋内,张三恭敬地请秀侠上座。他就看一看这个姑娘,然后又看看他的儿子,觉得真是天生的一对儿,又拱着胡子说:"姑娘的家里都有什么人?姑娘的爹是做官的还是做买卖的?"秀侠欠身才要回答,张云杰就说:"爸爸你快出去,吩咐厨房预备几样菜,我们还没吃午饭呢!"张三听了儿子的话,就仿佛仆役听了主人的命令似的,答应一声,赶忙就回身走出屋去。

这里秀侠又看了张云杰一眼,微笑着说:"你不去自己吩咐厨房,怎叫老爷子又跑一趟?"张云杰笑着说:"我吩咐他们不动,叫仆人告诉厨房,他们又说不清楚;我父亲他很会烹调,须要他监视着,仆役才能做得出好菜饭来!"秀侠笑了笑说:"我倒不在乎什么好菜饭,叫老爷子这样为我劳累,我真觉心里不安!"

张云杰就问说:"你觉得我父亲这人怎样?你恨他还是喜欢他?"秀侠笑着:"你看你问得有多么怪?才一见面,老爷子又对我这样好,我怎能恨他?"张云杰说:"不过他是很疯癫的。"秀侠摇头说:"我看他老人家一点儿也不疯癫,比我叔父可慈祥得多了。"

张云杰面容凄惨,接着又说:"给你一口宝剑叫你杀他,你能下得了手吗?"秀侠一怔,面色也变了。张云杰就说:"假定他早先与你家有过深仇,但这几年,他洗心革面,成了一个庸愚疯癫的人;一提起了早先的事,他就忏悔,你还不能饶他吗?"

秀侠听了这话,突然站起身来,急急地问说:"你这是什么话,他到底是谁?"张云杰慨然说:"我不愿再瞒你,他就是宝刀张三,我就是他的儿子！"秀侠一听,惊得她目瞪口张,说不出一句话。

此时宝刀张三笑嘻嘻地亲手拿着一壶酒、一对酒盅,带着仆人端着两盘酒菜又进来。张云杰就迎上去,指着秀侠急急地说:"爸爸我告诉你实话,这位陈姑娘不是别人,她就是陈伯煜的女儿,陈仲炎的侄女陈秀侠!"宝刀张三没等他儿子把话说完,他就脸色惨白,两眼发直,撒手掉了酒壶酒盅,咕咚一声躺在地下。

陈秀侠愤愤地向外就走,张云杰赶紧追出屋去,说:"你慢走!现在我已指点了你家的仇人,由着你下手去报仇!"秀侠连头也不回,走到门外厉声喊道:"给我宝剑!"门房的仆人诧异着说:"车上那口宝剑在这里!"有人捧出剑来交给她。

唰的一声,秀侠就抽出了白龙吟风剑,张云杰却在后揪住秀侠的双臂,说:"秀侠我告诉你!他当初虽是坏人,但这几年他早已改过了,我不能眼见他那一个可怜的庸人遭人惨杀,何况他又是我的父亲?我必要保护他!"秀侠挣扎着双臂,回过头来狠狠地啐道:"你们父子都不是好人!他杀死我的父亲,你还骗了我!"说着汪然流下泪来。

张云杰说:"我若安心骗你,前天我就答应了你叔父的话,也不能带你来到我家,把实话告诉你。我的意思就是想先解开两家仇恨,然后我们再结亲,那么我的良心就对你无愧了!我原想你一定是心地宽宏的一个奇女子,但不想你的心肠竟是这样的窄。既然如此,那就请你暂先回去,见你的叔父把话说明,如欲报仇,就请快来,我们父子决不逃避;如若可以怜悯我的父亲,那我愿意替我父亲受罚,杀剐我都愿担受!"遂吩咐仆人将马匹牵过来,请姑娘上马。

秀侠此时泪落纷纷,张云杰挽她上马,她就一手持缰,一手握剑,泪眼看了张云杰一下。她浑身乱抖,点点头,又悲惨愤恨地说:"好好好!你们父子真厉害,我没想到!"说毕,催马走出了庄子。

张云杰也赶紧拉过一匹马骑上追了去,此时秀侠的马已向西走去。只见她的宝剑已然收起,随走随拭眼泪。张云杰在后,心中十分痛苦,也不敢招呼。秀侠的马匹向西走了有二里多地,忽然转弯往南去了。张云杰倒吃了一惊,暗想:她不往西去回到城里,可往南去做什么?

忽见秀侠已越过了一座石桥，马匹顺着溪流柳岸去走，走得十分的慢。张云杰就催马赶上去，叫道："秀侠！你也不必伤心，我错了！我若早知两家仇恨如此难解，就不该向你钟情；昨天你救我，我就不该接受你的好意……"张云杰的话才说到这里，忽见秀侠由马上栽倒下来。秀侠因为悲痛过度，一阵昏晕，竟摔下马去。张云杰大惊，赶紧也跳下了马，上前蹲着身一看，只见秀侠面色惨白，颊间眼角挂满了眼泪，双目也闭上了，胸脯却不住急遽地喘息。张云杰急急地叫着说："秀侠！秀侠！"

此时秀侠的那匹马向南跑去了，被农人截回来。张云杰叹着气，站起来，过去接过了马，就向那农人拱手说："烦劳你快到六里屯张财主家，叫那里的人快套一辆车来，这个姑娘现在得了急病，须要赶紧用车送回家去。烦劳大哥快去一趟，回来我必有重谢。"那农人说："不要紧，我替你送个信去。"遂就走了。

张云杰依然蹲下身，见秀侠的气息已然缓过来了，眼睛也微微地睁开。张云杰就扶她坐起来，问说："你觉得怎么样？"秀侠微微摇头，抬起手来掠了掠发。张云杰又问说："你为什么不往西走回城里去，可往南来做什么？"

秀侠把眼一瞪，激烈地说："我还有什么脸面进城去见我叔父？你把事情办得多厉害？哼……你的心机比你爸爸还厉害，连红蝎子都上了你的当。我们陈家的人都是忠厚诚实的人，自然更斗不过你们了。"说着，眼泪不禁往下汹涌，又抽搐地说："我没有脸去见我的叔父，我也没脸回家见我父亲的坟，你不用管我了，随我去走吧！"

张云杰连声叹息，说："那何必？你刚才说得对，我们父子已将你陈家害成这样，现在若再让你一人去漂流，我更是万死不能辞其咎。说句决断的话，你若一定要独身去走，那我就立时自刎在你的眼前，我的良心叫我不能再负你。宝刀张三本来不是我的父亲，我是自幼被他抱养过来的，他对我并无恩情；只是我见他愚懦得可怜，他对早先的错事也颇忏悔，所以我不忍眼见他身首异处。刚才他已被你吓得昏厥了过去，此时也许已然死了。他死并不足惜，但你要因为此事就离家远走，一个年轻女子到外面去漂流,我也……真不能叫你那样去做。现在,我想事情也很好办,我送你进城;见了你叔父,我据实陈说,听凭他怎样办理!"秀侠流着眼泪,听张云杰说了许多的话,并没有还言。

少时,那个农人就由张家叫来了两个仆人和一辆车。张云杰迎过去,先向那农人道谢,并赠给了一块银子,然后又向仆人问说:"老爷现在怎么样了?"仆人回答说:"老爷缓醒过来了,关上了大铁门,一个人在西屋里了。"

张云杰又叹了口气,过来又往起搀扶秀侠,说:"我用车送你回去,我见你叔父把话说明!"秀侠却把张云杰一推,自己挺身站起,冷冷地说:"用不着你们送!我会自己回去!"说着自己就去解马,不用眼看张云杰。张云杰也不免有点儿气愤,就说:"那么你先等一等,那口苍龙腾雨剑我取来交你带回吧!"秀侠愤愤地说:"你爸爸杀了人才得着那口剑,何必轻易又还给我?"说着解下丝缰,上马挥鞭,顺着河岸向北走去,连头也不回。这里张云杰发呆了半天,一生气,就也上了马,吩咐赶车的和仆人说:"回去吧!"就先催马走了。

他催马飞似的回到庄内,这时庄中的仆人们全都乱了,都纷纷地谈说着,尤其是来升最为惊慌。他拉着张云杰的胳臂说:"少爷!怎么办呀?进城去叫太太回来吧?"张云杰说:"叫太太回来有什么用?你们大家都安心,这是一件小事,不过是有老爷早先的一个仇人,他现在要来报仇罢了!"众仆人齐都愤愤地说:"他们还能来到咱们这儿硬杀人吗?少爷别着急,我们都预备着家伙,只要陈仲炎他们来了,我们就把他打走。"张云杰说:"好,你们赶快预备着。"遂就进到里院。

到了西屋前,屋里的宝刀张三一听见门外的脚步声,就像狼嚎一般地嚷嚷,说:"是谁?进屋来我可就跟你拼命!我宝刀张三当年打过曹金虎、曹金豹,杀过焦铁塔,也是一条好汉,你要来,可要小心我手中的苍龙腾雨剑!"

张云杰隔着门说:"爸爸你别发威了!也别害怕,陈秀侠已然走了,她不能来害你,只是陈仲炎必不甘心;你快些把苍龙腾雨剑给我,我就去找他。"

屋里的宝刀张三侧耳听清了外面他儿子的声音,这才把屋门开了一道窄缝。他的脸色苍白,胡须乱颤,一见了他的儿子,他就放声大哭,说:"云杰呀!你快快救我吧!我的功夫都搁下啦!我一定打不过陈仲炎!你虽不是我亲生的,可是我养你这么大也不容易,我还给你挣下了这万金的家产。你既跟陈伯煜的女儿交好,就快给我求求情吧!我愿送他们一万两银子……"

张云杰摆手说:"爸爸你别着急,我决不能叫他们杀了你。你把宝剑给我,快把大铁门关严,不要惊,也不要难过!"

宝刀张三由门缝把剑递给他的儿子,他的眼泪纷纷下落,又说:"你可也要小心!陈仲炎难惹!"张云杰点头说:"我晓得!爸爸放心吧!"张三关紧了大铁门,在屋中还不住地哭泣。

张云杰就提着宝剑出门,吩咐仆人严守庄院,并叫来升备马。此时院里有仆人又拿出来一支剑鞘,张云杰将苍龙腾雨剑入鞘,挂在腰间。来升牵马过来,张云杰就上了马往庄外去走。来升随着骑马出来,就面带惊慌,问说:"少爷!咱们是要上哪儿去呀?"张云杰说:"你不要多问了!跟着我走。我要与人争斗起来,你就躲在一旁;陈仲炎虽然凶横,但他也绝不至于伤你!"来升不敢再问了,只是越发害怕。

张云杰催马紧走,同时心中思索着见了陈仲炎应当怎样办理。少时,两匹马就进了齐化门,转往南去,进了那东堂子胡同。来升在后面收住了马,便不敢向前再走了;张云杰也下了马,将马交给来升,嘱咐他在此等候。

张云杰就挂剑直到陈仲炎的大门前,不由愕然停住了:原来此时两扇大门都开着,里面拴着一匹马,有个人蹲在那里喂草料。陈正仁正站在旁边跟那人说闲话,他一转头看见了张云杰,就把眼一瞪,态度与前两日大不相同,点了点头说:"喝!你来啦?很好,我父亲正在里边等着你呢,进来吧!"他点手叫张云杰随同他进去。

张云杰此时的心情是十分紧张,如临大敌,张云杰随陈正仁进到屋内,不禁一阵发怔。原来数日未见,陈仲炎仿佛臂伤已愈,穿着青布短夹袄,灰布裤子,精神兴奋,正在那里会客;客人是衣服华丽,面目十分断熟。张云杰就站立住了，不由脸色变白。陈仲炎与那客人都挺身立起，陈仲炎的面色发紫，但还故意做出点笑容，点点头，急快地说："华兄来此甚好，我给你引见一位朋友！"

张云杰拱手说："不必引见了，我认识，这位朋友是河南有名的人物袁一帆，我同袁兄在彰德府曾见过面。"袁一帆微微笑着，也拱拱手，一句话也不说，拿眼看着陈仲炎。陈仲炎却把脸一绷，向张云杰说："华兄，昨天我听袁兄说了，你也是一条刚强有胆气的汉子，你曾在彰德府大闹歌楼，在太行山红蝎子把你捉住了，你都能够设计脱身。可是，好汉应当行不更名坐不改姓，你到底是华云飞，是黄一飞，还是张云杰？我要请教请教你！"

张云杰冷冷一笑，暂不回答这话，转问说："令侄女秀侠姑娘现在回来了没有？"

陈仲炎震怒着厉声说："你问她作甚？"张云杰说："因为我已把我的真名姓、真来历告诉了她！"陈仲炎诧异着说："她是刚才回来的，她可没对我说什么。现在且莫提她，你就跟我说实话吧！你到底姓什么？你的父亲是谁？"

袁一帆在旁傲笑着，说："朋友，你的来历我早就知道了，千万别再瞒人了！"

张云杰嘿嘿一声冷笑，拍了拍腰间的苍龙腾雨剑，就说："我今天来，正是为说明了这件事，不必你袁一帆来拨弄是非！"

此时陈仲炎见了那口苍龙腾雨剑，立时回手抄起了钢鞭，袁一帆也亮出剑来。张云杰退后两步，把苍龙腾雨剑抽出，并摆手道："且不要动手！陈仲炎兄，抛去了我的家世不谈，你我相交以来，颇称莫逆，你并且有意将你侄女嫁我；前天昨天我遭受了一点困难，若不亏你侄女搭救，此时我也不能脱身。咱们天大的仇恨，可也有一点友谊，现在请你们容我一刻钟，叫我把话说完！"

此时陈仲炎已气得身上发抖，右臂举起了钢鞭，袁一帆却把他拦住，说："就叫他说完。"张云杰就昂然地说："实不相瞒，我名叫张云杰，自幼被宝刀张三收养。他虽不是我的生父，我也颇憎恶他那为人，可是我很可怜他，因为他早先害死了陈伯煜，是他一时糊涂，但后来他颇知改悔！"话未说完，陈仲炎已跳起来，一鞭打下。

张云杰疾忙以剑相迎，只听当啷一声，苍龙腾雨剑虽然锋利绝伦，可是却斩不断陈仲炎那杆沉重的钢鞭；并且觉得陈仲炎的力气极大。张云杰就急急地说："总之，冤家宜解不宜结，我愿两家释仇和好，叫宝刀张三向你们磕头认罪……"陈仲炎又一鞭打下。

张云杰却倒退着跳出了屋子，身后有陈正仁、杨大壮一齐抢刀向他来砍。张云杰翻身舞剑，只听咔咔声，那二人手中的兵刃便全被削为两截。陈仲炎已追了出来，钢鞭狠狠地打下，张云杰又用剑去迎。

交手三四回，袁一帆也上来战他，张云杰就向后紧退，冷笑着说："袁一帆，有你甚事？你也来此欺侮我？"袁一帆却骂着说："张三的儿子！你跟狗一般，袁大爷绝不容你活在人世！"他的宝剑像毒蛇似的向张云杰刺来。陈仲炎的钢鞭又像一条房梁由顶门砸下，同时杨大壮和陈正仁又都换了兵刃，一刀一枪，从张云杰的背后袭来。

张云杰被四个人包围住，他的衣服既长，腰间又悬着个剑鞘，所以动转颇为不敏捷；只仗着这口苍龙腾雨剑左迎右拒，上遮下拦，只见剑光鞭影、刀风枪花，嗖嗖嗖、咔咔咔，恶斗了十余合，陈正仁与杨大壮的兵器又都变为两截了。

张云杰略缓了一口气，但陈仲炎越逼越近，钢鞭一下打得比一下狠；袁一帆又展开剑法，专取他的右侧。张云杰是一刻也不休息，一着也不敢松懈，跳跃于庭中，绿色的剑光紧紧护着他的身子。但是过了二十余合之后，他的力渐微了，剑法也紊乱了。陈仲炎就猛扑上来，一鞭盖顶打下。陈仲炎一鞭打下又被张云杰以剑接住，听又铛的一声巨响，宝剑还是未能斩断了钢鞭，但觉得陈仲炎的力大惊人。张云杰赶紧向旁去闪，袁一帆又一剑削来，张云杰退身掠剑，乘虚就跑。

他跑进了里院，不想秀侠手持白龙吟风剑正由屋中出来，袁一帆随后赶进来，说："姑娘！快把他截住！"陈仲炎也抢鞭跳进来，逼上张云杰；张云杰喘吁吁的，只得止步回身应战。这次是陈仲炎从正面独战张云杰，袁一帆是在旁边；专寻张云杰的破绽，他就以剑去刺。又四五合，张云杰的手腕都被钢鞭震得发麻了,而袁一帆的着数又恶,他更难以防范。

不料这时秀侠姑娘又飞扑上来,寒风一起,加入了战斗;只听呛啷一声,她就将袁一帆的宝剑削成两段。袁一帆大惊,转身便跑;陈仲炎却大怒,抢鞭向他的侄女打来,骂道:"没廉耻的东西!你竟帮助仇人!"秀侠的面色惨白,她以白龙吟风剑挡住了他叔父的钢鞭,一只手向后摇着,急急地说:"快走!快走!"

张云杰就趁空往外跑去,陈仲炎又大骂:"往哪里跑?"抢鞭去追,不想又被他的侄女拦住。他抖鞭咔咔砸去,秀侠却宛转着以剑遮挡,同时哭着说:"叔父,他父亲是咱们的仇人,可又与他有什么相干呢?叔父忘了他曾救过你?"陈仲炎暴跳如雷,望着张云杰的背影飞鞭打去,钢鞭飞到外院,打在墙上;张云杰早已跑了。这里陈秀侠却哭着跪下,揪住了他叔父的腿。陈仲炎一脚踢去,踢得秀侠哎哟一声,扔了白龙剑滚到一旁。

陈仲炎就跑到前院拾起钢鞭,追出了大门,却见张云杰早已无踪。袁一帆正在上马,他就向陈仲炎冷笑着说:"陈二哥,令侄女既然护着仇人之子,我可也不能多管这件事了。"说毕一拱手,带着空剑鞘策马走去。陈仲炎气得一句话也没有说,浑身乱颤,提鞭转身进内,骂道:"好丫头,无耻的东西,不想我哥哥会生下你这种女儿!"

他跑到里院,见秀侠正坐在地下哭泣,就愤怒着走近前,狠狠举起来钢鞭。钢鞭举在秀侠的头上,秀侠却不起来闪避,她只是低头掩面痛哭。杨大壮瘸腿奔过来托住了陈仲炎的胳臂,陈正仁也跪下向他父亲求情,将说:"爸爸不可……"陈仲炎一脚将儿子踢倒,又一手将杨大壮推开。秀侠只闭目等死,但陈仲炎的钢鞭却没有砸下。这时那余岳峰、余太太和仆人们全都由屋里跑出,都摆手说:"陈二爷!这可使不得!"陈仲炎又一脚将秀侠狠狠地踢得躺在地下,他的钢鞭放下来,眼里不住掉泪。

那余岳峰过来,把陈仲炎劝住,说:"二爷,这你可真不对。在我的家里,你与那个少年抢鞭动剑打架,本来就是不该;将才我们是不敢出来劝解,现在你又要杀死姑娘。陈伯煜是我的老朋友,他死后只留下这一个女儿,你是她的叔父,踢她打她都还可以,只是在我这里,不能叫你伤她!"

陈仲炎的怒容渐渐变为凄惨,他就长叹了一声,说:"我哥哥他真可怜。他身遭惨死还不要紧,那是我们江湖上常有之事,但他这女儿真给我们新蔡陈家丢尽了名声,叫朋友跟仇家都要耻笑我们!余大哥,你不必管我家的事了,在你这里我不要她的性命就是,但是我不能再叫她在我的眼前!"

此时秀侠已被余太太和丫鬟们搀扶起来,低着头仍在痛哭,陈仲炎就怒呵着说道:"你快走,不许你再回来!出了门,不许你再姓陈,随你去做什么无耻之事,只不要再来见我就是。"余太太却说:"她一个姑娘家,你可叫她往哪里去?"随就同丫鬟把秀侠搀进屋里去了。陈仲炎愤愤地由地下拾起来白龙吟风剑,一手提鞭,一手提剑,走往前院去,这宅中的一场风波才算平息。

只有秀侠坐在余太太屋中仍然哭泣,余岳峰也在旁叹息,说:"你叔父的脾气真太暴躁,他既然恨上了你,你还是不宜在这里。既然你也有一身武艺,当初就是一个人从家里来的,如今还是一个人走吧!回到新蔡县家中暂住,反正你叔父也暂时不能归家。等到一两年后,他未必不思念你,那时他的怒气消了,你们叔父侄女再为见面!"秀侠哭泣着不语。

待了一会儿,杨大壮和陈正仁又都进屋来。杨大壮说:"陈二叔现在还是生气,他叫你立时就走。我想,你既跟张三的儿子相好,你就找到他家,把张三杀死,以后的事就好办了,我们也就容易给你求情了!"

余岳峰在旁说:"京都大地,怎么可以随便杀人呢?姑娘你若自己有把握,就到张三家中把他捉住,去报官告状;翻起四年前在河南他惨杀你父亲之案,官家查明了必可判他死罪,也就算给你父亲报了仇了。"

陈正仁冷笑了笑,又向他的堂妹说:"我跟大壮去帮助你,只是白龙剑现在叫我爸爸收起,他不能再给你用了。"杨大壮又说:"要不然你跟我们一同到前院,你说你愿戴罪立功,领着他去找张三报仇。杀死宝刀张三之后,他也就不再生气了!"

余太太吓得脸都白了,说:"哎哟,你们怎么竟讲究随便杀人呀? 我记得陈伯煜活着的时候,他也不能像你们这个样儿呀!"

秀侠的耳畔听众人这样乱说着,掩面流着泪,心中却算计着主意。她是翻来覆去忘不了和张云杰的那段柔情,尤其想张云杰已然良心发现,吐出实话,并领着自己到他家中去见了他的父亲张三,他也真真可怜。谁叫他是张三的儿子呢? 他庇护着张三,也是因为他不忘养育之恩,他确实是个好人。而张三,虽然当年他将自己的父亲害得那样惨,可是现在,他已变成了个疯疯癫癫、胆小如鼠的人,自己纵能下手杀他,但是又有什么用呢? 只是,冤仇既不愿去报,婚姻也不能再结合,叔父也与自己绝恩断义了,故乡也无颜再归;若说去找张云杰,与他同逃,那又显得太无耻了。百般无奈,如处绝途之中,她忽然又想起了一个去处,随就下了决心,拭了拭泪说:"好,我这就走。"

杨大壮、陈正仁二人都很喜欢,就齐都兴奋地说:"好了,今天咱们就去要宝刀张三的狗命!"

秀侠却摇头说:"我不知张家的住处,我也没有见过张三,你们可以去找他。他大概是住在京城附近。张三是该死,但张云杰他又与咱们有什么仇恨呢?"

杨大壮听秀侠到如今仍不忘情于张云杰,就不由有些生气,说:"师妹你是怎么啦? 宝刀张三的儿子还能是好东西吗? 当初二叔就错了,他不该与张云杰那么个来历不明的人交朋友。师妹,我真不愿说你什么,二叔既叫你走,我就给你预备一匹马一口宝剑,你就快走吧!"陈正仁也暗暗骂了秀侠一句,愤愤地走开。

杨大壮出去了多半天才回来,站在院中高声喊叫着说:"师妹! 马都给你备好了!"秀侠也没应声,抑郁地走出屋,又到了自己的房内,把随身的包裹收拾好了,便提着走出。到了门外,斜阳已照着胡同,天色不早了,杨大壮牵着那匹白马在门前,马鞍下挂着一口很平常的宝剑。杨大壮的脸色非常不好,叹了口气说:"师妹,想不到你竟是这么个人! 宝刀张三在什么地方住你全不肯说! 唉! 你回家去吧! 在路上千万要谨慎些。你回去不久,我们也就把事办完了,也就回去了,盘缠你够用吗?"秀侠低着眼睛说声:"够用!"她便接过来鞭子上了马,黯然的,一声也不语,就向东走去。

她由东转北,扭头一看,就看见了齐化门的城楼,心中忽然一动,在马上发了一会儿呆,就想:今天我又救了张云杰,他也必能想得到,他走之后我必受叔父的斥责;可是他就忍心地不管不顾,逃了他的命就算完了吗?那也太便宜了他!不行,我得找他去!于是秀侠催马向东,一直出了齐化门。

此时因为天色晚了,许多乡民商贩都拥挤着出城回家,所以秀侠的马匹不能快走。她尚未走出关厢,忽听耳边有人高声叫着:"陈小姐!陈小姐!"秀侠一怔,勒马站住了,向两边去看,却寻不着呼叫自己的人。

待一会儿,就见有个人躲着车马过来,原来正是来升。来升惊惶惶地问说:"小姐您没有看见我们少爷吗?"秀侠不禁一怔,问说:"他没有回去吗?"来升摇头说:"没有,由您的家门出来,出了城门,他忽然又改变了主意,叫我在这儿等着他,他拿着宝剑又进城去了;临走的时候他嘱咐我,说是如若到关城门的时候他还不回来,就叫我在这里打店住下。"

秀侠发着怔,勒住马思索,可是身后来的人都喊叫说:"借光!借光!"秀侠只好下了马,将马牵往道旁,又问说:"你们少爷二次进城,他的神情怎样?"来升说:"自从今天回家,他的神情就不好,刚才由您的门里出来,他喘吁吁的,脸色是煞煞的白,半天也没缓过颜色来。他出了您的家门,带着我上马就跑,可是一跑出城来,就勒住马发怔,脸上像是要哭的样子。他忽然下了马,解下宝剑用胳臂夹着,就进城去了。他嘱咐我的话就是不叫我跟进城,也不叫我回家。"秀侠猜疑着,心说:这是什么道理?

来升又指着北边的一座高坡,坡上有一家茶馆,门前的木桩子上拴着两匹马,来升说:"那两匹马就是我跟少爷骑来的!我们少爷的脾气真怪,一会儿就一变主意。"秀侠说:"他既然叫你在这里等他,想他一会儿必定回来,我也是要见他一面,那么咱们二人就在这里等他一会儿吧!到关城门的时候他若是再不出城,我们再走。"

来升接过了秀侠的马,一面带着秀侠往高坡上的茶馆去走,一面叹息着说:"这些日子,也不知我们少爷弄的是些什么事?我们当下人的也不敢多问,刚一多问他就瞪眼说:'少说话!'我们少爷没回来的时候,老爷虽有点疯疯癫癫的,可是家里还平安,现在,简直闹得是鸡犬不宁。陈小姐!其实我不该多说话,可是我知道陈二爷跟我们少爷很有交情,小姐跟我们少爷也……不错,有什么仇儿也就解开得啦!何必这么闹呢?我们老爷终朝每天不出门,一听见外边有点儿什么事,他就脸白身子颤,那样的人还能活多少年?您就劝劝陈二爷饶了他吧!"

秀侠紧皱着眉,嘱咐说:"别多说话!等你们少爷回来商量!"

到了茶馆前,来升就将马系在了桩子上。秀侠因见茶馆里有许多人都在吃饭,她就不愿进去,站在高坡上向下一看,却见道旁有个牵着马的人,仿佛躲躲藏藏的样子,原来正是她的堂兄陈正仁。下面的陈正仁正仰面往坡上来看,忽然看见秀侠发觉他了,赶紧牵马转身就走,仿佛很诡秘的样子。

秀侠忽然明白了,知道叔父所以逼着自己走开,就是想到了自己必然去找张云杰;他们便在后暗暗跟随,就可以找着张三的住处。她心中非常惊讶,可是又想:我自己不能去报父仇也就完了,现在张云杰又没在家,难道我还真要给仇人隐瞒着住处?随就回首向来升问说:"你们老爷现在怎样了?"来升怔了一怔,就说:"他今天不是又吓了半死吗?现在大概是自己把自己给关在大铁门里,不敢出来了!"

秀侠又凝着目想了半天,向坡下去看,陈正仁牵着马已不知往哪里去了。秀侠的心肠又辘辘地转,悲痛地想道:已然如此了!我索性做个不孝的人,就饶宝刀张三一条命吧!她转首见旁边有一家店房,自己此时心中十分难过,身上有几处因被叔父踢过,所以也觉得很是疼痛,就向来升说:"我要到那店里歇歇去!你在这里等着你们少爷,他若来了,就叫他到店中见我去。"来升答应着,连马匹都牵到那家店里,替秀侠找个房间。

秀侠到屋中,不禁想起昨夜与张云杰在店中的情景,又不禁落泪,并且反倒不放心张云杰。店家问她吃什么饭,她也摇头不说话,就倒在炕上哭泣。身旁有她的行李和宝剑,她一狠心,就抽出半截宝剑,想要自刎,但是又一阵悲痛,泪落在剑锋上;这口剑已不是自己携带多年的那口白龙吟风剑了,而是一口生着锈的顽铁。她心痛欲绝,不禁伏在炕上,哭着说:"爸爸……"

少时天色黑了,那来升在外面等得都看不见人了,城门都已关上了,交过了初更,还不见他们少爷张云杰回来;他也只好到这里来,找了一间店房,并到秀侠住的屋中看了看。他见秀侠的眼下永远挂着泪珠,独自坐着对灯发怔,一句话也没敢说,就退身出来。

一出屋,忽然有个人一把手将他抓住;抓住了他的人,是个年轻汉子。来升吓得刚啊了一声,这汉子却拍了他的肩膀,悄声说:"来!我要向你问点事!"遂就强拉着来升,到了店门外。这汉子就问说:"你是张云杰家里用的人不是?"来升刚摇头说:"不是!"这汉子手中有个明晃晃的很短很尖的东西,已对准了来升的胸膛,冷笑着说:"你别不说实话,我早就知道你住得离此很近,在这里找店房不过是为遮我们的眼目。小子你快些实说!告诉我,你主人家住在什么地方,我就放了你,不然……"

来升吓得浑身哆嗦,连说:"大爷!我说实话就是了!我家主人住在东边六里屯!"这汉子又问说:"在六里屯什么村子?"来升说:"到了六里屯就瞧见啦,是新盖的瓦房,财主张家,没个人不知道。"

这汉子又问说:"那位陈姑娘,她住在这儿是怎么个打算?她跟你家少爷成了夫妻没有?前两天她是住在你们那里吗?"来升摇头说:"不是!"因为有一把短刀对准了他的胸膛,他不敢不说实话,遂就磕磕绊绊地把他们少爷和陈小姐这几日的情形略略说了。这个汉子冷笑着,说:"我是陈小姐的哥哥,你去告诉她,叫她快些离开北京,明天一早赶快就走,不然,可连她的性命全都不保!"说毕,气愤愤地转身走去。

这汉子正是陈正仁,他如今已问出了宝刀张三的住址,可是黑天沉沉,他当日已不能去找;城门已关闭,他也不能进城去向他父亲报告,就也在附近找了店房住下。

这时,天色已交了二鼓,城外如此,城中也出了一件奇事。原来陈仲炎自遣儿子追随秀侠去后,他心中烦恼,晚饭也没有吃,躺在床上不住咬牙切齿地低声骂着,说:"好个恶贼张三,我非杀死你们父子不可!"又说:"唉唉!秀侠你那无耻的丫头!不想你为了私情竟忘了仇恨!好!等着我!等我杀完了张三父子,我再要你的命!然后我弃了家口,独自去入山修行!"正在愤愤地自言自语,忽见床前立起一个人,手持绿光闪闪的一口宝剑。

持剑而来的这人正是张云杰,他是趁着这黑夜跳墙进来,偷偷地伏着身,到了屋里。走到床前,他才蓦然站起了身,把正在仰面躺卧的陈仲炎吓了一大跳。陈仲炎将要翻身坐起,却被张云杰按住,同时,苍龙腾雨剑的锋刃已贴在他的脖颈上。

第一句话,张云杰就是问说:"今天我走之后,你的侄女她怎么样了?"

陈仲炎身子仍然仰卧着,不敢动一动,他就傲然地说:"你问她作甚?她已不是我陈家的女儿了,我已把她驱去了!"

张云杰面色一变,又逼问说:"她是什么时候走的?是往哪里去了?说实话!"

陈仲炎忍住气,回答说:"我也不知她往哪里去了,她有一身武艺,什么地方不可以去?也许她又去找你。可是张云杰,我的侄女嫁谁都行,但你若想娶她,可是你自寻死路!"

张云杰也冷笑着,说:"此时你还敢发横话,我的宝剑再近半寸,你的性命就完了!"

陈仲炎笑着说:"那不要紧,我哥哥死了有我替他报仇,我死了还有别人替我报仇。归结一句话,你张家与我陈家,要想解开冤仇,这生这世是办不到了!"

张云杰听了这话,不禁紧紧地皱眉,说:"我们两家何必如此呢?"

陈仲炎说:"何必如此?那你们要问问你们自己。你的父亲为得一口宝剑就惨杀了我的胞兄,你又换名改姓引诱我的侄女,使她迷于私情竟忘了父仇。这种欺侮，就是草木人也不能受！哼哼，张云杰，除非你现在杀了我，不然我还是要杀你！"

张云杰说："事实并非这样，我父亲张三确实罪无可逭，但是我并非有意引诱你的侄女；不然前天你有意将侄女配我，我就答应了，不会拒绝。"

陈仲炎说："我将侄女配你，是要叫你先帮助我们把仇报了才行。无论是什么人，只要他杀死宝刀张三，我就将侄女配他；假若此时你能把张三的首级送来，我还可以唤回秀侠，叫她嫁你。杀死张三者就是我家的恩人、朋友，庇护张三者就是我家的对头、仇人！"

张云杰狠狠握剑，指着陈仲炎说："你的心也太偏狭！"

陈仲炎把眼闭上了，说："我陈仲炎是铁打钢铸的好汉，你用手段欺骗我，用宝剑威吓我，都是无济于事，誓死我也要报仇！"

张云杰叹道："你太执拗，即使你报了仇，于你又有什么好处？我化名与你结识，在正阳桥救了你的性命，全为是化仇为友；不想你只记得仇恨，却忘记了好处。现在你已在我的剑下，但是我还不愿杀你，只请你平心静气地想一想。你若愿意解仇，那我就叫宝刀张三向你赔罪，怎样办都行；即使叫他披麻戴孝到你胞兄的坟上叩头，他为了顾惜性命，必然也能答应。你是没见着他，他现在可怜极了！四五年前他做镖头时是十分凶悍，但后来他发财享了福，已然变得极为懦弱，你真应当宽恕了他。至于以后，你若愿两家相好，我情愿以厚礼聘娶你的侄女；你若答应了，现在我就走开，这口苍龙腾雨剑我也立时还你！"

陈仲炎睁开眼睛想了一想，便点点头说："如果宝刀张三能在我胞兄的坟前，披麻戴孝去叩四个头，那我也可以甘休，但是空口无凭，你须给我写下一个字据！"

张云杰说："可是你也应当写一张字据给我。"

陈仲炎点头说："也行！但是我不会写字，你替我写来，我画押就是了！"

张云杰看了看陈仲炎的身边并无兵刃，又见远处桌上放有纸笔，便慨然说："好！我写来给你看，你陈仲炎既是好汉子，想你也不能说出话来又反悔！"遂就将苍龙腾雨剑离开了陈仲炎的脖颈，退后几步离了床边。

他到那边桌旁抽出来纸，打开了墨盒，不想陈仲炎由他的被褥下抄起了一口宝剑，突然翻身而起，一跃下床，抢剑就砍。张云杰说："好！你这个无信的匹夫！"两口宝剑交磕在一起，只听呛啷一声，各无伤损。陈仲炎挽剑就刺;说："跟你这贼人之子，我还讲什么信义？"嗖嗖嗖，白龙吟风剑连抖直刺，铛铛铛，苍龙腾雨剑紧敌紧迎。张云杰跳上了桌子，踢落了笔砚和胆瓶;陈仲炎在下面举剑直逼，竟不容张云杰还手。

室内，双龙宝剑搅起了风雨，两位豪杰决定了生死。金器相击之声传到户外，杨大壮就在院中怪声喊问说："二叔！你屋里怎么回事？"室内并不回答。陈仲炎的剑若疾风，张云杰也身如飞燕，由桌上跳到椅上，由椅上又跳到床上。陈仲炎紧紧进逼，张云杰翻身下斫，陈仲炎闪身躲开。张云杰跳到地下，陈仲炎一剑直劈下来，张云杰横剑去迎，同时退到外屋。

外屋的地方一宽敞，二人的剑法都展开，但相逼得愈近，剑接触得愈急。张云杰迎不住陈仲炎的力大，一边迎战，一边寻找门户，又三四合，就一耸身跳到了院中。却不料杨大壮拿着一口刀又向他砍来，张云杰赶紧闪身躲开，用剑去迎杨大壮的刀。杨大壮抽刀未及，当啷一声，他那口刀又被削下去半段，他连刀把也撒了手，赶紧瘸着腿跑开了。

此时陈仲炎已追出来，身如飞鹤，剑似毒蛇，向张云杰的当胸刺去。张云杰转身避开，以伏地回风的剑法向陈仲炎横斫。陈仲炎又避开了，换了剑式，跃起来执剑猛削，一下接连一下。张云杰避免陈仲炎的力大，只以巧妙的身法躲闪，以急速的剑法刺戳。如此，两个人又在院中交战了十余合。忽然张云杰飞身上了北屋，陈仲炎急追上去。张云杰虚晃一剑，转往西房跑去;陈仲炎依然不舍，又追过去。

又战了两三合，张云杰仍然奋勇抢剑抵挡，这时忽然由墙外又跳进来一个人，进院来就飞身上房，手中也持着一口宝剑，说："陈二哥闪开，叫我来斗斗这宝刀张三的儿子！"来的这人正是袁一帆，他乘虚拧剑向张云杰的左肋刺去。张云杰闪身避开，想以苍龙腾雨剑斩断他的剑,但袁一帆又将剑撤回,同时陈仲炎的宝剑又斜削下来。张云杰孤掌难鸣,勉强招架了几下,回身便跑,却不料袁一帆一剑正砍在他的左臂之上。

张云杰左臂负伤疼痛难忍,一只右手又招架了几下,就赶紧回身逃走。他惊慌慌如斗败了的一只雄鸡,铩羽而逃。陈仲炎与袁一帆仍然在后紧追,但因陈仲炎的旧伤本未痊愈,今天格斗了多番,身体力气已然不能支持;而袁一帆虽然手脚敏捷,但他自知手中的兵刃又太劣,所以就一任张云杰逃走了。

张云杰跑过了几道房屋,便跳下平地。这里是一条昏黑无人的小巷,张云杰喘了两口气,赶紧又跑。他觉得伤势难忍,血不住顺臂往下滴流,咬着牙忍痛而行,便回到了东四牌楼他家所开的"得宝首饰楼"。

此时已经更深夜静,首饰楼已然关了门板,可是做手工的屋里还有灯光,有三四个匠人正在那里打首饰。张云杰跳下房去,一进屋便连人带剑栽倒在地,把几个工人齐都吓得一声惊叫,都放下做工的器具持灯来看。他们却认得这是他们的少东家张云杰,就有人问:"少东家你怎么啦?"

张云杰摆手说:"不要惊慌!把我搀扶起来!到柜房去!小心!不要动我的左胳臂!"他自己也扭头去看,就见左臂鲜血淋漓;这幸亏还是被袁一帆的剑砍的,若是陈仲炎的白龙吟风剑,恐怕这只胳臂早已断了。张云杰咬紧了牙根,决不呻吟。

待了一会儿,本店的掌柜的就披着衣服惊慌慌地跑来,问他是怎么回事。张云杰却绝对不说,只悄声说:"把我抬到柜房歇歇就是了,旁的事你们不必管!明天,无论是谁,不准把这些事向外人去说!"因为他是少东家,所以他说出来的话没人敢不答应。当下他就被人抬到了柜房,伤疼得他一夜哪里睡得着觉。

次日,天色将明,他就嘱咐这里的掌柜去告诉在城中住着的他那母亲,请她在十天之内千万别回家,然后叫人雇来了一顶轿子。他带着苍龙腾雨剑卧在轿里,由这里的掌柜跟着轿,就在晨光熹微之下出了齐化门。

第十六回　车走飞尘难逃残命
马阻骤雨愧见红娥

　　走到关厢，就见迎面来了一个人，将轿拦住；拦住轿舆的这个人正是来升，因为他认识首饰楼的掌柜，就问说："这轿子里面坐的人是谁？"掌柜的说："是少东家。"来升赶紧掀开轿帘一看，张云杰在轿里半倚半坐，面如黄蜡，左臂连大襟上满是鲜血，不禁吃了一惊。张云杰就问说："来升！你昨天没回家去吗？"来升摇摇头说："没……没有，我跟陈小姐都住在这边的店房里。"

　　张云杰吃惊地问："哪个陈小姐？"来升说："就是您的那位陈小姐。"张云杰又问："她现在哪里？"来升说："就在这边店房里，她说她要等着见您一面。"张云杰赶紧命轿子放下来，就要下来，那首饰楼的掌柜的说："哎呀！少爷您别下来！"张云杰摇头说："不要紧。"他下了轿，也不用人搀扶，就叫来升带路，走进了那家店房。

　　此时秀侠正在收束她的行李，她由行囊之中发现了前几个月离开尼姑庙时，那智圆交给她的那副金耳坠，她呆呆的，感到：这痛苦的情枝恨叶，即已遁入空门潜心修行的人，也难以将它完全抛开，完全斩断；这种力量，竟使自己忘掉了杀父的大仇，变更了自己四载所怀的志愿。她又不禁潸然泪下。

　　就在这时，忽然来升把屋门开开，张云杰走进屋来。她一见张云杰这样子，又不禁吃了一惊，赶紧问说："你是怎么了？谁伤的你？是我叔父吗？"张云杰摇手说："不必细问，我们两家仇恨无法解开了！早知如此，此次在北京我不该跟你再见面，或者我应当随红蝎子去！"

秀侠滚下眼泪，说："早先的话就别提啦！现在我想只有一个法子，我既已离了家，我叔父都不再认识我了，你不妨也把家抛开。我们一同走，走到外面，我不再姓陈，你也不用姓张了；我们都改了姓名，不再提旧事，随他们两方的老人家去杀去打，我们口中再也不提那仇恨二字。"

张云杰点头说："你的主意很好，只恐怕那样你叔父仍然不饶我的性命。你一个女子如此宽宏大度，我很感激，现在你对我张家父子恩已很厚，但婚姻之事，我现在不敢再希望了！"

秀侠拭着泪说："那么，难道你就在这里等着叫我叔父杀你吗？他的力大，又有袁一帆、杨大壮帮助他，你现在臂上又受了这么重的伤，你如何敌得过他们？你要是随同我走，沿途我可以帮助你、保护你；但在这北京，我却不能帮助你。因为我捐弃了父仇，见了仇人都不杀害，并且替他隐瞒着住址，这已经很对不起我的父亲了；我如何再能庇护着你们，去与我叔父为难呢？"

张云杰点头说："你说得对！可是我现在也不愿跟你逃走。我父亲张三，我怕我救不了他了；可是你叔父这样偏狭凶狠，又请出来个袁一帆帮助他，我也实在不服气。你走吧！我这就回家，此后我仍然尽力设法再与你叔父解和，他若仍然不肯，那我只好把性命交付他了！"

秀侠的脸色也一变，由包裹内取出一包刀创药交给张云杰，说："这是云南白药，专治刀伤，给你，可以拿回去疗治你的臂伤。我由昨天在此住下，就为的是要见你一面，如今见了，我也就要走了。我走往河南，要回到我师父那里，我想等你到今年年底；你若跟我叔父把仇恨解开，你就可以去找我，但若过了年底，你就不必去了！"说到这里，秀侠低头落泪。

张云杰深深叹息，就点头说："好吧！我愿不到年底我们就能见面。可是如若到年底我仍不去，那就是这件事还没了结，也许我已被你叔父所杀。可是，无论我去与不去，我还是盼你不要灰心，以你这样年轻人不应当去落发为尼。我张云杰实在是个庸才,风尘间尽有英俊人物!"

秀侠拭泪不语,提起来包裹就要出屋,张云杰却抬起右手来,说:"这口苍龙腾雨剑你拿去吧!为我,你不忍杀死你的仇人,但这口剑你应当拿回,埋在你父亲的坟里。"秀侠凄然摇头,并不伸手去接,只把行李绑在了马匹上。

张云杰送秀侠出店门,说声:"沿途珍重!"秀侠上了马,泪仍然向下直流,向张云杰望了一眼,问说:"刚才的话你记住了!"遂就挥鞭向东走去。她芳心酸痛,不忍回首来望。张云杰见秀侠就这样的扬长而去,不禁感叹。来升搀扶他上了轿子,他就吩咐说:"回去吧!"于是轿子颤悠悠地走去。张云杰在轿中伤处既疼,心中也颇难受。

少时回到六里屯家门前,就见门前的许多仆人庄丁正在一块赌钱乱闹,仿佛没人管束了。张云杰十分生气,下了轿就申斥道:"没人管束你们,就可以胡闹了吗? 一群混蛋!"仆人庄丁吓得全都垂手侍立。张云杰瞪着他们,却又有点儿后悔,暗想:现在正用着他们,得罪不得! 遂就改换了口气,说:"你们看见我身上的伤了没有? 这是被城里一个姓陈的所伤,那是我们的仇家,一半日他们还许来到这里搅闹! 你们众人都在此多年,我们待你们向来不错;倘若我跟老爷都被人害了,你们也就全都没有饭吃了! 从现在起,大家打起了精神,会武艺的人预备下刀棍,夜里不许一齐睡觉;你们帮助把这家保住,将来事情完了,就是你们大家的功劳,一定都有重赏。"

众仆人庄丁听了,年轻力壮的就高兴,抢着拳头说:"少爷别着急!这算不了什么,谁敢来找寻老爷跟您,我们就把他打走。"于是这些人就纷纷地去找锄头、拿木棍,并有的还预备下单刀、花枪、梢子棍。年老的人却都想要躲避,有的人还要请假辞工。

张云杰吩咐把庄门关上,他进到院里,先到那西屋,就见大铁门仍然紧闭,屋中却有他父亲呻吟之声。张云杰扒着窗户往里去看,这窗户是留得很小,一个人决钻不进去,所以室中的光线非常低暗;就见宝刀张三披头散发,蜷伏在床上,真如个死囚一般。张云杰不禁更加怜悯,同时愤恨,暗道:好!陈仲炎,事既至此,咱们索性斗一斗、拼一拼了,倒看看结果是谁生谁死?

他忍着伤,回到书房中,把秀侠给他的那包刀创药,叫来升给他在伤处敷上。苍龙腾雨剑就放在身旁,他不禁又想起,昨日把秀侠延请到这屋里时的先后情景,便又长叹一声。

当日白昼没有什么事情发生,晚间张云杰更加惊恐,吩咐仆人庄丁们分成两班,轮流着睡觉,轮流着防守。院中整夜支着灯笼,整夜有人,各屋中却都黑暗,没有灯光。这夜张云杰倒没想到陈仲炎准能来,可是来升却心惊胆怕,直到天亮,倒是没有什么事情发生。可是来升他却说:"三更天时,我看见房上站着两个人!"

下午,张三的妻子焦三娘回来了,并有银楼掌柜的太太随来给她做伴。她回到家里就大骂她丈夫该死,看见了张云杰的臂伤,她又暴躁着说:"为什么不告状去呢?白白受了他的伤,他还要来到家里杀人?没有王法了吗?"

张云杰却说:"告状没有用,陈仲炎也认识做官的人,而且咱们家里的财发得不正,经官一抖落,就坏了。此时只有两个办法,一是时时防守,日夜有人轮班,或者陈仲炎还不敢怎样;不过日子一长,就难免疏忽,照旧叫陈仲炎能够得手。另一个法子就是,我保护着我爸爸躲开,躲到我师父诸葛龙那里;陈仲炎虽然力大鞭狠,可是比我师父的武艺还差得多,再说那里有我的许多师兄师弟。"焦三娘说:"那么你就带着你爸爸走吧,我在家里看家,我不怕!陈仲炎要是敢来,我就一个嘴巴把他打出去!"张云杰就说:"且看一二日再说。"

他回到书房里,又往左臂敷药,右手提着苍龙腾雨剑抢了一抢,觉得还行;假若与陈仲炎交起手来,自己单臂虽不能取胜,可是也不至于立时就被他杀死。他就决定了,心说:走罢!到了襄阳,把父亲安置在师父诸葛龙之处,然后纠集师兄们再与陈仲炎、袁一帆决一生死,最后还要去访一访秀侠。

张云杰的精神又因此振奋,于是隔着窗户,把这种计划向铁门内他的父亲说了。张三在屋中哼哼着说:"我也愿意躲一躲,别回河南,索性往远处去，陈仲炎他也就没法子去找了；多带些珠宝，到哪儿都能隐起来当财主！"

于是张云杰就着手做出外避仇之计，他办得很严密，第二天清晨，两辆车都放着车帘，就离了六里屯。他拟定的路线是过通州，沿着北运河的河岸去走；走到天津弃车登船，就顺着运河南下，到了淮阴再换车，穿皖省奔襄阳。

第一辆车上是宝刀张三带着个仆人张福，两人在车里本来就很挤，还放着一只大包裹，这包裹里就是张三的一半家产。张云杰是坐在后面的那辆车上，随身只是衣包和那口苍龙腾雨剑。他身上揣着个蓝缎小包，里面有珠宝翠玉，他还想着如若路上遇着红蝎子，就将这东西还给她。

车辆顺着大道而走，天气很热，张云杰的臂伤又痛，车帘又不敢打开；并且只要听见车外有马蹄之声，他就惊恐着，扒着车窗上的玻璃往外看去。外面是滚滚的热风，吹起来万丈多高的黄土，真如在沙漠之中行旅一般。第一天走到杨村，天色还不晚，便找住店房住下了。张云杰与他父亲同住在一间屋内，张三连炕外都不敢坐，永远叫儿子遮挡着他；张云杰又烦恼、又生气、又无法，好容易挨过了这一夜。

次日起身再走，不料才走出了三四里地，这里离着天津卫尚远，沿途的车马很多。却有一阵杂沓的马蹄声从后赶来，就把两辆车拦住。张云杰已隔着窗看见了，马是一共四骑，人是陈仲炎、袁一帆、杨大壮、陈正仁。此时陈仲炎已喝令前面赶车的把车帘打开，他与宝刀张三见了面，可是彼此全不相认。张云杰就手提苍龙剑由车上跳下来，袁一帆却在马上向他摆手，冷笑着说："别动手！别动手！这是大道，往来有经商的，也有为宦的，我们决不能在此杀人。可是你也别呼援求救，小心闹到当官，你爸爸四年前杀人的事虽还得细审，你本人在太行山跟红蝎子轧姘头，那可是最近的事；彰德府押着好几个被捕的红蝎子手下的贼人，随便提一个来全是证据。"张云杰面色惨白，冷笑不语。

这时却听得前面车上发出一阵惨呼之声。原来此时前面的陈仲炎已向赶车的人问明白了，在车中缩作一团的人就是六里屯的张财主；

他愤恨填胸,不顾一切,嗖地抽出了白龙吟风剑就向车里刺去。张三怪叫一声,张着双手去揪剑锋,但鲜血已进流在车上。张云杰抢剑奔上去,却被袁一帆、杨大壮、陈正仁的三件兵刃挡住。

陈仲炎抽剑回来,又要杀张云杰,袁一帆却向他摆手,杨大壮又推了他一把,说:"二叔,咱们走吧!"陈仲炎怒目看着张云杰,脸上发出一种愉快的笑,说:"仇报完了,把苍龙腾雨剑给我,你我两家就仇恨都消,我的侄女随你去娶吧!"

张云杰脸白如纸,微微一笑,把手中的剑反过来,递给陈仲炎,怒声说:"拿去!"陈仲炎手中已有了双龙二剑,就招呼众人拨马走去。袁一帆临走时还向张云杰说:"你快报官去吧!"张云杰却啐了他一口,说:"你把我看作了懦夫!"那四匹马嘚嘚地飞驰向北去了。张云杰气涌在胸头都喘不过来。

他走到前面的车上去看,见那赶车的和仆人张福都吓得已然不能动弹,他的父亲宝刀张三已如同一口肥猪似的死在车里,张云杰并没流泪。路旁刚才惊走的旅客,这时已找来了官人,张云杰只说遇见了截路的强盗,自己却不知强盗的姓名。

当日就把张三的尸身拉到镇上店房里,备了棺木,派张福坐着一辆车回家,张云杰就住在这里。过了两日,由六里屯来了四个仆人两辆车、两匹马,同来的有他们所开的玉器局的徐掌柜。张云杰就托付徐掌柜把他父亲的灵柩运走,他自己并不回家,也不留下一个仆从。

他歇了两日,便备了马匹,置了宝剑,孤身南下。此时大地如同火烧一般热,天际乌云滚滚,张云杰满腔愤恨,虽然左臂伤痛,但他仍然急急赶路。行走六七日,他已然疲惫不堪。

这日行到一个所在,天色还早,却见四周昏暗,沉雷滚滚,大雨已将落来,张云杰就催马急走。此时道旁田地中的农夫农妇也纷纷往村里去跑,忽然见有一个村女站在田径之中,呆呆地望着他;这个村女衣裳里兜着许多东西,大概是才从田地里摘了什么豆角之类,因为要下雨才跑回来了。与张云杰眼睛对眼睛的一看,她就恨恨地骂着,张云杰是又惊又惭愧;原来这正是红蝎子的女徒,在彰河上游被自己推下水去的那个翠环,不知怎么她又复活了。

此时翠环由地下拣起土块向张云杰来打,又跑过来,大骂着说:"你还有脸站在这儿不走? 天雷眼看就打下来,劈死你这忘恩负义的狠心人! 呸! 你瞧,我还活着呢! 没淹死!"张云杰把宝剑抽出扔在地下,说:"给你宝剑你杀死我吧! 我实在后悔过去的事,我也不愿再活着啦!"翠环骂着说:"你不愿活着? 我才不愿杀你呢! 你去吧! 跟那什么使宝剑的丫头去吧! 将来叫她也把你推在河里,你那时才算遭报!"

张云杰叹气说:"不用将来,现在我就已遭受了报应……"说到这里,大雨点已经淋下。张云杰依然勒住马不走,感慨地大声说:"实不瞒你,我本名叫张云杰,宝刀张三是我的父亲。可是现在我父亲已给陈秀侠的叔父杀死。至今我才知道,那些所谓江湖的侠义,还不如你们做强盗的人量大……"

翠环又啐了一声,骂道:"到现在你还说我们是强盗? 凭良心,不定谁是强盗生的强盗养的呢?"

此时大雨已淋湿了翠环的衣裤,她的鬓上向下流水。张云杰下了马,从地下拾起剑来,说:"雨下起来了! 你在哪里住你就快回去吧! 我也要赶快走,找我的师父帮助,好替我的父亲报仇。今天这一面我就是告诉你,我很后悔,我真真对不起你们!"说着上马就要走。翠环却抓住他的左臂,手正掐在伤处,他不禁哎哟了一声。翠环就哼哼地冷笑,说:"你真想走就能走吗? 这儿还有个人要等着见你呢!"张云杰问说:"是什么人?"翠环冷冷地说:"反正你认得她,我能饶了你,她可饶不了你。走! 你不是不想活着了吗? 那我就送你上一条死路!"张云杰说:"不用说了,一定是你那师姐金娥,我去见她,她要杀我,我也绝不还手!"

此时大雨倾盆,潇潇地落着,张云杰牵马随着翠环去走。翠环边随走随边骂着,她的容颜又恨又悲,她的眼泪随着雨水自颊间滚下。张云杰两脚在泥水中跋涉着,羞愧欲死,同时他看见了翠环的脑后是梳着个发髻,就想她必然已嫁了人。

两人都如同水淋鸡一般,走过了几条泥泞的曲折小径,才望见了烟雨中的一个小村落;这村子生长着密密的绿树,也不知是榆是柳。张云杰的两眼都已被雨水淹疼,看什么东西都看不清楚了,只仿佛这村子背后雨气腾腾之中,有一座高大的屏障。

进了村子一看,人家很少,都是蓬门土屋,朽陋不堪。翠环又推了张云杰一下,张云杰脚下一滑,几乎摔倒,马蹄险些没踢伤了他的眼睛。翠环就说:"把你的马拴上吧!没人偷了你的马去!我们这村里没有贼,也没有面上笑心里可想着害人的狼心狗肺的小子!"张云杰一句话也不敢说,找了棵树,把马拴上。

翠环已到一个柴扉前去叩门,待了会儿,里边有人把门开开了;一看,原来是个很粗鲁的年轻汉子,头上戴着一顶破草帽。翠环仿佛就是这个人的妻子,她对着这人说了几句话,就进门里去了。这人却气愤愤地过来,抖手就打了张云杰两个嘴巴;第三个嘴巴打上来,却被张云杰扣住了他的双腕,发怒着说:"我是随翠环来的,我对她有愧,她打我骂我,甚至于杀我都行,你是什么东西?也敢来欺侮我?"说时,腾出一只手来要抽宝剑。翠环却又出来了,瞪着眼睛说:"你还发横呢?快滚进来吧!九奶奶要审问你呢!"张云杰一听红蝎子也在此地,不由手一发颤,怒气全无。翠环揪住他那只受伤的胳臂,那汉子叉着张云杰的脖子,就强迫着他进了门,到了屋内。

第十七回　娇娆女盗濒死忏情
　　　　永久仇家临危援手

　　这屋里外屋灶上烧着很香的黄米饭，里间的墙上挂着剑刀。翠环拉张云杰到里间，就见炕上有一床红布被，被里卧着病伤垂死的红蝎子。外面雨声夹着雷声，室内十分昏暗，红蝎子的低微呻吟也被掩盖住了。这娇娆的女盗魁，面容苍白，瘦了许多，眼睛也像睁不大，但她的发髻还叫人梳得很整齐，炕前还放着梳头匣。她见了张云杰，只微微地一笑，全无恶意，音低微着说了几句话。

　　翠环蹲在炕边侧耳去听，半天才把话听完，就站起来，愤愤地转告了张云杰说："我们九奶奶跟你说，那天她自北京走后，走不远就遇见了袁一帆的手下人，带着很多的官兵，把她们围住。她因为伤了心，所以无力气再与人争斗，身上就受了四处重伤；逃到这里，怕也不能好了。她后悔当初失身嫁了于九，以至为盗，后来想要洗手也不能了。她有个孩子今年已五岁了，在南阳府韩秀才家里寄养。她早先救过韩秀才的性命，她知道韩秀才不能把她的孩子错待，可是听说那秀才的婆子人很恶毒，她不放心；她叫你将来把那孩子抱了去，叫你那杀了你爸爸的婆子去抚养。九奶奶托付了你们，就看你们的良心啦！"

　　张云杰听了，不禁低着头落泪，说："我一定尽心尽力！陈家的秀侠，已与我情尽义绝，她的叔父残忍凶暴，杀死了我的父亲，我誓必报仇！"

　　红蝎子却微笑着说："你来……"张云杰把耳贴在她的枕边，就听红蝎子的声极低微,伴着呻吟说道:"我自从做强盗以来,杀死过不知有多少人,早先我并不觉得忏悔,因为我不知道被杀的人是多么痛苦;现在……我知道了!假若我还能活,我一定要出家修行。我劝人无论是谁,千万不可杀人,不可结仇。你们跟陈家已经抵过来了,已经一报还一报,够了!何必再往下结仇?你要是不肯忘掉了父仇,那翠环也就应当立时把你杀死;你想一想,你对翠环的手段,比陈仲炎对你家的手段辣不辣?"

红蝎子说的这话,翠环也听得清清楚楚,她不禁又流泪又顿脚;张云杰却羞惭、悲痛、感激,真觉得无地自容。红蝎子似乎是"人之将死,其言也善",训诫完了张云杰之后,她闭目静静地躺着,呼吸都不沉重,只是有时因伤疼使她微微地蹙眉。

窗外的雷雨声还很大,仿佛天地都震怒了。张云杰直起腰来,拉了翠环一把,翠环赶紧夺手走开,含着泪指指门帘,说:"外屋有人!"张云杰低着头垂泪说:"我实在对不起你们,我想不到你们都是这样的好!"翠环冷笑说:"你知道我们好了,可是晚啦!我已然嫁了他……"指指门帘外。张云杰说:"他是做什么的?"

翠环说:"他也是我们一块儿的,那天我跟你走了,他觉着可疑,他就在后面暗中跟随着咱们;你把我推落在河中,你跑了,他就赶过来救我。他虽也是个盗贼,而且武艺不高,人也粗鲁,年纪又比我大得多;但因为他救了我的命,我只好嫁他,可是我觉得他比你还好!"张云杰暗叹了一声,翠环就说:"你就在这屋里吧!等着九奶奶或死或好,才许你走;可是你放心,我们决不能伤你!"说毕,冷冷地掀帘出屋去了。

这里张云杰就坐在炕边,抚摸着红蝎子的手,他心中极为悲痛,想起红蝎子与翠环都是极为可怜的女人,而秀侠此时又不知飘零于何地;自己涉世未久,便遇了这许多未了的情劫、难消的仇恨,也实在是不幸已极。

此时他身上的衣服尽湿,雨水也浸进他左臂未愈的伤处,十分疼痛。窗外的雷雨又咆哮着,搅得他的头昏,他就一歪身躺在了炕上。红蝎子却微微睁眼,握着他的手说:"你不要难过,也不要害怕。翠环虽然恨你,可是我劝得她已不至于杀你,等雨住了你就可以走。陈秀侠是个很好的孩子,她是我第一个徒弟,至今我喜欢她,她也不会忘我;你还是赶紧找她,去与她结为夫妇,只盼你们将来不要忘记了我。"

张云杰却一声冷笑,说:"那件事还提什么?当初我嫌你们绿林中人,不肯娶你们,可是我又怎能娶个仇家的女子?我张云杰以后要做堂堂正正的人,不再迷于儿女柔情,也不再做那卑鄙狠毒、欺人自欺的事。"

张云杰就在这里住下,到次日雨才停止,红蝎子催他走,但他却不愿走开。这里没有多少人,只是翠环夫妇,他们每天要到田地间去操作,所以这里红蝎子的汤药全赖张云杰服侍。

张云杰在这里住了几天,他见翠环和她那丈夫全都跟安善的农民一般,并没有什么匪人与他们来往;村中的住户也全都勤勤俭俭,没有什么坏人,而红蝎子在此养伤更是极为严密安稳。张云杰的臂伤也渐愈,同时与红蝎子彼此真情相见,越发难以割舍。张云杰也很想在这里隐居,与红蝎子结成夫妻,将来再把母亲请来,把红蝎子那儿子也找到;红蝎子也未尝不如此想着,可惜她的伤势一天比一天重。在一天的黄昏时,她呻吟了一阵,流了些眼泪,竟致气绝。这横行一时的女盗魁落得这样的结果,虽然不足为惜,可是张云杰与翠环,及翠环的丈夫,全都嚎啕大哭。

本村又没有棺材匠,只好由翠环的丈夫带着几个村人,到离此很远的镇上去买棺木。这里只剩下翠环和张云杰,翠环就拭着泪说:"她已死了,把她埋葬之后你就走吧!在南阳的她那孩子你若能管就管;不管,将来我们自会把他接来。"张云杰长叹无语。

正在这时,忽听一阵马蹄杂沓之声闯进村里来了,翠环和张云杰齐都大惊,一齐由壁间抽刀取剑。这时就听得外面急急地敲打柴扉,翠环向张云杰摆手:"你不要动!我出去看看!"说着,她就背着手儿拿着刀走出屋门。张云杰的眼前就是僵卧着的颜色如生的红蝎子的尸身,他心战手抖,侧耳听见外面的柴扉开了,见翠环与另一个女子说话,说:"你来了正好,九奶奶死了!"随着就听见一片哭嚎声,不像是一个人发出的,和外面的马嘶。

这里的脚步声响,就进来了几个人,一齐哭着:"九奶奶……"为首的是个短衣女子,正是金娥。她本来满面是泪,但忽然看见了张云杰也在此处,就怒目圆睁,唰的一声从腰间抽出了钢刀,向张云杰就砍。翠环从身后托住了金娥的腕子,说:"师姐别伤他,九奶奶没断气的时候已经饶了他啦!"金娥愤愤地说:"九奶奶是好心人,饶了他,我不能饶!"

翠环说:"你想杀死他也无用,现在他也明白一些了,知道了到底是谁对不起谁。他本来不姓黄,他是宝刀张三的儿子张云杰。"

金娥听了这话,不由哼哼一声冷笑,说:"原来你就是张云杰,你爸爸被陈仲炎和袁一帆杀死在路途,你却跑到我们这里来藏躲?"

张云杰昂然说:"我不是来此藏躲,我原是要往襄阳找我的师父,好助我报仇。走在此地遇见你师妹,我为向她谢罪才到这里,又因九奶奶在此养伤,我帮助服侍,才住到今日。现在九奶奶已经死了,我也就要走了。过去做的事我全都后悔,但都已无法挽回,九奶奶和翠环她们都已宽恕了我;你若仍不肯饶,就请你挥刀,我张云杰若躲一躲,或是挡一挡,就不是丈夫!"金娥冷笑道:"你是谁的丈夫?"

翠环问说:"今天你们为什么来到这儿?"

金娥说:"我们才从大名府来,现在袁一帆和他的师弟万兆山、陈仲炎、杨大壮、陈正仁等人,都已到大名府。"张云杰听到这里,不禁就吃了一惊。金娥又说:"他们的人虽不多,可是我们已探出,他们有两口削钢剁铁的宝剑,我才来……现在九奶奶既然死了,只有师妹你去帮一帮我吧,咱们俩好为九奶奶报仇!"

翠环听了这话,却一点也振不起她的勇气,并且很犹豫的。张云杰就说:"我同你们去!袁一帆、陈仲炎是你们的仇人,更是我的仇人,我同你们去报仇!"金娥点头说:"好!咱们即刻就走!"又向翠环说:"你在这里!棺材来了将九奶奶盛殓起先别埋,等我去把逼得咱们东走西窜、五零四散的仇人袁一帆捉住,再把害死于九爷的陈仲炎杀死,然后我们祭完了九奶奶,再掩埋!"当下这金娥抢着刀指挥着张云杰一同出去。

　　天色虽然黑了,可是还有朦胧的月色,那颜色十分愁惨。这村前却马蹄杂沓,人影幢幢,原来红蝎子手下的强盗现时还有三十多名,都归金娥统辖了。金娥骑着大马,一手摇鞭,一手抡刀,高声说:"走!"于是许多匹马全都随她走去。

　　张云杰也骑马携剑,紧紧随她去走;金娥却还嫌他的马慢,回过鞭子来抽他。张云杰的脸上都被抽了两鞭子,一流汗就浸得很疼。他本来很生气,但现在四边全是金娥的手下人,而且前嫌并未全消,倘若把这女盗惹恼,自己立时就要被他们置于死地。他忍住气,夹在马群里随金娥紧走。金娥用黑话指挥着众盗,鞭子吧吧地响,钢刀时时举起,在月下闪着光芒;她的头发已不是两个抓髻了,而是随便挽起,乱蓬蓬的,简直像个女鬼。

　　马群顺着曲折的路径去走,走了许多时,金娥带领他们就上了一座高山;山路极陡,崎岖难行,树木又多。但是转过了一个山盘,就看见了一片平谷,金娥那尖厉的嗓音高喊了一声,众盗就齐都收住马。金娥用黑话指挥着,众盗就一齐下马,有几个就走下山探听去了;其余的人有的寻找草坡去喂马,有的坐在山石上歇息、谈话,并拿出他们马上带着的东西大吃大喝。

　　金娥却仍在马上,叫张云杰近前把她抱下马去;张云杰无法,只得听她的吩咐去办。金娥却百般玩弄张云杰,并说:"九奶奶跟我翠环师妹全都要嫁你,你全都不要,现在看你怎能逃出我的手心?我可同不得她们那样贞节,现在人都归我管了,我随便叫他们伺候我,可是他们都不配做我的汉子。你还不错,以后我吩咐你怎样你便怎样,不许违背,否则我可刀下无情,我不能像她们那样好心肠!"

　　张云杰却微笑着,说:"什么话?我只怕你不依从我。当初我独自去找你们,就为的是想娶你或翠环,可是不想被你们九奶奶把我拉住了,所以我才设法脱身;现在她们已一死一嫁,我只好叫你做我的夫人了!"

　　张云杰卧在地下,身旁就是金娥。金娥由怀里掏出鱼肉,又命人拿来酒,大口地吃着喝着。张云杰心说:这才是真正的强盗!金娥把酒往张云杰的嘴里灌,把肉往张云杰的脸上扔,大声说笑:她杀完了袁一帆,就要率众回凹子峪,从此她就是大王了;她要招几千人,要收多少男女徒弟,要使手下人都有马,都会使袖箭。她并说要造起一面大旗,绣上"替天行道",她要举大事,封军师,任宰相。但她说了一阵就醉倒了,睡熟了,四旁的贼众也都发出了鼾声,只有几个人提刀往来着巡逻。

天空的月色已由云中挣出来,十分的清朗,树根草底都有虫声唧唧,伴着那潮水似的众盗的鼾声。张云杰坐起身来,仰观着明月,看看眼前,想想过去,再想想以后,他的心中忽然又变了主意,由那主意他又细细地计划。

不觉就到了天明,众盗齐都爬了起来。金娥也醒了,她一面挽着头发,一面又派了两个人下山去踩探。张云杰却自告奋勇地说:"我来是为报仇,你也得让我办点儿事呀?"金娥说:"好!你也出去帮他们踩探踩探。陈仲炎、袁一帆他们昨天宿在大名府南关,今天他们要起身,一定从山下经过;看见了他们不要动手,报告我来,咱们再一齐下山去截杀他们。"又说:"你若骑马带刀,就很容易被他们看出来,他们若看出咱们在此等着了,就许拨马回去,去找官人,那可就坏了。今天就是谁的人多谁得胜!给你两只镖,你会使吗?"说着,金娥由旁边的盗贼手中要过来两支钢镖,张云杰就下山而去。

他到了山口,却止住了脚步,向外一看,原来眼前就是黄河,浊水滚滚,上面漂浮着一两只小船;两岸全是黄沙,连树木草根很少,别说村落。这里的山就像一只猛兽似的蹲踞在这里,一眼,就可以看见周围二三十里之内有无人踪。张云杰并不往山下去走,他反倒攀树登石,往山上去,找了个僻静的地方将身隐住。

张云杰所藏身的这处所是在一个悬崖上,说是悬崖,其实距平地不过三丈高,下面正是大道。大道上有被马踢的车轧的很深的土,虽然前几日下了一场大雨,可是早就又被太阳给晒干了,松松的像是个大香炉,被风一刮,就弥漫起万丈的黄尘,能使人的眼睛都睁不开。张云杰在上边却有两旁的丛树遮着,连沙子都触不到他的脸上,真是个好处所。他就坐一会儿站一会儿地向下去望,就见黄河越来越黄,两岸的沙子越来越亮,因为太阳渐渐升高了。

天很亮,简直看不见下面有一个人往来。张云杰都等得心焦了,才见远远跑来两个黑点,越来越近;及至来到了北岸,才看出原是五匹马,两匹黑的,三匹白的,马上的人仿佛都戴着大草帽。这时山根下已有两个光着脊梁的贼人,跑上山去报告金娥去了。张云杰在这儿看得很清楚,只见那五匹马涉水过河往这边走来,少时就都登上了南岸,两马在前,三马在后,马蹄荡着沙尘,走得很快。马上的人衣帽看得很清楚,渐渐离着山不远,连模样都可以看出来了,其中一个穿着白小褂黑裤子,骑黑马,头戴大草帽,颊下有黑胡子的人正是陈仲炎;在他旁边骑着白马,绸袍子飘飘的人正是袁一帆。

张云杰看见了这两个人,不禁胸中燃烧起了怒恨,但又想:现在报仇是很容易,量小手辣的陈仲炎本来该杀,但是以后又将如何? 我就永远与他家结仇,抛了秀侠永不相见,而甘作那金娥女强盗的压寨丈夫吗?

不容他想,这时金娥已率领三十多名强盗冲下山去。金娥下身穿着红裤子,上身只穿着个背心,头发在后挽成个乱团,真如同一个女妖。她抡动着一对双剑,带领众盗,如同一窝蜂似的就把那边的五匹马围上了。他们彼此似乎并未怎样说话,就都抽刀动剑拼斗起来,杀得真凶。只见白光闪眼,人马翻腾,扬起来数十丈高的尘土;有的人中了伤纷纷落马,马匹就踏着人窜逃。

张云杰站在悬崖上瞪着大眼,精神紧张到极点。只见那边越杀越紧,落马的人越多,争战的人越少,忽见陈仲炎双手擎着双龙剑破出重围而逃,金娥也舞剑来追。陈仲炎将将走过张云杰的眼底时,金娥就从后面发了支袖箭。陈仲炎中了箭向马下一扑,那匹黑马把他抛下就跑了,他的双龙剑也撒了手;才要爬起来,不料金娥又是一箭,他又趴下了,同时金娥已催马来到,陈仲炎的命在顷刻之间。

忽然,金娥哎哟了一声,也翻身落马,她的头顶中了一镖,立时死去。张云杰如飞鹰似的,从崖上跳了下去,先过去将金娥那匹马揪住,又把陈仲炎抱起放在马上,急急地说:"快走吧!"后面有个强盗骑马赶来,张云杰又一镖,将那强盗也打落下马。

此时陈仲炎浑身是土,身中数箭,趴在马上说:"啊呀!你为什么来救我?"张云杰挥手说:"快逃!快逃!"他匆忙由地下拣起两口宝剑,交给陈仲炎一口,他就舞着一口奔过去与群贼交战,想再救陈正仁等人;可是此时陈正仁、杨大壮、袁一帆都已负伤落马而死,只有那姓万的是早就涉水逃走了。

贼人也死伤了二十多,只剩下九个,张云杰又斩断了他们几件兵器,就高声喊叫说:"红蝎子跟金娥都已死了!你们还不散伙?"这余下的贼人里就有那个何石头,他止住了他的伙伴,又彼此打了几句黑话,就一同骑着马向东去了。张云杰也赶紧抓了匹马往南去跑。这里黄沙上抛下些断刀折剑,死的人卧在血泊中,伤的人在沙里呻吟着乱滚;天上的鹰鹳旋飞,如收兵后的战场一般,河中飘着的渔船也早就都远避了。

张云杰催马紧走,走了三十多里,并没看见陈仲炎是逃往哪里去了,他就进了偏道。这里两旁种的都是高粱,四顾无人,张云杰就下了马,喘吁吁地坐在地下。他心里很气恼,仿佛把事做错了似的,又把手中得来的这口宝剑一看,倒霉!原来还是那口"苍龙"。

张云杰在这里歇息了半天,渐渐有了精神,也高兴起来就说:好!好!现在两家冤仇还不算解开吗?只有陈仲炎负疚于我,我却对他们没有什么亏心了。好!我去找找秀侠,把这些事告诉她!于是张云杰站起来,抖了抖身上的土,就上马走出了田地。他寻着大道,一直往南,同时两眼向东西去望;走了不远,便找着了翠环住的那个村子,便拨马顺着小径,向那绿树森森的小村中走去。

少时进了村,却见村中有几个人都怒目狂喝,说:"小子!你还敢回来?"张云杰一看,原来正是刚才河边逃走的那几个贼人,其中就有那何石头。

张云杰却收住马,连连摆手说:"诸位不要急躁!陈仲炎是我的仇人，你们全是我的好友。但刚才我放走了仇人，可把你们全拦住；这并不是我的主意，是九奶奶临死之前她嘱咐我的，不信你们可以去问翠环！她临死时嘱咐我，第一叫我去照顾她寄养在别家的孩子；第二叫我把你们打发走，因为她早就不愿再干这强盗的营生，也不忍叫你们将来都被官捕去正法。"

旁边还有人向张云杰怒骂，握着拳，仿佛要过来打他似的，何石头却把那几个都拦住。他就向张云杰说："张大爷，你说的话对！我们也早就想洗手，跟着九奶奶时还有点高兴、痛快，这些日跟着金娥，他娘的，不如跟个母狗！我们也觉得干绿林的太丢人了，可是，不干这个干什么去呀？腰里分文无有，到处有人捉拿！"

张云杰说："这个好办！九奶奶她早替你们想好了法子了，来……"

这时那翠环已出了柴扉，向张云杰点手说："有什么话不会进来说吗？在外边吵嚷，是怕别人不知道吗？"张云杰就下了马，一手提着苍龙腾雨剑，一手点着说："来！来！咱们进门去谈！"当时，何石头等几个人就随着张云杰进了柴扉。

此时红蝎子的棺材正停在院中的地上，前边还供着两盘炒菜，有一堆纸灰，张云杰见了，心中不由又有些悲痛。张云杰先到了屋内，将自己带来的包裹打开，这里边就有他父亲宝刀张三遗下的一半财产，并有在太行山时红蝎子给他的那缎子小包，里面珠翠累累，尽是红蝎子多年所劫的贵重之物。

张云杰把这缎包就拿出来，向众人说："这是九奶奶若干年来的积蓄，她临死时嘱咐我分配给你们。东西虽然细微，可是你们的人数不多，每人至少可以分上几两银子的东西；拿了去秘密变卖，往远处去隐名改姓，从今都洗手做个良善的人，庶不愧九奶奶对你们这番好心！"说着，他按照人数把珠宝平分了几份，都放在地下，又说："诸位随便去拿吧！拿了赶紧走，在这里时间若长了，也给翠环招事。诸位若嫌不够，我还有点银钱，也可以借给众位，咱们交个朋友，将来后会有期。"

众人却齐都摇头，没有一个人来弯腰拿，都说："九奶奶还有后人，这些东西还是给她的后人留着吧！我们走就是啦，用不着要这些劳什子。"张云杰却说："这是九奶奶的东西,也是诸位多年替她挣了来的。她那儿子还小,而且有我去照管,这些东西若给了他不但无用,还许由此惹祸。诸位全是好汉,此后都要改邪归正,没点谋生的本钱也不行,还是请拿去吧!"何石头和翠环全都在旁劝说,这些良心发现的强盗才各自把珠宝收了,并不争竞多少。

此时张云杰含着悲痛,在红蝎子的灵柩之前焚化了一些烧纸,然后这些人就帮助把灵柩埋在村后的山坡下;翠环与何石头等人齐都放声大哭,张云杰也落了些眼泪。诸事已毕,何石头等人齐向张云杰拱了拱手就走了;张云杰仍然回到翠环家中,也动手收束自己的行李。他取出些金银珠玉,约值一千两银子的东西,请翠环到屋中,就把这些东西给她。

不料翠环却用手一推,瞪起眼睛来说："你给我这些值钱的东西,是为补偿我被你推落水去的那条命吗?快收回去!快走!"张云杰感叹着说："到此时你还忘不了过去的事? 这些东西我并不是送给了你,就弥补了我早先的过错! 我是愿你们拿它置上田产,从今就在这里享福。"翠环说:"享福也用不着享你的福,我们会在此安分居住,吃喝也用不着你!"

张云杰长长叹息,说:"那么把这些东西暂时存放在你们这里,将来我把九奶奶那孩子接来,也许送到你们这里来,那时就可以拿这些钱养活他。唉! 你不知道,将来我仍是孤身一人,携带那孩子也不便!"

翠环问说:"你不是要娶亲去吗? 娶那会使宝剑的陈家女儿,听说那女的长得比我们九奶奶还强,她又会迷你!"

张云杰摇头说:"我们二人虽没有什么怨恨,但我的父亲杀死了她的父亲,她的叔父又把我的父亲杀死;要想成亲,就得先算清这笔账,但是这笔账哪能一时就算清呢?"

此时窗外翠环那丈夫粗暴地喊着:"快打水来! 在屋里嘀咕什么? 姓张的你快走! 别招老子翻脸!"翠环突然流下泪来,低声说:"东西我收下了,你快些走吧!"随把张云杰给她的东西都收在箱子里,赶紧出屋帮助她丈夫去打水。张云杰抑抑地提着包裹及苍龙剑出屋,在院中备马，就见翠环摇着辘轳打水，她那粗暴的丈夫提着大水桶去浇菜，全都不理他。张云杰就牵马出了柴扉，抑郁地往村外去走。

此时天色已过中午，十分炎热，张云杰上马走去，当日行了四十多里路，便找了个镇市投店歇宿。晚间，屋中闷热，蚊子成群，许多旅客全都在院中乘凉，听他们说："今天早晨旧黄河的东边出了一件事，死了七八个人，受伤的有十几个。看那样子是盗贼打劫客人，可是官方把受伤的人带到衙门，又问不出来口供；不过听说死的人里，有帮助官人打破红蝎子的那袁一帆，还有两人，听说是陈仲炎的儿子跟徒弟。"张云杰听店里的人这样谈说着，他自己一声也没敢言语，心中只是惆怅。

次日离店策马南去，直奔许州，但一到了许州他却又勒马彷徨，不知往哪里去才好。因为虽听陈秀侠说过，她学艺的地点是在许州附近的一座山里，山里的尼姑庙名叫"海潮庵"，可是山的名称、方向，自己却没有详细打听。于是张云杰就进城先拜访了两家镖行，询问侠客法老尼所住持的海潮庵是在何处，可是没有人说得出来。他又向几家店房和一处尼姑庙去打听，结果是全都没有人知道。

张云杰心中十分纳闷，出了城，望着山他就走，见着人他就打听。走出了很远，居然有一个赶着大车的庄稼人告诉他了，这人指着西边远远的一座青山，说："看见了没有？那山后有个李家村，住着位李员外，那员外前些日可把山里的一座尼姑庙重修了。那尼姑庙很小，是叫海潮庵不叫，我可也不知道。"张云杰道了谢，于是催马向山走去。

走了半天，方才来到山的近前。他寻着了山口进去，但见遍地是绿草苍松，野花茂盛，寻了多时，却没看见一处人家，更没看见什么红墙寺宇。绕了多半天，连方向都走迷了，才寻着山路出去；就望见了一个很大的村落，有人在田里工作。张云杰下了马，向人一打听，才知这里就是李家村。前些日有一位骑着马的姑娘前来，见了这里的李员外，后来那位姑娘就进山当尼姑去了，出家的地方是山中的海潮庵；李员外并且将那座庙重修了一下，现在已然修完了。

张云杰吃了一惊，并且心中十分难过，就赶紧求个人带他去见李员外。原来这个李员外，就是海潮庵的尼姑智圆的情人。秀侠曾于半月前来此,将智圆托付的那一对金耳坠交给了李员外,李员外思念旧情,才修了山中的那座庙。当下李员外见了张云杰, 明白了他的来意,就说:"陈姑娘现在山中庙内居住,潜心修行,可是她尚未落发! "

第十八回　千回衷曲订此良缘
百炼精钢沉于浊水

　　张云杰就请李员外派了个熟悉山路的人带他重进山内。他牵马走着，虽然知道秀侠并未落发，有些放心了，但尚不知秀侠的心境现在改变得如何。而且冤仇虽解，血迹犹存，自己当初虽主张释怨结亲，但这时若叫自己娶一个杀死义父的仇人的侄女，心中也实在不无抑闷。总之，当初火一般的情爱现在仿佛都随着那冤仇而冷淡了，今天，见上一面就是了！说明白了，也就是了！

　　此时山间的野花斗着芳菲，小鸟唱着情曲，但张云杰的脚步极为迟缓。绕了半天，方才看见山凹之处有一堵红墙，是新修饰的；走到门前，见门上有很明亮的金字，正是"海潮庵"。山门里有细微的鸟声，并有轻轻的木鱼之声，带路的那个人就回首说："到啦！"张云杰点头说："谢谢你！你回去再谢谢李员外。"他却不即时去打门，先将马系在一棵树上，然后才上前将兽环敲打了几下。这时领他来的那个人已然走了，山中寂静，只有门环声、鸟声、木鱼之声，急缓轻重相应合着。

　　待了良久，才见里面有人把门开了。出来的人，原来是两个年纪都不很大的尼姑，张云杰就躬身说："这里住着一位陈秀侠姑娘吗？我姓张，有几句话要找她谈谈！"两个尼姑彼此望着，一个就说："是找陈师姐的！"另一个就向张云杰说："你就在这儿等一等吧！"张云杰答应了一声："是！"退后几步，两个尼姑又走进去了。

待了不大工夫,就见由门内姗姗走出来青裙青衣的陈秀侠,她的芳颜上虽然未涂脂粉,可是云鬓依然,辫子梳得很整齐;脸上似比早先瘦了,也显着年岁稍长,但是姿容却比在北京之时更为俊秀。她见了张云杰,就微微地笑,细声儿说道:"你是从北京来吗?"并轻移莲步,来到张云杰的临近,眼波飘起,表示出来一种疑问、一种伤痛、一种欣喜和一种柔情。

张云杰毫无悦色,只是叹息说:"我来告诉你一件喜事,你陈家与我张家那数载的深仇,现在,已然完全消解了!"

秀侠惊疑着,摇头说:"我不知道,我自从来到这儿就没再出山门,外面的人我一个也没见着。我想,到年底你要再不来,我就要落发修行了。"

张云杰点头说:"是呀,冤仇若不解开,我也是不敢前来见你,可是冤仇也不是轻易能解开的,乃是我的父亲宝刀张三流了血,丧了命!"秀侠吃了一惊,张云杰又说:"并且我张云杰以德报怨,在黄河岸救了杀死我父亲的……你那叔父!"遂把已往的事详细说了一番,然后说:"你想,过去是冤仇未解,使你为难,现在可好了吧?"

秀侠擦了擦眼泪,点头说:"那么我这就收拾东西跟你走吧!"

张云杰却摆手说:"别忙,我还有许多事情尚未办完。第一是红蝎子已死,你知道吗?"秀侠惊讶着说:"是吗?"张云杰又把红蝎子和翠环之事,略说了一番,并感慨着说:"她们虽然是女盗,但她们心宽量大,待我情重恩深,我是永不能忘!"秀侠的神色渐变。

张云杰又叹口气说:"第二,张三虽非我生父,但他那样昏愚懦弱、改过悔罪的人,终于不免一死,也真令我伤心;等到我将这伤心养好之时,再来找你吧!今天先奉还你家这口苍龙腾雨剑,一切的罪过都由此剑而起,我不愿再见它,请你收回去吧!咱们两家的账就算是全都清了!"说时,他由鞍旁解下了那口苍龙腾雨剑,用双手托着交给秀侠。

不料秀侠接过来就当啷往地下一摔,气愤得流泪,点头道:"好,你走吧!仇都完了!我们报清了,再也不用找你张云杰,你也不必再来啦!"

张云杰变色,问说:"你这是为什么呢?难道你觉着我说的话还不对?"

秀侠泪如泉涌,点头说:"对!你说的话都对。我只恨我,在北京时我为什么要心软?为什么不亲手杀死我父亲的仇人张三?为什么要离开我叔父?假定有我跟随我的叔父,就是千百个强盗也能抵挡!还用得着你去救我叔父,自鸣得意,说什么以德报怨的话来气我?幸亏你来得早,我知道你原是这么个人,否则,我还……"说到这里,陈秀侠悲哽得说不出一句话来了。

张云杰十分后悔,就叹气说:"我原知道你是心地宽宏,为我们两家冤仇之事很是为难,很是受苦,很是忍痛伤心!"他用手去拉秀侠,不料秀侠吧地一推,把他推得倒退了两三步。秀侠由地下拾起来苍龙腾雨剑,洒着眼泪就走进庙里去了,随手关上了庙门。张云杰站在这里发怔,又气愤又后悔,同时又怕秀侠回到庙中自杀了;他又不敢打门或跳墙进去,就在庙外着急、徘徊。

待了一会儿,庙门又开了,走出一个二十来岁的尼姑。张云杰又上前说:"请把陈姑娘叫出来,我再跟她说几句话!"

这尼姑却摆手说:"她在里边哭得很厉害!施主你是姓张吧?"

张云杰点头说:"是!"

这尼姑说:"我是陈秀侠的师姐智圆,她这次来把她在外所遭遇的事情全都告诉我了;她受了佛门点化,情愿不报杀父的大仇,来到这里她就日日随着我们念经,求两家的冤仇解开!将才,你不该逼她太甚!"

张云杰惭愧得低下了头去,说:"请师姑方便一下,叫我进去向她赔罪!"

智圆却说:"施主既不烧香,这庙中是不能进来的,因为本庙的清规太严。"张云杰摇头叹息,智圆又说:"施主可以到山外找个地方暂住两日,容我把她解劝好了,你再来见她。"

张云杰点头说:"那么,烦劳师姑多多向她劝解吧!就说我都认错了,想再跟她见一面。"智圆应了,遂进庙,又关上了山门。

张云杰解下马来,牵着走去,心中非常惆怅,不觉出了山口,一看是一片平原大地,没有多少村落,远远有一片苍林。张云杰忽然站住了,发了一会儿怔,又愤愤地想:算了吧! 只叫我体谅她,她却丝毫不体谅我。她陈家都是对的,我张家的人就只该死,这样,还结什么夫妇? 我张云杰也是堂堂男子,难道就连这件事都割不开? 于是扳鞍上马,挥鞭走去,一直往南,专心要到南阳去探问他故人红蝎子的遗孤。

三四日就走到了南阳,进了城,依照红蝎子临殁时所告诉他的地点,就在一条极狭窄、顶肮脏的小巷里,找着了那韩秀才的家;只听里面有哇啦哇啦一阵小孩子的读书之声,像是一群老鹤叫似的,原来是韩秀才教着学房。张云杰将马系在门环上,手提着他的行李进门,忽听有个妇人说:"你是找谁的? 我们这儿的学生不买你的笔!"

张云杰一听,这妇人错以为自己是串书房卖笔的客人了,遂摇头说:"不是,我是要找韩秀才。"

妇人问说:"你找韩秀才有什么事?"这妇人说话时很横,长着一脸的凶肉,年纪有四十多了。

在院中有个孩子正蹲着剥豆角,穿着件破衣裳,一脸的鼻涕,很瘦,才四五岁,很像是红蝎子所说的她那儿子。张云杰也发横说:"把韩秀才请出来吧! 我要见他有要紧的事!"妇人愤愤地到屋中叫出她的丈夫。

这韩秀才有五十多,长袍坎肩,倒真像是一位"老夫子"。他见了张云杰,露出很惊异的样子,向张云杰递笑说:"您找我有什么事?"

张云杰一拱手,说:"你是韩先生?"

看旁边除了那妇人、孩子之外再无别人,他就走到近前悄声说:"你认识于九奶奶吗?"

韩秀才吓得脸都白了,连连摆手说:"我不认识!"

张云杰用力一拍他的肩膀,笑着说:"你别害怕! 我是九奶奶的朋友,现在来就是为将她的儿子领走。"

韩秀才指着剥豆子的那个孩子说:"就是他! 因为在两年前我由卢氏县散馆回家,路过……遇见了……许多好汉,幸亏九奶奶把我救了,没杀,叫我在山上住了两个月。见我不错,又因为九奶奶又要到远处去,带着公子不便,所以才托付我……"

张云杰冷笑说:"托付了你,你就带他在家里,叫他受苦? 四五岁的孩子就叫他干活儿? 你以为我们就得不到消息吗? 不敢进南阳城吗? "

韩秀才连连摆手急辩,说:"没有叫他受苦! 不过因为我家道贫寒……"张云杰一掌几乎将韩秀才推得坐在地下;他就过去抱起了那孩子,擦擦孩子脸上的鼻涕,笑着说:"跟我走吧! 我带你找你妈妈去! "

这个孩子倒很听张云杰的话,张云杰抱着他离了韩家,又不敢在南阳多留,所以就出城而去。他马后带着包裹,马前带着孩子,一直往东,先找了一个大市镇住下,给孩子洗干净了,换上新衣。张云杰自己也置了衣服和宝剑,这孩子倒很像是他的少爷。

本来,红蝎子给他起过名字,叫他大熊儿,他对于他母亲的模样早就不记得了,他爹爹是谁他更不知道。张云杰因这孩子,又想到自己从这么小就入张家寄养,张三于自己实有父子之恩;不替他报仇,反释走了陈仲炎,也就够了,难道还真要娶仇人之女吗? 可是,虽然心中极力地往宽处想,不再回忆那些私情,但是秀侠的容貌总不能在他的脑里消除,并且使得他睡梦都不得安。他非常恨自己,到了遂平县,就想拨马北上,带着这孩子直回北京,把孩子就寄养在自己家里,海潮庵内的秀侠他也不想再见了。

不想才往北走到西平县,天色已近中午,那孩子饿了,他便走到一个市镇驻了马,把孩子抱下来。道旁就是一家茶饭馆,门前搭着凉棚,棚下摆着许多座位,张云杰将马系在凉棚的柱子上,拉着孩子找了座位,就要茶要面。天很热,眼前就是往来的大道,车马一过,便见尘土飞扬,霎时就能使一碗清茶变成泥水。张云杰笑着向那孩子说:"快些吃! 吃完了咱们快些走,早些回北京早些去玩儿。"孩子大口吃面,张云杰一边吃着,一边想起来以往的事情,又很烦恼。

正在这时,突见由北边飞驰来了三匹马,马上的人都是强壮的汉子,都戴着大草帽。一来到镇中,三匹马就全都慢行了,张云杰注目去看,他忽然吃了一惊,原来其中的一人有黑须,正是铁面灵官陈仲炎。陈仲炎也看见他了,忽然就收住了马,向旁边的人说了几句话,就下马来找张云杰。张云杰脸色陡变,也不起身,身旁预备下宝剑。

只见陈仲炎摘下草帽,拿手巾擦着脸上的汗,喘吁吁地走到了凉棚之下。张云杰脸色发紫,坐着,连头也不转。陈仲炎站在他的背后,就说:"我正找你,不想在这里遇见!你有工夫没有?可以同我到镇外,有些话我要对你说。"

张云杰愤然站起,转头说:"那有什么不敢?走!"说时要抽宝剑。陈仲炎却把他的胳臂按住,说:"你别错想了!我来找你,毫无恶意。早先我与你为敌,是因为你庇护着宝刀张三,现在两家的血海冤仇都已了清,你我仍然是朋友!"张云杰嘿嘿一声冷笑。

此时那随从陈仲炎的两个人都牵着马走近,陈仲炎却摆手叫他们退后。张云杰扔下宝剑,愤恨地望着陈仲炎,冷笑说:"仍是朋友?你陈仲炎倒真会说话!你陈家的人死了便是冤仇,别人改悔、哀求、乞命,你们全不能饶,我的父亲便只该死?姓陈的,你何必再来找我?你也不必忧虑我将来找你报仇,黄河岸边的那件事就是我告诉你,我张云杰的心地却与你们不同,我宁愿以德报怨,宁愿人负我,我不负人;可是我并不怕谁,我更不是忘掉了父仇,图谋谁家的闺女!事实俱在,将来你更能看得出,我张云杰……"说到这里一拍胸脯,说:"是光明磊落的丈夫!心地宽宏的好汉!朋友我是不敢高攀了,但将来你陈家的人如再有危难,我还是要拔刀相助,不索报酬!"

陈仲炎伸着大拇指说:"好汉!"喘了口气又说:"但你以为我陈仲炎就是心小量狭的匹夫吗?我这人只是恩怨分明。张三杀死我的哥哥,无论他逃到哪里,他怎样乞求饶命,我也一定要他的性命!可是你,在北京前门,在黄河南岸,两番助我,我也不能把那忘记。你现在若想替张三报仇,就请上剑,陈仲炎决不还手!"

张云杰冷笑道:"我若想杀你,那天何必又救你?"

陈仲炎说:"好!既然这样,我可以送你一件东西,你可以拿回去祭你父亲之灵!"说时,由腰间锵地抽出了白龙吟风剑向左臂一砍,立时他自己的左手便掉落于地,鲜血迸出,溅了一身一地。张云杰也大惊,扶住了陈仲炎,那两人都弃马跑过来搀扶。陈仲炎疼得面色如纸,头上的汗珠有蚕豆那么大向下堕,但他依然大笑,说:"我陈仲炎不欠债!你不伤我,反以好处来伤我的名声,我不干!给你一只手!你要头我也立时给你割下!"

此时茶馆里的人全都大惊,那孩子吓得直哭。张云杰帮助那两个人就抬着陈仲炎,将他送到附近的一家店里,自己也就带着那孩子在同店内找房住下,陈仲炎已痛得昏死过去了。

随陈仲炎来的这二人,一是徐飞,一是双钩手宿雄。原来陈仲炎是自黄河南岸被张云杰所救,负伤逃走,他在一家店里养好了箭伤,又去与大名府官衙接洽,认了他儿子陈正仁和杨大壮的葬埋之地,祭奠过了。此时徐飞也由保定赶到,依着陈仲炎,还要单身去搜寻红蝎子的盗众,但被徐飞劝止住了;便南下打算回新蔡县,去祭奠陈伯煜的坟墓。走在许州会见了双钩手宿雄,宿雄因为过去受过陈伯煜的好处,所以他也想到那坟前去叩几个头,于是也跟随着南来。

陈仲炎在路上抑郁不舒,虽然兄仇已报,可是他反倒烦恼加甚。这烦恼并不是为他的儿子惨死,也非为侄女远去,他只是觉着对张云杰仿佛有些亏欠似的。他决定回家祭兄之后,仍旧出来,设法找着张云杰,以报答他两次援救自己之恩;因为陈仲炎想着,非得那样,才算是自己恩怨分明、刚强磊落,不是只知报仇,而不知报恩的量小心狭的小人。所以如今他慷慨激昂,斩断了自己的左手。

疼痛得昏晕了几次,后来敷了些药,渐渐苏醒过来;见张云杰、宿雄、徐飞全都在他的眼前,他就微笑着说:"你们何必对我如此关心?江湖人的手腕都该斩断!我的兄仇报了,张云杰兄也不愿再与我为仇,我觉得我这身子都无用了;我很愿早死,随从我胞兄于地下!"又向张云杰说:"我的侄女秀侠,此时多半在她师父法老尼之处,你去找她成亲去吧!她那孩子跟你我都是一样的可怜,都是不幸遇着了这种命运!"

张云杰此时也只剩有感叹唏嘘,反倒觉得陈仲炎很为可敬,也认为这仿佛是一种命运。自己的父亲宝刀张三和铁掌陈伯煜前本有冤孽,今生应当由自己和陈仲炎叔父侄女以痛苦偿还。不过他恨极了那口苍龙腾雨剑,认为一切的血仇,皆由那个冥顽不灵的东西而起;此时是未在他的手下,否则他真要把那东西捶毁。

陈仲炎在这里养伤,张云杰和宿雄又往海潮庵去找秀侠,想要叫她来与她的叔父见面。张云杰带来的那个孩子大熊就留在店房中,由徐飞暂时照顾。这孩子本来太小,连他自己的来历他都说不清,所以徐飞也绝没有想到,这就是大盗黑山神于九和红蝎子之子,而他的父亲就是死于陈仲炎的手下;他母亲的部下人却又把陈仲炎的儿子杀死,说来他们之间又是有一层孽债,又是有许多深仇。但这孩子还跟陈仲炎很好,他时常到床前望着陈仲炎笑,陈仲炎也很和气地问他话,他却说不大明白。

三四日后,张云杰与宿雄回来了,说是秀侠已离开了尼姑庙,据那庙中的人说:"她是携带着那口苍龙腾雨剑回家去了。"

陈仲炎此时伤虽未愈,可是不但不至于死,并且已能够下床行走,他就向张云杰说:"我要回新蔡县去,最好你也能随我们去。到我家里,我将我的侄女配给你,因为我早有此心!"张云杰长叹了口气,便答应了。当日就讲好了一辆骡车;次日,陈仲炎跟那孩子坐在车上,张云杰、徐飞、宿雄都一齐骑着马,就离开这里往南偏东。

虽然天热,而且那辆车走得很慢,但是两天的路程就到了新蔡县锦林村。此时,村中的果树生满了绿叶,结着很大的果实,附近的田禾也都长得很茂盛。村中人都十分闲散,可是一见陈二爷回来了,缺少了一只左手,而且随来了徐飞和两个面生的人,另外还有个很瘦很黑的小孩,只少了陈正仁、杨大壮二人,就齐都惊愕了。陈仲炎感慨万端,向村中父老点首问好,却不多说话,就一直进到家内。

张云杰现在是只想再见秀侠一面,可是没有见着。徐飞把他跟宿雄让到一间空闲的房子里,大熊在门口跟村里的孩子们玩上了。此时天色尚早,还没到午饭的时候,张云杰时时推开门去看,只听院里有一片哭声,出入的邻居和亲族们都低着头擦眼泪,张云杰非常难过。

午饭后,就见徐飞换了孝服,进屋来向宿雄说:"二叔现在就要带着咱们到坟上去祭奠,可是张兄也去吗?"宿雄说:"他是一定要去的,旧事不说了,将来他就是陈家的女婿啦!"张云杰自觉十分惭愧,就说:

"倒不是为这个原因！只是，陈老伯父是当年的一位英雄，江湖上有名的前辈，我既然来到此地，便应当去拜祭一番。"

说话之时，只见由里院出来了一行人，头一个是陈仲炎，他虽没穿孝，可是放声大哭，一只胳膊下垂着，另一只臂被人搀扶着；在后面的是他的夫人、他的女儿和他一个小儿子，另外还有一位身穿重孝的姑娘，被邻居的两人妇人搀扶着，这就是秀侠。她哭的是最厉害，因为这是陈伯煜死后四年，第一次报复了仇恨，全家举哀之日；又加了陈仲炎断臂，陈正仁、杨大壮都为此事惨死于外，所以越发伤了大家的心。几乎满村的人都哭着，都往村外陈伯煜的坟墓吊祭去了。

张云杰已然跟随着走出了村子，但他见这种情形是太凄惨了，也不禁眼泪汪然而下，就想：陈伯煜生前必是个好人，只为了一口宝剑贾祸致死，想当时自己的父亲宝刀张三，不定是怎样的残忍；后来他死，确实也是不屈。自己是凶手的儿子，虽然如今两家仇恨都已解开，但自己有什么颜面在此招亲做婿？他心中既痛且愧，就退身回来。

趁着一干人都哭着往坟致祭，村里几乎都没有什么人时，张云杰就备好了自己的马匹，收拾好了行李，然后为陈仲炎留下一张纸条，找着了大熊，把他抱上马去就走，连头也不回。身边远远之处，仍有群哭之声，悲哀凄切，送入他的耳鼓。

张云杰加紧挥鞭，离了新蔡县一直北上。张云杰带着大熊这孩子往北去走，因为天热，而且大熊受不得马颠，所以他跑一跑就要歇一歇。走了七八天，方才到了朱仙镇。正在走着，忽听身后有人大声叫道："张云杰！你还不站住？我给你送亲家来了！"张云杰惊愕得赶紧回头去望，却见是身后来了三匹马，两黑一白，黑马上是宿雄和徐飞；白马是在最后，马上的人穿着青衣，正是秀侠。

宿雄催马来到张云杰的近前，哈哈大笑，说："冤仇都解了，喜事到了临头，你反倒撒腿跑开，难道陈二爷说出了话又不算吗？你应了又不应吗？好了！我本想把亲事给你送到北京去，现在既遇见你了，我们就不管了。我们还要赶往大名府去运陈正仁跟杨大壮的灵柩，再会！再会！"说着，他跟徐飞的两匹马就越了过去。二人回首在马上抱拳，齐笑着向他们贺喜。

少时两匹黑马向北去远了，这里张云杰反倒极为惭怍，抱着大熊下了马。就见秀侠缓缓地策马过来，先问："你既在海潮庵跟我说了那些话，为什么又答应了我叔父许亲之事？既然答应了，并且你已到了我家中，可为什么你又忽然不辞而去？"说话的时候露出来幽怨。

张云杰叹气说："因为陈二爷自己伤了胳臂，我才知道他为人的恩怨分明，这才答应了亲事；但一到你们家里，我见你们祭坟时那样的痛哭，我又觉得冤仇虽解，但过去的两家遭遇都是太惨了，恐怕谁也不能忘记，我才带着这孩子走了！"

秀侠问说："这孩子是谁？"张云杰说："这不是外人！"遂又把红蝎子托孤之事补说了一遍。秀侠不禁掏出手帕来擦擦眼泪，下了马，亲密地拉住这孩子的手，问他说："你是不记得了！你小的时候我还抱过你呢！"张云杰说："现在一往的事都不要再提了！我们把这孩子带回家去，应当视如己生，只是，我们成亲，是否还要办事呢？"秀侠的脸上微微的红，说："依着我，我一定要往海潮庵去落发，现在都是奉我叔父之命；我叔父叫我到你家里去，他说是一载之后再归宁。"

张云杰听了秀侠这话，对于陈仲炎愈加感佩，遂又向秀侠解释那天自己在海潮庵前说话的寡情。秀侠却着急说："不要再提啦！连昨天经过的事也不要再提了！今天算是我们头一次见了面。"张云杰不禁笑了，却又暗暗叹息着。于是二人上马，轮流抱着那孩子，在炎天大道之下，随走随谈话，越谈越近，恢复了二人昔日的情爱，全都解开了多日的愁颜。

不过张云杰仍然有一件不痛快的事。就是秀侠的马上带着两个包裹，一个是她随身的衣物，一个却是她叔父、婶母和亲友及村人们送她的奁妆；并有一双陪嫁之物，那就是"苍龙腾雨""白龙吟风"两口宝剑。秀侠说是她叔父陈仲炎叫她带走，为的是她与张云杰夫妇二人各使一口；双龙剑本是兄弟剑，但此后若改成为夫妇剑、雌雄剑，或者自然就免了吉凶之说。张云杰对白龙剑无甚话说，但对于那口苍龙剑，他实在是心中愤恨，就想把它毁坏了。可是又知道那口剑的锋利，即用千斤之重的铁锤也难以将它砸断，投之洪炉也未必立时就能熔化，那真是一块顽铁、一件凶器！为了它……张云杰真不敢再想往事了。

走了一天，投店歇宿，次日起身就来到黄河南岸，呼来摆渡，载马过河。当渡船走到河心之时，只见浊水荡漾，看不见底，不知有多深，而且水势流得很急。秀侠坐在船板上，想起了她上次夜渡黄河，在船上杀贼之事，记得那天渡过了河到了老龙镇，在店中就与张云杰见了面。她抬起头来，看了看牵马在船上站立的张云杰，虽容颜较前憔悴，但英俊依然；昔日是路人，后来为仇家，今日竟成眷属，她心中一阵柔情撩荡，却又有些感叹。

可是，突然间，见张云杰由马鞍旁摘下了那口苍龙腾雨剑，瞪目咬牙，高高将剑举起，一下就投入了河中，当时光芒锋利的宝剑沉入了河底。秀侠脸色大变，张云杰却笑着说："这样，我的心才算痛快了！"秀侠见张云杰将宝剑投入水中，她就明白了张云杰的用意，当时没说什么，只是不禁一阵伤心；船夫们很觉得诧异，那孩子却觉得好玩。过了河，没有了苍龙腾雨剑，张云杰反倒十分喜欢。

行了十数日到了北京，六里屯中景况依昔，家人还都照旧操作。主人张得宝（宝刀张三）已经在新买的大坟地内葬埋了，主妇还照旧抽她的大烟；她认为这是冤冤相报，她丈夫是该死。不过儿子张云杰一回来，而且携来个年轻俊美的儿媳，她倒是忽然增加了一些欢喜。虽然家里的来升、张福等人都认识秀侠，都可以大略猜得出来是怎么回事，可是张云杰隐瞒着他的母亲，只说：秀侠是他师父诸葛龙的女儿，他师父将女儿许配给他了。那孩子大熊，只说是一个友人遗下的孤子。

草草地请了柜上的人和近邻吃了一次喜酒，张云杰与秀侠便结为了夫妇。秀侠梳了头，成了少妇的装束，终日不出门户，只是事奉婆母和抚养那故人之子。他们夫妇因为经过了无数的患难，所以极为恩爱，并且鉴于江湖仇杀的可畏，张云杰决定不与江湖人来往，只是照管城里的两个买卖，并经营田庄。

一年之后，张云杰送秀侠归宁。此时红蝎子的盗众已然消灭，翠环隐于山村，已然抱了孩子。他们到了新蔡县，见陈仲炎体健犹昔，虽然缺了一只左手，可是仍然要天天练武，对待侄女和侄女婿倒还好，往事是一概不提了。此时秀侠已有孕，在娘家生了个男孩，住了一年多，便将孩子交与婶母抚养，叫他姓陈，作为是陈伯煜之孙，并将白龙吟凤剑留下，以取吉利，然后夫妇又北返。

此时大熊已然入塾，连他自己也不知他父亲原是当年的一个大盗，他的母亲更是名震江湖、纵横数省的女盗红蝎子。岁月如流，没有了那些仇杀殴斗的事，他们的生活便也都无事可述，因此，风雨双龙剑这部小说，只好搁笔。

附录一

为《王度庐武侠言情小说集》而作

张赣生

我第一次读度庐先生的作品，是四十多年前刚上中学的时候，做梦也想不到今天为《王度庐武侠言情小说集》写序。

度庐先生是民国通俗小说史上的大作家，他的小说创作以武侠为主，兼及社会、言情，一生著作等身。最为人乐道的，自然首推以《鹤惊昆仑》《宝剑金钗》《剑气珠光》《卧虎藏龙》《铁骑银瓶》构成的系列言情武侠巨著，但他的一些篇幅较小的武侠小说，如《绣带银镖》《洛阳豪客》《紫电青霜》等，也各具诱人的艺术魅力，较之"鹤-铁五部"并不逊色。

度庐先生以描写武侠的爱情悲剧见长。在他之前，武侠小说中涉及婚姻恋爱问题的并不少见，但或作为局部的点缀，或思想陈腐、格调低下，或武侠与爱情两相游离缺少内在联系，均未能做到侠与情浑然一体的境地。度庐先生的贡献正在于他创造了侠情小说的完善形态，他写的武侠不是对武术与侠义的表面描绘，而是使武侠精神化为人物的血液和灵魂；他写的爱情悲剧也不是一般的两情相悦、恶人作梗的俗套，而是从人物的性格中挖掘出深刻的根源，往往是由于长期受武德与侠道熏陶的结果。这种在复杂的背景下，由性格导致的自我毁灭式的武侠爱情悲剧，十分感人。其中包含着作者饱经忧患、洞达世情的深刻人生体验，若真若梦的刀光剑影、爱恨缠绵中，自有天道、人道在，常使人掩卷深思，品味不尽。

　　度庐先生是一位极富正义感的作家，这在他的社会言情小说中表现得格外鲜明。《风尘四杰》《香山侠女》中天桥艺人的血泪生活，《落絮飘香》《灵魂之锁》中纯真少女的落入陷阱，都是对黑暗社会的控诉，很能引起读者的共鸣。度庐先生自幼生活在北京，熟知当地风土民情，常常在小说中对古都风光作动情的描写，使他的作品更别具一种情趣。

　　度庐先生是经受过"五四"新文化运动洗礼的人，他内心深处所尊崇的实际上是新文艺小说，因而他本人或许更重视较贴近新文艺风格的言情小说和社会小说创作。但从中国文学史的全局来看，他的武侠言情小说大大超越了前人所达到的水平，而且对后起的港台武侠小说有极深远影响的，是他创造了武侠言情小说的完善形态，在这方面，他是开山立派的一代宗师。几十年来出版的中国现代文学史，无例外地排斥通俗小说，这种偏见不应再继续下去，现在是改写中国现代文学史的时候了。

已知王度庐小说目录

1926—1937

作品名称	始载时间	连载报刊/署名/备注
半瓶香水	1926.9之前	小小日报/王霄羽
黄色粉笔	1926.9之前	同上
红绫枕	1926.9	小小日报/王霄羽/同年报社出版单行本
残阳碎梦	1926.12	小小日报/王霄羽
侠义夫妻	1927.1	同上
琪花恨	1927.3	同上
孀母孤儿	1927.4	同上
飘泊花	1927.5	同上
红手腕	1927.8	同上
护花铃	1927.8	小小日报/霄羽
青衫剑客	1927.10	小小日报/王霄羽
蝶魂花骨	1928.3	同上
疑真疑假	1928.4	小小日报/葆祥
双凤随鸦录	1928.7	小小日报/王霄羽
战地情仇	1929.6	同上
自鸣钟	1930.4	同上
惊人秘柬	1930.4	同上
神獒捉鬼	1930.6	同上
空房怪事	1930.7	同上
绣帘垂	未详	同上
玉藕愁丝	1930.7	小小日报/香波馆主
烟霭纷纷	1930.7	同上
鳌汉海盗	1930.8	小小日报/霄羽
缠命丝	1931.8	小小日报/王霄羽
触目惊心	1931.8	同上
燕燕莺莺	1931.8	小小日报/香波馆主
黄河游侠传	1936.10	平报/霄羽
燕赵悲歌传	1937.4	同上
八侠夺珠记	1937.7	同上

作品名称	起止时间	连载报刊署名	出版时间、出版社/署名
河岳游侠传	1938.6－1938.11	青岛新民报王度庐	
宝剑金钗记	1938.11－1939.7	青岛新民报王度庐	1939年青岛新民报社，1948年上海励力出版社（改题《宝剑金钗》）/王度庐
落絮飘香	1939.4－1940.2	青岛新民报霄羽	1948年上海励力出版社，分为四册：《落絮飘香》《琼楼春情》《朝露相思》《翠陌归人》/王度庐
剑气珠光录	1939.7－1940.4	青岛新民报王度庐	1941年青岛新民报社，1947年上海励力出版社（改题《剑气珠光》）/王度庐
古城新月	1940.2－1941.4	青岛新民报霄羽	1949－1950年上海励力出版社，分为四册：《朱门绮梦》《小巷娇梅》《碧海狂涛》《古城新月》/王度庐
舞鹤鸣鸾记	1940.4－1941.3	青岛新民报王度庐	1941年（？）青岛新民报，1948年（？）上海励力出版社（改题《鹤惊昆仑》）/王度庐
风雨双龙剑	1940.8－1941.5	京报（南京）王度庐	1941年南京京报社/王度庐，1948年上海育才书局/王度庐
卧虎藏龙传	1941.3－1942.3	青岛新民报王度庐	1948年上海励力出版社（改题《卧虎藏龙》）/王度庐
海上虹霞	1941.4－1941.8	青岛新民报霄羽	1949年上海励力出版社，分为二册：《海上虹霞》《灵魂之锁》/王度庐
彩凤银蛇传	1941.5－1942.3	京报（南京）王度庐	
虞美人	1941.8－1943.10	青岛新民报霄羽	1949年上海励力出版社，分为数册：《琴岛佳人》《少女飘零》《歌舞芳邻》《暴雨惊鸳》等/王度庐
纤纤剑	1942.3－1942.10	京报（南京）王度庐	
铁骑银瓶传	1942.3－1944.？	青岛新民报王度庐	1948年上海励力出版社，改题《铁骑银瓶》/王度庐
舞剑飞花录	1943.1－1944.1	京报（南京）王度庐	1949年上海励力出版社，改题《洛阳豪客》/王度庐
大漠双鸳谱	1944.1－1944.7	京报（南京）王度庐	

（接上表）

寒梅曲	1943.10-？	青岛新民报霄羽	1948年（？）上海励力出版社，分为数册：《暴雨惊鸳》等/王度庐
紫电青霜录	1944-1945	青岛新民报王度庐	1948年上海励力出版社，改题《紫电青霜》/王度庐
春明小侠	1944.7-1945.4	京报（南京）王度庐	
琼楼双剑记	1945.4-1945（？）	京报（南京）王度庐	
锦绣豪雄传	1945.5-？	民民民王度庐	
紫凤镖	1946.12-1947.7	青岛时报鲁云	1949年重庆千秋书局/王度庐
太平天国情侠传	1947.5-？	民治报鲁云	
清末侠客传	1947.4-1948.？	大中报鲁云	1948年上海励力出版社，分为二册：《绣带银镖》《冷剑凄芳》/王度庐
晚香玉	1947.6-1948.1	青岛时报绿芜	1948年上海励力出版社，分为二册：《绮市芳葩》《寒波玉蕊》/王度庐
雍正与年羹尧	1947.7-1948.4	青岛时报鲁云	1948年上海励力出版社，改题《新血滴子》/王度庐
粉墨婵娟	1948.2-1948.7	青岛时报绿芜	1948年元昌印书馆，分为二册：《粉墨婵娟》《霞梦离魂》/王度庐
风尘四杰	1948.2-？	岛声旬刊佩侠	1949年上海励力出版社/王度庐
宝刀飞	1948.4-1948.9	青岛时报鲁云	1948年上海励力出版社/王度庐
燕市侠伶	1948.7-1948.10	青岛时报绿芜	1948年上海励力出版社/王度庐
金刚玉宝剑	1948.9-1949.2 1949.2-？	青岛公报联青晚报王度庐	1949年上海励力出版社/王度庐
香山侠女			1949年上海励力出版社/王度庐
春秋戟			1949年上海励力出版社/王度庐
龙虎铁连环	1948.9-1948.10	军民晚报王度庐	1949年上海励力出版社/王度庐
玉佩金刀记	1949.1-1949.？	民治报王度庐	

附录三

王度庐年表

徐斯年 顾迎新

说明：

1.本表曾在《西南大学学报》刊出，此为补订本，包括增补史料及其说明、考证，并订正了个别疏误。

2.本表包含许多新发现的资料，特别是在辽宁省实验中学档案室发现的王度庐档案，从而补正了徐斯年《王度庐评传》的一些误判和部分欠缺。

3."度庐"实为1938年启用的笔名，为了统一，本表用为表主正名。

4.由于史料不全，历年行状、著述依然详略不一，有待继续挖掘、补充史料。

5.表中所记日期，阳历用阿拉伯数字，清、民国年份及旧历日期用汉字。

6.表中所系年龄均为虚岁。

7.由于旧报缺失严重，所以连载作品肯定不全。表中所录者，始载时间和结束时间多难确认，一般仅记月份，有线索可资考证者在按语中加以说明。

1909年（清宣统元年，己酉） 1岁

正月，清帝爱新觉罗·溥仪改元"宣统"。清廷决定消除"旗""民"界限，旗人不再享受"俸禄"。是年七月廿九日（9月13日），王度庐生于北京

"后门里"司礼监胡同四号一户下层旗人家庭，原名葆祥（后曾改为葆翔），字霄羽。父亲"在清宫管理车马的机构里当小职员"。家庭成员除父母外还有一位姐姐、一位未嫁的姑母和一位叔祖父。一家六口，全靠父亲薪金维持生计。

按：后门即地安门，后门里位于地安门内，属镶黄旗驻地。司礼监胡同，得名于明代位于该地之司礼太监署；后改称"吉安所左巷"，则得名于清代宫中嫔妃、宫女卒后停尸之"吉祥所"（后改"吉安所"）。毛泽东青年时代曾租寓于本胡同8号。

关于父亲职务的记述引自王度庐手写简历，其父任职机构当系内务府下属之"上驷院"。内务府为管理皇家事务的机构，成员均为满洲上三旗（镶黄、正黄、正白）"从龙包衣"。"包衣"，满语，意为"自家人"，一定语境下也指"奴仆""世仆"。据此，王氏当属编入满洲镶黄旗的"汉姓人"（不同于"汉人""汉军"），这一族群不仅属于"旗族"，而且也被承认为满族。

1912年（民国元年，壬子）　4岁

1月1日孙中山宣誓就任中华民国总统。2月2日，清宣统帝宣告退位。根据清室优待条件，宫内各执事人员照常留用，王度庐父亲依然可以领受部分薪金，家庭生计勉得维持。

1916年（民国五年，丙辰）　8岁

1月，王度庐父亲病故。2月，遗腹弟出生，名葆瑞，字探骊。家境日蹙，主要靠母亲为人缝补浆洗维持生计。

是年2月2日，王度庐夫人李丹荃生于陕西周至。

按：葆瑞出生时间据人民日报社1991年1月3日印发之《谭立同志生平》。葆瑞（即谭立）为遗腹子，由此可知其父当卒于1月份。周至，离西安甚近。

1918年（民国七年，戊午）　10岁

是年王度庐始入私塾读书。曾与姐、弟同染重症，母亲变卖家当为之治

疗，终得转危为安，而家庭经济更加贫困。

1919年（民国八年，己未）　11岁

五四运动爆发。王度庐仍在私塾就读，至1920年。

1921年（民国十年，辛酉）　13岁

是年王度庐入景山高等小学就读，至1924年。

1925年（民国十四年，乙丑）　17岁

是年1月，宋心灯在北京创办《小小》日报（后改《小小日报》），自任社长、主笔。王度庐从景山高等小学毕业，先在精精眼镜店当学徒，后在《平报》和电报局任见习生，可能已经开始向《小小》日报投稿。

按：宋心灯（？—1949），字信生，原籍河北大兴（析津）。新闻专科学校毕业，也是北京早期足球运动和羽毛球运动的发起者之一。《小小》日报即注重刊载体坛信息，后来发展为综合性小报。

又按：辽宁实验中学所存退休人员档案中的王度庐登记表，"文化程度"一栏填为"九年"，当系虚数。

1926年（民国十五年，丙寅）　18岁

是年《小小日报》先后刊载王度庐所撰侦探小说《半瓶香水》《黄色粉笔》和"实事小说"《红绫枕》，均署"王霄羽"。《小小日报》馆印行《红绫枕》单行本，标类改为"惨情小说"。12月，《小小日报》连载社会小说《残阳碎梦》，亦署"王霄羽"。12月24日，《小小日报》刊出宋信生所撰《本报改版宣言》，"将旧有之八小版易为四大版"。

按：由于存报缺失严重，《半瓶香水》《黄色粉笔》未见，不知确切发表时间。因《红绫枕》内文提及它们，故知连载于《红绫枕》之前。由此亦不排除其一已于上年开始见报的可能。又据李丹荃女士回忆，早期作品还有《绣帘垂》《浮白快》两种，均未见。《残阳碎梦》，现存第十次载于是年12月20日，由此推知当始载于12月1日；现存第三十三次载于次年1月21日，末注"（未完）"。

1927年（民国十六年，丁卯）　19岁

　　是年王度庐始在宽街夜授计民小学任职，先当会计，后任教员，直至1929年。同时继续卖稿和自学，包括到北京大学旁听，往三座门北京图书馆、鼓楼民众图书阅览室阅读。

　　1月，《小小日报》连载武侠小说《侠义夫妻》，署"王霄羽"。3月，《小小日报》始载社会小说《琪花恨》，署"王霄羽"。4月，《小小日报》连载社会小说《孀母孤儿》，署"王霄羽"。5月，《小小日报》连载社会小说《飘泊花》，署"王霄羽"。6月，《小小日报》连载侦探小说《红手腕》，署"王霄羽"。8月，《小小日报》连载侠情小说《护花铃》，署"霄羽"。10月，《小小日报》连载武侠小说《青衫剑客》，署"王霄羽"。

　　按：《侠义夫妻》，现存第八次载于1月31日，当始载于《残阳碎梦》结束后；连载结束时间当在《琪花恨》始载之前。《孀母孤儿》仅存5月2日第十一次，由此推知始载时间在4月（《琪花梦》结束之后）。《飘泊花》，现存第六次载于5月30日。《红手腕》，现存第十一次载于7月9日，可知始载于6月末。《护花铃》仅存十四、十七次，载于9月2日、5日，是知始载于8月，标类"侠情小说"，写当时题材。《青衫剑客》，第四次载于10月9日，至11月9日犹未结束。

1928年（民国十七年，戊辰）　20岁

　　是年北京改称"北平"。3月，《小小日报》连载侦探小说《疑真疑假》，署"葆祥"。3月，《小小日报》连载社会小说《蝶魂花骨》，署"王霄羽"。5月，《小小日报》连载社会小说《揉碎桃花记》，署"王霄羽"。7月，《小小日报》连载"讽世小说"《双凤随鸦录》，署"王霄羽"。

　　按：《疑真疑假》，第四次载于3月12日，当始载于8日。《蝶魂花骨》，第三十四次载于4月11日，当始载于3月9日，与《疑真疑假》同时，故用两个笔名。《双凤随鸦录》，第四十二次载于8月21日。

　　本年存报缺失严重，当有不少连载作品至今未知。以下类似情况不再逐一说明。

1929年（民国十八年，己巳）　21岁

6月，《小小日报》连载社会小说《战地情仇》，署"王霄羽"。

按：《战地情仇》，仅存7月4日一次（序号未详）。本年几无存报。

1930年（民国十九年，庚午）　22岁

是年王度庐离开宽街夜授计民小学，改任家庭教师，不久认识李丹荃。

按：李丹荃在所遗手稿《王度庐小传》中说："我在北京读中学时，在一个同学家里认识了王度庐。那时，他正给我的同学的弟弟补习功课。记得他曾送过我两本书，一本是纳兰容若的《饮水词》，另一本是《浮生六记》。我不喜欢《浮生六记》，却很喜欢那本词，有些句子至今仍能记得，如'摇落尽，有发未全僧，风雨消磨生死别，似曾相识只孤灯；情在不能醒……''瘦狂那似肥痴好，任他肥痴好，笑他多病与长贫，不及衮衮诸公向风尘……'"（按文中所记纳兰词句与原作略有出入。）

3月，《小小日报》连载侦探小说《自鸣钟》，署"王霄羽"。

按：《自鸣钟》残存连载文本至三十一次告"全卷终"，次日接载《惊人秘束》第一次。故暂系于3月。

是年，王度庐始用笔名"柳今"在《小小日报》开辟个人专栏"谈天"，每日发表短文一篇，纵论国事、民生、世态、人情、风习、学术、艺文等。"柳今"在这些短文里经常述及"自己"的"经历"，多属杜撰；但是，这位论说者的心态、性格、气质又与当时的王度庐十分相符。

按：因存报缺失，"谈天"开栏、终结时间未详。所载杂文均署"柳今"，以下不作逐篇标注。

4月1日，《小小日报》"谈天"栏刊出杂文《世态》。4月4日，《小小日报》"谈天"栏刊出杂文《荒芜的青年》。

按：4月2日、3日报纸缺失，或漏杂文两篇。以下类似情况不再加注按语。

4月5日，《小小日报》"谈天"栏刊出杂文《中等人》。4月6日，《小小日报》"谈天"栏刊出杂文《架子》。4月7日，《小小日报》"谈天"栏刊出杂文《性的广告》。4月8日，《小小日报》"谈天"栏刊出杂文《笑》。4月9日、10日，《小小日

报》"谈天"栏连续刊出杂文《永垂不朽》（一）（二）。4月11日，《小小日报》"谈天"栏刊出杂文《女性的教育与生育》。4月12日，《小小日报》"谈天"栏刊出杂文《一位平民文学家》，赞赏满族鼓词作者韩小窗。文中说："世界本来是平民的世界，尤其是文学家，更要有一种平民化的精神，他才能够用文学的力量，来转移风化，陶冶民情；否则琢句雕章，自以为是，至多不过只能得到少数的文蠹的几遍诵读罢了。"韩小窗"这人确实是位有天才、有词藻、有思想的文学家。他能把他这种才学，不去作八股，不去批试帖，而能用来编大鼓，他的平民思想可见了，他的环境可见了，而他的清高也可见了。"

　　按：韩小窗（约1828—1890），辽宁开原人，满族，子弟书（即鼓词）作家。其代表作有《露泪缘》《宁武关》《长坂坡》《刺虎》《黛玉悲秋》《红梅阁》及影卷《谤可笑》《金石语》等。

　　4月13日，《小小日报》"谈天"栏刊出杂文《绝顶聪明》。4月14、15日，《小小日报》"谈天"栏连续刊出杂文《道德》（一）（二）。

　　4月17至23日，《小小日报》"谈天"栏连载杂文《伦理与中国》。全文分为五节：一、伦理的产生；二、伦理的优点；三、伦理被利用以后；四、伦理存亡与中国之存亡；五、伦理的蟊贼。

　　4月25日，《小小日报》"谈天"栏刊出杂文《小难》。4月26日，《小小日报》"谈天"栏刊出杂文《女招待》。4月27日，《小小日报》"谈天"栏刊出杂文《落子馆》。4月29日，《小小日报》"谈天"栏刊出杂文《麻醉剂》。4月30日，《小小日报》"谈天"栏刊出杂文《万寿寺》。

　　4月，《小小日报》连载侦探小说《惊人秘柬》，署"王霄羽"。

　　按：《自鸣钟》残存连载文本至三十一次告"全卷终"，次日接载《惊人秘柬》第一次，具体日期均难考定。

　　5月1日，《小小日报》"谈天"栏刊出杂文《赘泽品》。5月2日，《小小日报》"谈天"栏刊出杂文《童子军》。5月3日，《小小日报》"谈天"栏刊出杂文《女腿》。5月4日，《小小日报》"谈天"栏刊出杂文《颠倒雌雄》。5月5日，《小小日报》"谈天"栏刊出杂文《歌舞剧》。5月6日，《小小日报》"谈天"栏刊出杂文《招与待》。5月7日，《小小日报》"谈天"栏刊出杂文《恢复北京》。5月8日，《小小日报》"谈天"栏刊出杂文《野鸡》。5月9日，《小小日报》"谈天"栏刊出杂文《女招打》。5月13日,《小小日报》"谈天"栏刊出杂文《署名》。5月14日,《小小日报》"谈天"栏刊出杂文《迷》。5月15日,《小小日报》"谈天"栏刊出杂文《恶五月》。5月16日,《小小日报》"谈天"栏刊出杂文《送春》。5月17日,《小小日报》"谈天"栏刊出杂文《哭》。5月18日,《小小日报》"谈天"栏刊出杂文《雨天》。5月19日,《小小日报》"谈天"栏刊出杂文《名士派》。5月20日,《小小日报》"谈天"栏刊出杂文《小算盘》。5月21日,《小小日报》"谈天"栏刊出杂文《自行车》。5月22日,《小小日报》"谈天"栏刊出杂文《穷北京?》。5月23日,《小小日报》"谈天"栏刊出杂文《服从》。5月24日,《小小日报》"谈天"栏刊出杂文《奴隶性》。5月28日,《小小日报》"谈天"栏刊出杂文《澡堂里》。5月29日,《小小日报》"谈天"栏刊出杂文《安慰》。5月30日,《小小日报》"谈天"栏刊出杂文《中国剧》。5月31日,《小小日报》"谈天"栏刊出杂文《游民》。5月,《小小日报》连载侦探小说《触目惊心》,署"王霄羽"。

按:《触目惊心》未见,据《空房怪事》前言列入,连载时间在《神獒捉鬼》之前,故系入5月。

6月1日,《小小日报》"谈天"栏刊出杂文《端午节》。3日,《小小日报》"谈天"栏刊出杂文《打麻雀》。4日,《小小日报》"谈天"栏刊出杂文《谋事》。5日,《小小日报》"谈天"栏刊出杂文《无聊的北平》。6日,《小小日报》"谈天"栏刊出杂文《病》。同日开始连载侦探小说《神獒捉鬼》,署"王霄羽"。

按:《神獒捉鬼》共连载二十五次,当结束于6月30日(7月1日始载《空房怪事》,参见《空房怪事》引言)。

7日,《小小日报》"谈天"栏刊出杂文《造化儿子》。8日,《小小日报》"谈天"栏刊出杂文《疯人》。9日,《小小日报》"谈天"栏刊出杂文《阔事》。10日,《小小日报》"谈天"栏刊出杂文《骗术》。11日,《小小日报》"谈天"栏刊出杂文《财神　阎王》。12日,《小小日报》"谈天"栏刊出杂文《画中人》。13日,《小小日报》"谈天"栏刊出杂文《醉酒》。14日,《小小日报》"谈天"栏刊出杂文《夫妻间》。15日,《小小日报》"谈天"栏刊出杂文《不开壳》。16日,《小小日报》"谈天"栏刊出杂文《憔悴》。17日,《小小日报》"谈天"栏刊出杂文《伤心人》。18日,《小小日报》"谈天"栏刊出杂文《情书》。

19日，《小小日报》"谈天"栏刊出杂文《琴声里》。20日，《小小日报》"谈天"栏刊出杂文《☯》。21日，《小小日报》"谈天"栏刊出杂文《什刹海》。22日，《小小日报》"谈天"栏刊出杂文《凶杀案》。23日，《小小日报》"谈天"栏刊出杂文《关于裤子》。24日，《小小日报》"谈天"栏刊出杂文《三件痛快事》。25日，《小小日报》"谈天"栏刊出杂文《诗人》。26日、27日，《小小日报》"谈天"栏连续刊出杂文《贵族学校》（一）（二）。28日，《小小日报》"谈天"栏刊出杂文《穷　住》。29日，《小小日报》"谈天"栏刊出杂文《妙影》。30日，《小小日报》"谈天"栏刊出杂文《罪恶场中之未来者》。6月，《小小日报》连载社会小说《烟霭纷纷》，署"香波馆主"。

按：现存《烟霭纷纷》第三十六次连载文本复印件上有副刊"编余"一则，云"今天这版算作'七夕特刊'"。查1930年七夕为阳历8月30日，由此推知《烟霭纷纷》当始载于6月27日。

7月1日，《小小日报》"谈天"栏刊出杂文《吃饭问题》。5日，《小小日报》"谈天"栏刊出杂文《平民化》。6日，《小小日报》"谈天"栏刊出杂文《面子》。7日，《小小日报》"谈天"栏刊出杂文《醋　忌讳》。8日，《小小日报》"谈天"栏刊出杂文《文士与蚊士》。9日，《小小日报》"谈天"栏刊出杂文《人品与装饰》。12日，《小小日报》"谈天"栏刊出杂文《消夏》。13日，《小小日报》"谈天"栏刊出杂文《财神爷》。同日，《小小日报》始载惨情小说《玉藕愁丝》，署"香波馆主"。

按：《玉藕愁丝》始载日期据预告图片背面报头推知。

14日，《小小日报》"谈天"栏刊出杂文《妓女问题》。15日，《小小日报》"谈天"栏刊出杂文《杨耐梅　朱素云》。

按：杨耐梅，生于1904年，中国早期影星，曾出演《玉梨魂》《奇女子》《上海三女子》《空谷兰》等无声片。当时北平讹传她已"香消玉殒"，作者故撰此文悼念。实则杨在1960年卒于台湾。朱素云，京剧小生演员朱沄之艺名，生于1872年，卒于1930年。

16日，《小小日报》"谈天"栏刊出杂文《难民返国》。17日，《小小日报》"谈天"栏刊出杂文《灯下人》。18日，《小小日报》"谈天"栏刊出杂文《捧》。19日，《小小日报》"谈天"栏刊出杂文《快乐人多？》。20日，《小小日报》"谈天"栏刊出杂文《西游记》。21日,《小小日报》"谈天"栏刊出杂文《火警》。22日,《小小日报》"谈天"栏刊出杂文《人体美》。23日,《小小日报》"谈天"栏刊出杂文《穷　光　蛋》。24日,《小小日报》"谈天"栏刊出杂文《抵抗力》。25日,《小小日报》"谈天"栏刊出杂文《香艳文章》。26日,《小小日报》"谈天"栏刊出杂文《雨夜桥声》。27日,《小小日报》"谈天"栏刊出杂文《爱河》。28日,《小小日报》"谈天"栏刊出杂文《调戏》。29日,《小小日报》"谈天"栏刊出杂文《"嫁"的问题》。30日,《小小日报》"谈天"栏刊出杂文《阎罗王》。31日,《小小日报》"谈天"栏刊出杂文《知音》。7月,《小小日报》连载侦探小说《空房怪事》,署"王霄羽"。

按:《空房怪事》共连载二十九次,残存文本图片均无报头,难以确认具体时间。(第一次疑载于7月3日,见图片背面;结束于第二十九次,当为8月1日。)

8月2日,《小小日报》"谈天"栏刊出杂文《战》。

3日,《小小日报》"谈天"栏刊出杂文《时髦》。4日,《小小日报》"谈天"栏刊出杂文《人逛人》。5日,《小小日报》"谈天"栏刊出杂文《跳舞场里》。6日,《小小日报》"谈天"栏刊出杂文《奸杀案》。7日,《小小日报》"谈天"栏刊出杂文《阴阳电》。8日,《小小日报》"谈天"栏刊出杂文《办白事》。9日,《小小日报》"谈天"栏刊出杂文《眼光》。10日,《小小日报》"谈天"栏刊出杂文《无与偶　莫能容》。11日,《小小日报》"谈天"栏刊出杂文《喜新厌旧》。12日,《小小日报》"谈天"栏刊出杂文《洋化的话》。13日,《小小日报》"谈天"栏刊出杂文《发财学》。14日,《小小日报》"谈天"栏刊出杂文《儿童　成人》。15日。《小小日报》"谈天"栏刊出杂文《英雄难过美人关》。16日,《小小日报》"谈天"栏刊出杂文《交际》。17日,《小小日报》"谈天"栏刊出杂文《呻吟》。18日,《小小日报》"谈天"栏刊出杂文《枇杷巷里》。19日,《小小日报》"谈天"栏刊出杂文《捕蝇》。20日,《小小日报》"谈天"栏刊出杂文《殉情》。21日,《小小日报》"谈天"栏刊出杂文《人死不值钱》。22日,《小小日报》"谈天"栏刊出杂文《癞蛤蟆　天鹅肉》。23日,《小小日报》"谈天"栏刊出杂文《作时评》。25日,《小小日报》"谈天"栏刊出杂文《马路》。26日,《小小日报》"谈天"栏刊出杂文《女朋友》。27日,《小小日报》"谈天"栏刊出杂文《跳楼者》。28日，《小小日报》"谈天"栏刊出杂文《蟋蟀》。29日，《小小日报》"谈天"栏刊出杂文《古城返照》。30日，《小小日报》"谈天"栏刊出杂文《惹气》。31日，《小小日报》"谈天"栏刊出杂文《活得弗耐烦》。8月，《小小日报》始载武侠小说《鳌汉海盗》，署"霄羽"。

　　按：《鳌汉海盗》连载文本基本完整，但原件图片无报头，难以确认日期。共连载四十二次，当结束于9月间，时《烟霭纷纷》仍在连载。

　　9月1日，《小小日报》"谈天"栏刊出杂文《由线订书说起》。2日、3日，《小小日报》"谈天"栏连续刊出杂文《"娶"的问题》（一）（二）。4日，《小小日报》"谈天"栏刊出杂文《罂粟味》。5日，《小小日报》"谈天"栏刊出杂文《忏悔》。6日，《小小日报》"谈天"栏刊出杂文《想当然耳》。7日，《小小日报》"谈天"栏刊出杂文《标奇与仿效》。8日，《小小日报》"谈天"栏刊出杂文《复古》。9日，《小小日报》"谈天"栏刊出杂文《野草闲花》。同日同报又载影评《看了〈故都春梦〉》，署"柳今投"。10日，《小小日报》"谈天"栏刊出杂文《倡门》。12日，《小小日报》"谈天"栏刊出杂文《乞丐》。13日，《小小日报》"谈天"栏刊出杂文《心》。9月15日，《小小日报》"谈天"栏刊出杂文《短　小　经济》。9月16日，《小小日报》"谈天"栏刊出杂文《性的文章》。9月17日，《小小日报》"谈天"栏刊出杂文《逢场作戏》。9月18日，《小小日报》"谈天"栏刊出杂文《浮云变幻》。9月19日，《小小日报》"谈天"栏刊出杂文《敲钗小语》。20日，《小小日报》"谈天"栏刊出杂文《俗礼》。21日，《小小日报》"谈天"栏刊出杂文《何不当初》。22日，《小小日报》"谈天"栏刊出杂文《醋的考证》。23日，《小小日报》"谈天"栏刊出杂文《劲秋》。28日，《小小日报》"谈天"栏刊出杂文《柴　米　油　盐　酱　醋　茶》。30日，《小小日报》"谈天"栏刊出杂文《烛边思绪》，叙述阅读《朝鲜义士安重根传》的感受，抒发爱国情怀及对国内现实的愤懑。

　　10月1日，《小小日报》"谈天"栏刊出杂文《吵嘴》。29日，《小小日报》"哈哈镜"栏刊出杂文《团圞月照破碎国家》，署"柳今"。

1931年（民国二十年，辛未）　23岁

　　是年，王度庐应聘担任《小小日报》编辑员。5月，《小小日报》连载哀情

小说《缠命丝》，署"王霄羽"。同时连载社会小说《燕燕莺莺》，署"香波馆主"。9月18日，沈阳发生"九一八"事变，日本加紧侵华。

按：《缠命丝》仅存第九〇次，内文曰"全卷终"，图片有"31，8，1"标注，据此倒推，当始载于5月；《燕燕莺莺》仅存第六二次，未完，图片注"31，8"。

又按：耿小的在《我与〈小小日报〉》中说，自己进入《小小日报》任编辑是在"1933年后"，"之前似乎赵苍海编过很短时期"，却未提及王霄羽。若其记忆无误，则王之去职，当在赵前。

1934年（民国二十三年，甲戌） 26岁

是年，李丹荃随父亲离北平去西安。不久王度庐亦往西安，任陕西省教育厅编审室办事员，《民意报》编辑员。

3月10日，陕西省教育厅在西安民众教育馆举办西安中小学讲演竞赛会；28日、29日，又在西安民乐园举办西安中小学第二届唱歌比赛，均派王霄羽任记录。

3月20日，西安《民意报》"戏剧与电影周刊"第一期刊载《中国戏剧生命之革新》第一节"九一八后的中国戏剧界"，署"柳今"。文中慨叹中国剧坛进步缓慢，以至"今日远东国际纠纷之病菌集于中国，而我国之戏剧仍然如沉睡，如枯死，反使他人——俄国——高呼曰：'怒吼吧中国！'"27日，"戏剧与电影周刊"第二期续载《中国戏剧生命之革新》第一节"九一八后的中国戏剧界"，署"柳今"。文中续论中国戏剧的觉醒与"推翻""旧剧势力"之关系。同期又载《电影是应合大众所需要 真不容易利用它》，署"潇雨"。文中说："艺术只要不是'自我'的而是'大众'的，那就当然要被利用成为一种工具。电影尤其要首先被人利用的，不过常常又见人们弄巧成拙，利用影片作某种宣传，结果倒被观众利用，"从而形成与国外影片亦步亦趋的种种题材热，当前已由伦理片、武侠侦探片演进为民生片。当局于"九一八"后号召影界多制作"关于唤起民族精神的片子"固然不错，但是"现在的民众，只是恐慌他们的经济穷困，生活惨淡，实在没有充分的力量去供给到民族上。或者，现在的电影也只走到了替穷人呼吁，次一步，才是民族精神"。

4月3日，西安《民意报》"戏剧与电影周刊"第三期未见，当续载《中国戏剧生命之革新》第二节"新旧戏剧之检讨"。10日，"戏剧与电影周刊"第四期续载《中国戏剧生命之革新》第二节"新旧戏剧之检讨"，署"柳今"。文中认为，"中国旧剧虽然不能追随时代，但确能利用科学，亦缘近代科学文明多供给于资产阶级之享乐，旧剧靡靡之音当愈适合于人之享乐。新剧□□□□，自难免在比较之下落后也"。（原件有四字无法辨认。）同期并载《伦敦公演〈彩楼配〉的问题》，署"潇雨"。文中认为，在伦敦由中国人与外国人用英语同演旧剧《彩楼配》，只能像《蝴蝶夫人》那样，迎合一部分外国人的扭曲了的东方观，"但是歪曲的东西在现代剧坛上实在没有它的地位，何况这《彩楼配》国际性质的公演"。

按：（1）王度庐档案中的履历表填："1934—1935年 西安民意报 编辑员"，"1935-1936年 陕西省教育厅 办事员"。而从文章刊出情况判断，任《民意报》编辑员应该在后（报馆编辑不可能受厅长派遣去任竞赛记录），或者同时兼任二职。

（2）西安《民意报》"戏剧与电影周刊"仅存一、二、四期，日期据打印稿说明（周刊第四期为4月10日）向前推算而得。4月3日报缺失，内容可据前后两期推知（不排除3日还有其他文章刊出）。4月10日以后报纸缺失，当有其他未知史料。

5月，《陕西教育月刊》第五期发表《陕西省教育厅举办西安中小学讲演竞赛会经过》和《陕西省教育厅举办西安中小学第二届唱歌比赛会经过》记录，均署"王霄羽"。

10月，《陕西教育旬刊》第二卷第廿九、卅、卅一期合刊"论著"栏刊出《民间歌谣之研究》，署"王霄羽"。全文五章：第一章"歌谣之史的发展"；第二章"歌谣的分类法"；第三章"歌谣价值的面面观"；第四章"歌谣技巧的研究"；第五章"结论"。文中有这样的论述："贵族化的文学在'五四'时就已被人打倒，现在一般人都提倡大众文学。真正的'大众文学'在哪里？我们离开了歌谣，恐怕再没有地方寻找了罢？"

1935年（民国二十四年，乙亥）　27岁

是年,王度庐与李丹荃在西安结婚。婚后李父卒于三原,王度庐前往料理丧事,曾遭歹徒劫持。

按:王度庐后来在《〈宝剑金钗〉序》中写及"频年饥驱远游,秦楚燕赵之间,跋涉殆遍"当有所夸张,实则未离陕西。

1936年(民国二十五年,丙子)　28岁

是年王度庐夫妇返回北平。10月13日,《平报》刊载《献于〈平报〉——十五周年》,署"王霄羽"。同日,《平报》开始连载武侠小说《黄河游侠传》,署"霄羽"。12月12日,发生"西安事变"。

按:李丹荃在遗稿中回忆返京前后的生活说:"我有晕眩症,那时常犯,昏迷中常听到王叨念:'谢家有女偏怜小,自嫁黔娄万事乖……'后来我知道了这是元稹的悼亡诗。我就说:'你老叨念什么,我又没有死呀!'现在回想当时情景,如在目前。"

1937年(民国二十六年,丁丑)　29岁

是年春,王度庐夫妇应李丹荃二伯父伊筱农召,同赴青岛。4月17日,《平报》连载《黄河游侠传》结束。18日,《平报》开始连载武侠小说《燕赵悲歌传》,署"霄羽"。4月末,王度庐回北平料理"文债",于端午节后返青岛。不久,弟探骊与北平进步青年同来青岛,王度庐夫妇送他们取道上海奔赴陕北参加革命。

按:李丹荃在所遗手稿中说:"弟弟到了青岛,我们大家分析了当时的形势,都赞成他去内地找出路。他们兄弟一向感情很好,分手时不无留恋。最后王度庐慨然说:'你就放心走吧,我们以后会团聚的,母亲的生活,家里的一切,有我呢。'他把自己的怀表给了弟弟。"

7月7日,卢沟桥事变爆发。9日,《平报》连载《燕赵悲歌传》结束。10日,《平报》开始连载武侠小说《八侠夺珠记》,署"霄羽"。30日,北平、天津失守。

12月底,青岛守军撤离。

按:伊筱农(1870—1946?),广东法政及警察速成学校毕业。1912年

来青岛，创办《青岛白话报》（后改名《中国青岛报》），在当地颇有影响。"伊"为满族所冠汉姓，可知李丹荃家族亦有满族血统。

《八侠夺珠记》殆未载完。

1938年（民国二十七年，戊寅）　30岁

1月10日，日寇全面占领青岛。伊筱农博平路宅第被日军作为"敌产"没收，王度庐夫妇与伯父同往宁波路4号租屋居住。生计陷入极度困难之时，王度庐偶遇在《青岛新民报》任副刊编辑的北平熟人关松海，应约向该报投稿。

5月30日、31日，《青岛新民报》发布《本报增刊武侠小说预告》，称"已征得名小说家王度庐先生之精心杰作长篇武侠小说《河岳游侠传》"，即将刊出。是为"度庐"笔名首次见报。

按：《青岛新民报》和后来的《青岛大新民报》在刊出王度庐作品之前都先发布预告，下不一一列载。

6月1日，《青岛新民报》开始连载武侠小说《河岳游侠传》，署"王度庐"。2日，《青岛新民报》刊载散文《海滨忆写》，署"度庐"。

11月15日，《河岳游侠传》连载结束。共20回，未见单行本。16日，《青岛新民报》开始连载武侠悲情小说《宝剑金钗记》，署"王度庐"。配图：刘镜海。

按：刘镜海，时在海泊路23号开设"镜海美术社"，除为王氏作品配插图外，在生活上与王度庐夫妇也经常互相照顾。

1939年（民国二十八年，己卯）　31岁

是年春，王度庐长子生于青岛。4月24日，《青岛新民报》开始连载社会言情小说《落絮飘香》，署"霄羽"。配图：许清（刘镜海笔名）。7月29日，《宝剑金钗记》在《青岛新民报》载毕。30日，《青岛新民报》开始连载武侠悲情小说《剑气珠光录》。

是年，青岛新民报社印行《宝剑金钗记》单行本，前有王度庐自序，谓

"频年饥驱远游,秦楚燕赵之间跋涉殆遍,屡经坎坷,备尝世味,益感人间侠士之不可无。兼以情场爱迹,所见亦多,大都财色相欺,优柔自误。因是,又拟以任侠与爱情相并言之,庶使英雄肝胆亦有旖旎之思,儿女痴情不尽娇柔之态。此《宝剑金钗》之所由作也"。

按:《宝剑金钗记》自序仅见于青岛新民报版单行本,也是至今所见王度庐为自己著作所写申述创作意图的唯一自序(其他著作连载时虽或亦加引言,均系说明性文字,出版单行本时皆被删除)。

1940年(民国二十九年,庚辰) 32岁

2月2日,《落絮飘香》在《青岛新民报》载毕。3日,《青岛新民报》开始连载社会言情小说《古城新月》,署"霄羽",配图:许清。22日,《青岛新民报》刊载《〈落絮飘香〉读后》,作者傅琍琳系关松海之夫人。文中介绍霄羽"曩在北京主编《小小日报》时,以著侦探小说知名",并且透露"霄羽""度庐"实为一人。

4月5日,《剑气珠光录》载毕,随后亦由报社印行单行本。7日,《青岛新民报》开始连载《舞鹤鸣鸾记》,署"王度庐",配图:刘镜海。此日所载为该书"序言",出单行本时被删却,全文如下:"内家武当派之开山祖张三丰,本宋时武当山道士,曾以单身杀敌百余,因之威名大振。武当派讲的是强筋骨、运气功、静以制动、犯则立仆,比少林的打法为毒狠,所以有人说'学得内家一二,即足以胜少林。'此派自张三丰累传至王咸来,咸来弟子黄百家,又将秘传歌诀,加以注解,所以内家拳便渐渐学术化了。可是后因日久年深,歌诀虽在,真功夫反不得传。自清初至近代,武当派中的侠士实寥寥无几,有的,只是甘凤池、鹰爪王、江南鹤等。甘凤池系以剑术称,鹰爪王专长于点穴,惟有江南鹤,其拳剑及点穴不但高出于甘、王二人之上,且晚年行踪极为诡异,简直有如剑仙,在《宝剑金钗记》与《剑气珠光录》二书中,这位老侠只是个飘渺的人物,如神龙一般。而本书却是要以此人为主,详述他一生的事迹。又本书除江南鹤之外,尚有李慕白之父李凤杰,及其师纪广杰。所以若论起时代,则本书所述之事,当在李慕白出世之前数十年了。"

8月16日,南京《京报》开始连载《风雨双龙剑》,署"王度庐"。配图:

刘镜海。

按：南京《京报》为汪伪时期出版的四开小报，原系三日刊，1940年8月16日改为日报，终刊于1945年8月16日。该报约得王度庐文稿，当亦出诸关松海之介绍。

介绍王度庐去市立女中代课的是潘思祖，字颖舒，河北邢台人，1930年毕业于河北大学国文系，时在青岛市立女中任教。李丹荃在回忆手稿中说："潘先生常来我家，一坐就是半天。他善谈吐，知道的事情多，打开话匣子什么都说。""潘先生是王度庐那时唯一可以谈得来的人，只有和潘先生在一起，王度庐才肯毫无顾忌地说话。在有些言情小说里，故事情节也是取自潘先生的谈话资料。"王子久则在《王度庐和他的小说》（载于1988年1月9日《青岛日报》）中说，"下课后学生常常把他包围起来"，要求他别把《落絮飘香》《古城新月》里女主人公的下场写得太惨。

1941年（民国三十年，辛巳）　33岁

是年王度庐任青岛圣功女中教员。3月15日，《舞鹤鸣鸾记》在《青岛新民报》载毕，随后亦由报社印行单行本。16日，《青岛新民报》开始连载《卧虎藏龙传》，配图：刘镜海。4月10日，《古城新月》在《青岛新民报》载毕。11日，《青岛新民报》开始连载《海上虹霞》，署"霄羽"。配图：许清。5月9日，《风雨双龙剑》在南京《京报》载毕，共17回。随后即由报社印行单行本。10日，南京《京报》开始连载《彩凤银蛇传》，署"度庐"。配图：刘镜海。8月27日，《海上虹霞》在《青岛新民报》载毕。28日，《青岛新民报》开始连载社会小说《虞美人》，署"霄羽"。配图：许清。

按：《风雨双龙剑》连载本与后来的上海育才书局重印本相比，在回目、内文上都略有差别，后者当经作者修订。

1942年（民国三十一年，壬午）　34岁

是年王度庐曾任青岛市立女中代课教员一个多月。

按：青岛王铎先生之母当年为市立女中教员，他听母亲说，王度庐担任的是培训社会人员的课程，上课地点在市立女中附小（即位于朝城路5

号的今朝城路小学）。

3月1日，《彩凤银蛇传》在南京《京报》载毕，共13回。2日，南京《京报》开始连载《纤纤剑》，署"王度庐"。配图：刘镜海。3日，南京《京报》刊载读者傅佑民来信《关于〈彩凤银蛇传〉鲁彩娥之死》，对《彩凤银蛇传》女主人公因伤重死于中途而未见到自幼失散之生母的结局提出异议。该报副刊编辑在《编者谨按》中说："王先生写鲁彩娥之死，才正是脱去中国武侠小说的旧套……给读者一种'此恨绵绵无绝期'的尾巴……这才是全书的力量。""读者越是这样着急，气愤，越是著者的成功，越见王先生文笔感人之深。6日，《卧虎藏龙传》在《青岛新民报》载毕。同日，南京《京报》又载读者陈中来信，再次对《彩凤银蛇传》写鲁海娥之死提出商榷，以为固然"不必'大团圆'或带'回令'"，而"'见娘'似为必要"。信中还提及"某日路过平江府街，闻一擦皮鞋者与一少年，亦在津津然预测鲁海娥之未来"，可见读者关心之一斑。7日，《青岛新民报》开始连载《铁骑银瓶传》，署"王度庐"。配图：刘镜海。17日，南京《京报》再载读者王德孚来信，认为虽然鲁海娥之死写得好，但是还应加上一些交代后事、劝导爱人走正路的临终遗言。24日，南京《京报》刊出王度庐《关于鲁海娥之死》一文，回答读者批评，说明"在写该书的第一回之前，我就预备着末了是一幕悲剧。""向来'大团圆'的玩意儿总没有'缺陷美'令人留恋，而且人生本来是一杯苦酒，哪里来的那么些'完美'的事情？'福慧双修'的女子本来就很少，尤其是历史或小说里的'美人'。古人云：'自古美人如名将，不许人间见白头。'西施为千古美人，原因是她后来没有下落；林黛玉是读过了《红楼梦》的人一定惋惜，原因也是她早死。近代的赛金花就不够'绝代佳人'的条件，她是不该后来又以老旦的扮相儿再登台。'好花不常开，好景不常在'，美与缺陷原是一个东西。本此种种理由，于是我更得叫我们的'粉鳞小蛟龙'死了。""因为这样的女人决不可叫她去与人'花好月圆'，度那庸俗的日子；尤其不能叫她跟十三妹一样去二妻一夫的给男子开心。"

10月31日，《纤纤剑》在南京《京报》载毕，共10回。

是年，《青岛新民报》与《大青岛报》合并，更名《青岛大新民报》。

1943年（民国三十二年，癸未）　　35岁

是年王度庐曾任《治平月刊》编辑员一个多月。1月23日，南京《京报》开始连载《舞剑飞花录》，署"王度庐"。配图：刘镜海。

10月5日，《青岛大新民报》刊出《寒梅曲》广告，其中说："名小说家王霄羽先生自为本报撰《落絮飘香》《古城新月》《海上虹霞》《虞美人》等数篇之后，篇篇脍炙人口，远近交誉，百万读者每日争先竞读，投来赞誉之函件无数。盖王君文学湛深，复精研心理学，对于社会人情，观察最深；国内足迹又广，生活经验极为丰富；并以其妙笔，参合新旧写法，清俊流畅，细腻转宛；描写之人物，皆跃跃如生，令人留下深深印象。其所选之故事，又皆可悲可喜，新颖而近情合理，章法结构，亦极严谨，无懈可击。即以现刊之《虞美人》言，连刊二年余，若换他人之著作，恐早已令人生倦，然王君之文，日日有新的描写，故事有新的发展变幻，令人如食橄榄，越嚼其味越长；如观大海，久望而其波澜无尽。是以每日每人争相阅读，并常有向本社函电相询者。此均系事实，凡读者皆能信而不疑者也。故虽饱学之士，极富人生阅历之人，对王君之著作亦莫不称誉，谓之为当代第一流之小说家。今《虞美人》即将终篇，新作已由王君开始动笔，名曰《寒梅曲》。系由民国初年北京极繁华之时写起，先述女伶之生活，但与一般的俗流写法迥异；次叙一好学上进的女子，于艰苦环境之中不泯其志气，不失其天真。渐展为一段恋爱，男主角为一音乐家，于是《寒梅曲》遂写入本题矣。其后则此女主角遭境改变，如寒梅之遇风雪，花片纷落，然不失其皓洁。中间穿插许多新奇而合理之故事，出现许多面貌不同、心情各异之人物，但人物虽多而不杂乱，每个人又都是在前几篇中未见过的，可也就许是读者眼前常见的。写至中段，则情节极为紧张，能不下泪、不感动者恐少；斯时又写一洁身自爱、有为之少年人，排万难立其身，颇富伦理知识，且有教育意味。至篇末结束之时，写得尤为高超，读者到时自然赞佩。并且此书与前几篇不同，王君之作风稍加改变，简洁流丽，不作繁冗之藻饰，不用生涩的字句，更以悲哀与滑稽相衬而写，非但令人回肠荡气，有时亦令人喷饭。总之，王君之作品早已成熟，已至炉火纯青之候，已有挥洒自如之才力，此《寒梅曲》尤最，不待多加介绍也。"　6日，《虞美人》在《青岛大新民报》载毕。7日，《青

岛大新民报》开始连载《寒梅曲》,署"霄羽"。配图:许清。

按:因存报缺失,《寒梅曲》连载结束时间未详。

1944年(民国三十三年,甲申) 36岁

是年《铁骑银瓶传》在《青岛大新民报》载毕(具体月、日未详)。1月18日,《舞剑飞花录》在南京《京报》载毕,共19章。19日,南京《京报》开始连载《大漠双鸳谱》,标"侠情小说",署"王度庐"。配图:镜海。7月3日《大漠双鸳谱》载毕,共6章。4日,南京《京报》开始连载《春明小侠》,标"侠情小说",署"王度庐"。

按:《舞剑飞花录》后由上海励力出版社印行单行本,改题《洛阳豪客》,被压缩为16章。连载本之章题与单行本完全不同,文字出入也较大。

又,本年上海《戏世界》报曾刊出武侠小说《铁剑红绡记》,署"王度庐",现仅存4030、4031、4032、4033、4034、4035、4036、4038、4039、4040十期(即十段连载文本,分别属于第一、二章,时间为3月20日至30日)。待辨真伪。

1945年(民国三十四年,乙酉) 37岁

2月18日,王度庐之女生于青岛。25日,《春明小侠》载至第20章。5月1日,南京《京报》连载《琼楼双剑记》第二章,署"王度庐"。同日,青岛《民民民》月刊连载《锦绣豪雄传》,署"王度庐"。是年夏秋之际,《青岛大新民报》停刊。8月15日,日本正式宣布投降。10月25日,青岛举行日军受降典礼。《青岛时报》等老报复刊,《民治报》《民众日报》等新报创刊。

按:《春明小侠》于本年2月25日载至第二十章,改标"武侠小说",以下报纸缺失,连载结束时间当在4月末。《琼楼双剑记》亦因报纸缺失而不知始载时间;至5月27日,所载内容仍为第二章,以后殆未续载。《锦绣豪雄传》亦未载完。

1946年(民国三十五年,丙戌) 38岁

是年王度庐为维持生计,曾任赛马场办事员,于周日售马票。12月2日,

《青岛时报》开始连载王度庐所著武侠小说《紫凤镖》，署名"鲁云"。

1947年（民国三十六年，丁亥）　39岁

　　5月1日，青岛《民治报》开始连载王度庐所撰武侠小说《太平天国情侠传》，署"鲁云"。19日，青岛《大中报》开始连载王度庐所撰武侠小说《清末侠客传》，署"鲁云"。6月11日，《青岛时报》开始连载王度庐所撰社会言情小说《晚香玉》，署"绿芜"。7月18日，《紫凤镖》在《青岛时报》载毕。19日，《青岛时报》开始连载王度庐所撰武侠小说《雍正与年羹尧》，署"鲁云"。是年王度庐收到弟弟来信，得知中共即将获得全面胜利。

　　按：《太平天国情侠传》仅见一节，未知是否载毕。《雍正与年羹尧》《清末侠客传》当于次年载毕。

　　李丹荃在回忆文中说："1947年，我们忽然收到分离多年的弟弟的信，那信是经过几个人辗转捎来的。信中大意是：我在外买卖很好，我们不久即可团聚，望你们放心。信虽很短，但却是莫大喜讯。信中真实的含义，我们是明白的，知道多年的战争是将结束了。只是这时他们在北平的母亲已故去，没有来得及知道，是终身遗憾。"

1948年（民国三十七年，戊子）　40岁

　　是年王度庐曾任青岛摊商工会文牍。1月31日，《晚香玉》在《青岛时报》载毕。2月1日，《青岛时报》开始连载《粉墨婵娟》，署"绿芜"。4月29日，《青岛时报》开始连载武侠小说《宝刀飞》，署"鲁云"。6月，上海育才书局出版增订本《风雨双龙剑》。7月10日，《粉墨婵娟》在《青岛时报》载毕。15日，《青岛时报》开始连载侠情小说《燕市侠伶》，署"绿芜"。9月17日，《宝刀飞》在《青岛时报》载毕。9月20日，《青岛公报》开始连载武侠小说《金刚玉宝剑》，署"王度庐"。

　　按：《金刚玉宝剑》之"玉"字当系"王"字之误，参见丁福保主编之《佛学大辞典》：【金刚王宝剑】（譬喻）临济四喝之一，谓临济有时一喝，为切断一切情解葛藤之利剑也。《临济录》曰："师问僧：有时一喝如金刚王宝剑，有时一喝如踞地金毛狮子，有时一喝如探竿影草，有时一喝不

作一喝用,汝作么生会? 僧拟议,师便喝。"《人天眼目》曰:"金刚王宝剑者,一刀挥断一切情解。"又:【金刚】(术语)梵语曰缚罗。……译言金刚,金中之精者,世所言之金刚石是也。…… 又(天名)持金刚杵之力士,谓之金刚。……【金刚王】(杂语)金刚中之最胜者,犹言牛中之最胜者为牛王也。……

9月24日,青岛《军民晚报》开始连载武侠小说《龙虎铁连环》,署"王度庐"。10月,上海励力出版社将《清末侠客传》分为两册印行,分别改题《绣带银镖》《冷剑凄芳》。11月,上海励力出版社出版《宝刀飞》。同年,上海励力出版社还出版或再版了王度庐的以下作品:《鹤惊昆仑》(即《舞鹤鸣鸾记》),《宝剑金钗》(即《宝剑金钗记》),《剑气珠光》(即《剑气珠光录》),《卧虎藏龙》(即《卧虎藏龙传》),《铁骑银瓶》(即《铁骑银瓶传》),《紫电青霜》,《新血滴子》(即《雍正与年羹尧》),《燕市侠伶》,《落絮飘香》《琼楼春情》《朝露相思》《翠陌归人》(此为《落絮飘香》连载本的四个分册),《暴雨惊鸳》(此为《寒梅曲》连载本的第一分册,以下分册未见),《绮市芳葩》《寒波玉蕊》(此为《晚香玉》连载本的两个分册),《粉墨婵娟》《霞梦离魂》(此为《粉墨婵娟》连载本的两个分册)。

按:《燕市侠伶》之后集为《梅花香手帕》。后集未见连载,励力版《燕市侠伶》亦未见,该版当不包括后集。

1949年(己丑)　41岁

是年,王度庐之弟谭立(即王探骊)出任中共大连市委副书记。1月1日,青岛《民治报》开始连载《玉佩金刀记》,署"王度庐"。未完。2月,《金刚玉宝剑》改由《联青晚报》连载。4月,上海励力出版社出版《金刚玉宝剑》,共三册。6月29日,王度庐幼子生于青岛。

是年秋,王度庐夫妇携长子、女儿同由青岛迁往大连(幼子暂留青岛)。王度庐任旅大行政公署教育厅编审委员。李丹荃先在市教育局初教科任科员,后任教于英华坊小学和大同坊小学。

本年,重庆千秋书局出版《紫凤镖》。上海励力出版社还出版了王度庐的下列作品:《朱门绮梦》《小巷娇梅》《碧海狂涛》《古城新月》(此为《古城新月》连载本的三个分册），《海上虹霞》《灵魂之锁》（此为《海上虹霞》连载本的两个分册），《琴岛佳人》《少女飘零》《歌舞芳邻》（此为《虞美人》连载本的前四个分册，以下分册未见），《洛阳豪客》（即《舞剑飞花录》），《风尘四杰》，《香山侠女》，《春秋戟》，《龙虎铁连环》等。

1950年（庚寅） 42岁

王度庐在旅大行政公署教育厅任编审委员。

1951年（辛卯） 43岁

王度庐调入旅大师范专科学校任教员。

1953年（癸巳） 45岁

是年夏，王度庐调入沈阳东北实验学校（现辽宁省实验中学）任语文教员，李丹荃任该校舍务处职员。

1955年（乙未） 47岁

5月，《人民日报》公布《关于胡风反革命集团的材料》。在清查"胡风分子"时，王度庐曾经受到无端怀疑。

1956年（丙申） 48岁

1月13日，文化部发出《关于续发处理反动、淫秽、荒诞图书参考目录的通知（56）（文陈出密字第9号）》，其第二条称："有一些人专门编写反动、淫秽、荒诞的图书，如徐訏、无名氏、仇章专门编写政治上反动的、描写特务间谍的小说，张竞生、王小逸（捉刀人）、蓝白黑、笑生、待燕楼主、冷如雁、田舍郎、桑旦华专门编写含有反动政治内容或淫秽、色情成分的'言情小说'，朱贞木、郑证因、李寿民（还珠楼主）、王度庐、宫白羽、徐春羽专门编写含有反动政治内容或淫秽、色情成分的神怪、荒诞的'武侠小说'。为了肃清反动、淫秽、荒诞的图书，请各省市文化局在审读图书时，对于徐訏……徐春羽等二十一人编写的图书特别加以注意。但决定

是否处理和如何处理，仍应按书籍内容而定。"（见中国出版科学研究
所、中央档案馆编：《中华人民共和国出版史料》第8辑，中国书籍出版社，
2002。）

同年，王度庐加入中国民主促进会，并任该会沈阳市第五届市委委员；
又曾被选为皇姑区政协委员和沈阳市第六届人民代表大会代表。

按：以上政治身份据辽宁省实验中学所存退休人员登记表及李丹荃
回忆文。加入民进当在本年，其他事项或在其后，因无法查实年份，姑均
暂系于本年。

1957年（丁酉）　49岁

实验中学也掀起"反右"运动，王度庐没有受到大冲击。

1966年（丙午）　58岁

"文化大革命"爆发。王度庐受到冲击，被贬入"有问题的人学习班"，
接受"清队"审查。

1968年（戊申）　60岁

王度庐仍处于"逍遥"状态。

1969年（己酉）　61岁

王度庐当在是年被结束"审查"，获得"解放"，即被宣布没有查出问
题，恢复原来的政治身份。

按：依照"文革"程序，"有问题的人"被"解放"之前，仍需召开一
次表示"结案"的批判会。李丹荃在回忆文中写道："……开了一个小型批
判会。也不知从什么地方找来一本《小巷娇梅》，批判者念一段，批判一
番……当批判者念到生动有趣处，听者笑了，王度庐也忍不住笑了，当然
要招来申斥：'你还笑？你要端正态度！'批判者们又从我们家拿走了我们
的一本相册，里面有两张全家照片。一张中有我抱着1949年初生的幼子；
另一张是我穿着在旅大行政公署发的女干部服装，王度庐穿着他兄弟给

他的呢子干部服装。批判者举着照片说：'你们穿得这么好，可见你们过去生活多么优越！你爱人还穿着裙子！'……对他的批判只是一种虚张声势的形式。那些老师并未认真对待。"

1970年（庚戌）　62岁

是年春，王度庐以退休人员身份，随李丹荃下放到辽宁省昌图县泉头公社大苇子大队，不久转到泉头大队。

按：王度庐幼子在一封信里这样回忆父母被"下放"的情景："……我在农村'接受再教育'，得知后立即赶回家。前往农村时，年迈的父母坐在卡车顶上，一路颠簸。爸爸当时身体就很不好，加上这一折腾，半路解手时，站了半天也解不出来。妈妈晕车，走一路吐一路。那情景我现在回忆起来都止不住要流泪。"

其女则曾在一封信里回忆到昌图看望父母的情景："听说他们下乡了，我很急，不久就请假找去了。他们一辈子住在城里，父亲更是年老体弱，手无缚鸡之力，忽然到了农村，借住在人家的半间小屋里，怎么生活？""我还没走到家，就远远地看见父亲坐在一棵繁茂的大树下(很像一幅中国山水画)，我的心顿时平静下来了。他永远是那么心平气和，不知是怎么修炼的。""我女儿小时候跟我父母在农村住过。有一次闹觉(困了，不睡，哭闹)，我很烦，可我父亲说：'世界多美好啊，她是舍不得去睡觉啊。'""有时，父亲用手比成一个取景框，东照一下，西照一下，对我的小孩说：'快来看，这边是一个景，那边也是一个景。'（父亲原本喜欢摄影，在小说《海上虹霞》中曾写到购买'莱卡'照相机，就颇内行。）他还常让母亲下地干活回来时带些野花野草。那时父亲走路已不太方便了。"

1972年（壬子）　64岁

王度庐在昌图。其幼子考入迁至铁岭的沈阳农学院农学系。

1974年（甲寅）　66岁

1月14日，长子突然亡故，王度庐夫妇不胜哀痛。

同年，幼子毕业于迁至铁岭的沈阳农学院农学系，留校任教。李丹荃于下放人员"落实政策"时也被安排退休。

1975年（乙卯） 67岁
王度庐夫妇迁往铁岭与幼子同住。

1977年（丁巳） 69岁
2月12日，王度庐因病卒于铁岭。

按：李丹荃在回忆手稿中这样记述丈夫逝世的情景："儿子工作的学校已放了寒假，这天正是旧历年末。晚上儿子去办公室值夜，女儿远在几千里外工作。我们住在一间很小的宿舍里，暖气不热，电灯不亮，风吹得屋外树枝簌簌地响，偶然能听得到远处一声声犬吠。他病已重危，该说的话早已说完，他静静地合上双眼去了。我不愿惊动他，也不想叫别人，坐在床前陪伴着他，送他安静地走完了人生最后的旅程，时年六十八（周）岁……我遵从他的遗嘱，没有通知很多人，没有举行一切世俗的仪式，没有哀乐，没有纸花，悄然地由他的儿子和几位热情的青年同事用担架（把他）抬到离我家很近的火葬场。"

（承张元卿博士协助查阅南京《京报》并发现、提供有关陕西教育月刊、旬刊资料，特此致谢！）

2016年1月修订

《王度庐作品大系》书目一览表

武侠卷第一辑(2015年7月已出版)
1.鹤惊昆仑(上、下) 2.宝剑金钗(上、下) 3.剑气珠光(上、下) 4.卧虎藏龙(上、下) 5.铁骑银瓶(上、中、下)

武侠卷第二辑(待出版)
1.风雨双龙剑 2.彩凤银蛇传 3.纤纤剑 4.洛阳豪客 5.大漠双鸳谱 6.紫电青霜 7.紫凤镖 8.绣带银镖 9.雍正与年羹尧 10.宝刀飞 11.金刚玉宝剑

社会言情卷(待出版)
1.落絮飘香 2.古城新月 3.海上虹霞 4.虞美人 5.晚香玉 6.粉墨婵娟 7.风尘四杰 8.香山侠女

早期小说与杂文卷(待出版)
1.杂文 2.早期小说:红绫枕 鳌汉海盗 黄河游侠传 3.散佚作品精选集:燕市侠伶 虞美人 春明小侠 春秋戟 寒梅曲